Claudia Gross

Deutschland 1927
Annas Suche

atb aufbau taschenbuch

CLAUDIA GROSS im nordhessischen Arolsen geboren, studierte Germanistik und Philosophie in Düsseldorf, bevor sie eine eigene Buchhandlung eröffnete. Sie lebt in Nettetal am Niederrhein. Ihre Faszination für die zivile Seefahrt, besonders für Segelschiffe, deren Tage Anfang des 20. Jahrhunderts schon gezählt waren, führte sie an die Ostsee und inspirierte sie zu diesem Roman.

Von ihr ist bisher im Aufbau Taschenbuch erschienen: »Deutschland 1925 – Annas Reise«.

Im Mai 1927 möchte Anna in Berlin ein paar ruhige Tage mit einer Freundin genießen, doch dann erfährt sie, dass es auf der *Kristina Sund*, dem Schiff, das ihr Mann Chris Brandis als Kapitän steuert, einen tödlichen Streit gegeben hat. Angeblich hat Brandis seinen Bootsmann erstochen und über Bord geworfen. Anna ist entsetzt, sie reist nach Kiel zurück, um ihrem Mann beizustehen. Brandis wird noch im Hafen verhaftet. Der Verdacht gegen ihn hat sich erhärtet; es gibt zwei Zeugen, die gegen ihn aussagen. Anna weiß nicht mehr, ob sie ihrem Mann trauen kann, doch sie beschließt, für ihn zu kämpfen.

Claudia Gross

DEUTSCHLAND 1927

ANNAS SUCHE

Roman

aufbau taschenbuch

MIX
Papier aus verantwortungsvollen Quellen
FSC® C083411

ISBN 978-3-7466-3858-4

Aufbau Taschenbuch ist eine Marke
der Aufbau Verlage GmbH & Co. KG

1. Auflage 2022

Umschlaggestaltung U1 berlin, Patrizia Di Stefano
unter Verwendung von Motiven von
© ullstein bild – ullstein bild; © ullstein bild – Max Ehlert
und © Andrii Vinnikov / Alamy Stock Vector
Satz LVD GmbH, Berlin
Druck und Binden CPI books GmbH, Leck, Germany
Printed in Germany

www.aufbau-verlage.de

»Nie haben die Massen nach Wahrheit gedürstet. Von den Tatsachen, die ihnen mißfallen, wenden sie sich ab und ziehen es vor, den Irrtum zu vergöttern, wenn er sie zu verführen vermag. Wer sie zu täuschen versteht, wird leicht ihr Herr – wer sie aufzuklären sucht, stets ihr Opfer.«

GUSTAVE LE BON
»Die Psychologie der Massen«

1

Berlin, Mai 1927

Ein hochherrschaftliches Haus im Grunewald, glänzende Karossen am Straßenrand, gleißendes Licht hinter den Fenstern. Drinnen eine vornehme Gesellschaft, selbstsicher, saturiert und gut informiert. Niemand in dieser Stadt spekulierte mehr über die Zukunft Deutschlands als diejenigen, die hier geladen waren. Minister, Staatssekretäre, Unternehmer, Banker. Ihre Frauen standen mit Zigarettenspitze und Champagnerglas neben dem Buffet und unterhielten sich über die letzte Sitzung bei Madame Blanche, die gestern zum wiederholten Male Kontakt mit einem Verblichenen aufgenommen hatte. Er hatte Zeichen gegeben, Klopfzeichen, die sie alle bis ins Mark erschüttert hatten. Der Tisch war erzittert, als sei er nicht aus Holz, sondern aus Gaze gewesen, dann war ein dreimaliges, dumpfes Klopfen ertönt, so dass ihnen allen fast das Herz stehen geblieben war. Was das dreimalige Klopfen bedeutete, was der Geist damit zum Ausdruck hatte bringen wollen, hatte sich ihnen bis zum heutigen Abend nicht erschlossen, und daher diskutierten sie bei Lachshäppchen und Schokoladencreme, wer von ihnen sich noch trauen würde, zur nächsten Séance bei Madame Blanche zu erscheinen.

Plötzlich wurde es still im Saal. Ein neuer Gast war gekommen.

»Sieh an, der Herr Präsident der Reichsbank gibt sich die Ehre«, murmelte eine der Damen, die Baronin von Bora, als Venn Flack neben sie trat und mit finsterem Blick auf den neuen Gast schroff bemerkte: »Er ist schuld.«

»Wie bitte?«

»Haben Sie keine Aktien?«

»Ach, *das* meinen Sie. Ja, wir haben ziemlich viel Geld verloren.«

»Er benimmt sich wie der König von Deutschland. Er hat die Banken veranlasst, die Kredite für Wertpapierverkäufe um fünfundzwanzig Prozent zu kürzen. Damit hat er ein finanzielles Erdbeben ausgelöst.«

»Wenn hier die Lichter ausgehen, ziehen wir in die Schweiz. Wir haben dort ein Haus.«

»Leider können wir nicht alle in die Schweiz ziehen.«

»Das wäre ja noch schöner«, bemerkte die Baronin despektierlich.

Flack nickte geistesabwesend. Er fühlte sich wie ein Schaf unter Wölfen, ein kleiner Angestellter, der zu Höherem geboren war. Aber er hatte kein Haus in der Schweiz. Er hatte gerade mal eine Wohnung in der Birkenstraße. Und er traute seinem Chef nicht. Hjalmar Schacht, Präsident der Reichsbank, hatte vor zwei Tagen eine Katastrophe ausgelöst. Den Schwarzen Freitag. Die Aktien waren um zehn Prozent gefallen und fielen weiter. Flack hatte ein schwaches Herz, eine Herzmuskelschwäche, die keinen Stress vertrug. Und einen Chef wie Schacht schon gar nicht. Der war jetzt ans Buffet getreten und bewunderte die bunten Häppchen. Feiner Zwirn, funkelnd polierte Schuhe, akkurat gescheiteltes Haar, Brille, Oberlippenbart. Ein Gesicht wie marmoriert, eine Stimme, die nicht zu überhören war. Einige der anwesenden Herren traten zu ihm, und nun gingen die Diskussionen los, erst verhalten, dann immer heftiger. Was er sich dabei gedacht habe, die Kredite zu kürzen, hielten sie ihm vor, aber Schacht blieb ganz ruhig.

Flack kannte diese Diskussionen schon. Zuweilen kam ihm sein Chef wie ein Blinder in einem ihm unbekannten Dschungel vor, er tastete sich vorwärts, fühlte und erspürte, was sich ihm in den Weg stellte, lauschte, atmete, schmeckte, probierte, ertastete, bis er zu wissen glaubte, wo er war und was das alles zu bedeuten habe. Und dann ging er hin und machte irgendetwas. In diesem Fall hatte er die Kredite kürzen lassen, woraufhin die Aktien in den finanzpolitischen Keller gerast waren, in dem ohnehin nur Leichen lagen. Schacht hatte sich verspekuliert.

»Wenn bayrische Kleinstädte der Meinung sind, jede von ihnen müsse eine Oper bauen, weil das Geld regelrecht vom Himmel fällt, muss man einschreiten, oder nicht?«, fragte die Baronin. »Gestern gab es noch nichts zu fressen, aber heute muss jeder Bauer in die Oper rennen. Das ist doch Irrsinn.«

Flack lachte. »Natürlich ist es das. Aber er nimmt immer den Holzhammer statt die Feile. Außerdem hat er ein Reparationstrauma.«

»Haben wir das nicht alle?«

»Das wird ein böses Ende nehmen, wenn er so weitermacht, und ich sehe niemanden, der ihn stoppen könnte. Nicht einmal die Regierung.«

»Was ist mit Ihnen, Flack? Sie sind doch auf einem steilen Weg nach oben …«

Flack ließ die Frage unbeantwortet. Er hatte gerade beobachtet, wie die Haustür ungestüm geöffnet wurde und ein junger Mann mit flatterndem Mantel, wirrem Haar und funkelnden Augen hereinstürmte. Mit schnellem Schritt ging er auf Schacht zu, der immer noch am Buffet stand und ihm den Rücken zukehrte, während verblüfftes Gewisper den Raum erfüllte. Wer war der Fremde und was wollte er hier?

Er griff grob nach Schachts Schulter, der sich erstaunt umdrehte.

»Schmeckt es noch, Exzellenz, oder bleibt dir bald der Bissen im Hals stecken?«, fuhr ihn der Fremde an, und Schacht zuckte zurück. Er verlor das Gleichgewicht, musste sich mit dem Arm nach hinten abstützen, und seine Hand landete in der Schüssel mit der Schokoladencreme. Leise fluchend zog er die Hand zurück, aber der andere lachte nur gehässig.

»Ich werde dich zertreten, Schacht«, zischte er ihn an. »Du wirst keine Nacht mehr ruhig schlafen, jeder Schatten auf der Straße könnte dein Mörder sein. Leute wie dich sollte man einsperren, statt sie frei herumlaufen zu lassen …«

Schacht war leichenblass im Gesicht. Er neigte nicht gerade zur Zurückhaltung, konnte selbst grob und launisch sein, aber dieser unerwartete Angriff raubte ihm die Sprache. Stattdessen kamen jetzt von hinten zwei große Kerle, wahre Schränke, die den Fremden an den Armen packten und ihn unter lautstarkem Protest aus dem Raum schleiften.

»Ich komme wieder, Hjalmar, du miese Ratte«, kreischte er, während die Sohlen seiner Schuhe über das glänzende Parkett quietschten. »Und dann bist du dran! Ihr seid eine Bande von Verbrechern, und ich bringe euch zur Strecke …«

Seine Stimme verhallte im Foyer. Eine Tür schlug, und dann herrschte für einige Sekunden Totenstille im Saal.

»Musik!«, rief jemand in das Schweigen hinein, und einer der Lakaien trat zum Grammophon und legte eine Platte auf. »Das Glück zieht vorbei« erklang.

»Wie sinnig!«, rief die Baronin von Bora amüsiert, und alles lachte. Die Stimmung entspannte sich, nur Schacht stand da wie ein Säulenheiliger. Die Worte schienen ihn wirklich getroffen zu haben. Er zog endlich ein Spitzentaschentuch aus seiner Jackentasche und wischte sich die Finger ab.

2

Der Kontrast hätte nicht größer sein können. Draußen ein sonnendurchfluteter Tag, nach Rosen und Maiglöckchen duftend – drinnen stickige Luft, das Dröhnen der Motoren und der verstörte Blick der wenigen Zuschauer auf eine sich hektisch im Rhythmus dieser Maschinen bewegende Menschenmasse.

»Metropolis«. Die letzte Vorstellung. Hugenberg, ein deutschnationaler Unternehmer, hatte die UFA gekauft und würde auch die letzte Filmrolle einstampfen lassen. Das Rezept für diesen »Hexentrank« hatte allerdings auch die Zuschauer nur wenig überzeugt, und die Presse hatte es verrissen. Zu monumental, zu verkitscht, Gigantismus aus verzerrten Fratzen und überfrachteten Botschaften, die Hugenberg sowieso ein Gräuel waren. Sozialkritizismus in seiner übelsten Form, schrille Bilder, ohrenbetäubendes Klassenkampfgetümmel, ein Planet außer Rand und Band. Der Exitus des guten Geschmacks. Schluss damit!

In der dritten Reihe saßen zwei Frauen, Anna und Sabine. Beide Ende zwanzig, die eine schlank, die andere etwas mehr als vollschlank, die eine aus Kiel, die andere aus Berlin. Sie hatten dieses missglückte Wunderwerk der Filmgeschichte unbedingt sehen wollen, bevor es vernichtet werden und selbst aus den Archiven verschwinden würde. Nach zweieinhalb Stunden dröhnten ihnen die Ohren, und sie waren froh, endlich wieder an die frische Luft zu kommen. Draußen vor dem Kino am Nollendorfplatz standen die Leute etwas ratlos herum, die einen diskutierten, die anderen trugen ziemlich konfuse Mienen zur Schau. Auch Anna und Sabine wussten nicht so recht, was sie mit dem, was sie gerade gesehen hatten, anfangen sollten.

»Bemerkenswert«, murmelte Sabine, um überhaupt etwas zu sagen.

Anna lachte. Ja, bemerkenswert war genau das richtige Wort. Die zweieinhalb Stunden lagen ihr im Magen wie ein zu scharf gewürztes Essen, aber sie hatte nicht vor, sich allzu lange davon den restlichen Abend verderben zu lassen.

»Gehen wir noch irgendwo hin?«, fragte sie, während sich die Menge um sie herum allmählich zerstreute.

Sabine nickte. »Gute Idee. Wie wäre es mit dem ›Eierhäuschen‹? Da spielt heute eine Kombo.«

Der Saal im »Eierhäuschen« war gut besucht. Zur Kombo gehörte eine Sängerin mit einer etwas schrillen Stimme, fast schwarzen Lippen und einem gewagten Dekolleté. Ihr von goldenen Pailletten glitzerndes Kleid blendete die Augen, wenn der Scheinwerfer sie ins Licht tauchte, in dem sie badete wie eine Göttin in den Schaumkronen des Meeres. Der Hunger nach Leben war auch Jahre nach dem Krieg und der Rezession nicht weniger geworden, als ahnten die Menschen, dass das Füllhorn der Fortuna immer leerer zu werden drohte. Das Geld floss, es kam über die Menschen wie ein strahlender Vogel mit ausgebreiteten Schwingen des Glücks. Wir tanzen, wir feiern, wir sind trunken von der Wirklichkeit, bis wir eines Tages ins Grab fallen, hatte Sabine einmal gesagt.

Sie fanden einen Platz am Fenster, hinter dem die Sonne unterging. Es war ein seltsames, ein wenig bläuliches Rot, ein faszinierendes Abendblau.

Sie bestellten Sekt und sahen den tanzenden Pärchen zu. Die

Sängerin hatte sich zu einem männlichen Gast auf den Schoß gesetzt und hauchte ihm ihre Worte ins Ohr. Dann strich sie ihm lasziv mit der Hand über den Oberschenkel, lachte, stand auf und trat zurück ins Licht.

Während Sabine sich von einem Mann zum Tanzen hatte auffordern lassen, war Anna sitzen geblieben. Sie gab auch dem nächsten einen Korb, bis sie plötzlich Meike Wolff entdeckte, die geradewegs auf sie zusteuerte. Meike war aus Kiel, die Tochter eines Kapitäns. Sie und Anna waren sich ab und zu am Hafen oder in der Stadt begegnet, hatten ein paar Worte gewechselt, aber näher kannten sie sich nicht. Meike war schwarzhaarig, mit dunklem, südländischem Teint und dunklen Augen, etwas älter als Anna und mit einem Mann der Gaswerke verheiratet. Sie trat lächelnd an den Tisch.

»Hallo, Anna.«

»Hallo, Meike. Was machst du in Berlin?«

Meike setzte sich auf Sabines Stuhl. »Ich besuche meine Tante.«

»Bist du allein hier?«

»Nein. Mein Cousin sitzt da hinten, aber er ist sterbenslangweilig. Tanzt nicht, trinkt nicht, spricht nicht.«

Meike lachte und bestellte beim vorbeikommenden Kellner eine Flasche Sekt. Die beiden Frauen kamen ins Gespräch, plauderten über Belangloses, bis Meike beiläufig bemerkte: »Du hast Chris Brandis geheiratet, habe ich gehört.«

Anna nickte nur. Sie sah den Tanzenden zu, nippte an ihrem Sekt und ahnte nichts Böses, während Meike mehr trank, als ihr guttat. Bald war die Flasche halb leer, und Meike wurde immer beschwipster.

»Vielleicht solltest du zu deinem Cousin zurückgehen«, schlug Anna vor, aber Meike schüttelte entschieden den Kopf und füllte ihr Glas nach.

»Bist du glücklich mit Chris, Anna?«

»Ja. Warum fragst du?«

»Weißt du, dass er und ich heiraten wollten?«

Anna schüttelte etwas überrascht den Kopf. Nein, das hatte er ihr nie gesagt.

»Ich habe mich aber dann für Marius entschieden, einen grundsoliden Mann. Ein Kapitän ist nichts für eine Frau, immer unterwegs, man weiß nie, was er so treibt in den Häfen dieser Welt.«

»Seemannsgarn«, gab Anna gereizt zurück.

Meike musterte Anna. »Es geht mich ja nichts an«, bemerkte sie nach einer kurzen Weile, »aber Brandis soll für den Tod eines Seemanns verantwortlich sein. Du hast doch sicher davon gehört?«

»Ich bin seit zwei Wochen in Berlin. Ich habe gar nichts gehört.«

»Ich weiß es von meinem Vater. Auf der *Kristina Sund* soll zwischen dem Bootsmann und Brandis ein heftiger Streit ausgebrochen sein, als sie im Hafen von Rio lagen. Brandis soll den Bootsmann erstochen und dann seine Leiche über Bord geworfen haben.«

»Das kann nicht sein«, rief Anna entsetzt. »Das würde Chris niemals tun.«

»Glaub es oder auch nicht«, versetzte Meike schulterzuckend und stand auf. »Brandis hatte immer den Ruf eines Schinders und Sklaventreibers, als er noch Erster Maat war. Wusstest du das nicht?«

Sabine war zurückgekommen. Meike nickte Sabine und Anna lächelnd zu und kehrte zu ihrem langweiligen Cousin zurück.

Anna gab vor, zur Toilette gehen zu müssen, stand auf und durchquerte den Saal. Eine der Nebentüren nach draußen stand auf. Mittlerweile war es dunkel geworden, nur die Laternen brannten. Die Stühle auf der Uferterrasse waren verwaist, auf den Tischen glänzten noch die Tropfen vom letzten Regenschauer. Auf der Spree hatte sich das Spiegelbild eines halben Monds niedergelassen und trieb mit den Wellen flussabwärts.

Anna stand am Wasser und starrte in die leise rauschende, schwarze Tiefe.

Mit dem heftiger werdenden Wind kamen auch die Erinnerungen. Erinnerungen an ihre Reise vor zwei Jahren nach Kiel. Sie hatte dem in Berlin angeschossenen Maxim Rose, dem Sohn eines Kieler Reeders, das Leben gerettet. Sie war der Einladung seines Bruders Franz nach Kiel gefolgt, wo sie sich in Kapitän Chris Brandis verliebt und ihn geheiratet hatte. Sie erinnerte sich auch an den Tod von Franz, der auf seinem eigenen Grundstück erschossen worden war, ein Tod, der bis heute vom zuständigen Kommissar Moritz Sand nicht aufgeklärt werden konnte. Franz' gewaltsamer Tod lag immer noch wie ein Schatten über der Familie und der Reederei, die nun von Maxim geführt wurde.

Bilder ihrer Hochzeit stiegen auf, ihre offizielle Verbindung mit dem Mann, der sie so verzaubert hatte. Maxim und seine Schwester Lilly waren ihre Trauzeugen gewesen, und dann hatten sie in einem der besseren Hafenlokale gefeiert. Mit Seeleuten, Kapitänen, Freunden. Selbst der alte Bürovorsteher Berger nebst Frau war gekommen. Ein rauschendes Fest, aber eine Hochzeit ohne Hochzeitsreise. Die war ausgefallen, weil Brandis einen Tag später nach Irland und dann direkt weiter nach Brasilien gesegelt war. Doch die befürchtete Einsamkeit war ausgeblieben. Anna war eingebunden in die Reederei, in die Arbeit im Hafenbüro, da war nur wenig Zeit zum Grübeln gewesen. Was geblieben war, war die Sehnsucht; die brauchte keine Zeit, die war zeitlos. Sie war Annas ständiger Begleiter. Bis gerade eben. Aber jetzt hatte die Sehnsucht noch einen anderen Begleiter. Das Misstrauen. Was, wenn Meike die Wahrheit gesagt hatte? Dann würde es einen Prozess geben und Brandis im günstigsten Fall sein Kapitänspatent verlieren. Im schlimmsten Fall konnte er wegen Mord oder Totschlag verurteilt werden und würde für Jahre hinter verschlossenen Mauern verschwinden. Aber das war nur die eine Seite der Medaille. Die andere war genauso düster. Wie gut kannte sie ihren Mann eigentlich wirklich? Wäre er fähig zu einer solchen barbarischen Grausamkeit gewesen? War er ein Schinder und Sklaventreiber, wie Meike behauptet hatte?

Anna drehte sich um. Sie musste nach Kiel zurück. Sofort.

Kiel

Sie kam an einem verregneten Tag am Kieler Bahnhof an. Die Luft war schwer und feucht und schmeckte nach dem Salz des Meeres.

Wieder in Kiel. In den letzten zwei Jahren war die kühle Schöne immer schöner geworden. Die Stadt hatte sich herausgeputzt, es wurde gebaut, renoviert und Geld ausgegeben, als gäbe es kein Morgen mehr.

Anna lief zu Fuß zum Hafenbüro, den schweren Koffer an der Hand. Ab und zu blieb sie stehen, setzte ihn ab, ging weiter. Sie hatte das Meer vermisst, die Förde, die Schiffe und das Kreischen der Möwen. Schon von Weitem strahlten die weißen Segel der einlaufenden Schiffe durch den Dunst, ein Nebelhorn meldete sich, als wollte es Anna begrüßen. Sie ging schneller, bis sie im Hafenbüro ankam. Außer dem alten Bürovorsteher Berger war niemand da. Er nahm ihr Mantel und Koffer ab und fragte, wie es in Berlin gewesen sei.

»Wie immer. Laut und hektisch«, gab sie zurück und setzte sich an den Tisch. Die immer gleiche beunruhigende Frage schien ihr allmählich Löcher in den Magen gebrannt zu haben, und im ersten Moment traute sie sich nicht, sie zu stellen. Wusste Berger überhaupt Bescheid? Er wirkte wie immer, brachte ihr eine Tasse Kaffee und blieb lächelnd vor dem Tisch stehen.

»Was sind das für Gerüchte um Kapitän Brandis?«, fragte Anna geradeheraus.

»Woher wissen Sie davon?«, fragte er erstaunt zurück und setzte sich neben sie.

»Ich habe in Berlin Wolffs Tochter getroffen.«

Berger zierte sich eine Weile, bis er endlich erzählte, was er wusste. »Wolff lag mit Brandis im Hafen von Rio. Sie löschten beide ihre Fracht. Der Schiffszimmermann der *Kristina Sund* saß mit Wolffs Erstem Offizier in einer Hafenkneipe und erzählte von dem Mann, der gestorben sein soll. Es soll der Bootsmann der *Kristina Sund* gewesen sein. Seine übel zugerichtete Leiche wurde in Rio an den Strand gespült. Da er von den Behörden nicht sofort identifiziert werden konnte, segelte die *Kristina Sund* unbehelligt weiter nach Feuerland, wo sie noch eine Fracht aufnehmen wollte. Aber Kapitän Wolff wusste nun Bescheid und ist, nachdem er in Kiel angekommen war, sofort zur Hafenbehörde gegangen und hat Ihren Mann angezeigt. Da der Beschuldigte ein Kapitän ist und die Zeugen zu der Mannschaft der *Kristina Sund* gehören, hat das Seegericht den Fall übernommen. Das ist eine böse Geschichte, Anna, und ich weiß nicht, was passiert, wenn Ihr Mann zurückkommt. Sollte es sich so zugetragen haben, wie Wolff berichtet, dann wäre es Mord. Das könnte Ihren Mann nicht nur das Patent kosten.«

Annas schlimmste Befürchtungen waren eingetreten. Sie hatte gehofft, alles sei nur eine Art Seemannsgarn gewesen, denn Seeleute waren Männer mit viel Phantasie. Das lag an der Eintönigkeit eines nur von Himmel und Meer bestimmten Blicks, da kochten oft die Phantasien hoch. Phantasmagorien von Schätzen, von Seeungeheuern, Bilder von überirdisch schönen Frauen und Chimären von Geisterschiffen.

Anna spürte Bergers Hand auf ihrer. Ein leichter, tröstender Druck, dann zog er seine Hand zurück. »Es wird sich alles aufklären, Anna.«

»Was glauben Sie, Max? Wäre Kapitän Brandis dazu fähig?«

Berger wirkte verlegen. »Ich bin immer gut mit ihm ausgekommen. Er ist keiner von denen, die jähzornig sind oder zu unüberlegten Handlungen neigen. Auf der anderen Seite ist er auch keiner, der zu nachgiebig ist und Probleme hätte, seine Autorität durchzusetzen. Als er noch Erster Maat war, hatte er einen schlechten Ruf, aber das wissen Sie ja selbst.«

Das Telefon klingelte, und Berger stand auf. Am anderen Ende war Maxim, Annas bester Freund, der nach dem Tod seines Bruders die Leitung der Reederei übernommen hatte.

Anna verabschiedete sich und ließ sich mit einem Taxi zur Villa nach Düsternbrook fahren. Sie war lange nicht mehr hier gewesen und traf hinter dem Zaun den neuen Hausmeister, der ihr das Tor öffnete.

Sie sah sich um. Der Garten war ein Feuerwerk aus Farben, Formen und Gerüchen. Die riesigen Rhododendren blühten, bunte Tupfer im Schatten der Mammutbäume. Anna ging über den Kiesweg bis zur Haustür, die angelehnt war. Sie schob die Tür auf und verharrte kurz auf dem Flur.

Ein stilles Haus. Kein Laut zu viel, als würden hier Gespenster hausen. Als Franz noch gelebt hatte, waren Feiern und Festivitäten an der Tagesordnung gewesen. Aber Franz war tot, und Maxims

Schwester Lilly war mit Kapitän Wesseling in Dänemark. Doch auch von den Eltern war nichts zu sehen. Anna ging weiter bis in den Salon hinein. Dort saß Maxim am Tisch, die Brille auf der Nase, den Kopf mit den blonden Locken über die Zeitung gebeugt. Als er sie sah, stand er auf und umarmte sie.

»Du bist früher zurück, als ich erwartet hatte«, sagte er.

»Ich bin wegen Chris zurück. Was war da los in Rio, Maxim?«

»Ich weiß genau so viel oder so wenig wie du. Warten wir, bis er wieder in Kiel ist. Ich war bei der Hafenbehörde, aber die verraten nichts. Er wird der Hafengerichtsbarkeit überstellt, und dann kommt es darauf an, was die Zeugen aussagen werden.«

»Wann wird er zurückerwartet?«

»In ein, zwei Wochen, wenn alles glatt läuft. Ich weiß nur, dass er zu wenig Mann an Bord hatte. Die *Kristina Sund* braucht offiziell an die dreißig Mann Besatzung, aber er hatte nur zwanzig. Das ist bei schwerem Wetter gefährlich, vielleicht kam es zu Streitigkeiten, weil die Mannschaft kaum essen und schlafen konnte.«

»Davon hat er mir nichts gesagt.«

»Als Franz noch Chef der Reederei war, war es üblich, so wenig Heuer wie möglich zu bezahlen, du weißt, wie mein Bruder gestrickt war. Ich hätte Brandis mehr Männer zugebilligt, aber er war der Meinung, er schafft es auch mit zwanzig.«

»Müssen wir sparen?«

»Der Schwarze Freitag hat ein Loch in unsere Kassen gerissen, auf der anderen Seite gibt es Kredit ohne Ende, wenn man bereit ist, das Risiko zu tragen. Wenn uns das Geld ausgeht, nehmen wir einen neuen Kredit auf.«

»Du redest wie Franz.«

Maxim lachte. »Stimmt. Die *Kristina Sund* macht ein gutes Geschäft mit ihren dreitausend Bruttoregistertonnen und über dreitausend Quadratmetern Segelfläche. Außerdem ist dein Mann ziemlich einfallsreich, wenn es darum geht, noch zusätzlich etwas mitzunehmen. Bei seiner letzten Fahrt nach Santiago hat er mal eben so en passant dreihundert Tonnen Weizen irgendwo aufgegabelt. Das war Nettogewinn für uns. Es geht uns ganz gut, Anna, mach dir keine Sorgen.«

Venn Flack war allein auf weiter Flur. Die Flur bestand aus Wasser, aus Wellen, die die Jolle gefährlich hoch umspülten. Er war bei sonnigem Wetter vom Kieler Jachthafen losgesegelt und befand sich bereits in der Eckernförder Bucht, als eine dunkle Wolkenfront über seinem Kopf erschien. Kaum Zeit zu reagieren, und die Küste war weit entfernt. Zu weit. Die anderen Boote hatten längst abgedreht und waren nur noch kleine Punkte am Horizont. Flack leitete eine Wende ein, doch dann fiel ihm das Ruder aus der Hand, während der Wind heftig in das Segel fuhr. Flack spürte eine unwiderstehliche Müdigkeit, die Augen fielen ihm zu, die Hand, die wieder zum Ruder greifen wollte, erlahmte. Er versuchte gegen die bleierne Müdigkeit anzukämpfen, doch nur Sekunden später hatte er den Kampf verloren und sackte zusammen. Er rutschte vom Brett, sank auf den Boden und verlor das Bewusstsein.

Lilly hatte das Boot als Erste gesehen. Sie stand an der Reling der *Baltic*, eines Dampfers der Reederei Rose, der auf dem Weg zum Hafen war. Kapitän Wesseling ließ ein Beiboot zu Wasser. Zwei Seeleute ruderten zu dem bewusstlos daliegenden Mann hinüber, nahmen sein Segelboot in Schlepp und ruderten zur *Baltic* zurück. Dort wurde er in Wesselings Kajüte gebracht und auf dessen Bett gelegt. Lilly sprach den Mann an, aber er reagierte kaum. Seine

Lider flatterten, er murmelte einige unverständliche Worte und dämmerte wieder weg.

»Was hat er?«, fragte Lilly, aber Wesseling wusste es genauso wenig wie sie.

»Äußere Verletzungen kann ich nicht sehen«, antwortete er. »Vielleicht eine Kreislaufschwäche. Wir sollten ihn unverzüglich ins Krankenhaus bringen, wenn er nicht vorher wieder zu sich kommt.«

Der Unbekannte kam nicht zu sich. Als sie den Hafen anliefen, lag er immer noch so da, wie sie ihn in seinem Boot aufgelesen hatten. Also beschloss Lilly, ein Taxi zu rufen. Er wurde auf den Rücksitz gelegt, und Lilly fuhr mit ihm ins Krankenhaus.

Zur selben Zeit stand Kommissar Moritz Sand mit frisch gestutztem Vollbart, in den sich mit der Zeit immer mehr graue Haare niedergelassen hatten, auf dem Fischmarkt und nahm sein Mittagessen zu sich. Frischen Hering mit Gurke. Ein lauer Wind strich über die Förde, die Sonne kam wieder durch die zerrissene Wolkendecke. Ein schöner Tag, nur durchbrochen von kleinen Schauern und kurzatmigen Winden, die keine Kraft hatten, länger zu bleiben.

Kommissar Sand ließ sich Zeit mit dem Verspeisen seines Herings, bevor er wieder zurückging. Auf dem Weg ins Präsidium dachte er über seinen und Kollegen Flickworts Fall nach, der schon über ein Jahr zurücklag und in dem sie trotzdem nicht weitergekommen waren. Der Fall Franz Rose, der im März letzten Jahres auf seinem eigenen Grundstück erschossen worden war. Sie kannten die Tatwaffe, eine Parabellum, sie besaßen den Hinweis eines Spaziergängers im Wald, der zur Tatzeit in der Nähe des Tatortes einen Mann mit Vollbart gesehen haben wollte. Sie hatten diese

Person vergeblich versucht aufzuspüren und waren davon ausgegangen, dass er wahrscheinlich nach der Tat seinen Vollbart abgenommen hatte. Ansonsten hatten sie keinen Hinweis auf den Mörder gefunden und die Akte immer wieder beiseitegelegt. Kam ein neuer Fall dazu, konzentrierten sie sich auf den, aber immer wieder zogen sie Roses Akte hervor, nur um sie wenig später wieder in den Schrank zurückzustellen. Es war ein ewiger Kreislauf, der sie frustrierte und entmutigte. Gestern hatten sie den Fall einer ermordeten Prostituierten abgeschlossen, der ein Freier in einem dunklen Innenhof die Kehle durchgeschnitten hatte. Jetzt wäre wieder Zeit gewesen, Roses Akte aus dem Schrank zu holen …

Als Sand im Büro ankam, stand Flickwort mit dem Blick zur Tür am Fenster, als habe er auf ihn gewartet. Flickwort, klein und drahtig, hatte sich einen Kinnbart wachsen lassen, der ihm nicht stand, wie Sand insgeheim fand. Der komische Bart beherrschte seine ganze magere Erscheinung, aber Sand hätte sich eher die Zunge abgebissen, als ein Wort darüber zu verlieren. Auf seinen fragenden Blick schob Flickwort ihm kommentarlos ein Briefpapier und einen Briefumschlag über den Tisch. Der Umschlag stammte laut Stempel aus Berlin, und auf dem Papier standen nur ein paar Zeilen. Sand beugte sich darüber und las:

Wenn Sie auf der Suche nach dem Mörder von Franz Rose sind, dann gebe ich Ihnen einen Hinweis: Die Wahrheit liegt auf dem Grund der Ostsee.

Ein Mensch, der es gut mit Ihnen meint.

Sand starrte ungläubig auf diese handschriftlichen Zeilen. Eine nach links geneigte, kleine Handschrift, die seiner Meinung nach etwas Zwanghaftes hatte. Akkurate Buchstaben, fast zu akkurat. Kein Schnörkel, kein Buchstabe, der ausbrach. Wie mit dem Zirkel gestochen.

»Auf dem Grund der Ostsee?«, fragte er verblüfft, und Flickwort nickte.

»Woher will dieser Mensch, der es gut mit uns meint, wissen, wer Roses Mörder ist?«

»Das ist die Frage. Roses Leumund hat enorm gelitten, seitdem bekannt wurde, dass er seinen eigenen Bruder umbringen lassen wollte, dass er Kapitän Magnussen erschlagen hat und Mitglied bei der NSDAP war. Ein unangenehmer Zeitgenosse, wenn Sie mich fragen, der uns alle getäuscht hat. Der uns zu Lebzeiten den netten, freundlichen Arbeitgeber vorgespielt hat, dabei hatte er nur Dreck am Stecken. Manchmal frage ich mich, warum wir seinen Mörder überhaupt suchen sollten. Viele denken doch, es ist gut, dass er tot ist.«

»Wir haben nicht über moralische Kategorien zu entscheiden, Kollege Flickwort, wir müssen ein Verbrechen aufklären, egal, ob das Opfer gut gelitten war oder nicht oder gar selbst ein Mörder war. Sie lassen sich von persönlichen Gefühlen leiten.«

»Schon möglich. Sie wollen also diesem Hinweis nachgehen?«

»Natürlich will ich das. Ich will den Mord an Rose aufklären, und dies wäre ein Hinweis, der uns weiterbringen könnte. Fragen wir uns, was liegt auf dem Grund der Ostsee?«

»Ja, was liegt da? Wracks, menschliche Leichen, Frachtgut. Die Ostsee ist ein weites Feld, Chef, da können wir suchen, bis wir schwarz werden. Wir wissen ja nicht einmal, nach was wir suchen sollen. Ist doch möglich, dass der Hinweis eine Finte ist. Da will uns jemand aufs Glatteis führen. Und was ist, wenn gemeint wäre, dass der Mörder auf dem Grund der Ostsee liegt? Ich würde erst einmal versuchen, herauszufinden, wer unser Anonymus ist.«

»Das bleibt Ihnen unbenommen. Hören wir uns um, vielleicht erfahren wir etwas, das uns weiterbringt.«

»Wonach wollen Sie sich umhören? Nach gesunkenen Schiffen?«, fragte Flickwort stirnrunzelnd. »Da liegen Myriaden von abgesoffenen Kähnen auf dem Meeresgrund. Jeder könnte theoretisch der sein, auf den uns dieser anonyme Schreiber aufmerksam machen möchte. Vielleicht meint er aber auch gar kein Schiff, sondern etwas ganz anders. Wollen Sie nach einem Phantom suchen?«

»Wenn es sein muss, ja.«

»Na, dann suchen Sie mal schön. Ich halte das Ganze für eine Finte. Da will uns einer hinter die Fichte führen und lässt uns wie die Sau ins Uhrwerk gucken.«

Anna war wieder zu Hause. Sie und Brandis hatten eine kleine Wohnung auf dem Lorentzendamm gemietet, eine Wohnung, die sie sich gerade noch leisten konnten, denn hier wohnten keine armen Leute. Vor dem Haus verlief eine große, von Bäumen gesäumte Straße, und vom Wohnzimmerfenster konnte Anna auf das glitzernde Wasser des Kleinen Kiel schauen. Noch nie hatte Anna so schön gewohnt, aber die meiste Zeit hatte sie hier allein gelebt. Brandis war ständig auf See gewesen. Brasilien, Feuerland, Chile, Argentinien. Jetzt war sie wieder allein, diesmal allein mit ihren beunruhigenden Gedanken. Lilly hatte angerufen und ihr von Venn Flack, dem einsamen Segler auf dem Meer, erzählt, der im Krankenhaus lag und von einer seltsamen Herzschwäche heimgesucht worden war, wie die Ärzte erklärt hatten.

Anna wunderte sich. Dass Lilly sie aus einem solchen Grund anrief, passte nicht zu ihr. In ihren Augen war Lilly ein unbekümmerter Mensch, hübsch, blond, blauäugig, immer noch unverheiratet. Ihr Leben war ein Traumland, von dem andere nur träumen konnten. Warum machte sie sich Gedanken über einen Mann, den sie überhaupt nicht kannte, und vertelefonierte auch noch Geld, um über ihn zu reden? Und warum sollte Anna ins Krankenhaus kommen?

Anna ging zu Fuß zum Krankenhaus. Eine Schwester führte sie zu Flacks Zimmer. Der Patient war aufgestanden, trug einen Bademantel und saß mit Lilly an einem kleinen Tisch. Annas Verwunderung wurde immer größer. Sie setzte sich zögernd zu ihnen und dann begriff sie, was die seltsame Einladung ins Krankenhaus zu bedeuten hatte. Es stellte sich heraus, dass Lilly den bewusstlosen Flack in seinem Segelboot entdeckt und ihn hier eingeliefert hatte. Dass sie jeden Tag gekommen war, um sich über sein Befinden zu erkundigen, was nur einen einzigen Grund haben konnte: für Lilly war dieser Mann mehr als nur jemand, dem sie aus einer misslichen Lage geholfen hatte.

Venn Flack war um die dreißig, hatte rotblondes Haar, blonde Wimpern und ein jungenhaftes Wesen. Er hatte eine Art, sehr schnell zu reden und mit Händen und Füßen zu gestikulieren. Er war ein Zwilling, luftig, kaum zu greifen und unglaublich kommunikativ. Er redete die ganze Zeit fast allein und erzählte von seinem verunglückten Segeltörn. Anna mochte ihn nicht. Vom ersten Augenblick an war er ihr unsympathisch. Aber Lilly schien ihm stundenlang zuhören zu können, auch wenn er schrecklich redundant war und eigentlich immer die gleiche Geschichte erzählte. Dann stellte sich heraus, dass Flack bei der Reichsbank in Berlin arbeitete und in Kiel Urlaub gemacht hatte. Seine Eltern lebten hier, und er hatte sein Boot am Jachthafen liegen. Immer mehr Details kamen ans Licht, die Anna nur wenig interessierten. Er hatte eine Herzmuskelschwäche, die zu Anfällen von Erschöpfung führte, wenn er sich zu sehr anstrengte, weshalb er nun beschlossen hatte, das nasse Element ab jetzt zu meiden. In Annas Augen war er eine Kerze, die von beiden Seiten abbrannte, dazu die Herzschwäche – kein idealer Kandidat für eine Verbindung. Aber Lilly schien völlig in ihn verschossen zu sein, sie hing an seinen Lippen und konnte sich die Geschichte mit dem verunglückten Segeltörn hundertmal anhören, bis eine Schwester ins Zimmer kam und die Besucher bat zu gehen. Sie verabschiedeten sich, und Lilly lud Anna ins Café Kaiser ein.

»Wie findest du ihn?«, fragte Lilly mit glänzenden Augen.

Anna hatte die Frage erwartet. Der Besuch im Krankenhaus hatte nur dazu gedient, ihr Flack vorzuführen. Sie wollte nicht unhöflich sein und flüchtete sich in eine Notlüge.

»Ganz nett. Er redet etwas viel, finde ich.«

»Nicht wahr? Er ist keiner von denen, die nie den Mund aufmachen. Neben denen kann eine Frau schrecklich alleine sein. Als wäre der Mann überhaupt nicht da.«

»Stimmt. Mit dem ist man sicher nie allein. Sag mal, Lilly, du magst ihn wohl sehr?«

»Merkt man das? Ja, ich wollte, dass du ihn kennenlernst. Du findest ihn also nett?«

»Du musst ihn nett finden, Lilly, nicht ich. Ich bin verheiratet.«

»Chris Brandis ist ganz anders«, sagte Lilly plötzlich ernst und starrte in ihre Kaffeetasse.

»Natürlich ist er das. Jeder Mensch ist anders.«

»Ich dachte, ich lade Venn in die Villa zu Kaffee und Kuchen ein, wenn er entlassen wird.«

»Gute Idee.«

»Du musst auch kommen, Anna.«

Anna nickte. Sie würde kommen und versuchen, Venn Flack nett zu finden. Mehr konnte Lilly nun wirklich nicht von ihr verlangen.

Die Reederei Rose besaß fünf Schiffe. Drei Dampfer, zwei Segler. Die *Sybille* war noch nicht verschrottet worden, weil Maxim ein neues, motorbetriebenes Schiff nicht kaufen wollte, der dafür nötige Kreditvertrag von Franz aber noch vor seinem Tod vorbereitet worden war. Es war ein Vertrag, der über die Hausbank eines gewissen Henri Deterdings laufen würde. Dieser Deterding war der Chef von Shell, einem Ölkonzern, der Franz persönlich gekannt hatte und ihm dieses vorzügliche Geschäft hatte schmackhaft machen können. Maxim hielt allerdings nicht viel von Schulden, außerdem hatte Deterding zu Franz' zweifelhaften Freunden gehört, deren politische Haltung Maxim nicht teilte. Es waren Konzernchefs, Bankenvorstände, Vorstände von Rüstungsunternehmen, hauptsächlich Amerikaner und Engländer. Maxim wollte den Vertrag nicht unterschreiben, doch Deterding war ein harter Knochen, der über seinen Anwalt hatte mitteilen lassen, dass er demnächst in Kiel vorbeikommen würde, um noch einmal neu zu verhandeln.

So segelte die alte *Sybille*, ein Dreimastschoner, immer noch über die Meere. Die Handelsschifffahrt hatte sich nach Krieg und Rezession erholt. Rose fuhr wieder nach Südamerika, hatte mittlerweile zwei Niederlassungen in New York, und Maxim engagierte sich für die Männer und Frauen, die für die Reederei arbeiteten. Das waren Seeleute, Angestellte in den zwei Büros, Schreibkräfte, Agenten, die weltweit für die Reederei agierten. Maxim hatte nach dem Vorwurf, der Terrororganisation Organisation Consul anzugehören, was sich glücklicherweise als Verleumdung herausgestellt hatte, wieder einen guten Ruf in der Stadt, er war ein sozial eingestellter Chef, der nichts unversucht ließ, um gerade denen, die am wenigsten verdienten, unter die Arme zu greifen. Die Seeleute ließen in den Heuerbörsen einen guten Teil ihrer Heuer nur für die Vermittlung zurück und führten ein hartes Leben. Selten zu Hause, fast immer auf See. Auf den Dampfern schufteten sie in der kochenden Hölle der Öfen, die sie unentwegt mit Kohle füttern mussten, auf den Seglern waren sie Wind und Wetter ausgesetzt. Die alten Segler boten kaum Komfort, nur ein Schiff wie Roses Viermastbark *Kristina Sund* war mit Strom ausgestattet und besaß ein geräumiges, angenehmes Innenleben.

Jessop Bolt, oft Jesse genannt, stand am Kai und schaute sehnsüchtig auf die einlaufenden Schiffe. Dampfer und Segler. Auch ein Motorschiff war dabei. Die *Baltic* von Rose hatte Vor- und Achterleinen festgemacht und schaukelte behäbig auf den Wellen.

Dies hier war Jesses Welt, der Lärm des Hafens, das Gehämmer der Werften, das Brodeln des Wassers unterm Kiel. Aber seit über einem Jahr hatte er keinen Fuß mehr auf ein Schiff gesetzt. Vor einem Jahr war er bei schwerem Wetter gegen die Ladeluke geknallt, ein so heftiger Stoß, dass ihm dabei die Kniescheibe gebrochen war. An diesem Tag war sein Leben wie eine Tasse aus Porzellan zerbrochen. Nur Scherben waren übriggeblieben. Und keine Chance, jemals in sein altes Leben zurückzukehren. Jetzt gehörte er zu der Schar Arbeitsloser, die dieses Land in Armut und Hoffnungslosigkeit sich selbst überließ. Er war ständig auf der Suche nach Arbeit, doch mit seinem gebrochenen Knie, das viel zu spät gerichtet worden und seitdem kaum mehr belastbar war, zögerte jeder Arbeitgeber. Er hinkte stark und nutzte zuweilen einen Stock. Geld zum Leben kam aus zwei Töpfen, aber die waren fast immer leer: Erwerbslosenfürsorge und die Versichertenkasse der

Reederei. Alles zusammengenommen reichte es vorne und hinten nicht, denn er hatte Frau und drei Kinder. Und während um ihn herum die Stadt aus alles Nähten platzte und das Geld nur so strömte, blieb für Leute wie ihn nur ein Rinnsal übrig. Das Geld strömte aus irgendeinem rätselhaften Grund an ihm und seinesgleichen vorbei. Das war ein großes Rätsel für die meisten. Für ihn nicht. Er hatte Marx gelesen und vor einem halben Jahr Erich Mühsam, den Anarchisten, in Berlin kennengelernt, und beides hatte ihm die Augen geöffnet. Auch wenn er weit davon entfernt war, sich einen Marxisten zu nennen, schwante ihm allmählich, dass das ganze Elend System hatte. Es musste System haben, denn sonst wäre die Welt anders gestrickt. Irgendjemand strickte ständig die falschen Farben und die falschen Muster, es war ein mysteriöses, ewig strickendes Wesen, das kein Gesicht und keinen Namen zu haben schien. Niemand kannte seinen Aufenthaltsort, niemand wusste, woher es seine Wolle bezog und warum es diese erratischen Farben und Muster bevorzugte, wo es doch auch andere hätte stricken können. Es strickte immer die gleichen. Seit Tausenden von Jahren. Ein steinaltes Wesen, das nicht bereit war, die Stricknadeln endlich mal aus den verknöcherten Fingern fallen zu lassen. Aber Jesse kannte seinen Namen. Dieses Wesen hieß Egozentrismus und Habgier. Und neuerdings hieß es Kapitalismus.

Jesse sah Anna, die Frau von Käpitän Brandis, am Kai auftauchen. Sie kam aus dem Hafenbüro der Reederei direkt auf ihn zu. Sie und Maxim waren der einzige Lichtblick in seinem Leben. Die Sonnenstrahlen malten rötliche Strähnen in ihr dunkelbraunes, langes Haar, das sie zu einem dicken Zopf geflochten hatte, der über ihre linke Schulter fiel. Ihre blaugrauen Augen lächelten ihn an, und ihre Stimme machte den Tag weniger schwer.

»Haben Sie Arbeit gefunden, Jesse?«

Er schüttelte den Kopf und deutete auf sein Bein. »Immer das Gleiche. Die Leute meinen, ich sei zu körperlicher Arbeit nicht mehr fähig. Das ist nicht wahr. Ich kann schuften wie ein Stier.«

Anna lachte, wurde aber sofort wieder ernst. »Sie haben Ihre schöne, neue Wohnung verlassen müssen, sagt Berger.«

»Sie war einfach zu teuer. Wir leben jetzt bei Tom Hamsen, einem alten Seebär. Der hat einen kleinen Hof am Mühlenweg. Er kommt aber selbst kaum über die Runden mit seiner kleinen Rente.«

»Ja, es ist hart. Kommen Sie morgen ins Büro, Jesse, ich habe einen Betrag aus der Versichertenkasse lockermachen können, aber wir müssen auch um jeden Pfennig kämpfen, jetzt, wo die Aktien so gefallen sind.«

Er musterte sie mit einem verlegenen Blick und wagte nicht, die Frage zu stellen, die ihm auf der Zunge lag.

»Fragen Sie, Jesse!«, forderte sie ihn auf, als habe sie seine Gedanken gelesen.

»Wird es besser werden, Anna? Oder eher noch schlimmer? Es heißt, der Präsident der Reichsbank will den Zustrom der ausländischen Kredite begrenzen. Dann bliebe für unsereins ja noch weniger übrig.«

»Ich weiß es nicht. Das sind Gerüchte. Wir bekommen immer noch Kredit, wenn wir wollen, aber Sie kennen ja Maxim, der hasst Schulden. Was halten Sie davon, wenn ich Sie und Ihre Familie einmal besuche?«

Seine Verlegenheit wurde immer größer. Wollte er, dass sie die Armut sah, in der er und seine Familie lebten? Er zögerte.

»Vielleicht«, sagte er schließlich ausweichend.

»Sie könnten mir einen Gefallen tun. Sie müssten es auch nicht umsonst machen.«

Er musterte sie mit einem erstaunten Blick.

»Sie wissen, was Kapitän Brandis vorgeworfen wird. Sie kennen die Seeleute, sind selbst für Rose viele Jahre gefahren. Hören Sie sich um, vielleicht erfahren Sie etwas. Sobald ich weiß, wer diese Zeugen sind, die ihn belasten, gebe ich Ihnen die Namen.«

Lilly hatte auf der Terrasse decken lassen. Es war Sonntag, ein wolkenloser Himmel und ein heißer Tag. Große Schirme spendeten Schatten, und auf dem runden Tisch hatte Marie, das Hausmädchen, das erlesene chinesische Porzellan aufgetragen. Flack war gestern aus dem Krankenhaus entlassen worden, und Lilly hatte die Gelegenheit wahrgenommen, ihn und Anna zum Kaffee einzuladen.

Anna hatte nur wenig Lust, den Nachmittag mit Flack zu verbringen, aber sie wollte Lilly nicht kränken und fuhr mit dem Fahrrad nach Düsternbrook. Als sie in der Villa ankam, saß Flack bereits am Tisch. Auch Maxim und die Eltern waren da. Marie servierte erlesene Tortenstücke von Kaisers Konditor, der seine Kreationen eigens vorbeigebracht hatte, Schwarzwälder Kirsch, Frankfurter Kranz und mit Erdbeeren gefüllte Windbeutel. Anna hielt sich zurück, während Flack von seiner Arbeit in der Reichsbank erzählte, wobei er hin und wieder die eine oder andere Bemerkung über Schacht, seinen Chef, fallen ließ. Anna begriff sofort, dass Flack eine Goldgrube für jeden Unternehmer sein musste. Ein Mann mit dem idealen Einblick in die Finanzpolitik des Staates. Wer daraus kein Kapitel schlagen konnte, war selbst schuld, und so blühte sogar der eher ruhige Vater auf und wagte, die eine oder andere Frage zu stellen. Flack musste klar sein, dass er aus dem Nähkästchen plauderte, aber er schien Lilly ähnliche Gefühle entgegenzubringen wie sie ihm, daher ließ er seine Zurückhaltung bald fallen und wagte sich immer mehr aus der Deckung.

»Im Juli hat Schacht vor, nach New York zu fahren«, erklärte er. »Dort wird er mit den anderen Präsidenten der Zentralbanken verhandeln.«

»Worüber?«, fragte Maxim.

»Nun, ich denke mal über die Reparationen, obwohl die anderen davon wohl nichts wissen wollen. Er hat immer Angst, dass Deutschland finanziell zu gut dasteht und die Reparationen locker zahlen kann. Im Umkehrschluss müssten wir finanziell schlecht dastehen, denn dann müssten die Reparationszahlungen gesenkt werden. Schacht ist ein Spieler, er brächte es fertig, über die Finanzpolitik das Land wirtschaftlich zu ruinieren, nur um diese verdammten Zahlungen nicht leisten zu müssen.«

»Was tut die Politik dagegen?«, fragte der Vater besorgt angesichts einer solchen Aussage, die ihn offensichtlich beunruhigte, aber Flack lachte nur. Er hätte zugeben können, dass er selbst ein Spieler war, ein Zocker, der vorhatte, nicht nur eine steile Karriere zu machen, sondern sich auch an dem Topf, der bereitgestellt worden war, zu bedienen. Am Aktienmarkt, der zwar im Moment im Keller war, sich aber ganz sicher wieder erholen würde. Er saß an der Quelle und wäre ein Dummkopf, wenn er das nicht nutzen würde, aber davon sagte er natürlich nichts.

»Wer von denen, die in der Regierung sitzen, hat wirklich Ahnung davon, wie der Finanzmarkt funktioniert?«, fragte er geringschätzig zurück. »Auf Drängen der Alliierten ist die Reichsbank eine unabhängige Notenbank, keine Staatsbank. Die Politiker sind auf unsere Expertise angewiesen. Sie haben einen Spieler haben wollen, und sie haben ihn bekommen. Nur bedauerlich, dass sie in dem Spiel nicht mitspielen können.«

Einen Moment herrschte betretenes Schweigen am Tisch. Sie fragten sich, ob Flack nicht maßlos übertrieb, um seinen Chef in einem schlechten Licht dastehen zu lassen. Aber was, wenn er recht hatte und das ganze Land von einem Zocker abhängig war?

»Es läuft doch ganz gut«, sagte Maxim in das Schweigen hinein. »Es gibt Geld für die Infrastruktur, sogar für die Arbeitslosenversicherung, die im Juli an den Start gehen kann. Die Stadt hat Wohnungen bauen lassen, die Wirtschaft läuft so gut wie lange nicht. Das ist unter anderem auch Schachts Verdienst.«

»Natürlich ist es das. Er hat maßgeblich am Dawes-Plan mitgewirkt, der immerhin die Reparationen auf acht bis zehn Millionen Dollar reduziert, Deutschland damit allerdings für unbestimmte Zeit an die amerikanischen Banken verkauft hat ...«

Flack brach ab und senkte den Blick. Diesmal hatte er wirklich übertrieben mit dem, was er so daherredete. Vor allem Lillys Anwesenheit löste seine Zunge, und das konnte ihn in Teufels Küche bringen.

»Was ist jetzt mit den Reparationen?«, fragte Lilly, und er konnte einfach nicht widerstehen, ihr das zu sagen, was er für die Wahrheit hielt.

»Es ist ein völlig absurder Kreislauf«, erklärte er, während er den Windbeutel auf seinem Teller anstarrte. »Deutschland zahlt die Reparationen an die Alliierten, damit sie ihre Kriegskredite an die amerikanischen Banken zurückzahlen können. Und die amerikanischen Banken gewähren uns Kredit, damit wir die Reparationen überhaupt bedienen können. Ein verrückter Kreislauf, der sich nur über Schulden am Leben erhält, die natürlich mit der Zeit ins Unermessliche steigen. Ein Schelm, der Böses dabei denkt.«

»Aber so profitieren doch alle davon«, warf Lilly ein, was Flack ein Grinsen entlockte. »Ja, die Frage ist nur, wer am Ende die meisten Schulden hat. Und ich fürchte, das werden wir sein.«

Er zerquetschte seinen köstlichen Windbeutel mit der Gabel und fühlte sich trotz dieser pessimistischen Aussicht pudelwohl an dieser Kaffeetafel. Seine Herzmuskelschwäche hatte sich im Nachhinein als ein Glücksfall erwiesen, und er würde die Chance ergreifen, die sich ihm bot. Er brauchte sich nur umzusehen, Bourgeois pur, hier lag das große Geld, hier lagen gute Geschäfte. Eine luxuriöse Villa, ein Hausmädchen, ein parkähnlicher Garten wie aus dem Märchen, ein bildhübsches, alleinstehendes Mädchen – alles war da, er musste nur zugreifen.

Die *Kristina Sund* war in den Hafen eingelaufen und hatte bereits Vor- und Achterleinen festgemacht. Die Viermastbark war das schönste Schiff im Hafen, selbst im abgetakelten Zustand. Ihr stählerner, schneeweißer Bug leuchtete in der Frühjahrssonne, und am Mast wehte die blaue Fahne mit der weißen Rose im leichten Wind.

Anna stand am Kai und sah Brandis auf sich zukommen. Er trug ein weißes Hemd, eine schwarze Hose und Halbstiefel. Braungebrannt, das blonde Haar von der südamerikanischen Sonne ausgebleicht und mit einem Fünftagebart kam er ihr strahlend entgegen. Als sei in Rio überhaupt nichts passiert. Er umarmte Anna, hauchte ihr einen Kuss auf die Lippen, und die Frage blieb ihr im Hals stecken, denn schon sah sie zwei Hafenbeamte auf sie zusteuern, die direkt vor Brandis stehen blieben.

»Kapitän Brandis?«, fragte einer von ihnen.

Brandis nickte.

»Ich möchte Sie bitten, uns zu begleiten. Es liegt eine Anzeige gegen Sie vor. Sie sollen Ihren Bootsmann Josef Bolten erstochen haben.«

Brandis schien völlig überrascht und sah den Beamten fragend an, als wisse er gar nicht, worum es gehe.

»Sie sollen die Leiche des toten Bootsmanns nach der Tat über Bord geworfen haben«, fuhr der Beamte mit zusammengekniffenen Augen fort, aber Brandis schüttelte den Kopf. Er habe niemanden erstochen, erklärte er gereizt und fügte hinzu: »Ich habe Bolten zwei Tage im Frachtraum bei Wasser und Brot einsperren lassen, weil er die Mannschaft gegen mich aufwiegelte. Als er nach zwei Tagen wieder an Deck stand, war er so lebendig wie Sie und ich. Wer erzählt denn einen solchen Unsinn?«

»Kapitän Wolff. Er lag mit Ihnen zeitgleich im Hafen von Rio. Er weiß es von Ihrem Zimmermann. Boltens Leiche wurde auf der Copacabana an den Strand gespült. Als sie gefunden wurde, hatte die *Kristina Sund* allerdings schon Richtung Feuerland abgelegt. Außerdem haben sich zwei Zeugen gemeldet, Mitglieder Ihrer Mannschaft, die gerade vernommen werden.«

Brandis schüttelte irritiert den Kopf. »Ich habe dem Mann kein Haar gekrümmt. Ich wusste ja noch nicht einmal, dass er tot ist. Als wir gemerkt hatten, dass er sich nicht mehr an Bord befindet, habe ich mindestens vier Männer in die Hafenkneipen geschickt, um nach ihm zu suchen. Sie haben ihn nicht gefunden, also bin ich ohne ihn in See gestochen.«

»Nun, das wird sich alles klären«, knurrte der Beamte unfreundlich. »Sie folgen uns jetzt zur Hafengerichtsbarkeit. Und Sie haben doch nichts dagegen, wenn wir das Schiff einmal gründlich in Augenschein nehmen?«

Die beiden Beamten packten Brandis an den Schultern, während Anna in kaltem Schrecken gefangen dastand und nichts tun konnte. Sie sah den Männern hinterher und spürte ihr Herz klopfen. Sie hatte Brandis seit fast drei Monaten nicht mehr gesehen, und jetzt das!

»Glauben Sie ihm kein Wort, Lady«, raunte eine Stimme hinter ihr. Sie fuhr herum. Da stand ein ziemlich abgerissener Typ, ein Seemann mit der obligatorischen Wollmütze auf dem Kopf und grinste sie an. »Jetzt holt ihn seine Vergangenheit ein. Sie müssten es ja eigentlich wissen, Sie sind schließlich mit ihm verheiratet.«

Er tippte sich mit der Hand an die Mütze und eilte weiter.

Kommissar Moritz Sand hatte es sich zur Gewohnheit gemacht, nach Dienstschluss zum Hafen hinunterzugehen. Er beobachtete die Leute, die hier arbeiteten. Lagerarbeiter, Hafenarbeiter. Er beobachtete die Schiffe, die an- oder ablegten. Er starrte aufs Wasser, und sein Blick schweifte nach Norden, wo sich die Förde dem Meer öffnete. Er ging die Kiellinie entlang und fragte sich, was er mit dem anonymen Hinweis anfangen sollte. Am Ende dieser Stunden, die er am Hafen verbrachte, war er frustriert und fragte sich, ob es überhaupt Sinn habe, diesem Hinweis nachzugehen. Er lief einer inneren Stimme nach, die ihm zurief, diese Suche aufzunehmen und auch nicht lockerzulassen, während sein Verstand ihm das genaue Gegenteil sagte.

Am vierten Tag hatte er dem Hafen den Rücken gekehrt und war zurück in die Stadt gegangen. Am kleinen Kiel angelangt, setzte er sich auf eine Bank. Ein Mann, der hinkte und das rechte Bein nachzog, kam ihm entgegen und fragte, ob er sich auf die Bank setzen dürfe. Sand nickte. Nun saßen sie nebeneinander und schwiegen eine Weile.

»Kriegsversehrt?«, fragte Sand endlich.

»Ein Unfall«, war die Antwort. »Ich bin … war Seemann.«

»Was ist passiert?«

»Schweres Wetter. Ich prallte gegen die Ladeluke. Der Aufprall zerschmetterte meine Kniescheibe. Ich werde nie wieder zur See fahren.«

»Das tut mir leid. Haben Sie andere Arbeit gefunden?«

Der Seemann schüttelte den Kopf. »Bis jetzt nicht. Ich lebe von der Fürsorge, Sie wissen, was das bedeutet. Menschen, die man nicht mehr ausbeuten kann, bedeuten der Politik nichts.«

»Was meinen Sie damit?«

»Es hat keinen Sinn, in sie zu investieren, also hält man sie so knapp wie nur möglich. Sie dürfen natürlich nicht verhungern, denn abgemagerte Leichen am Straßenrand machen einen schlechten Eindruck, aber satt werden sollen sie auch nicht. Eigentlich ist jeder Pfennig in Menschen wie mich eine Fehlinvestition, denn es kommt ja kein Profit dabei heraus, das ist doch nicht so schwer zu verstehen.«

»Für wen sind Sie gefahren?«, wollte Sand wissen.

»Für Rose. Kennen Sie Rose?«

»Das kann man wohl sagen. Ich habe den Fall Magnussen bearbeitet.«

»Ach nee …«

Der Seemann setzte ein schiefes Lächeln auf und musterte Sand neugierig. »Sind Sie Polizist?«

»Kriminalkommissar. Ich ermittele im Fall Franz Rose. Sie sind Seemann, haben Sie eine Ahnung, wo ich Hinweise über etwas finden könnte, das auf dem Grund der Ostsee liegt?«

Der Seemann lachte schallend. »Was genau suchen Sie denn?«

»Das weiß ich leider nicht.«

»Versuchen Sie es mal bei der Hafenbehörde. Aber ob die Ihnen weiterhelfen kann? Sie müssten schon wissen, wonach Sie suchen.«

Sand nickte und stand auf. Er hatte keinen blassen Schimmer, er stocherte im Nebel, und selbst wenn er seinen Chef überzeugen könnte, ein paar Taucher zu bezahlen, an welcher Stelle hätten sie wonach suchen sollen?

»Nur Mut, Herr Kommissar. Das Meer gibt alles zurück, man muss nur warten können.«

Dr. Grubers Kanzlei befand sich in einem der Persischen Häuser in der Innenstadt. Eine gute Adresse für die, die sich einen der besten Anwälte leisten konnten. Anna hätte ihn niemals bezahlen können, aber Maxim würde seine Rechnung übernehmen. Sie suchten ihn auf, um mehr über Brandis' Verhaftung herauszubekommen. Dr. Gruber hatte Brandis einmal besuchen können, aber nur wenig erfahren.

»Es kommt auf die Aussagen der Zeugen an«, erklärte der Anwalt. »Soweit ich weiß, wiegelte dieser Bolten – das ist der Tote – die Mannschaft gegen den Käpitän auf, weil er den Männern verboten hatte, an Land zu gehen. Als Bolten nicht aufhörte mit der Stichelei, ließ der Kapitän ihn für zwei Tage bei Wasser und Brot im Frachtraum einsperren. Nach Aussage des Zimmermanns und eines Vollmatrosen wurde Bolten nach zwei Tagen wieder an Deck gelassen. Dort kam es zu einem heftigen Streit zwischen Brandis und Bolten, und am Ende war Bolten tot. Ein Messer steckte in seiner Brust. Dafür gibt es zwei Zeugen. Es gibt also zwei Aussagen, die Brandis belasten. Die anderen wissen von nichts, weil sie schlicht nicht da, sondern auf Landurlaub waren und sich in irgendwelchen Kneipen betranken. Es ist alles ziemlich mysteriös und undurchsichtig. Erst wird Bolten im Frachtraum eingesperrt, was die komplette Mannschaft bezeugen kann, doch kaum sind die meisten an Land, entwickelt sich dieser Streit, an dessen Ende Bolten tot an Deck liegt und dann über Bord geht. Ergibt das einen Sinn, frage ich mich, oder steckt dahinter nicht etwas ganz anderes? Die Rache dieser beiden Seeleute nämlich, die einfach eine falsche Aussage machen.«

»Dann hätten sie mit Brandis eine offene Rechnung haben müssen«, warf Maxim ein.

»Möglich. Aber solange sie bei ihrer Aussage bleiben, sieht es nicht gut für Brandis aus. Ist er so skrupellos, Bolten erst zu erstechen und dann über Bord zu werfen? Ist das glaubhaft?«

»Nie im Leben«, sagte Anna schaudernd, und auch Maxim schüttelte den Kopf. »Tun Sie, was Sie können, Dr. Gruber. Geld spielt keine Rolle. Holen Sie den Kapitän da raus.«

3

Anna war nach dem Gespräch nach Hause gefahren. Sie saß im Dunkeln am Fenster und starrte in die Nacht. Ihr war, als sei sie in ein tiefes, schwarzes Loch gefallen, so schwarz wie die Nacht, die vor ihren Augen lag. Am Himmel glänzten keine Sterne, kein Mond, nichts. Sie wusste nicht mehr, was sie glauben sollte. Sie war seit zehn Monaten verheiratet, und ganze drei davon war Brandis zuhause gewesen. Sie hatte gewusst, auf was sie sich einlassen würde, ein Kapitän war ständig unterwegs, aber ihre Zweifel wurden immer größer. Die Worte dieses Seemanns gingen ihr nicht mehr aus dem Kopf. Wer war Chris Brandis wirklich? Ein zärtlicher Ehemann? Eine Sphinx, die ein Geheimnis mit sich herumtrug? Sie wusste es nicht. Sie kannte ihn kaum. Eine Hochzeitsnacht, die sie auf der *Sybille* verbracht hatten, weil er am nächsten Morgen nach Irland hatte segeln müssen. Eine Nacht in schwerem Wetter, auch wenn die *Sybille* an ihren Festmacherleinen gelegen hatte. Ein letzter Wintersturm war von Norden gekommen, hatte die Nacht in Beschlag genommen und das Schiff durchgeschüttelt. Ein schlingernder Untergrund, das Wasser schien von allen Seiten zu kommen, aber Brandis hatte nur gelacht. Damals hatte das Lachen ihr gutgetan, heute kam es ihr vor, als sei sie einem Verführer ins Netz gegangen. Sie hatte gerne in diesem Netz gezappelt, schließlich war es genau das, was sie sich gewünscht hatte.

Es läutete. Sie schreckte hoch und ging zur Tür. Auf dem Flur stand Lilly. Sie saßen auf der weinroten Couch. Anna erzählte von dem Gespräch bei Gruber, und Lillys Miene wurde immer dunkler. »Du glaubst doch nicht, dass auch nur ein Wort von diesen Zeugen vor Gericht Bestand hat, oder?«

»Ich weiß es nicht. Ich glaube, ich kenne ihn gar nicht. Wir waren ja auch nicht lange zusammen, ein paar Wochen, dann musste er wieder auf See. Monate später kommt er zurück, man ist wieder ein paar Wochen zusammen, und er ist wieder weg.«

»Aber wenn er da ist, was ist dann?«

»Er ist freundlich, zuvorkommend, alles, was eine Frau sich wünschen kann. Er hat sogar diese teure Wohnung nur für mich gemietet. Er will, dass ich glücklich bin.«

»Wo ist dann das Problem?«

»Da ist diese andere, diese dunkle Seite. Ich weiß nie, was er denkt, was er wirklich fühlt. Ich hatte nie Gelegenheit, ihn wirklich kennenzulernen. Vielleicht haben wir zu früh geheiratet. Du kennst ihn tatsächlich besser als ich.«

Lilly nippte schweigend an ihrem Sektglas.

»Nein«, sagte sie nach einer Weile. »Brandis war immer ein Mann mit vielen Gesichtern. Auf der einen Seite charmant, auf der anderen kalt wie eine Hundeschnauze, heute ein Zyniker, morgen kann er einem Bettler sein eigenes Bett schenken. Aber dass er sich hinreißen lässt, seinen Bootsmann zu erstechen, halte ich für eine böse Intrige dieser Zeugen. Alexa, seine Tochter, hat damals, als sie noch in Kiel war, ein Horoskop über ihn erstellen lassen, und sie hat es mir einmal erklärt. Brandis ist Schütze mit einem starken Skorpionanteil, der sein Wesen überschattet. Im Grunde ist er ein eigentlich sanfter Mensch, der andere für sich und seine Ziele gewinnen kann, wird aber der Skorpion zu stark, neigt er zu Melancholie und Aggression. Du siehst, ich kann dich verstehen, ein Rest Zweifel bleibt immer. Lass dich nicht irremachen, Anna, warte bis zur Verhandlung. Dann kommt die Wahrheit ans Licht.«

Sherman Collins, der die Niederlassung in New York führte, hatte sich in Hamburg mit einem Vertreter des Shell-Konzerns getroffen und war dann unverzüglich nach Kiel gereist. Er hatte einen Kreditvertrag in der Tasche und gedachte, seinen Chef davon zu überzeugen, ihn endlich zu unterschreiben. Eine haarige Angelegenheit, denn Maxim machte Schwierigkeiten. Anders als Franz, als der noch die Leitung der Reederei innegehabt hatte. Franz hatte keine Berührungsängste mit den Reichen und Mächtigen dieser Welt gekannt, und einer darunter war jener Deterding, seines Zeichens Chef von Shell. Maxim war anders. Ein überzeugter Demokrat. Die Crux mit den überzeugten Demokraten war nur, dass sie an eine Sache glaubten, die nie wirklich existiert hatte.

Collins kam an einem ungewöhnlich heißen Tag mit dem Zug in Kiel an und ließ sich mit einem Taxi zur Hauptniederlassung der Reederei fahren. Die Sonne brannte unbarmherzig vom Himmel, überall leuchteten die bunten Tupfer der Botanik durch die flimmernde Luft, und Collins wischte sich immer wieder den Schweiß vom Gesicht. In der Niederlassung führte ihn eine elegante Dame in Maxims Büro, der hinter seinem Schreibtisch saß. Sie gaben sich die Hände, und dann zog Collins wortlos den Vertrag aus seiner Aktentasche und legte ihn auf den Tisch. Maxim warf einen flüchtigen Blick darauf, er kannte das Dokument bereits, denn er besaß eine Kopie.

»Ich unterschreibe das nicht«, sagte er und setzte sich wieder hinter seinen Schreibtisch.

Collins, der diese Reaktion erwartet hatte, nickte jovial. Er hatte sich eine Taktik zurechtgelegt, die hoffentlich zum Ziel führen würde.

»Sie wollen doch nicht ins Steinzeitalter zurück«, bemerkte er trocken. »Die Zukunft liegt in diesem Vertrag. Genauer gesagt beim Öl. Kohle und Wind sind obsolet. Und mit diesem Vertrag werden sie die Nummer eins in Kiel sein. Sie stoßen die alten Kähne ab und fahren nur noch mit Öl. Shell will auf den russischen Markt, der im Moment noch von Standard Oil kontrolliert wird, aber das dürfte sich bald ändern.«

Maxim starrte auf das Papier vor seinen Augen. Vorzügliche Bedingungen, günstiger Zins, einen besseren Kreditvertrag hätte er gar nicht bekommen können. Aber er hatte das Gefühl, wenn er das unterschreiben würde, schlösse er einen Pakt mit dem Teufel. Die Ziele des Chefs von Shell waren bekannt: er gehörte zu denen, die die Politik in Deutschland in eine ihnen genehme Richtung bugsieren und Hitler und dessen NSDAP an die Macht bringen wollten. Und davon gab es eine ganze Menge, diesseits und jenseits des Atlantiks. Leute mit unermesslich viel Geld und guten Beziehungen.

»Wir haben schon Schulden genug«, sagte Maxim und versuchte, einen freundlichen Klang in seine Stimme zu legen. »Noch mehr belastet das Geschäft. Und ich will ehrlich zu Ihnen sein, Collins, ich mag Leute wie Deterding nicht. Ich habe nie verstanden, wie mein Bruder sich mit denen ins Bett legen und Mitglied der NSDAP werden konnte.«

Collins zuckte regelrecht zusammen, fing sich aber sofort wieder und setzte ein kleines Lächeln auf. »Sind Sie Geschäftsmann oder Politiker, Maxim? Lassen Sie die Politik Politik sein und denken Sie nur ans Geschäft. Mit Shell im Rücken sind Sie immer auf der Gewinnerseite, egal, wer im Reichstag sitzt. Sie sind unabhängig von der Regierung, Sie können sich einzig und allein auf Ihr Geschäft konzentrieren. Die amerikanischen und britischen Konzerne werden in Deutschland investieren, wenn die Zeit gekommen ist.

Shell, Standard Oil, British Petrol, Opel, IBM und viele andere. Wenn Sie jetzt die Weichen in die richtige Richtung drehen, werden Sie glänzende Profite machen. Ihr Bruder wusste das.«

»Mein Bruder hat versucht, mich umbringen zu lassen«, knurrte Maxim.

Collins wusste, dass er nur ein winzig kleines Loch in diese unumstößliche Überzeugung reißen musste. So schnell würde er nicht aufgeben, denn falls sein Chef unterschrieb, würde für ihn eine großzügige Provision dabei herauskommen. Maxim musste einfach unterschreiben. Und Maxim wirkte plötzlich unsicher. Sein Blick flatterte kurz, verlor sich dann wieder auf das Papier und starrte es an wie die Blumen des Bösen.

»Ist Ihnen klar, dass ich mich mit meiner Unterschrift mit diesen Leuten gemeinmache? Das will ich nicht. Dann lieber ein Kredit über die Danatbank.«

»Mit wesentlich höheren Zinsen und wesentlich schlechteren Bedingungen«, knurrte Collins. »Sie werden die Welt nicht retten, Maxim. Sie glauben an ein demokratisches System, das ist Ihr gutes Recht, aber dieses System ist brüchiger als eine alte Holzkiste. Ihr schönes Land wird von ganz anderen Leuten regiert als Bebel oder Scheidemann oder wie sie alle heißen. Das ist Fakt.«

Irgendwo schlug eine Tür. Maxim stand auf. »Ich denke darüber nach. Und solange wollen wir nicht mehr davon sprechen. Ich habe Karten fürs Theater heute Abend. Es gibt Schillers ›Räuber‹. Haben Sie Lust, mich zu begleiten?«

Auch das noch, dachte Collins vergrätzt, nickte aber freundlich und stand ebenfalls auf.

Bei Elli war der Teufel los. Eben hatte ein Schoner aus Tallinn angelegt, und die Mannschaft war in die Kneipen eingefallen. Auch bei Elli ging es hoch her, Schnaps und Huren waren willkommen. Die bereits leicht verlebten Damen saßen an den Tischen und hofften auf den einen oder anderen Kunden. Jesse hatte den Tag bei Elli verbracht, eine Erinnerung an bessere Zeiten. Aber er saß noch aus einem anderen Grund hier. Anna hatte ihm die Namen der Zeugen gegeben, die Brandis belasteten. Tom Suermondt, der Zimmermann, und Otto Materna, ein Vollmatrose. Den Zimmermann kannte Jesse gut, den anderen eher flüchtig. Mit Suermondt war er für Rose auf der *Sybille* gefahren. Er hatte die Kneipen durchstreift, bis er hier endlich fündig geworden war. Die zwei saßen an einem Tisch und spielten Karten. Suermondt war ein glatzköpfiger, hochaufgeschossener Kerl, Materna war untersetzt, hatte eine schwarze Wollmütze auf dem Kopf, und am linken Ohrläppchen baumelte ein silberner Anker.

»Wie war's in Rio?«, fragte Jesse und setzte sich ungefragt auf einen Stuhl.

Suermondt grinste. »Heiß. In jeder Beziehung.«

»Und was ist das für eine Geschichte mit Brandis? Er sitzt in Haft, erzählt man sich im Hafen.«

»Richtig. Der Teufel hat Josef Bolten auf dem Gewissen.«

»Habt ihr gesehen, wie die beiden sich stritten? Wie Brandis Josef dieses Messer in die Brust rammte?«

»Das haben wir. Du kennst Brandis. Der Kapitän schreckt vor nichts zurück.«

»Er mag zuweilen etwas übers Ziel hinausschießen, aber er ist kein Mörder.«

»Wir haben gesehen, was wir gesehen haben. Brandis glaubte, es gäbe keine Zeugen, es war schon dunkel, aber wir waren zur Wache eingeteilt.«

Das Lachen der beiden machte Jesse misstrauisch. Er hüllte sich in Schweigen und stopfte seine Pfeife, während die anderen wieder ihre Karten aufnahmen.

»Jetzt sag nicht, du wärest gerne unter Brandis gefahren«, bemerkte Materna finster.

»Brandis ist so gut oder so schlecht wie jeder andere. Aber er ist kein Sadist. Ich habe ihn einmal mit dem Messer angegriffen, da war ich wirklich sturzbetrunken, aber er hat mich trotzdem immer wieder anheuern lassen. Das hätte nicht jeder Kapitän getan.«

»Ach nee? Das sieht Josef wohl etwas anders, auch wenn er jetzt die Radieschen von unten betrachtet. Allerdings ist da noch etwas …«

Suermondt warf Materna einen kurzen Blick zu, der seinen Kompagnon aber nicht davon abhielt, seinen Satz zu beenden. »Brandis soll Bolten seinen Beutel, in dem eine Flasche Rum steckte, abgenommen und nicht wieder zurückgegeben haben. In dem Beutel steckte allerdings noch ein zweiter, kleiner Beutel. Das wissen wir, denn wir haben ihn gesehen. Bolten hütete diesen Beutel wie seinen Augapfel.«

Materna machte eine dramaturgische Pause, um Jesses Neugier zu wecken, der auch sofort nachfragte: »Was war drin in dem Beutel?«

»Eine Handvoll Perlen. Wunderbare, makellose, schneeweiße Perlen. Und jetzt ist dieser Beutel im Besitz von Brandis, der ihn sich widerrechtlich angeeignet hat. Bolten war außer sich, aber er kam nicht mehr dazu, sein Eigentum in Besitz zu nehmen, er wurde erstochen und seine Leiche über Bord geworfen.«

»Habt ihr die Perlen jemals gesehen?«, wollte Jesse wissen.

Suermondt nickte. »Er hat sie uns einmal gezeigt. Vor einem Jahr, so erzählte er, segelte er mit der *Halima* zur Piratenküste am Persischen Golf, wo ein Wrack, das an der Küste gestrandet war, seine

Aufmerksamkeit erregte. Er stieg ein wenig auf dem Schiff herum und fand diesen Beutel, der unten in der Bilge im Wasser lag. Und wenn man weiß, dass an der Piratenküste die besten Perlentaucher leben, ergibt das Ganze auch Sinn. Wie die Perlen auf das Wrack und in die Bilge gekommen sind, wusste er natürlich auch nicht.«

»Warum fuhr Bolten dann noch zur See, wenn er ein reicher Mann hätte sein können? Ich meine, er hätte die Perlen verkaufen können.«

»Die Fahrt nach Chile auf der *Kristina Sund* sollte seine letzte sein. Er hatte einen Käufer gefunden, mit dem er sich in Hamburg treffen wollte, nachdem die *Kristina Sund* wieder in Kiel eingelaufen wäre.«

»Und das habt ihr vor der Hafenpolizei ausgesagt?«

»Genau das. Darum wurde die *Kristina Sund* ja auch gründlich untersucht. Perlen in einem Beutel haben sie allerdings nicht gefunden. Ich sag dir was, Jesse, hätte Käpt'n Wesseling das Kommando gehabt, wäre Josef jetzt noch am Leben.«

Jesse verstand sofort, was Suermondt damit ausdrücken wollte. Brandis war kein Wesseling, der selten ein lautes oder grobes Wort äußerte. Wesseling war ein Mann mit Kultur, der Gewalt verabscheute. Ein Aristokrat, der nie seinen Rock auszog, auch bei vierzig Grad im Schatten nicht. Immer vornehm, immer konziliant. Der hätte Bolten seinen Beutel mit der Flasche vermutlich gelassen, und es wäre nie zu einer Auseinandersetzung gekommen.

Anna war mit dem Fahrrad zum Mühlenweg gefahren. Einmal fast quer durch die Stadt unter einem wolkenlosen Himmel. Fährstraße, Gutenbergstraße, über die Eckernförder Chaussee direkt auf den Mühlenweg. Eine ländliche Gegend, die vom Gartenpark bestimmt wurde. Hier lagen verstreut ein paar kleine Höfe, windschiefe, alte Häuser aus dem letzten Jahrhundert mit den dazugehörigen Ställen, die aber nicht auf einen größeren Viehbestand schließen ließen.

Jesse stand am Straßenrand, als sie vom Rad abstieg. Sie wollte ihm das Geld geben, das sie mitgebracht hatte und ihre Frage stellen, aber er bat sie ins Haus hinein. Er schien seine Scham abgelegt zu haben, oder er wollte, dass sie sah, wie und wo er lebte. Er stellte ihr Tom Hamsen und dessen Frau vor, während seine eigene Frau mit den Kindern in die Stadt gegangen war. Hamsen erinnerte Anna an einen Piraten aus alten Zeiten. Langes, dünnes Haar fiel ihm auf die Schultern, unter starken Brauen lagen hohle Augen. Auf der linken Wange hatte sich eine lange, seltsam gezackte Narbe verewigt, als hätte ihn bei einem Scharmützel ein Säbel getroffen. Seine Frau war klein und schmal mit traurigen Augen. Sie erzählte vom Tod ihrer beiden Söhne. Den einen hatten sie im Krieg verloren, den anderen an die See. Jetzt waren sie allein im Alter, allein mit ihren schmerzlichen Erinnerungen und einer Rente, die kaum reichte.

Anna sah sich um. Gänse und Hühner liefen auf dem Hof herum, blühende Obstbäume standen auf einer Wiese, und im Stall befanden sich zwei Ziegen und fünf Schafe, die Milch, Käse und Wolle lieferten. Jesses Familie hauste in einem einzigen Zimmer, vollgepackt mit vier Matratzen. Jetzt im Sommer lebte es sich besser, erzählte Jesse, kam der Winter, kamen Hunger und Kälte.

Anna schämte sich. Sie schämte sich für diesen Staat, der für die Alten und Kranken kein Geld übrighatte. Stattdessen pumpte er massiv Geld in die Reichswehr, um sie in Russland aufrüsten zu lassen. Was für ein Irrsinn!, dachte sie angesichts dieses Elends.

Sie saßen im Garten unter den Obstbäumen auf wackeligen Stühlen. Billy, der Kater, lag im Gras und ließ sich die Sonne auf den Pelz scheinen. Ringsum täuschte die ländliche Idylle über das hinweg, was offensichtlich war. Mohn und Kornblumen wuchsen im hohen Gras, die Hühner scharrten im trockenen Sand, Amseln sammelten Futter für ihre Jungen. Ein täuschend schöner Tag. Es gab dünnes Bier und die Reste vom letzten Kuchen. Anna steckte ein Kloß im Hals. Sie war hier, weil sie von Jesse wissen wollte, ob er etwas herausgefunden hatte. Reiner Eigennutz. Auf der anderen Seite hatte sie ein paar Münzen dabei, die den Leuten vielleicht eine Woche über die Runden helfen würden. Einen Teil davon hatte sie aus der Versichertenkasse genommen, ohne Maxim etwas davon zu sagen. Sie legte das Geld auf den Tisch und erklärte, es sei von der Reederei. Das Geld lag da, aber keiner griff danach. Es funkelte in der Sonne. Endlich schob sich Jesses Hand über den Tisch. Er sammelte die Münzen auf und ließ sie Toms Frau in die offene Hand fallen.

»Die Aussage der beiden Seeleute ist eindeutig. Ob sie allerdings die Wahrheit sagen, kann ich nicht beurteilen«, meinte Jesse endlich und erzählte, was er von Suermondt und Materna erfahren hatte.

»Glauben Sie an die Geschichte mit den Perlen?«, fragte Anna.

»Die Piratenküste ist bekannt für ihre Perlenfischer. Die Frage ist doch: Wenn es sie wirklich geben sollte, sind sie jetzt im Besitz von Käpt'n Brandis? Dann hätte er sie gestohlen. Aber es ist natürlich möglich, dass ihm hier einer etwas anhängen will.«

»Welche Rolle spielt eigentlich Kapitän Wolff in diesem Spiel? So wie es aussieht, hatte er nichts Besseres zu tun, als Brandis sofort anzuzeigen, nachdem er in Kiel angekommen war.«

»Wolff ist ein Intrigant. Immer schon gewesen. Er fährt für die Konkurrenz und sah wahrscheinlich eine gute Gelegenheit, Rose auf diese Weise Probleme machen zu können.«

Kommissar Sand hatte sich mit Flickwort überworfen, der keinen Sinn darin sah, einem Phantom auf dem Grund der Ostsee hinterherzutauchen. Die Stimmung zwischen den beiden Kriminalpolizisten wurde immer schlechter, immer gereizter. Sie zogen nicht mehr am selben Strang und warfen sich gegenseitig vor, jeder betreibe eine andere Strategie und verfolge ein anderes Ziel, bis Sand eines Abends die Tür hinter sich zuknallend das gemeinsame Büro verließ.

Er ließ sich durch die Straßen treiben, ehe er sich plötzlich am Lorentzendamm wiederfand. Hier wohnte Anna Herzog. Die mittlerweile frisch vermählte Frau von Kapitän Brandis. Sand blieb stehen und zögerte. Dann streckte er die Hand aus und klingelte.

Die weinrote Couch hatte schon in ihrer Berliner Wohnung gestanden. Kommissar Sand stellte sich ans Fenster und bewunderte die Aussicht.

Er setzte sich auf die Couch und stellte die erste Frage, die er auch schon vor über einem Jahr gestellt hatte. Sie bezog sich auf die Feinde, die Franz Rose möglicherweise gehabt hatte.

Anna überlegte kurz. »Ich wüsste niemanden, den ich als seinen Feind bezeichnen könnte. Er war gut gelitten in der Stadt. Er war der Arbeitgeber für viele Menschen, den macht man sich nicht zum Feind. Und privat hatte er mehr Freunde als Feinde.«

Sand erinnerte sich an das letzte Gespräch, das er mit Anna geführt hatte. »Sie meinen diese amerikanischen Freunde?«

»Ja, die auch. In meinen Augen sehr zweifelhafte Freunde. Da war aber sicher keiner, der ihn hätte umbringen wollen. Die wollten Geschäfte mit ihm machen. Als Mitglied der NSDAP stand er in den Augen der meisten auf der politisch richtigen Seite.«

»Wussten Sie, dass er Mitglied dieser Partei war?«

»Erst kurz vor seinem Tod habe ich davon erfahren. Franz wollte nicht, dass es bekannt wird, er hatte Angst, es könnte dem Geschäft schaden.«

»Kommen wir auf diesen Zeugen zurück. Sie haben ihn ein paar Tage nach der Tat im Wald getroffen.«

Anna nickte. »Er sprach von einem Mann mit Vollbart, den er in der Nähe der Villa Rose zur Tatzeit gesehen hatte. So viele Männer mit Vollbart gibt es nun auch wieder nicht …«

Sie sah ihn an und schmunzelte. »Sie, Herr Sand, haben einen kräftigen Bart. Sie trugen auch damals einen …«

»Ja, dann muss ich es gewesen sein«, gab er spöttisch zurück. »Leider habe ich ein Alibi, ich befand mich zur Tatzeit im Präsidium. Dafür gibt es eine Menge Zeugen.«

Anna lachte. Sie erinnerte sich, sofort an den Kommissar gedacht zu haben, als sie von dem Vollbärtigen gehört hatte.

»Warum lassen Sie die Sache nicht einfach auf sich beruhen?«, fragte sie. »Franz wollte seinen Bruder ermorden lassen. Er hat Kapitän Magnussen erschlagen. Er wollte diesem Wesel, der Mitglied der OC ist, zur Flucht verhelfen. Er war Mitglied der NSDAP. Ehrlich, Herr Kommissar, wem hilft es, wenn seinem Mörder der Prozess gemacht wird? Viele denken so.«

»Ich weiß. Franz Rose war kein guter Mensch. Aber in einem Rechtsstaat bleibt ein Verbrechen immer ein Verbrechen. Ich muss seinen Tod aufklären. Selbst wenn Franz Rose der Teufel persönlich gewesen wäre, muss ich seinen Mörder finden.«

»Dann sollten Sie in der Hölle suchen.«

»Das werde ich.«

Kommissar Sand stand auf und verabschiedete sich. Sie begleitete ihn zur Tür und entließ ihn in die einbrechende Dämmerung. Er trat auf die Straße und roch den süßen Duft der Violen, die im Vorgarten wuchsen. Er machte sich auf den Weg nach Hause, Richtung Sternstraße, während sich die Nacht immer tiefer über die Dächer senkte. Die Geschichte Kreuzgangs spukte plötzlich in seinem Kopf herum, der Protagonist eines kleinen Büchleins gewesen war, das er in der Schule gelesen hatte. »Die Nachtwachen des Bonaventura«. Es handelte von dem von der Gesellschaft verstoßenen Nachtwächter, der die Stunden ausruft und über die Sinnlosigkeit des Lebens räsoniert. Für den sich die Menschheit nach Art einer Zwiebel organisiert, Menschen mit übergestülpten Masken herumlaufen, die ihr wahres Ich verbergen und die von der allgegenwärtigen Sinnlosigkeit ihres Daseins überwältigt sind. Das hatte Sand als damals Vierzehnjährigen mächtig beeindruckt. Er hatte sich mit diesem Kreuzgang identifiziert, hatte sich von diesem romantischen Nihilismus anstecken lassen und merkte plötzlich, wie da etwas nachhallte. Nach über dreißig Jahren hatte er wieder diese Zeilen vor Augen, hallte ihm dieses dreimalige Nichts wieder in den Ohren. Eine gruselige Erinnerung an eine gruselige Lektüre. Kreuzgang hatte keinen Mörder gesucht, er hatte vielmehr den Sinn des Lebens gesucht, von dem er aber bereits vor der Suche gewusst hatte, dass er ihn nicht finden würde.

Sand versuchte diese Erinnerung abzuschütteln. Sie war ihm nicht dienlich, würde ihm nicht helfen, und die Frage nach dem Sinn des Lebens schien so absurd wie das Leben selbst.

Während er durch die Straße lief, kam er an einem Haus vorbei, dessen leuchtend-blinkende Reklame ihn anzog.

KASSANDRA, WAHRSAGERIN, stand in großen Lettern über der Tür. Der Kommissar blieb stehen. Er sah durch eines der Fenster. Im Zimmer dahinter brannten ein paar Kerzen auf einem großen, runden Tisch, und ihr flackernder Schein erhellte einen Wandbehang, der an der rückwärtigen Wand hing. Wirr ineinander verflochtene Schlangenkörper mit menschlichen Köpfen waren darauf abgebildet, die sich um einen seltsamen, dreibeinigen Schemel wanden, auf dessen Sitzfläche eine lodernde Stichflamme in die Höhe stob.

Plötzlich ging die Tür auf, und eine groß gewachsene, schwarzhaarige Frau stand vor ihm. Sie trug ein giftgrünes Tuch um den Hals und ein schwarzes, bodenlanges Kleid. Ihre Augen musterten ihn neugierig, während er einen intensiven, würzigen Geruch wahrnahm.

»Wollen Sie nicht hereinkommen?«, fragte sie.

Er zögerte. Wollte er hereinkommen? Was gab es da zu sehen?

»Na, kommen Sie schon.«

Die Frau trat beiseite, und er machte ein paar Schritte in den Raum hinein. Sie bot ihm einen Stuhl an, auf dem er zaudernd Platz nahm, während sie sich ihm gegenüber niederließ.

»Was wollen Sie wissen?«

Er zuckte mit den Schultern. Tausend Fragen, die wie Sandkörner am Strand lagen oder wie Sterne am Himmel standen.

»Ich suche einen bestimmten Mann …«

»Ein bisschen mehr muss ich schon wissen.«

»Natürlich. Er ist der Mörder von Franz Rose, dem Reeder. Er wurde letztes Jahr auf seinem Grundstück erschossen. Der Täter schoss mit einer Parabellum und könnte zur Tatzeit einen Vollbart getragen haben.«

»So wie Sie?«

»Ja. Aber ich bin nicht der Täter. Ich bin Polizist.«

Die Wahrsagerin nickte. Sie hatte nicht einmal Karten. Keine Glaskugel, nichts. Sie schien in seinem Gesicht die Antwort zu suchen, was ihn verunsicherte. Dann sah sie in die Flamme einer dicken, weißen Kerze, die vor ihr auf dem Tisch stand, während er dachte, er sei jetzt völlig verrückt geworden. Ein Kommissar, der zu einer Wahrsagerin ging, konnte nur verrückt sein. Oder verzweifelt. Der Duft benebelte langsam seine Sinne, es roch nach irgendwelchen Kräutern, nach Rosmarin oder Thymian.

Ohne den Blick von der Kerzenflamme zu nehmen, sagte sie nach ein paar schweigenden Minuten: »Er trägt keinen Bart mehr. Möglicherweise trug er einen, den muss er aber kurz nach der Tat abgenommen haben. Er muss auch eine Reise angetreten haben, er lebte nicht mehr in der Stadt, ist aber wieder zurück. Sie kennen ihn nicht, aber er kennt Sie.«

»Werde ich ihn finden?«

»Sie werden ihn kontaktieren, aber ich weiß nicht, ob Sie ihn als den erkennen, der er ist.«

»Wir haben einen anonymen Hinweis bekommen. Demnach liegt die Wahrheit auf dem Grund der Ostsee. Können Sie sehen, was damit gemeint ist? Können Sie sehen, was dort liegt?«

Die Frau starrte noch immer in die flackernde Kerzenflamme. »Nein. Außer Wasser sehe ich nichts.«

Er legte ein paar Münzen auf den Tisch und stand auf. Kaum auf den Beinen schwindelte ihm, er stützte sich auf der Stuhllehne ab und konzentrierte sich auf die Tür. Der Schwindel ließ nach, und ein paar dankende Worte murmelnd, trat er auf die Straße.

Dr. Gruber hatte Anna einen Besuchstermin bei der Hafengerichtsbarkeit besorgt. Die Delinquenten, die dieser Gerichtsbarkeit überstellt worden waren, waren in einem gesonderten Bau untergebracht, der Anna wenig Vertrauen einfloßte. Von außen ein düsteres Backsteingebäude, drinnen enge Flure, winzig kleine Fenster, überall der Geruch von altem Papier und kalter Asche.

Brandis saß schon an einem kleinen Tisch, als Anna in den Besuchsraum geführt wurde. Ein flüchtiges Lächeln flog über sein

Gesicht, das sonst ernst und konzentriert blieb. Seine Stimme war leise, seine Augen hielten sie fest, und seine erste Frage war, ob sie auf seiner Seite stehe.

»Natürlich stehe ich auf deiner Seite«, versicherte sie und erzählte ihm, was sie von Jesse erfahren hatte. »Was ist mit diesen Perlen? Sie sollen in dem Beutel gesteckt haben, den du Bolten weggenommen hast.«

»Das hat mich die Polizei auch schon gefragt. Ich weiß aber nichts von diesen Perlen. In dem Beutel, den ich Bolten weggenommen habe, war nur eine Flasche Rum.«

Sie fragte sich, ob er log oder die Wahrheit sagte. War er das Opfer einer Intrige, oder hatte er Bolten erstochen, um an diese Perlen zu kommen, die ein kleines Vermögen hätten wert sein können?

»Du glaubst doch nicht, dass ich meinen Bootsmann beraube und dann niedersteche?«, fragte er scharf.

»Natürlich nicht«, murmelte sie. Sie wusste nicht mehr, was sie glauben sollte. Sie wollte ihm glauben, aber ein Rest Zweifel blieb.

»Anna«, sagte er plötzlich eindringlich. »Du musst auf die *Kristina Sund* und nach diesem Beutel suchen.«

»Das Schiff ist riesig. Wo soll ich da einen Beutel finden?«

»Ich habe ihn damals in einer Truhe in meiner Kajüte versteckt. Er müsste eigentlich immer noch dort liegen, denn die Polizei hat ihn nicht gefunden.«

»Du hast ihn Bolten nicht wiedergegeben? Hat er nie nach dem Beutel gefragt?«

»Doch, das hat er. Aber da ich Alkohol an Bord nicht dulde, habe ich ihm den Beutel nicht wiedergegeben. Geh auf die *Kristina Sund*, Anna. Am besten sofort.«

Es war schon dunkel, als Anna am Kai ankam. Feiner Nebel hatte sich wie ein Schleier aus Gaze über Meer und Hafen geworfen und ließ die Konturen verschwimmen. Die *Kristina Sund* lag vor ihren Augen, ein Schiff mit dreitausend Bruttoregistertonnen. Ein Riese unter all den anderen Schiffen. Es war abgetakelt, die Segel eingebunden, die Spitzen der Rahen waren im Nebel verschwunden. Der Bug schwappte auf den Wellen, die Fahne mit der weißen Rose auf blauem Untergrund war eingezogen.

Anna ging über das Laufbrett an Deck und traf direkt auf Finnen, den Ersten Maat. Kapitän Brandis habe ihr aufgetragen, etwas aus seiner Kajüte zu holen, erklärte sie ihm, und er ließ sie gehen. Sie stieg die Treppe herunter und landete auf einem großzügig angelegten Flur, der von zwei elektrischen Wandlampen erleuchtet wurde.

Sie sah die Truhe sofort, die an der Wand stand. Sie zog den Deckel hoch. Da lagen Hemden und Hosen. Anna leerte die Truhe bis auf das letzte Hemd, aber einen Beutel fand sie nicht. Sie schüttelte die Hemden und Hosen aus. Nichts. Hier war kein Beutel, keine Flasche und eine Handvoll Perlen schon gar nicht. Sie packte alles wieder zurück und machte die Truhe zu. Sie fing an, die ganze Kajüte zu durchsuchen, die Schubladen, den Bettkasten, unter den Bettdecken, sie öffnete sogar den Kasten mit dem Sextanten, sie suchte in jeder Ecke. Das, was sie suchte, fand sie nicht, stattdessen fand sie etwas anders. Einen Brief von Lin. Einer ehemaligen Freundin von Brandis. Dieser Brief war vor zwei Jahren geschrieben worden, das Papier war zerknittert, die Schrift verblasst.

Lieber Chris, ich weiß, du wirst sie heiraten. Du sagst, du liebst sie, aber ich weiß, dass du mich nicht vergessen wirst. Eines Tages werde ich nach Kiel zurückkommen, so wie ich es immer geschafft habe, auch mein Bruder wird mich nicht davon abhalten. Eines Tages werde ich wieder am Hafen stehen und auf dich warten.

In Liebe Lin.

Anna ließ den Brief sinken. Sie kannte Lin. Sie wusste, dass die jetzt in Calais lebte, wohin Brandis sie eigenhändig gebracht hatte. War Lin ihre ewige Konkurrentin?

Sie war verwirrt. Der alte Brief einer alten Freundin, mehr nicht. Eine Verflossene, was sollte sie sich Gedanken darüber machen? Sie faltete das Papier zusammen und steckte es zurück in die Schublade.

Wieder oben an Deck fragte sie Finnen, ob die *Kristina Sund* auf der Fahrt nach Rio in Calais angelegt hatte.

Finnen nickte. »Ich musste dringend zu meiner Schwester, die dort lebt, und der Käpt'n war so nett, für einen Nachmittag Anker zu werfen.«

»Ja, wie nett von ihm«, murmelte Anna und ging über das Laufbrett wieder an Land zurück, während der Film in ihrem Kopf weiterlief. Brandis hätte Lin aufsuchen können. Der Laden ihres Bruders lag im Hafenviertel, keine zehn Minuten vom Kai entfernt. Eine bessere Möglichkeit hätte es kaum geben können.

Während sie zur Straßenbahnhaltestelle ging, versuchte sie diese Vorstellung abzuschütteln und merkte, dass sie in eine gefährliche Spirale geriet, eine Spirale aus Gedanken, die sich immer weiter hochschraubte. Was für die Unglücklichen die Hoffnung war, war für die Glücklichen der Zweifel, das eine war der Anker, an den man sich klammern konnte, das andere der Ast, der zu brechen drohte, und sie wurde das Gefühl nicht los, auf diesem Ast zu sitzen.

Ein Besuch im botanischen Garten und wieder ein strahlend schöner Tag. Lilly in einem weißen Kleid mit einem weißen Sonnenschirm sah aus wie eine Märchenfee. An ihrer Seite ging Venn Flack, der sie keine Minute aus den Augen ließ, als habe er Angst, dass sie mitsamt ihrem Schirm in der Luft verschwinden könnte. Maxim und Anna folgten ihnen schmunzelnd. Was sich da anbahnte, war nicht schwer zu durchschauen. Sie kannten sich keinen Monat und wollten sich schon verloben.

Ein mediterranes Flair lag über dem Garten, hier und da prangten Dattelpalmen im Topf, Azaleen und Bougainvilleen tupften bunte Flecken in das verwilderte Grün, durch das sich verwunschene Wege schlängelten. Maxim und Anna bewunderten die Ginkgobäume, die Urweltmammutbäume, stiegen auf die Aussichtsplattform des Pavillons, von wo aus sie einen herrlichen Blick bis zur Förde hatten, stiegen wieder hinunter und überquerten auf der schmalen Holzbrücke einen sprudelnden Wasserlauf. Irgendwo in einer schattigen Ecke blieb Flack plötzlich stehen und holte aus seinem Rucksack eine Flasche Champagner und vier Gläser. Sie setzten sich ins Gras und ließen sich die Gläser füllen. Für einen Augenblick hatte sogar Anna ihre Sorgen vergessen. Flack erzählte, dass er morgen wieder nach Berlin zurückfahren würde, »an die Front«, wie er sarkastisch bemerkte, wobei er mit Front die Reichsbank meinte.

»Collins will, dass ich diesen Vertrag unterschreibe«, sagte Maxim. »Sie sitzen doch gewissermaßen an der Quelle. Was halten Sie davon, Venn?«

Flack zögerte. Er kannte die Umstände, unter denen Franz Rose den Vertrag gemacht hatte, und er kannte Deterding. Er war kein Prophet, aber er wusste, dass die Stellschrauben der weltweiten Politik mittlerweile in der Wall Street lagen.

»Diese angebliche Privatbank ist ein Anhängsel der FED, und die regiert die ganze westliche Welt«, erklärte Flack mit nachdenklicher Miene. »Sie hat so viel Goldüberschüsse, dass sie der Welt ein Kreditdiktat aufbrummen kann, an dem sie lange zu knacken haben wird. Vor allem agiert sie mehr oder weniger losgelöst von der Politik und kann praktisch machen, was sie will. Und sie hat selten etwas anderes im Fokus als ihren eigenen Vorteil. Sie haben politische Vorbehalte, Maxim, das kann ich verstehen, aber Sie müssen an die Zukunft der Reederei denken, und da würde Ihnen dieser Vertrag wirklich nützlich sein. Deutschland erzeugt immer noch Benzin aus Kohle, aber diese Kohlehydrierung ist wenig effektiv. In der Sowjetunion liegen die großen Ölfelder, in Aserbaidschan und Sachalin, und genau da könnten Sie mitmischen. Sie haben jetzt die Möglichkeit, ans große Geld zu kommen, also, was zögern Sie noch?«

»Deterding soll Millionen von Gulden an Hitler überwiesen haben.«

»Falsch. Er lässt sie ihm persönlich überbringen …« Flack machte eine Pause und senkte seine Stimme. »Ich weiß sogar, wer dieser Bote des Teufels ist. Doch abgesehen davon ist es doch so, egal, wohin der politische Wind sich dreht, Sie werden es nicht verhindern. Aber Sie können jetzt für die Zukunft vorsorgen.«

»Vor einem Jahr hat Collins meinem Bruder noch davon abgeraten, Termingeschäfte mit der FED zu machen, weil es zu gefährlich sei.«

Flack grinste. »Ihr Collins ist ein Chamäleon. Vor einem Jahr saß er noch auf einem grünen Zweig, heute scheint derselbe Zweig eher braun zu sein. Aber lasst uns nicht den Tag verderben, Freunde. Morgen fahre ich zurück nach Berlin, dann beginnt der Ernst des Lebens.«

4

Berlin, Juni 1927

Venn Flack saß wieder an den Schalthebeln der Macht. Im Vorzimmer Schachts. Sein Telefon stand nicht mehr still, denn er stand in direktem Kontakt zu Schachts Gesprächspartnern, die er in New York treffen würde. Bei ihm riefen die wichtigsten Männer der Welt an. Strong, Norman und Moreau, die beiden Letzteren Chefs der englischen und französischen Zentralbank. Morgen würde es losgehen. Eine Reise über den Großen Teich und er, Venn Flack, würde mit dabei sein. Er hatte vor, die Reise zu nutzen und seinen Vorteil zu sichern. Er hatte einen guten Lehrmeister, einen Menschen, der immer wusste, wie man seinen Vorteil sicherte. Hjalmar Schacht. Skrupellos, gerissen, genial, niederträchtig, brillant, er war entweder ein exzellenter Stratege oder ein gerissener Egomane. Flack war das egal, er hatte vor, Karriere zu machen. Er kannte Schacht, er kannte dessen Neigung, andere zu manipulieren und seine Stellung auch gegenüber der Politik bis zum allerletzten Parlamentarier auszureizen. Und die Lage war äußerst brisant. Die Engländer besaßen zu wenig Goldreserven, die Deutschen noch weniger, die Franzosen sahen sich in einer etwas besseren Lage. Das meiste Gold lag in den USA, wo es durch den Krieg schwindelerregende Höhen erreicht hatte. Es stapelte sich quasi bis zur Decke. Da die meisten europäischen Währungen an den Goldstandard gebunden waren, sah Strong, Chef der amerikanischen Zentralbank, die Notwendigkeit, das Gold besser zu verteilen, bevor dieser Zustand eine wirtschaftliche Krise in der Welt hätte auslösen können. England drohte sogar damit, die Zinsen zu erhöhen, wenn hier nicht Abhilfe geschaffen werden würde.

Schacht interessierte das wenig. Er hatte ein ganz anderes Problem. Sein Reparationstrauma. Jeder Pfennig, der an Reparationen aus Deutschland abfloss, schien ihm persönlich Schmerzen zu bereiten. Und er sah mit Sorge, wie Geld aus dem Ausland immer mehr das Land überschwemmte. Privatleute und Kommunen verschuldeten sich, als hätten sie den Verstand verloren.

Flack verfiel in Träumerei. Das Telefon hatte schon seit zehn Minuten nicht mehr geklingelt. Er träumte von Lilly, der Frau seines Lebens. In diesem Moment ging die Tür, und Schacht stand im Raum. Sein harter Blick glitt über Flacks Schreibtisch.

»Nichts zu tun, Flack?«

»Doch … natürlich. Ich dachte nur gerade an Lilly, meine Verlobte.«

»Sie sind verlobt?«

»Mit der Tochter eines Kieler Reeders.«

»Respekt, Flack. Hätte ich Ihnen gar nicht zugetraut. Gute Partie, was? Ja, man tut, was man kann. Morgen geht es los. Haben Sie schon gepackt?«

»Sicher. Strong lässt anfragen, ob Sie Golf spielen.«

»Nein, ich spiele kein Golf, und ich fahre auch nicht hin, um Golf zu spielen. Ich muss die drei Halunken davon überzeugen, dass es uns wirtschaftlich schlecht geht, richtig schlecht, verstehen Sie, Flack?«

»Die drei … Halunken werden sich nicht täuschen lassen, Chef. Es ging uns selten so gut wie jetzt. Das Geld fließt …«

»Ja, es fließt aus den falschen Quellen in die falschen Taschen. Das muss aufhören. Darum fahren wir an die Goldküste. Und jetzt träumen Sie mal zur Abwechselung von dem, was wir an Arbeit vor uns haben.«

Schacht verschwand wieder in seinem Büro, und Flack entspannte sich. Er zog etwas aus der Jackentasche. Lilly hatte ihm ein Bild geschenkt. Auf diesem Foto saß sie am Sandstrand in einem gelben Badeanzug, hatte die Arme im Sand aufgestützt, den Kopf in den Nacken geworfen und die Augen geschlossen. Ein unbeschreiblich schönes Mädchen, das jede einzelne Sünde wert gewesen wäre.

Kiel

Selbst für einen Tag im Juni war es ungewöhnlich heiß gewesen. Die Hitze lag auch am späten Nachmittag noch in der flimmernden Luft. Anna war mit dem Fahrrad auf dem Weg vom Büro nach Hause gewesen, als sie Lilly in der Stadt getroffen hatte. Sie hatten beschlossen, noch ein Glas Wein zu trinken, und saßen auf dem kleinen Balkon in Annas Wohnung, auf dem gerade mal zwei Stühle Platz hatten.

»Venn hat mir geschrieben«, erzählte Lilly strahlend und balancierte ihr Glas auf den Knien »Er wird auf der Rückfahrt erst nach Kiel kommen, bevor er nach Berlin weiterreist. Ist das nicht herrlich?«

»Du Glückspilz! Was schreibt er über die Staaten und das Treffen mit den anderen Bankern?«

»Ach, er langweilt sich. Die hohen Herren schließen sich ein und kungeln irgendwelche Abmachungen aus. Schacht ist schlecht gelaunt und befürchtet das Schlimmste.«

»Was ist das Schlimmste?«

»Keine Ahnung. Irgendetwas läuft wohl schief mit dem Aktienmarkt in den Staaten. Aber Schacht hat gut reden. Er war es doch selbst, der bei uns den Schwarzen Freitag ausgelöst hat. Maxim rennt immer noch dem Geld hinterher, das wir verloren haben. Hast du Chris noch einmal besuchen können?«

»Nein, leider nicht.«

»Gruber war bei uns und hat von der Geschichte mit den Perlen erzählt. Dieser Bolten muss steinreich gewesen sein, wenn er wirklich im Besitz der Perlen war. Ich frage mich, ob das Ganze die Wahrheit ist oder nur eine weitere Version, Brandis zu belasten.«

»Was würdest du an meiner Stelle denken?«

»Ich weiß es nicht. Reichtum ist verführerisch. Eine Handvoll wirklich wertvoller Perlen, und du bist für immer alle Geldsorgen los. Das kann jeden in Versuchung führen. Womit ich jetzt nicht sagen wollte, dass Brandis schuldig ist …« Lilly biss sich verlegen auf die Unterlippe. »Warte bis zur Verhandlung, dann weißt du, was wirklich passiert ist.«

Lilly stand auf und verabschiedete sich. Anna ging auf den Balkon zurück, als sie plötzlich Schritte im Wohnzimmer hörte. Sie drehte sich um und sah Brandis in der Wohnzimmertür stehen. Sein Gesichtsausdruck bedeutete nichts Gutes.

»Du glaubst mir nicht«, sagte er kalt. »Du stehst gar nicht auf meiner Seite.«

Anna hatte nicht gehört, dass jemand in der Wohnung gewesen war; es hätte auch nur einer sein können: Chris Brandis. Er musste sich hereingeschlichen haben wie eine Katze. Und er hatte alles mitangehört.

»Sie haben dich gehen lassen?«, fragte Anna mit belegter Stimme.

»Ja. Bis zur Verhandlung.«

Er drehte sich um, und sie hörte, wie die Haustür ins Schloss fiel.

Sie hatte sich ihr Zusammenkommen anders vorgestellt. Ein romantisches Abendessen bei Kerzenschein und Musik. Sie hatte ihm all ihre Fragen stellen wollen in der Hoffnung, er könnte ihre Zweifel zerstreuen. Sie spürte, wie ihr die Tränen in die Augen schossen, und starrte auf die Tür. Sie hatte alles vermasselt. Sie hatte sich von ihren Zweifeln in ein Labyrinth des Schreckens führen lassen, und Brandis wusste es. Er forderte ihre Loyalität und hatte gemerkt, dass sie weit davon entfernt war, ihm zu glauben. Nach einer Weile nahm sie kurz entschlossen den Schlüssel und stürzte die Treppe hinunter. Wahrscheinlich war er zum Hafen hinuntergegangen. Sie nahm das Fahrrad und fuhr los, aber welchen Weg hatte er genommen? Sie fuhr einfach weiter, bis sie am »Schwarzen Anker« angekommen war. Drinnen herrschte reger Betrieb, aber hier war er nicht. Sie fuhr weiter. Bei »Elli« stieg sie wieder ab und zögerte. Die Kneipe war verrufen, und eine Frau wie sie ging hier besser nicht hinein, aber schließlich stieß sie die Tür auf. Sie entdeckte ihn sofort. Er saß an der Theke und hatte ein Glas Rum vor sich stehen. Auf der anderen Seite des Tresens stand eine ältere Frau in einem engen, roten Kleid, die eindeutig gefärbten blonden Haare aufgesteckt, die Augen schwarz bemalt, die Lippen grell geschminkt. Das konnte nur Elli sein. Anna trat näher.

»Hast du dich verlaufen, schönes Kind?«, fragte Elli grinsend, und Brandis drehte sich um.

»Was machst du hier?«, fuhr er Anna an.

»Du bist doch auch hier«, gab sie trotzig zurück, und Elli lachte. »Ich hätte auch gerne ein Glas.«

Elli nickte amüsiert und schob ihr ein volles Glas über den Tresen, das Anna in einem Zug hinunterstürzte. Das Zeug brannte ihr in der Kehle, aber sie hatte nicht vor, klein beizugeben.

»Komm nach Hause, Chris. Lass uns über alles reden.«

Er musterte sie mit dem Blick eines Basilisken, der ihr durch und durch fuhr.

»Ihre Frau, Käpt'n?«, fragte Elli neugierig, aber statt einer Antwort legte er seinen Arm um Annas Schultern und brachte sie nach draußen.

»Warst du auf dem Schiff?«, fragte er. »Hast du den Beutel gefunden?«

»Nein. Und ich habe wirklich gründlich gesucht.«

Diese Aussage schien ihn ein wenig versöhnlicher zu stimmen, der kalte Ausdruck in seinen Augen verschwand. »Dann müssen Suermondt und Materna ihn haben. Ich hatte viel Zeit, darüber nachzudenken, Anna. Einer von den beiden muss Bolten erstochen haben, um ihm diesen Beutel abzunehmen. dann haben sie ihn beide über Bord geworfen, und jetzt versuchen sie, mir diesen Mord anzuhängen.«

»Ihr wart nur zu dritt an Deck?«

»Alle anderen waren an Land. Ich muss in meiner Kajüte gewesen sein, als sich die drei irgendwo an Deck getroffen haben. Aber ich werde herausfinden, was Suermondt und Materna im Schilde führen. Es muss irgendeinen Grund geben, warum sie mich dermaßen belasten und aus dem Verkehr ziehen wollen. Vielleicht suchen sie wirklich nur jemanden, dem sie den Mord anhängen können, und außer ihnen und mir war niemand auf dem Schiff.«

»Lass sie in Ruhe. Das Gericht könnte das als Einschüchterung von Zeugen verstehen, und dann hast du noch schlechtere Karten.«

»Schon möglich. Geh nach Hause, Anna, ich komme später.«

Das Fenster stand auf, der frische Wind ließ die Vorhänge flattern, ein kühlender Regenschauer war über der Stadt abgegangen, und Wolken hatten den Mond eingehüllt.

Anna war eingeschlafen. Das Geräusch der raschelnden Vorhänge gaukelte ihr im Traum das Rauschen der Segel vor, sie träumte davon, an Deck der *Sybille* zu stehen. Doch plötzlich hatte das Schiff Schlagseite, es neigte sich nach Steuerbord, und alles, was nicht niet- und nagelfest war, rutschte über die Planken. Etwas fiel auf Annas Brust, ein seltsamer Geruch von Alkohol lag über dem Schiff, als würde es Schnaps aus den tiefhängenden Wolken regnen.

Sie wurde wach und riss die Augen auf. Der immer gleiche Traum, der sie schon seit Monaten heimsuchte. Der heftig wirbelnde Wind schlang die Vorhänge nach draußen, wo sie gegen das Fensterglas schlugen, ein großer Schatten erhob sich vor der Schlafzimmertür.

»Chris?«, fragte Anna plötzlich hellwach.

Der Schatten ging zum Fenster, zog die Vorhänge zurück und schloss das Fenster. Dann drehte er sich um und verließ das Zimmer.

Kommissar Sand hatte sich die Jacke ausgezogen und über seine Stuhllehne gehängt. Die Hitze machte ihm zu schaffen, er riss das Fenster auf. Der Kommissar dachte immer noch über die Begegnung mit der Wahrsagerin nach, etwas, das er Flickwort nie anvertrauen würde. Der hatte keine Antenne für übersinnliche Dinge. Der Mann dachte nur in streng logischen Kategorien. Vermutlich träumte er auch nur rein logisch.

Jemand schob die Tür auf, und Maibach, ihr Chef, trat ein.

»Wie geht es voran mit dem Fall Franz Rose?«, fragte er leutselig und verschränkte die Arme vor der Brust.

»Außer der Waffe, die eine Parabellum gewesen ist, und dem Hinweis auf den Vollbart haben wir nichts«, erwiderte Flickwort.

»Doch, wir haben noch einen anonymen Hinweis, dass die Wahrheit auf dem Grund der Ostsee liegen soll, was immer das bedeutet«, ergänzte Sand.

»Ach ja?«

Sand kramte den Brief aus der Akte und schob ihn Maibach über den Tisch.

»Sehr kryptisch. Aber besser als nichts. Gehen Sie diesem Hinweis nach.«

»Es könnte sich dabei um eine Irreführung handeln«, warf Flickwort ein. »Da könnte uns jemand auf eine falsche Fährte führen wollen.«

»Und wenn dieser Jemand wirklich die Wahrheit kennt? So wie ich die Sache sehe, haben Sie wenig genug, um überhaupt irgendetwas zu ermitteln. Also gehen Sie diesem Hinweis nach. Man wird langsam ungeduldig. Man wünscht, dass die Sache endlich zu einem Abschluss kommt.«

»›Man‹?«, wiederholte Sand stirnrunzelnd. »Wer ist ›man‹?«

»›Man‹ ist ganz oben auf der Leiter der Behörde. Und noch weiter oben. Aus Regierungskreisen. Da wird Druck gemacht, wenn Sie verstehen, was ich meine.«

»Welches Interesse besteht denn in Regierungskreisen an der Aufklärung des Mordes an Rose?«

Maibach sah etwas betreten zum Fenster hinaus. »Die Sache ist prekär. Rose war Mitglied der NSDAP, wie wir wissen. Er kannte den hiesigen Gauleiter gut und war zum Reichsparteitag in Weimar eingeladen. Er hatte diese Einladung angenommen, konnte aber nicht hinfahren, weil er vorher erschossen wurde. Es werden politische Gründe für seinen Tod vermutet. Ein politischer Gegner, der ihn ausschalten wollte. Wäre doch möglich, oder?«

Sand und Flickwort wechselten einen kurzen Blick.

»Dann müsste der politische Gegner im moderaten oder linken Spektrum zu suchen sein«, vermutete Sand. »Ein rechter Gesinnungsgenosse wird ihn wohl kaum erschossen haben.«

»Sagen Sie das nicht. Das ist ein ewiges Hauen und Stechen unter den Rechten, die sind sich doch selbst spinnefeind. Also suchen Sie überall im politischen Spektrum, aber tun Sie etwas, damit wir endlich Ergebnisse vorweisen können.«

Sie war ewig nicht mehr hier gewesen. Im Zauberwald, wo die Hexe lebte und der Mond sich im Spiegel betrachtete. Im Mondspiegel. Sie sah ins Wasser hinein, und die feinen, zarten Wellen verzerrten ihre Züge ins Groteske. Ihre Augen schienen sich übereinanderzuschieben, so dass sie nur noch eins besaß. Anna, die Einäugige. Die Zyklopin.

Sie war allein, kein Spaziergänger zu sehen. Auch war die Hexe mal wieder ausgegangen, das kleine Haus war unbelebt. Seit Anna in der Stadt wohnte, kam sie kaum noch her. Das Düsternbrooker Gehölz war einfach zu weit weg, um mal eben vorbeizukommen.

Sie trug ein leichtes Kleid und hatte den Sommerhut neben sich ins Gras gelegt. Sie brauchte Zeit für sich, Zeit zum Nachdenken. Sie hatte sich in ihren eigenen Zweifeln verheddert. Sie klebte darin wie die Fliege im Netz einer hungrigen Spinne. Sie sah nicht mehr klar, obwohl sie wusste, dass diese Haltung Brandis am wenigsten helfen würde. Er spürte es und hielt sie auf Abstand, mied jede körperliche Berührung und flüchtete sich in Nettigkeiten. Da sie von morgens bis zum Nachmittag im Hafenbüro arbeitete, sahen sie sich erst, wenn sie nach Hause kam. Sie fragte ihn nicht, wo er gewesen war, und er sagte es nicht.

Durch die Bäume schimmerte das Wasser der Förde, und weiter unten blitzten ein paar Dächer in der Sonne. Anna stand auf, nahm den Hut und ging den Waldweg hinunter. Sie kam wieder an dem Hexenhaus vorbei, das von wilden Brombeeren umrankt wurde. Sie lief weiter, bis sie die Umrisse der Villa Rose sehen konnte, und entschied sich, Maxim und Lilly einen Besuch abzustatten. Marie, das Hausmädchen, empfing sie an der Tür und führte sie zum Salon.

»Eben ist Kommissar Sand angekommen«, flüsterte sie Anna ins Ohr, bevor sie die Flügeltür aufstieß. Richtig, der Kommissar war da. Er saß in einem der Louis-Quinze-Sessel neben Lilly und Maxim und hielt eine Tasse in der Hand.

»Anna!«, rief Lilly ihr zu. »Komm und setz dich zu uns.«

Anna ließ sich zögernd auf einem der Sessel nieder. Sand warf ihr ein kurzes Lächeln zu.

»Dann komme ich gleich zur Sache«, sagte er. »Es geht immer noch um die Ermittlungen im Fall Ihres Bruders. Wir erhielten einen Hinweis, anonym und von daher mit Vorsicht zu genießen, aber ich will Ihnen die Frage trotzdem stellen. Dem anonymen Schreiber nach liegt die Wahrheit auf dem Grund der Ostsee. Haben Sie eine Ahnung, was er damit meinen könnte? Meint er ein Schiff, meint er jemanden, der dort mit einem Schiff gesunken ist, oder vielleicht eine Fracht, die untergegangen ist? Was könnte er gemeint haben?«

»Ihr Anonymus scheint ein Witzbold zu sein«, gab Maxim belustigt zurück. »Wissen Sie, wie groß die Ostsee ist? Wenn er wenigstens eine konkrete Position angegeben hätte, könnte man immerhin überlegen, dort zu tauchen, aber so ist das ein sinnloses Unterfangen, wenn Sie mich fragen. Wie seriös ist dieser Hinweis? Haben Sie sich das mal gefragt?«

»Ich frage mich nichts anderes. Welche Schiffe sind 1925 und 1926 in der Ostsee gesunken?«

»Woher soll ich das wissen? Da müssen Sie in der Hafenbehörde nachfragen. Die haben die Schiffslisten, und die wissen auch, wer niemals zurückgekommen ist.«

»Das werde ich machen. Es ist im Übrigen nicht ausgeschlossen, dass hinter dem Tod Ihres Bruders politische Motive stehen. Könnten Sie sich das vorstellen?«

Maxim zögerte. Nach dem Mord war ihm klargeworden, dass er seinen Bruder überhaupt nicht gekannt hatte. Dass Franz eine Art Doppelleben geführt haben musste – auf der einen Seite ein vorbildlicher Arbeitgeber und Liebling aller Schwiegermütter, auf der anderen ein Rechter, der mit der Organisation Consul paktiert und auch vor Mord nicht zurückgeschreckt war.

»Ausschließen kann ich das nicht«, antwortete er schließlich. »Aber wo wollen Sie da seinen Mörder suchen? Bei den Rechten oder den Linken? Bei den Liberalen oder den Sozialdemokraten? Wer hätte ein Interesse daran, ein Mitglied der NSDAP zu beseitigen?«

»Ich weiß. Ich habe auch leider keinen Hinweis auf einen politischen Hintergrund.« Der Kommissar stand auf und reichte Marie die leere Tasse. »Danke für den Kaffee.«

Long Island USA, Juli

Venn Flack hatte sich die Reise anders vorgestellt. Erst war er auf der *Mauretania* über dem Atlantik schrecklich durchgeschüttelt worden, dann hatte man ihn von allem, was ihn brennend interessiert hätte, ausgesperrt. Er residierte zwar gemeinsam mit den hohen Herren in einem protzigen pseudoitalienischen Palast, verbrachte aber die meiste Zeit in seinem Zimmer, wo er sich zu Tode langweilte. Was sollte er hier? Wozu war er überhaupt mitgefahren? Er war nur ein Sekretär wie die anderen Sekretäre, die mitgefahren waren, um ihren Chefs nötigenfalls zur Hand zu gehen, aber von den anderen sah er wenig. Manchmal traf man sich auf der Terrasse oder auf dem Balkon, um einige Worte zu wechseln, aber das Interesse aneinander beschränkte sich auf diese gelegentlichen Plaudereien.

Dann siedelten sie über in das Sommerhaus des Staatssekretärs im Finanzministerium, ein neogeorgianisches Herrenhaus mit zwanzig Zimmern. Hier hockte er wieder in seinem Zimmer herum und fand sich endlich mit dem ab, was offensichtlich war: Alles, was hier geschah, geschah unter dem Siegel der Geheimhaltung. Also fügte er sich in sein Schicksal und bewunderte die Architektur. Alles war pompös und überfrachtet, alles war übertrieben und an Geschmacklosigkeit kaum zu überbieten. An einem dieser Tage ließ er sich nach Oheka kutschieren, dem zweitgrößten Haus in den USA, ein Schloss mit 127 Zimmern. Hier stakste er im Park herum, schwitzte sich halb tot in der sengenden Hitze und war froh, als er wieder zurückfahren konnte. Dieser Reichtum war obszön. Obwohl er selbst keine übermäßig sozialen Gefühle in sich spürte und dem, was Sozialismus und Kommunismus propagierten, nur wenig abgewinnen konnte, ärgerte ihn dieser zur Schau gestellte Prunk. Er fragte sich, ob er, falls er eines Tages in den Besitz von mehreren Milliarden Dollar kommen würde, mit so einem Klotz den Grunewald verschandeln würde? Nie im Leben. Die Leute würden ihn für einen neureichen Kulturbanausen halten.

Was ihn aber noch mehr ins Grübeln brachte, war die Art der Verhandlung, die hier stattfand. Flack hatte sich in einer naiven

Vorstellung ein Bild davon gemacht, wie man zusammen die Probleme der Finanzen in Europa besprechen und dann nach einer Lösung suchen würde. Doch die Herren tagten unter sich und ohne Protokoll. Was ging da vor hinter diesen Türen? Warum durfte nicht einmal er etwas davon erfahren? Und selbst Schacht war verärgert. Er kam nicht weiter mit seinem Thema, die Reparationen und das Geld, das aus den USA nach Deutschland floss, deutlich zu verringern. Er scheiterte an innenpolitischen Hürden. In den USA, Frankreich und England standen Wahlen bevor, die keiner der drei Finanzstrategen gefährden wollte, indem man an der Höhe der Reparationszahlungen herumschraubte.

Schacht hatte schlechte Laune. Die ganze Zeit. Während Norman, der Engländer, mit Strong, dem Amerikaner, hinter verschlossenen Türen sprach, redete wenig später Rist, der Franzose, mit Norman hinter einer anderen verschlossenen Tür. Es war wie die Reise nach Jerusalem, dieses Kinderspiel. Wer keinen Stuhl bekam, war draußen. Und meistens war es Schacht, der keinen Stuhl bekam. Manchmal sah Flack ihn mit einem der drei Männer im Garten spazieren gehen. Wenigstens das. Aber wenn Schacht dann zurückkehrte, war seine Laune meist auf den Nullpunkt gesunken.

»Was haben Sie erwartet?«, fragte Flack ihn eines Abends, als sie zusammen bei einem Glas Eistee zusammensaßen. Die gläserne Karaffe mit gekühltem Eistee, die auf dem Tisch stand, war das einzige Getränk, das bei diesem schwülen Wetter Abkühlung verschaffte. Schacht hatte seinen Rock ausgezogen und seine Krawatte gelockert. Auf seiner Stirn glänzten kleine Schweißtröpfchen, die er sich von Zeit zu Zeit mit einem weißen Spitzentaschentuch abwischte.

»Seien wir doch ehrlich, Flack«, sagte er, während er sich wieder über die Stirn tupfte, »was hier passiert, hat mit Transparenz nichts zu tun. Die Herren machen ihre eigene Politik, unabhängig von irgendeiner Regierung, irgendeinem Parlament. Sie drücken das, was sie hier verhandeln, den Regierungen aufs Auge, die denken, es wird schon alles seine Richtigkeit haben.«

»Die Frage ist doch, wer regiert das Land? Die Banken oder die Regierung?«, fragte Flack mit einem Grinsen.

Schacht zuckte mit den Schultern. »Die FED ist genauso unabhängig wie die Reichsbank. Aber das Thema Reparationen ist erledigt. Vor den Wahlen passiert da gar nichts mehr. Ich habe allerdings mit Norman über eine neue Bank gesprochen, die die Reparationszahlungen abwickeln soll ...«

Er goss sich Eistee nach und nahm einen großen Schluck. »Es ist bis jetzt nur eine Idee. Diese Bank soll in der Schweiz ansässig sein und noch ganz andere Funktionen haben ...«

»Was für Funktionen meinen Sie?«

»Das bleibt unter uns, klar? Kein Wort zu irgendjemandem. Diese Bank soll den internationalen Zahlungsverkehr regeln, allem voran Kredite für die Kassen kriegstreibender Staaten. Sie verstehen?«

»Kein Wort.«

»Krieg kostet Geld, und irgendwann ist das Geld aufgebraucht. Langwierige Verhandlungen mit Banken über Kredite kosten Zeit und wieder Geld. Also erfindet man eine Bank, die auf jeden Fall und für jeden Kombattanten Kredit gewährt. Es ist wie beim Marathonlauf, wo an der Strecke hier und da ein Stand mit Getränken und Kohlehydraten bereitsteht, damit die Läufer sich stärken können. Ohne diese Stände würden sie schon lange vor dem Ziel zusammenbrechen und kämen nie an. Und jetzt denken Sie an den letzten Krieg, wo den Kombattanten, vor allem England und Frankreich, nach zwei Jahren das Geld ausging. Sie waren praktisch pleite, und jeder Tag Kriegshandlung trieb sie immer mehr in die Pleite.«

»Sie nahmen bei den amerikanischen Banken Kredit auf«, sagte Flack.

»Genau. Aber wäre es nicht sinnvoll, eine international agierende Bank zu haben, die allen Kombattanten ohne große Diskussion Geld leihen würde, egal, ob es sich dabei um Freund oder Feind handelt? Die Bank wäre neutral und würde alle Parteien mit den nötigen Krediten versorgen, die sie brauchen, um weiter im Geschäft zu bleiben.«

»Um weiter im Geschäft zu bleiben? Sie meinen, um weiter Krieg zu führen? Finden Sie das wirklich sinnvoll?«

»Krieg ist das gewinnträchtigste Geschäft, das es auf der Welt gibt, Flack. Das war schon immer so, und das werden wir nicht ändern. Sie mögen es verwerflich finden, aber die Rüstungsindustrie sieht in dieser neuen Bank einen unerhörten Fortschritt und wird alles tun, um den Plan Realität werden zu lassen.«

Flack nickte etwas betreten und stellte sich vor, wie in dieser Bank die Generäle verfeindeter Staaten gemütlich beisammensaßen, vielleicht ein gutes Glas Wein tranken, sich dazu ein paar Horsd'œuvres munden ließen und gemeinsam darüber plauderten, wie viel Geld sie bräuchten, um sich einen Tag später gegenseitig wieder kostendeckend umbringen zu können.

»Verrückt«, murmelte er und genehmigte sich ein drittes Glas Eistee.

Kiel

Kommissar Sand war zur Hafenbehörde gegangen und hatte dort nach den Schiffen gefragt, die in den letzten zwei Jahren untergegangen waren. Eine Frage, die hier niemand gern hörte. Aber man holte die Listen hervor und sah nach. Laut dieser Listen waren es genau fünf Schiffe gewesen, die nun tatsächlich mit Mann und Maus auf dem Grund der Ostsee lagen. Die *Santa Maria*, die von Göteborg nach Tallinn gesegelt, die *Knut Hansen*, die auf dem Weg nach Finnland gewesen war und von der bis heute jede Spur fehlte, die *Miriam*, die mit der *Seeschwalbe* bei schwerem Nebel zusammengestoßen, und die *Luna*, die südlich von Bornholm gesunken war. Sand verlangte eine Karte, die man ihm etwas unwillig vorlegte, und nun begann er auf dieser Karte, die Positionen zu suchen, an denen die Schiffe mutmaßlich verschwunden waren. Positionen, die allerdings auf einem so breiten Radius lagen, dass eine Suche ewig hätte dauern können und eine Unmenge von Geld verschlungen hätte.

»Was ist mit der *Knut Hansen*?«, fragte er und zeichnete mit dem Finger die finnische Küste nach.

»Spurlos verschwunden. Hat sich in ein Geisterschiff verwandelt. Den letzten Kontakt hatte sie mit einem Dampfer, der *Neria*, einen Tag später war sie weg. Sie wurde nie wieder gesehen, und niemand von der Mannschaft hat sich jemals wieder gemeldet.«

»Ist das Schiff gesunken?«

»Wir gehen davon aus. Beweise haben wir natürlich nicht. Aber was soll sonst passiert sein? Glauben Sie an Seeungeheuer, die Schiffe verschlingen?«

Der Kommissar vertiefte sich wieder in die Karte. Nein, er glaubte nicht an Seeungeheuer, die Schiffe verschlangen, aber er hatte immerhin vier Schiffe, die auf dem Grund der Ostsee liegen würden. Vier Schiffe, die dazugehörigen Leichen der Mannschaften, die Fracht, die die Schiffe transportiert hatten. Lag da die Wahrheit?

»Wer waren die Reeder?«, fragte er.

»Die *Knut Hansen* und die *Seeschwalbe* gehörten einer Hamburger und die *Santa Maria* einer russischen Reederei. Dann haben wir noch die *Miriam*, die einer polnischen, und die *Luna*, die einer Kieler Reederei gehörten. Hilft Ihnen das jetzt weiter?«

»Die *Luna*. Wer war der Reeder?«

Der Beamte beugte sich noch tiefer über die Liste. »Das war die … Reederei Rose.«

Sand sah verblüfft von der Karte auf. Rose? Einen Augenblick lang war er verwirrt, dann versuchte er die Gedanken, die ihm durch den Kopf schossen, zu bündeln. Er erinnerte sich wieder an die Aufregung, die damals der Untergang der *Luna* verursacht hatte. Wie hatte er das vergessen können!

»Wo sank die *Luna* und warum?«

»Wir wissen nicht genau, wo sie sank. Irgendwo südlich von Bornholm. Und sie sank bei schwerem Wetter. Die Schiffe sinken fast alle bei schwerem Wetter.«

»Natürlich«, murmelte Sand und bedankte sich. Er trat hinaus auf die Straße und blinzelte in die hochstehende Sonne. Die *Luna* war Roses Schiff gewesen. Aber warum sollte dieses Schiff etwas mit seinem Tod zu tun haben? Gab es da einen Zusammenhang? Hatte der anonyme Schreiber genau darauf hinweisen wollen?

Brandis zupfte im Gras herum. Hier eine Mohnblume, dort eine Margerite, und die ganze Zeit dachte er ans Geld. Er musste sparen, jetzt, wo er kein Kommando mehr übernehmen konnte. Zwar half ein wenig Geld aus der Versichertenkasse der Reederei, aber jetzt zeigte sich, dass die Wohnung einfach zu teuer war. Sie würden sich eine neue, preiswertere suchen müssen, und zwar schnell. Die Miete fraß mehr als ihr halbes jetziges Einkommen auf. Er hatte mit Anna noch nicht darüber gesprochen, aber lange konnte er das Problem nicht mehr ignorieren.

Er sah auf seinen Strauß hinunter. Für Blumen aus einem Geschäft reichte es nicht mehr. Er ging zur Straße zurück. Er würde sich eine Wohnung angucken, aber ein erster Blick reichte, um zu sehen, dass die Häuser in einem renovierungsbedürftigen Zustand waren. Von Wind und Wetter und dem Zahn der Zeit gezeichnet. Alte Fenster, alte Dächer, in denen hier und da ein paar Schindeln fehlten, feuchtes Mauerwerk. Nummer 15 war wie die anderen, dreigeschossig und ohne jeden Luxus. Zwei Zimmer, Bad und Toilette auf dem Flur.

Brandis war nicht sehr verwöhnt, was Wohnungen betraf, er hatte am Hafen auch nicht viel besser gewohnt, aber er dachte an Anna. Diese Wohnung kam einem sozialen Abstieg gleich, und schuld daran war er oder zumindest die Tatsache, dass er kein Geld mehr verdiente, weil er kein Kommando mehr übernehmen durfte.

Nach der deprimierenden Wohnungsbesichtigung ging er zu Fuß zum Hafen hinunter. Die *Kristina Sund* hatte gestern mit Wesseling nach Chile abgelegt, aber die *Sybille* lag am Kai. Hier und da kamen ein paar Seeleute aus den Kneipen, manche auf den nackten Armen tätowiert, einer trug eine Kette mit einem silbernen Totenkopfanhänger um den Hals. Alles Leute, die für Perlentauchergeschichten empfänglich waren, selbst wenn sie solche Perlen noch nie in der Hand gehabt hatten. Es war der immer gleiche Traum vom großen Abenteuer und vom großen Reichtum. Der Mann mit dem Totenkopfanhänger kam auf Brandis zu. Wettergegerbtes Gesicht, braunes, lockiges Haar, wache, blaue Augen, am Oberarm die Tätowierung einer vollbusigen Nixe. Brandis erkannte Elias, seinen ehemaligen Steuermann, der mit ihm auf der *Margerita* gefahren war, die vor Madagaskar gesunken war.

»Tag, Käpt'n«, sprach er ihn mit einem breiten Grinsen an. »Ich denk, ich träume, aber Sie sind es wirklich.«

Brandis lachte und schlug dem anderen freundschaftlich auf die Schulter.

»Ich saß gerade im ›Schwarzen Anker‹«, plauderte Elias weiter. »Und hörte, Sie sollen in Rio Ihren Bootsmann erstochen haben. Ich glaub ja kein Wort davon, aber wenn das eine Intrige sein soll, dann müssen Sie mächtige Feinde haben.«

»Sieht so aus.«

»Die einen schätzen Sie, die anderen hassen Sie. Ich verdanke Ihnen mein Leben. Wären Sie damals nicht so beherzt gewesen, lägen wir jetzt alle auf dem Meeresgrund und würden die Fische füttern. Stattdessen weiß ich jetzt, wie man in China Reis anbaut, und man kann nie wissen, wofür so etwas gut ist.«

»Wie geht es dir, Elias?«

»Ganz gut. Ich habe die letzten Jahre in Brest gelebt. Habe eine hübsche Bretonin geheiratet, aber jetzt ist es aus mit der Liebe, und da dachte ich mir, geh mal nach Kiel zurück, da gibt es bestimmt auch hübsche Mädchen. Und was soll ich Ihnen sagen? Genauso ist es. Kommen Sie, Käpt'n, ich lade Sie ein. Reden wir über die alten Zeiten.«

Anna hatte gekocht und wartete auf Brandis. Sie saß am Fenster, sie liebte diesen Blick auf den Kleinen Kiel, dessen kornblumenblaues Wasser durch die mächtigen Baumkronen schimmerte.

Sie hörte, wie der Schlüssel im Schloss herumgedreht wurde, und erhob sich. Im Flur stand Brandis mit einem Seemann im Schlepptau, den er als Elias vorstellte und der ihr etwas ungelenk die Hand gab. Ihr Blick fiel sofort auf den Anhänger und die Tätowierung auf seinem Oberarm. Er merkte es und drehte sich etwas verlegen zur Seite. Für ihn war Anna eine feine Dame, die in einer sündhaft teuren Wohnung lebte. Mit solchen Frauen hatte er nur selten Kontakt und wusste nicht so genau, wie er sich verhalten sollte. Anna schmunzelte. Sie arbeitete im Hafenbüro einer Reederei und ihr Mann war Kapitän – sie kannte alle Arten von Seeleuten. Die Abenteurer, die Draufgänger, die Schüchternen und die Forschen. Sie lud ihn zum Essen ein und bot ihm einen Platz am Küchentisch an. Es gab Gemüsesuppe und frisches Brot, und während des Essens starrte sie ständig dieser Totenkopf an, der um Elias' Hals baumelte.

»Er war mit mir auf der *Margerita*«, erzählte Brandis.

»Dann sind Sie auch auf Grund gelaufen?«

Elias grinste. »Ließ sich nicht vermeiden. Ich trieb zwei Stunden auf einem Brett. Die Strömung war unsere Rettung. Hätte sie eine andere Richtung genommen, wären wir alle wie die Ratten ersoffen, nicht wahr, Käpt'n? Wir hatten überhaupt viel Glück auf dieser gottverfluchten Reise.«

Anna kannte die Geschichte. Die Begegnung mit den javanischen Piraten, die Flucht vor ihnen in einem Rettungsboot, bis sie ein Handelsschiff aufgenommen und irgendwo an der chinesischen Küste wieder abgesetzt hatte. Seitdem hatte Brandis einen Heidenrespekt vor den Chinesen. Sie hatten damals in einem kleinen Dorf Aufnahme gefunden und den Bauern beim Reisanbau geholfen. Ein weiser alter Mann hatte Brandis in die Geheimnisse des Lao-Tse eingeweiht, von dem er heute noch schwärmte und den er für einen der klügsten Menschen aller Zeiten hielt. Er hatte sich sogar ein Buch gekauft, in dem er ab und zu herumblätterte.

»Schöne Wohnung«, bemerkte Elias beeindruckt, und seine Augen schweiften im Raum umher. Brandis zögerte. Er musste mit Anna sprechen, und dann fiel ihm ein, dass er die Blumen in der Kneipe liegengelassen hatte. Er wartete, bis Elias gegangen war und Anna den Tisch abgeräumt hatte.

»Anna, wir müssen uns eine neue Wohnung suchen. Die Miete hier ist einfach zu teuer.«

Sie wusste es selbst. Sie musste auf jeden Pfennig achten, den sie ausgab, und versuchte zu sparen, wo es ging. Sie hatte gewartet, dass er es ansprechen würde, und versuchte sich nicht anmerken zu lassen, dass es ihr verdammt schwerfallen würde, auszuziehen.

»Schade, aber du hast recht. Was glaubst du, wann wird der Prozess stattfinden?«

»Keine Ahnung. Ich weiß von Gruber, dass letzte Woche eine letzte Zeugenvernehmung stattgefunden hat. Das Gericht soll die gesamte Mannschaft der *Kristina Sund* vorgeladen haben, zumindest die, die nicht wieder auf See sind.«

»Wie stehen sie zu dir? Ich meine außer Suermondt und Materna?«

»Wie kann ich das wissen? Die Hälfte der Männer fuhr das erste Mal mit mir. Ich weiß nur, dass ich mich auf Finnen verlassen kann, das ist so sicher wie das Amen in der Kirche.«

Sie schlichen umeinander herum wie die sprichwörtlichen Katzen um den heißen Brei. Sie wollten über das schlimmste Szenario nicht sprechen und taten so, als sei alles nur halb so dramatisch. Dabei war es dramatisch. Brandis verzog sich ins Wohnzimmer und las die Zeitung, während Anna wieder die Angst anwehte, alles könnte bald vorbei sein. Wenn Brandis verurteilt werden würde, würde er für Jahre hinter verschlossenen Mauern verschwinden. Und sie? Was sollte sie allein in dieser Stadt? Wollte sie auf ihn warten? Würde sie glauben, er sei unschuldig und zu Unrecht verurteilt worden? Oder war ihr Mann ein Mörder?

Sie hörte die Zeitung rascheln. Sie musste mit Maxim reden. Die Reederei hatte einige der neuen Wohnungen angemietet, vielleicht war eine frei. Aber der Umzug würde ihr Problem nicht lösen. Sie wurde dieses Schreckgespenst nicht mehr los, die Vorstellung, allein zurückzubleiben, während ihr Mann im Gefängnis saß.

Moritz Sand hatte endlich eine Spur. Die *Luna*. Was hatte die *Luna* mit Roses Tod zu tun?

Er hatte Flickwort sofort über seinen Besuch bei der Hafenbehörde unterrichtet, und selbst der skeptische Flickwort kam nicht umhin, diesem Gedankenansatz etwas abzugewinnen.

»Nicht übel.« Er nickte anerkennend. »Auf die Idee hätte ich auch kommen können.«

»Sind Sie aber nicht. Sie hielten diesen Hinweis immer für eine falsche Fährte. Aber wie gehen wir nun vor?«

»Systematisch, Chef. Erst einmal reden wir mit Maximilian Rose und hören, was er dazu zu sagen hat. Dann hören wir uns geflissentlich im Hafen um. Der Hafen ist ein unendliches Füllhorn an Gerüchten und Geschichten. Man muss nur die Wahrheit aus diesem Seemannsgarn herausfiltern.«

»Dann kommen Sie, Flickwort. Fangen wir gleich an.«

Sie gingen zu Fuß und genossen den warmen Tag. Sie hatten Glück und trafen im Hafenbüro nicht nur Anna Brandis, sondern auch Maximilian Rose, der gerade am Tisch über einem neuen Frachtvertrag saß. Sie fragten gleich nach der *Luna* und ihrem tragischen Schicksal und ernteten betretenes Schweigen. Sie führten dies auf das Unglück zurück und ließen Rose etwas Zeit, sich dem unangenehmen Thema gedanklich zu nähern.

»Wir wissen, wie schmerzlich es für einen Reeder sein muss, wenn eins seiner Schiffe untergeht«, sagte Sand mit sanfter Stimme. »Die Toten, der Verlust von Schiff und Ware. Ich kann mir vorstellen, dass Sie nicht gern daran erinnert werden, aber wir müssen alles über die Umstände wissen. Wir gehen diesem anonymen Hinweis nach, und vielleicht hilft es uns, den Tod Ihres Bruders aufzuklären. Was hatte die *Luna* geladen?«

»Bücher«, erklärte Maxim tonlos. »Kostbare Folianten.«

»Sie sank auf der Rückfahrt?«

»Ja, sie segelte nach Russland und nahm dort die Fracht auf. In der Nähe von Bornholm geriet sie in ein Unwetter und lief auf Grund.«

»Auf der Hinfahrt hatte sie keine Ware an Bord?«

»Sie hatte nur Ballast geladen. Wenn ein Schiff keine Ware hat, muss es beschwert werden, sonst ist es zu leicht, verstehen Sie?«

»Durchaus. Fracht und Schiff waren versichert?«

Maxim nickte.

»War etwas ungewöhnlich an der Fracht?«

»Nein.«

»Und wer hatte das Kommando?«

»Kapitän Wesseling.«

»Wo finden wir ihn?«

»Auf dem Atlantik. Er segelt gerade nach Chile.«

»Ach …«

Kommissar Sand war enttäuscht. Wesselings Aussage hätte hilfreich sein können. »Dann würde ich gerne die Frachtpapiere sehen«, sagte er, und sofort stand Anna Brandis auf und ging zu einem Regal hinüber. Sie kam zurück und legte die Papiere auf den Tisch.

»Gab es irgendetwas Ungewöhnliches an dem Verlust der *Luna*?«, fragte er.

»Was sollte das sein?«, gab Rose etwas unwirsch zurück. »Ein Verlust ist immer ungewöhnlich. Ungewöhnliche Umstände verursachen ungewöhnliche Ereignisse. Schweres Wetter ist nicht selten, sonst würden ja alle Schiffe ständig sinken, aber es gibt außergewöhnliche Konstellationen, die ein Schiff in eine ausweglose

Lage bringen können. Zum Beispiel eine Sandbank unterm Bug, das kann dann das Ende sein.«

»Mein Kollege meinte mit ›ungewöhnlich‹ etwas anderes«, warf Flickwort ein. »Er meinte nicht den Verlust des Schiffes, sondern vielleicht etwas Ungewöhnliches im Vorfeld. Ein Streit oder Ähnliches.«

»Da war nichts Besonderes. Auch kein Streit oder Ähnliches. Ich glaube, hier werden Sie des Rätsels Lösung nicht finden.«

Sand entschloss sich zu gehen. Die lieben Leute schienen ihm wirklich helfen zu wollen, doch wenn im Vorfeld dieser Reise nichts Ungewöhnliches passiert war, was war dann das Geheimnis des Untergangs der *Luna*?

Ihnen war klar gewesen, dass sie sich einmal begegnen würden. Irgendwann kam jedes Schiff in seinen Hafen zurück, wenn es nicht einem Unglück zum Opfer fiel. Die *Star of Jerusalem* lag am Kai, und ihr Kapitän verließ gerade das Deck. Kapitän Wolff. Ein scharfer Wind ließ die Brigg hin- und herschaukeln, und Wolff balancierte mit wehendem Mantel über das Laufbrett.

Die Förde war aufgewühlt, der Himmel von einem unnatürlichen Aschgrau, als würde gleich ein Unwetter losbrechen. Und richtig, kaum hatte Wolff sicheren Boden unter den Füßen, trieb der Wind den Regen über den Kai.

Anna und Brandis befanden sich vor dem Hafenbüro, als Wolff sich in den nächsten Hauseingang rettete. Dort stand er trocken und wollte sich einen Zigarillo anzünden. Sie sahen das Zündholz aufflammen, wieder ausgehen, dann drehte er sich um und versuchte es noch einmal. Diesmal schien es zu klappen, denn sie sahen, wie feiner Rauch in die Luft stob, der aber gleich mit dem Wind davonflog.

»Sieh an, der Käpt'n der *Star of Jerusalem*«, murmelte Brandis. »Ich dachte, der kommt nie zurück.«

»Lass ihn in Ruhe, Chris. Das gibt nur Ärger«, sagte Anna.

»Mehr Ärger kann es gar nicht geben. Ich will wissen, warum der Schuft mich angezeigt hat.«

Brandis schüttelte ihre Hand ab, die sie auf seinen Arm gelegt hatte, als plötzlich Maxim unter einem aufgespannten Schirm auf dem Kai auftauchte und bei Brandis und Anna stehen blieb. Er klappte seinen Schirm zu und schüttelte ihn aus.

»Gut, dass ich Sie treffe, Käpt'n«, sagte er mit besorgter Miene. »Wir müssen reden.«

»Über den da?«, fragte Brandis und deutete zu Wolff hinüber.

»Nein. Über die *Luna*.«

»Was gibt es da zu reden? Die *Luna* existiert nicht mehr.«

»Eben. Gestern war Sand da. Er stellt unangenehme Fragen. Anna war übrigens auch dabei.«

»Anna?«

Anna spürte Maxims Unruhe, die sie förmlich anwehte. Und jetzt hatte auch Brandis Wolff ganz plötzlich vergessen. Er fixierte Maxim mit ungläubigem Blick, dann sah er sie an, dann wieder Maxim. Was war hier los?

»Weiß Anna Bescheid?«, wollte Maxim wissen, und Brandis schüttelte den Kopf.

»Dann sollten wir es dabei belassen. Je weniger sie weiß, desto besser ist es.«

»Was weiß ich nicht?«, fragte Anna misstrauisch.

Maxim musterte sie. Er fragte sich wohl, wie weit er ihr trauen konnte.

»Ihr wisst, dass ihr mir vertrauen könnt«, versicherte sie.

»Dann kommt.«

Sie gingen ins Hafenbüro und setzten sich an den Tisch. Berger servierte Kaffee und verließ dann auf Geheiß Maxims den Raum.

»Was weißt du?«, fragte Maxim.

»Ich weiß nur, dass die *Luna* unterging.«

»Was ich dir jetzt sage, musst du für dich behalten. Es könnte der Reederei viele Schwierigkeiten bereiten, wenn es an die Öffentlichkeit kommt. Franz hat im November vor zwei Jahren einen Auftrag angenommen. Artilleriemunition, die von Russland nach Kiel befördert werden sollte. Der Auftrag war natürlich illegal. Offiziell befanden sich Bücher in zehn Kisten, in Wahrheit hat Wesseling, der das Kommando hatte, dreißig Kisten mit Munition aufs Schiff geladen. Die Frachtpapiere waren gefälscht, aber das ist noch nicht das Schlimmste ...«

Maxim machte eine Pause und trank einen Schluck Kaffee. »Er nahm in St. Petersburg noch zwei Kisten mit Stahlträgern an Bord, und weil er dachte, in den anderen Kisten befänden sich Bücher, ist er nie auf die Idee gekommen, dass der Kompass falsche Daten liefern könnte.«

»Hat er das?«

»Genau das hat er. Zu viel Eisen an Bord. Eisen beeinflusst den Kompass. Wer das weiß, kann ihn justieren, aber Wesseling war völlig ahnungslos. Bevor er merkte, dass seine Position falsch war, lief er auf eine Sandbank. Den Rest kennst du.«

»Was wollte Sand?«, fragte Brandis scharf.

»Er wollte alles wissen. Was die *Luna* geladen hatte, wer das Kommando hatte, alles. Und er hat die Frachtpapiere mitgenommen. Angeblich helfe ihm das bei der Aufklärung des Mordes an meinem Bruder, und das wiederum hat mit einem anonymen Hinweis zu tun, den er erhalten hat. Irgendjemand weiß mehr über diese Sache, als uns guttut. Ihr wisst, ich bin immer jemand, der mit offenen Karten spielt, aber in diesem Fall könnte die Wahrheit über diesen Auftrag der Reederei das Genick brechen. Ich habe Franz damals schwere Vorwürfe gemacht, diesen Auftrag anzunehmen, er ließ natürlich nicht mit sich reden. Es war für ihn ein mehr als lukratives Geschäft.«

Brandis nickte. »Ich weiß. Dahinter steht die Reichswehr, die wieder aufrüstet. Sie wissen ja, sie bildet in Russland Soldaten aus und wollte auf diese Weise Kriegsmunition ins Land schmuggeln. Die liegt jetzt allerdings auf dem Grund der Ostsee. Die Frage ist, was wird Sand tun? Was hat er vor?«

»Von dem illegalen Auftrag kann er nichts wissen, und Wesseling kann er nicht befragen. Das gibt uns Zeit, herauszufinden, wer ihm diesen Hinweis gegeben hat. Wer außer uns weiß noch davon?«

Sand und Flickwort saßen über den Frachtpapieren der gesunkenen *Luna*, die zehn Kisten mit kostbaren Büchern und zwei Kisten mit Stahlträgern geladen hatte. Südlich von Bornholm gerät sie in einen Sturm und läuft auf Grund. Zwei Männer ertrinken im Meer, der Rest wird von einem schwedischen Dampfer, der *Göteborg*, aufgefischt. Die Bücher und Stahlträger und die Leichen der beiden Männer liegen auf dem Grund der Ostsee, ebenso das Logbuch, in dem die wichtigsten Informationen aufgezeichnet werden. Auftraggeber dieser Fracht ist ein gewisser Silvester Florian Fischer, wohnhaft in Berlin-Charlottenburg.

Anselm Flickwort als gebürtiger Kieler hatte überall in der Stadt gute Beziehungen. Auch zu dem einen oder anderen, der Mitglied in einer der Parteien war. Er gab zu, selbst einmal mit dem Gedanken gespielt zu haben, in die Zentrumspartei einzutreten.

»Wo sollen wir ansetzen?«, fragte Sand eifrig.

»Bei diesem Silvester Florian Fischer. Ich habe mal ein bisschen recherchiert und herausgefunden, dass er laut Handelsregister eine Firma für Im- und Export betreibt. Außerdem war er mal Mitglied der Deutschen Volkspartei.«

»Sehr schön. Aber was hilft uns das?«

»Erinnern Sie sich noch an Maibaums Worte, dass politische Motive hinter Roses Tod stecken könnten? Wir haben in der Villa Rose alles umgedreht und nichts gefunden, was auf eine politische Auseinandersetzung schließen lassen könnte. Rose ist 1925 in die NSDAP eingetreten, hat seine Mitgliedschaft aber immer geheim gehalten. Selbst die Familie wusste von nichts.«

»Kunststück. Das hätte niemand verstanden. Die Leute haben nichts übrig für völkisches Gedankengut.«

»Ich kenne da einen Stammtisch, wo sich Mitglieder verschiedener Parteien treffen. Einer davon ist in der Deutschen Volkspartei. Vielleicht sollten wir denen mal einen Besuch abstatten. Eine bessere Idee habe ich leider auch nicht.«

Kommissar Sand sah auf die Uhr an seinem Handgelenk. »Kommen Sie, dann sind wir noch rechtzeitig dort.«

Der Stammtisch befand sich in einem gutbürgerlichen Lokal in der Innenstadt und setzte sich aus Mitgliedern von vier im Reichstag vertretenen Parteien zusammen. Neben Steller vom Zentrum saß der Sozialdemokrat Fink, daneben der rechtsliberale Leitmann von der Deutschen Volkspartei, zu seiner Linken Meerbolz von der Deutschen Demokratischen Partei. Das Lokal war gut besucht, fast jeder Tisch besetzt. Es gab Bier und Wein, dazu den Rauch von Pfeifen, Zigarillos und Zigaretten, so dass die Luft stickig und regelrecht vernebelt war.

Da Polizei mit am Tisch saß, waren die Herren zwar freundlich, aber etwas mundfaul. Flickwort kannte alle persönlich und versuchte diesen Vorteil in die Waagschale zu werfen, er kam gleich zur Sache und erklärte, worum es ging.

»Hatte einer von Ihnen näheren Kontakt zu Rose oder wissen Sie etwas über Auseinandersetzungen, die politischer Natur waren?«

»Ich kannte Rose nur in seiner Funktion als Reeder«, sagte Steller vom Zentrum. »Von seiner Mitgliedschaft in dieser Partei wussten wir alle nichts.«

»Das stimmt nicht ganz«, widersprach Leitmann zögernd. »Ein Freund meines Sohnes hat ihn einmal beobachtet, wie er auf eine dieser politischen Versammlungen der NSDAP ging. Das ist nicht strafbar. Die Partei war zwar zur Wahl nicht zugelassen, ist aber nicht mehr verboten, und an der nächsten Wahl dürfte sie vermutlich teilnehmen.«

»Wir haben schon zwei extrem rechte Parteien im Reichstag, eine dritte brauchen wir nun wirklich nicht«, warf der Sozialdemokrat Fink despektierlich ein.

»Dieser Hitler will keine Monarchie oder zurück zum Kaiserreich wie die DNVP oder die NSFP. Der will ja selbst Kaiser werden.«

Schallendes Gelächter ertönte am Tisch, und auch die beiden Kommissare konnten ein Grinsen nicht unterdrücken. Sand fragte nach Fischer und traf direkt ins Schwarze. Leitmann kannte seinen ehemaligen Parteifreund Fischer und konnte nur Gutes über ihn berichten. Fischer sei ein erfolgreicher Geschäftsmann und ein eloquenter Redner, der die Möglichkeit gehabt habe, im Reichstag einen Sitz zu ergattern, aber dann davon zurückgetreten sei, weil er sich für seine Firma entschieden habe.

»Erinnern Sie sich noch an den Untergang der *Luna*?«, fragte Sand.

Leitmann nickte. »Natürlich. Was hat das mit Fischer zu tun?«

»Die Fracht der *Luna* gehörte Fischer. Alte Bücher. Müssen sehr wertvoll gewesen sein.«

»Fischer handelt mit allem Möglichen. Warum nicht auch mit alten Büchern? Ich verstehe aber immer noch nicht, was das mit Roses Tod zu tun haben soll?«

Sand hielt sich bedeckt und ließ die Frage offen, denn er wusste es selbst nicht. Auch Flickwort sagte nichts, legte stattdessen ein paar Münzen auf den Tisch und stand auf. Sand folgte ihm. Sie bedankten sich für das Gespräch und traten nach draußen auf die Straße, wo sie auf eine Frau stießen, die gegen die Hauswand lehnte und offensichtlich auf sie gewartet hatte. Mitte vierzig, rotblondes Haar, schlecht sitzendes Kostüm.

»Sie interessieren sich für die *Luna*? Versuchen Sie es da mal.«

Sie steckte Sand blitzschnell etwas in die Manteltasche, drehte sich um und ging mit schnellem Schritt über die Straße. Verdutzt zog Sand eine Visitenkarte aus seiner Tasche.

VENUS – DER EROTIK-KLUB
FÜR DEN ANSPRUCHSVOLLEN HERREN

stand darauf.

»Interessant«, versetzte Flickwort verblüfft. »Ich glaube, die Dame war eben noch im Lokal. Sie muss unser Gespräch mitbekommen haben.«

»Ganz offensichtlich. Nun erklären Sie mir mal, Kollege Flickwort, wo ist der Zusammenhang zwischen einem gesunkenen Schiff und einem Erotik-Klub für den anspruchsvollen Herren?«

»Wenn ich das wüsste, Chef!« Flickwort grinste. »Vielleicht ist eine der Damen, die im Erotik-Klub für den anspruchsvollen Herren arbeitete, mit der *Luna* abgesoffen.«

5 New York

Venn Flack streifte durch die Straßen. Der Blick nach oben verlor sich in schwindelerregende Höhen, er kam sich klein und bedeutungslos vor. Dabei wusste er, dass er Teil eines ganz großen Ganzen war, obwohl sie ihn wieder nicht dabeihaben wollten und hinter verschlossenen Türen tagten. So streunte er wie ein Kater auf der Suche nach einem Happen durch die endlosen Schluchten dieser Stadt. Er hatte einen lieb gewonnenen Onkel in New York, mit dem er verabredet war, aber er fand den Board Room nicht, wo sie sich treffen wollten. Nach einer Stunde des Herumirrens winkte er endlich einem Taxi und ließ sich durch die Stadt kutschieren, bis er vor dem richtigen Board Room ausstieg. Viele der Board Rooms waren früher typische New Yorker Bars gewesen, wo Gin, Whiskey und Brandy ausgeschenkt worden waren. Heute gab es keinen Alkohol mehr, heute gab es statt eines guten Glases Whiskey einen guten Tipp, wie man sein Geld gewinnbringend investieren konnte. Die Board Rooms waren Brokerbüros mit dem Charme der alten Bars. Verdunkelte Fenster, gediegenes Mahagonimobiliar, Schwingtüren, aber das Wichtigste war das Tickerband auf einem großen Bildschirm, auf dem die Aktienkurse angezeigt wurden.

Flacks Onkel saß bereits an einem Tisch und freute sich, dass sein Neffe es doch noch geschafft hatte. Er lud ihn zu einem Kaffee ein, und sie plauderten eine Weile über dies und das, denn sie hatten sich seit zehn Jahren nicht mehr gesehen. Dann kam das un vermeidliche Thema zur Sprache, und Onkel Peter wollte wissen, was in der illustren Runde der Finanzstrategen so geredet wurde. Flack, der sich nicht äußern durfte, blieb im Vagen.

»Die FED könnte die Zinsen senken, um das englische Pfund zu stärken. Das bedeutet aber billiges Geld, und billiges Geld heizt die Märkte an«, sagte er zögernd.

»Ich verstehe nichts davon«, brummte sein Onkel. »Ist doch gut, wenn die Zinsen niedrig sind.«

»Billiges Geld ist nie gut, denn es erhöht die Kreditvergabe, also die Schulden. Und die Spekulationen.«

»Venn, ich habe Aktien gekauft, zum ersten Mal in meinem Leben. War das jetzt richtig oder falsch?«

Onkel Peter starrte nachdenklich in seine Tasse. »Soll ich wieder verkaufen?«

»Lass sie stehen, wenn du den Verlust verschmerzen kannst. Aber überleg mal, Onkel, würde man heute alle Banken und alles Geld abschaffen, was glaubst du, gäbe es auch nur einen einzigen Apfelbaum auf der Welt weniger als vorher? Natürlich nicht. Es ist alles noch da, die Apfelbäume, die Birnbäume, das Getreide auf den Feldern, das Wasser in den Flüssen und Seen, alles, was es vorher auch gegeben hätte, wäre immer noch da. Das ganze System ist nichts anderes als ein Konstrukt, und man könnte es von heute auf morgen abschaffen und neu konstruieren. Wir schulden Großbritannien und Frankreich zwölf Milliarden Dollar, Frankreich schuldet Großbritannien und den USA sieben Milliarden Dollar, und Großbritannien schuldet den USA vier Milliarden Dollar. Mit einem Schuldenschnitt könnten alle wieder bei null anfangen, so dass es fair und gerecht für alle wäre.«

»Warum macht man es dann nicht?«

»Weil die Banken und die durch sie reich gewordenen Millionäre und Milliardäre dann auch ihre Millionen und Milliarden verloren hätten, und das will doch niemand, oder?«

»Ich hätte nichts dagegen.«

»Du hast ja auch keine Million auf dem Konto.«

»Hast du eine?«

Flack schüttelte lachend den Kopf. Er dachte mit Unbehagen an die lange Überfahrt nach Europa. Er hatte genug von diesem Land der unbegrenzten Möglichkeiten. Es war schön, es war reich, es war schrecklich nüchtern, es war ganz anders als der eruptive Vulkan, zu dem er zurückkehren musste. Und trotzdem zog es ihn mit jeder Minute hin zu diesem ewig ausgasenden, brodelnden, qualmenden und zischenden Monster, das Deutschland hieß.

»Bleib hier, Venn«, sagte sein Onkel plötzlich eindringlich »Ich könnte dir eine gute Anstellung verschaffen. Das wird nichts mehr mit Deutschland, das hab ich im Urin …«

»Ich kann nicht.«

»Wegen Schacht?«

»Schacht hat nichts damit zu tun. Ich werde mich verloben.«

Auf der *Mauretania*, Atlantik

Einen Tag später befand Flack sich mit Schacht auf der Rückfahrt nach Europa. Ein Glückspilz und sein immer noch übel gelaunter Chef. Es lief nicht gut für Schacht, aber Flack hatte immer öfter Schmetterlinge im Bauch, je näher sie der englischen Küste kamen. Zuweilen fragte er sich allerdings, was er anders als Schacht hätte machen wollen, wenn er Präsident der Reichsbank gewesen wäre. Ihm war nie eine Alternative eingefallen – sie mussten mit den

Wölfen heulen, was ihm Schacht am letzten Tag in New York in aller Deutlichkeit zu verstehen gegeben hatte. Ein denkwürdiges Gespräch auf dem Flur ihres Hotels unter einer flackernden Deckenlampe, wo sie sich für die Nacht voneinander verabschieden wollten. Flack hatte die Hand schon auf der Klinke liegen, als Schacht unvermittelt heftig gesagt hatte, wenn er eines auf dieser Reise gelernt habe, dann sei es die Erkenntnis, dass es nie wieder ein souveränes Deutschland geben werde. Und das werde sich vermutlich nie mehr ändern, auch in Millionen von Jahren nicht. Flack war perplex stehen geblieben. Diese Ausdrucksweise hatte ihn regelrecht erschreckt. Schacht neigte zu extremen Übertreibungen, das war bekannt, aber was sollten jetzt diese Millionen von Jahren?

»Wenn wir eines Tages die Reparationen bezahlt haben, dann sind wir doch frei«, hatte er Schacht entgegengehalten, aber der hatte den Kopf geschüttelt. »Sie haben das Spiel immer noch nicht verstanden, Flack.«

Mit diesen Worten war er ohne eine weitere Erklärung in seinem Zimmer verschwunden.

Flack stand bedrückt an Deck. Die See war fast glatt wie ein Spiegel, nur hier und da ein Schaumkrönchen, die Sonne dachte daran, unterzugehen. Noch war sie honiggelb und süß, eine Viertelstunde später rot wie eine Tomate.

Flack hatte Zeit. Er konnte Stunden an Deck verbringen und aufs Meer starren, als lägen tief unten bei den Fischen die Antworten auf seine Fragen. Er taumelte zwischen den Schmetterlingen im Bauch und einer melancholischen Anwandlung über Schachts kryptische Worte hin und her. Er spürte wieder diese körperliche Schwäche, die ihn neben den drei Herren, die er gestern kennengelernt hatte, einen Liegestuhl suchen ließ. Man grüßte sich höflich, und er hörte schweigend den anderen zu, die neben ihm saßen. Zwei von ihnen waren vornehme, steinreiche Männer, die hier Geschäfte machten. Ihr Gespräch war nicht gerade dazu angetan, seine Melancholie zu vertreiben, denn ihr Geschäft war der Krieg. Sie gehörten zu Vickers und Schneider-Creusot, zwei Konzernen, die im Waffengeschäft tätig waren. Der dritte war ein Deutscher namens Silvester Florian Fischer, der versuchte als Zwischenhändler mitzuspielen. Ein etwas ungepflegt wirkender Typ mit blondem Bürstenhaarschnitt, einer runden, schwarzen Brille auf der Nase, hinter deren Gläsern ein stechender Blick lauerte, der Flack an einen hungrigen Löwen erinnerte. Sie unterhielten sich auf Englisch über die Situation, die Wilsons Plan, Europas Grenzen neu zu ordnen, ausgelöst hatte. Viele eigenständige Staaten waren im Osten Europas entstanden, Polen, Ungarn, Lettland, Litauen, die sich quasi über Nacht in einer vollständigen Souveränität wiedergefunden hatten.

Aber nach dem Krieg war vor dem Krieg, und das Erste, was sie gebraucht hatten, waren Waffen gewesen. Vickers und Schneider-Creusot hatten sich eine goldene Nase verdient und die Staaten mit allem ausgerüstet, was die Wunschliste so hergegeben hatte. Flugzeuge, Panzer, Geschütze, Munition. Wilsons Plan war zu einem Paradies der Waffenhändler mutiert. Allerdings waren diese Geschäfte nur über Kredite zu leisten gewesen, und so hockten diese Staaten nicht nur auf einem Arsenal von Waffen, sondern auch auf einem Berg von Schulden. Darüber freuten sich nicht nur die Waffenkonzerne, sondern natürlich auch die Banken. Es lief bestens für alle, das wusste jeder, der im Bankgeschäft tätig war. Auch Venn Flack.

Wind kam auf, und man legte sich die Wolldecken über die Knie. Flack wurde müde und schloss die Augen.

»Sie müssen aufpassen, Monsieur Fischer«, hörte er den Franzosen mit einem spöttelnden Unterton sagen. »Ihnen ist alles verboten, was auch nur den Anschein einer Waffe haben könnte. Denken Sie an den Vertrag von Versailles.«

Fischers Lachen wurde vom Wind davongetragen. »Ich vermittele nach Kasan, die brauchen demnächst Panzer. Außerdem habe ich Beziehungen zu Staaten, die Phosphorbomben kaufen würden. Sie können doch sicher irgendwo eine Quelle auftun. Arbeiten wir zusammen, Monsieur Chombours, es würde Ihr Schaden nicht sein.«

»Schon möglich. Ich will sehen, was ich machen kann.«

»Und der Vertrag von Versailles?«

»Sie wissen doch, für uns gibt es keine Verträge außer unseren eigenen.«

Kiel

Sherman Collins war unverrichteter Dinge nach New York zurückgekehrt. Maxim hatte sich bis zum Schluss geweigert zu unterschreiben. Die Konsequenzen waren ihm klar: Er würde die alten Kähne nicht abstoßen, sondern allenfalls ein einziges motorbetriebenes Schiff kaufen können und dies auch nur mit einem Darlehen der Danatbank. Aber er zögerte selbst hier. Von Flacks Worten gewarnt, schien im Moment überhaupt keine Kreditaufnahme sinnvoll zu sein. Besser abwarten, was die nächsten Monate bringen würden.

Lilly und Anna saßen auf der Terrasse unter dem großen Sonnenschirm. Marie servierte eisgekühlten Fruchtsaft, und durch die weit aufstehende Terrassentür drang die Musik eines Schlagers aus dem Grammophon.

»Die Reederei besitzt ein Haus am Hindenburgdamm«, sagte

Lilly plötzlich. »Es steht leer, weil die Renovierungsarbeiten noch nicht abgeschlossen sind. Aber wenn ihr nicht allzu anspruchsvoll seid, könnt ihr dort einziehen.«

Das besagte Haus, das Anna sich wenig später ansah, war ein zweistöckiger Klotz, einzeln stehend, dunkel und verwunschen. Der Garten war verwildert und beherrscht von schattenwerfenden Fichten und Kiefern; von Fensterläden und Mauerwerk war die weiße Farbe abgesplittert. Die Treppe zur Haustür, an der ein Türklopfer in Form eines messingfarbenen Löwenkopfs hing, war steil und abgetreten und der kleine Balkon darüber von dichtem Efeu überwuchert. Drinnen roch es nach Kleister von den in Lindgrün frisch tapezierten Wänden, der Parkettboden knarrte bei jedem Schritt, und in jedem der vier Zimmer stand ein Ofen auf verschnörkelten Füßen.

Anna ging von einem Raum zum nächsten. Eine große Küche, ein Wohnzimmer mit vier Meter hohen Decken, Schlafzimmer und eine große Abstellkammer. Neben der Kammer führte eine Treppe aus Stein in den Keller, eine zweite nach oben.

»Was denkst du?«, fragte Lilly. »Es ist nicht der letzte Schrei, aber die Miete ist wirklich gering, und ihr habt viel Platz.«

Anna hatte gar keine Wahl bei der Miete. Und Platz gab es wirklich genug für zwei Personen. Trotzdem wirkte das Haus auf sie seltsam unheimlich. Ein Gespensterhaus. Vielleicht lag es an den dicht vor den Fenstern stehenden Fichten, die das meiste Licht abschirmten.

»Du musst mit Chris reden«, sagte Lilly. »Wo ist er überhaupt?«

Brandis saß am Hafen im »Schwarzen Anker«. Er trank Lütt und Lütt, wie es hier üblich war, und lauschte den Klängen eines Akkordeonspielers, der auf einem schmalen Holzpodest hockte und die Melodien alter Seemannslieder spielte. Die Stimmung war gut, und als sich eins der leichten Mädchen an Brandis' Tisch setzte, lud er sie ein. Hier wusste jeder, dass ihm ein Prozess bevorstand, weil er seinen Bootsmann erschlagen haben sollte, und wer ihn sowieso nie gemocht hatte, machte schon mal die eine oder andere böswillige Bemerkung. An Kapitän Brandis schieden sich die Geister. Die einen sahen in ihm den Einzigen, mit dem man untergehen und trotzdem überleben konnte, und glaubten kein Wort von dem, was Suermondt und Materna erzählten, die anderen waren der Meinung, früher oder später habe es ja so kommen müssen.

Brandis selbst hielt sich zurück und beherzigte Annas Worte. Er wusste, wenn er Suermondt und Materna unter Druck setzen würde, könnte das die Richter gegen ihn einnehmen. Sein Glück war, dass er Materna und Suermondt bisher nicht getroffen hatte und von daher auch nie in die Versuchung gekommen war, reagieren zu müssen. Das Mädchen, das an seinen Tisch gekommen war, legte die Hand auf seinen nackten Arm. Sie betrachtete die Tätowierung, eine kretische Doppelaxt, die auf der braunen Haut leuchtete.

»Hey, Käpt'n, wann stechen Sie wieder in See?«, rief ein Seemann vom Nebentisch gehässig herüber. »Oder segeln Sie ab jetzt nur noch durch Ihre Küche?«

Brandis sagte nichts. Er trank sein Glas leer, schüttelte die Hand des Mädchen ab, warf ein paar Münzen auf den Tisch und verließ den Raum. Draußen atmete er einmal tief durch und beschloss, nach Hause zu gehen. Es war heiß, die Sonne stand hoch, und die feinen Damen, die ihm begegneten, beschatteten ihre Haut mit breitkrempigen Hüten aus feiner Brüsseler Spitze. Sündhaft teuer. Etwas, das er Anna nie würde schenken können, wenn er nicht bald wieder ein Kommando übernehmen konnte. Er ging schneller. Er hatte Angst. Zum ersten Mal in seinem Leben hatte er richtig

Angst. Selbst als er mit der *Margarita* gesunken und bei einem Haufen gewissenloser und bis an die Zähne bewaffneter Piraten gelandet war, hatte er immer noch das Gefühl gehabt, sein Leben selbst in die Hand nehmen zu können. Man hatte immer eine Chance. Aber diese Anklage war etwas ganz anderes. Es war, als würde er gegen Gespenster kämpfen müssen, die unsichtbar und trotzdem immer da waren und sein Leben in einem einzigen Moment besiegeln konnten. Dem Moment des Richterspruchs. Gegen diesen Gegner konnte er eigentlich nur verlieren. Und er spürte Annas Zweifel, sie wehten ihn an wie ein leichter, feiner Wind, wie der Wind an der Skelettküste, der nur von Tod und Verderben wisperte. Eine Küste voller Wracks und menschlicher Skelette, hier und da Knochen wie hindrapiert im Sand, die unter der ewigen, sengenden Sonne verblichen. Leere Augenhöhlen, die ihn heute noch anzustarren schienen.

In einer Seitenstraße traf er in einiger Entfernung plötzlich auf den Polizisten Flickwort, der vor einem Haus stand und auf das Schild über der Tür schaute.

VENUS – DER EROTIK-KLUB
FÜR DEN ANSPRUCHSVOLLEN HERREN

Brandis blieb stehen und beobachtete, wie Flickwort die Hand auf einen Klingelknopf legte. Die Tür ging auf, ein junger Kerl mit pomadigen, schwarz anliegenden Haaren in schwarzem Anzug erschien. Man wechselte ein paar Worte, dann wurde Flickwort eingelassen und die Tür wieder geschlossen.

Brandis staunte nicht schlecht. War das jetzt ein offizieller oder inoffizieller Besuch? Es war helllichter Tag, welcher Polizist würde ungeniert dort hineinspazieren?

Sie hatten sich darauf geeinigt, dass nur einer von ihnen inkognito den Klub aufsuchen würde. Flickwort hatte sich schließlich durchgesetzt und war in seinem besten Anzug und mit seinem teuersten Hut, einem braunen, zeitlosen und überall angebrachten Fedoramodell, in die Stadt gegangen. Er war viel zu früh, er war überhaupt der Erste, der an diesem späten Nachmittag den Klub betrat. Ein erster Blick tauchte ein in dunkles Rot, die Farbe, die hier alles beherrschte. Unter der Decke hingen rote Lampen in Form von chinesischen Lampions, und die Tische waren mit rot angestrichenen Paravents dezent voneinander getrennt. Irgendwo stand ein verstecktes Grammophon, die Klänge eines Saxophons und der Duft der letzten Zigarre schwebten durch die Luft.

Es war nicht viel los, außer Flickwort war kein weiterer Kunde zu sehen. Eine junge Dame stand hinter der Theke, eine zweite, blutjung mit eindeutig asiatischen Gesichtszügen und einem braunen Pagenschnitt, empfing ihn mit einem professionellen Lächeln, führte ihn an einen der Tische und fragte, was er zu trinken wünsche. Flickwort zögerte. Er kannte die Preise und bestellte schließlich eine Flasche Sekt, um die Zunge der Frau zu lösen. Sie strahlte ihn an und bugsierte ihn in einen der tiefen, rosenroten Sessel, während sie mit übereinandergeschlagenen Beinen auf der Lehne Platz nahm. Der Portier mit streng zurückgekämmtem, öligem Haar, teigiger Hautfarbe und einem staksigen, hölzernen Gang servierte mit ungewöhnlich langen, dünnen Fingern den Sekt, und seine Lippen öffneten sich zu einem gekünstelten Grinsen, bevor er wieder abzog. Eine seltsame Kunstfigur, die Flickwort unwillkürlich an Nosferatu erinnerte.

»Ich bin Kai Vin Tu«, schnurrte das Mädchen. »Und du?«

Sie beugte den Kopf zu ihm hinunter und sah ihm tief in die Augen. Er hielt dem Blick stand und suchte nach den richtigen Worten. Da außer ihm noch kein anderer Gast da war, hörte sich die Frage etwas seltsam an, aber er stellte sie trotzdem.

»Ist mein Freund Fischer auch hier?«

»Fischer ist dein Freund?«

»Ja. Wir meinen doch beide denselben? Silvester Fischer?«

Sie schien leicht irritiert. »Er ist nicht hier. Er kommt nur drei-, viermal im Jahr.«

»Ach …«

Flickwort war überrascht. So einfach hatte er sich die Sache nicht vorgestellt. Fischer musste hier bekannt sein wie ein bunter Hund, wenn schon die erste Frage ans Ziel führte. Kai Vin Tu wusste, wie man die Kunden zum Trinken brachte, aber er nippte nur an seinem Glas.

»Welche Art von … Damen bevorzugt Silvester denn?«, fragte er mit einem gewinnenden Lächeln.

»Er bevorzugt gar keine Art von Damen«, gab sie stirnrunzelnd zurück.

»Aber er kommt doch hierher. Das hat er mir selbst erzählt.«

»Natürlich kommt er hierher.«

»Aber er bevorzugt nicht die Damen?«

»Nein. Er bevorzugt die Geschäftsbücher.«

»Wieso Geschäftsbücher?«, fragte er leicht konfus.

»Fischer ist unser Chef. Ihm gehört das ›Venus‹. Ich denke, du kennst ihn?«

Sie war misstrauisch geworden und stand auf. Seine Tarnung drohte aufzufliegen, also entschied er sich für die Flucht nach vorn, zog seinen Ausweis und einen Zettel mit seiner Telefonnummer aus der Tasche und hielt ihr beides vor die Nase. Selbst unter der gebräunten Haut sah er, wie sie erbleichte. Entweder sie war illegal hier oder viel zu jung. Aber wahrscheinlich traf beides zu.

»Wenn er kommt, ruf mich an. Ruf mich an und vergiss es nicht, du willst doch keinen Ärger haben, oder?«

»Das gilt auch für euch«, rief er dem geölten Portier und der Bedienung zu, legte den Zettel demonstrativ langsam auf den Tisch und verließ insgeheim schmunzelnd das Lokal.

Man hätte meinen können, ganz Kiel sei am Strand. In den öffentlichen Schwimmanstalten, in den kleinen oder größeren Jachthäfen oder dort, wo die Fischkutter lagen. Vor der Kiellinie schaukelte ein Kutter auf den Wellen, der keinen Fisch mehr fing, sondern zu einem Lokal umfunktioniert worden war. Ein federleichter Wind trieb auch die letzte Wolke hinaus aufs Meer und ließ die Thermometer steigen. Ein herrlicher Sommertag, der an nichts Böses denken ließ.

Anna hatte sich einen Badeanzug gekauft. Ein weißes Modell mit schwarzen Längsstreifen. Dazu trug sie einen weißen, breitkrempigen Strohhut und eine dieser neuartigen Sonnenbrillen, die das halbe Gesicht beherrschten. Lilly mit ihrem kurzen, weizenblonden Haar hatte sich für eine Schwimmvariante in zartem Nachtblumengelb und einen Hut von der gleichen Farbe entschieden. Eine sündhaft teure Kombination und der letzte Schrei aus Paris.

Sie waren nach Strande gefahren. Lilly, die vor einem halben Jahr den Führerschein gemacht hatte, steuerte selbst. Sie parkten den Wagen am Straßenrand, suchten sich in der Nähe eine geschützte Stelle am Ufer, pflanzten einen Schirm in den Sand und breiteten ihre Decken aus. So müsste es immer sein, dachte Anna, und ihr Blick verlor sich auf den Wellen, bis er die Silhouette eines Seglers am Horizont einfing. Das Schiff war zu weit entfernt, aber es hätte eine Viermastbark wie die *Kristina Sund* oder die *Pamir* sein können. Die letzten Windjammer dieses Jahrhunderts.

»Wo die *Kristina Sund* jetzt wohl ist?«, fragte Anna.

»Keine Ahnung«, gab Lilly schulterzuckend zurück. »Wahrscheinlich noch mitten auf dem Atlantik. Genauso wie die *Mauretania.*«

Am Ufer tauchten ein paar Touristen auf, die mit nackten Füßen durchs seichte Wasser liefen und Muscheln sammelten. Vater, Mutter, Kind. Das Kind war ein etwa zehnjähriges Mädchen mit Pferdeschwanz, das gutgelaunt durchs Wasser hüpfte und sich immer weiter von seinen Eltern entfernte.

»Lisa!«, rief der Vater, und das Kind blieb stehen. Es bückte sich und hob etwas aus dem Wasser, hielt es blinzelnd in die Sonne und legte es dann in die Hand zurück. Die Eltern kamen näher, man grüßte sich und wechselte ein paar Worte. Dass die Leute hier Urlaub machten, hörten Anna und Lilly schon an ihrem rheinischen Dialekt. Sie kamen aus Köln, erzählten sie, und waren zum ersten Mal in ihrem Leben an der Ostsee.

»Und wie gefällt es Ihnen?«, fragte Lilly.

»Es ist wunderschön«, schwärmte der Vater. »Letztes Jahr waren wir in den Schweizer Bergen. Auch sehr schön, aber ich bin ja mehr der Strandtyp …«

Sie kamen ins Plaudern, während die Mutter immer wieder zu ihrer Tochter Lisa hinüberschaute, die das seichte Wasser verlassen hatte und jetzt am Spülsaum stand. Plötzlich fing sie an zu schreien und umklammerte die rechte Hand mit der linken, während sich zu ihren Füßen eine seltsame leicht zischende Rauchsäule erhob. Lilly war die Erste, die zum Spülsaum rannte. Sie schaufelte mit den Händen Sand auf das rauchende Etwas zu Lisas Füßen, bis der Rauch endlich erstickt war, und ergriff Lisas Hand. Sie war feuerrot, die Haut verbrannt, und Lisas Schreie gellten durch die Luft. Sie hörte gar nicht mehr auf zu schreien. Lilly, die Einzige, die ahnte, was wirklich passiert war, packte das Mädchen an die unversehrte Hand.

»Schnell zum Auto. Wir müssen sie ins Krankenhaus bringen«, rief sie, und alle liefen zum Wagen.

Eine Stunde später saßen Anna und Lilly auf einer Bank im Flur der Klinik. Lisa und ihre Eltern waren noch immer im Behandlungszimmer, aus dem das Wimmern des Mädchens zu hören war.

»Bernstein«, sagte Lilly mit leiser Stimme auf Annas Frage. »Sie hat geglaubt, Bernstein gefunden zu haben.«

»Was ist daran so schlimm?«

»Es war kein Bernstein. Es sah nur so aus. Es war weißer Phosphor. Im Krieg wurden Bomben, bestückt mit weißem Phosphor, abgeworfen. Durch die Sturmfluten wird er an den Strand gespült. Solange er im Wasser liegt, passiert nichts, kommt er aber mit Sauerstoff in Kontakt, fängt er nach wenigen Minuten an zu brennen. Lisa hat ihn in ihrer Hand gehalten. Vor zwei Jahren gab es einen ähnlichen Fall in der Nähe von Lübeck. Seitdem habe ich es mir abgewöhnt, Bernstein zu suchen.«

Das schöne Wetter hatte auch Sand und seine Frau Eva an den Strand getrieben, die mit den Rädern ein Stück aus der Stadt hinausgefahren waren. Irgendwo zwischen den Dünen machten sie halt und packten ihren Picknickkorb aus. Es gab kaltes Hühnchen, frisches Brot, selbstgemachten Obstsalat und Marillenschnaps. Eva, die sich in Kiel nie heimisch gefühlt hatte, konnte auch dem herrlichen Blick übers Meer nicht viel abgewinnen. Der Anblick der Segelschiffe ließ sie kalt, der ewig wehende Wind, den auch die Dünen nicht ganz abhalten konnten, ließ sie frösteln. Während Sand mit kurzärmeligem Hemd dasaß, hatte sie sich eine Stola aus

Wolle um die Schultern geworfen und behauptete steif und fest, sie würde immer noch frieren.

Sie wollte zurück nach Berlin. Das Meer war für sie eine nutzlose Fläche, nutzlos, weil man darauf keine Kinos, keine Tanzsalons und keine Geschäfte bauen konnte. Für sie war Kiel immer eine Provinzstadt gewesen, ihr fehlte das Berliner Chaos, das Menschengetümmel, das Gefühl, der Mittelpunkt der Welt zu sein. In Berlin kamen alle Fäden zusammen, die politischen, die mondänen und der dünne Faden des Abgrunds, der jederzeit zu reißen drohte. Was hatte Kiel zu bieten?

»Du musst dich versetzen lassen. Zurück in die Hauptstadt«, sagte sie, während er mit seltsamem Blick aufs Meer starrte. »Was gibt es da zu sehen?«

Sand wusste es selbst nicht, hatte nur ein unbestimmtes Gefühl.

»Hörst du mir eigentlich zu?«

»Natürlich. Ich soll mich versetzen lassen. Aber so einfach geht das nicht.«

»Du versuchst es ja nicht einmal.«

Er seufzte. »Ich werde es versuchen.«

Kommissar Sand stand auf und ging auf nackten Füßen zum Wasser hinunter. Es genoss das Gefühl, wenn die Zehen in den weichen, warmen Sand eintauchten, der Wind seinen Nacken streifte, die Augen das Meer streichelten. Er liebte das Meer. Er würde um nichts in der Welt wieder zurückgehen. Dann stand er am Spülsaum, und das unbestimmte Gefühl wurde deutlicher, und ein Gedanke kristallisierte sich heraus. Natürlich, fuhr es ihm durch den Kopf, während er die Zehen in den Sand krallte und winzige Steinchen spürte.

Irgendwo dahinten am Horizont lag Bornholm. Eine leider sehr große Insel. Die Südküste zog sich über Kilometer in die Länge. Da zu tauchen wäre wie die Suche nach der Nadel im Heuhaufen gewesen. Das würde sein Chef niemals bewilligen. Allein die Kosten, die solche Tauchgänge verursachen würden. Es gab noch nicht mal einen Beweis, dass dort etwas anderes zu finden gewesen wäre außer Grünzeug, am Meeresboden herumkriechende Seesterne und jede Menge Heringe. Und selbst wenn der unwahrscheinliche Fall eintreten würde, ein Taucher würde die richtige Stelle finden – was außer zwei bedauernswerten Leichen, dem Wrack der *Luna*, einigen Stahlträgern und einigen Fetzen Papier würde er dort finden?

Sand kannte sich. Er wusste, wenn er sich jetzt in diese Idee verbeißen würde, würde ihn keine Macht der Welt davon abhalten. Da gab es einen Kollegen in der Stadt, der ein guter Taucher war. Der tauchte nur so, rein zum Spaß. Ein Hobby.

Sand ging zurück und setzte sich wieder.

»Hast du nachgedacht? Wirst du ein Versetzungsgesuch stellen?«

»Ja. Aber erst will ich wissen, was es da unten zu sehen gibt.«

»Unten? Was meinst du mit unten?«

»Unten auf dem Meeresgrund.«

Seine Frau warf ihm einen argwöhnischen Blick zu. Dann packte sie das Hühnchen, die Schale mit dem Salat und das Brot in den Korb zurück. »Lass uns nach Hause fahren, Moritz. Der Wind macht mich krank.«

»Natürlich«, murmelte er und stand auf.

Drei Tage später fragte er Brandis, ob er mit ihm und einem Taucher hinausfahren würde. Brandis zögerte, stimmte schließlich aber zu.

Bevor sie mit dem kleinen Dampfer Richtung Bornholm aufbrechen würden, stand er am Kai und wartete auf den Kommissar, als plötzlich eine Frau zu ihm trat und ein paar Bemerkungen übers

Wetter machte. Brandis kannte sie, es war Martha Conen, die Frau eines Kieler Geschäftsmanns. Die Unterhaltung dauerte nur kurz, ein paar hingeworfene Worte, dann ging Frau Conen lächelnd weiter. Wenig später nahm er Sand und den Taucher an Bord und gab den Befehl, die Leinen zu lösen.

Sie steuerten auf Bornholm zu, und als die Insel in Sicht kam, sah Brandis dem Kommissar an, wie ihn der Mut verließ. Für das, was er vorhatte, war es eine gigantische Insel. Ein Monster von Insel. Eine unverschämt lange Südküste, ein etwa zehn Kilometer breiter Strand, der an beiden Seiten schräg hoch nach Norden verlief.

Brandis stand am Ruder im Führerhaus und beobachtete, wie der Taucher über Bord ging und Sand sich mit flatternder Jacke über die Reling beugte. Er fragte sich, ob er derjenige sein würde, der nun half, das illegale Geschäft der Reederei aufzudecken. Aber wenn er nicht gefahren wäre, wäre eben ein anderer gefahren. Seine Hoffnung war, dass der Taucher nichts finden würde.

Die Zeit verging. Brandis stopfte sich die Pfeife, fing an zu rauchen und kam ins Grübeln. Er dachte darüber nach, wie sein Leben verlaufen würde, wenn er das unverschämte Glück haben sollte, freigesprochen zu werden. Er hatte vor, weniger zur See zu fahren, Wesseling den Vortritt zu lassen. Er wollte mehr Zeit mit Anna verbringen, er wünschte sich Kinder. Das bedeutete weniger Geld, aber was hatte er von der schönen Wohnung am Lorentzendamm gehabt? Anna hatte ihm von dem Haus am Hindenburgdamm erzählt, und die Idee war gar nicht so schlecht. Er erwischte sich bei dem Gedanken, eine Art Gelübde ablegen, jemandem etwas versprechen zu wollen, falls der bittere Kelch an ihm vorübergehen würde. Aber wem? Er war kein besonders religiöser Mensch, und der Kontakt zu den unterschiedlichsten Kulturen auf der Welt hatte sein religiöses Verständnis in eine Vielzahl von Bildern verwandelt. Er mochte die prallen, lebenslustigen, indischen Götter und Göttinnen, die ihn am Hafen von Bombay erwartet hatten, er hatte vor den Pyramiden der Azteken gestanden und vor den Pyramiden der Pharaonen. Er hatte im brasilianischen Dschungel den Animismus eines Naturvolkes kennengelernt, wo die Überzeugung herrschte, dass jedem Bachlauf eine Seele innewohnte, und er nannte einen Medizinmann der Lakota seinen Freund, der ihm von der Mutter Erde erzählt hatte. Es gab viele, mit denen er sein Zwiegespräch führen konnte, und so hatte er die Qual der Wahl. Er hätte sich für ein Totemtier entscheiden können, für Shiva, der die Welt in Scherben tanzt, oder für Jesus, der zu den Beladenen spricht.

Brandis blies Rauchwölkchen in die Luft und vertagte die Entscheidung, denn er sah, wie der Taucher an Deck gehievt und seine Sauerstoffmaske abgenommen wurde. Der Mann wechselte ein paar Worte mit Sand, dessen Gesichtsausdruck wenig hoffnungsvoll aussah. Der Taucher hatte ganz offensichtlich nichts gefunden. Sand klopfte ans Fenster, und Brandis verließ das Führerhaus.

»Nichts?«, fragte er.

»War ja wohl zu erwarten gewesen. Leider. Aber das muss ja nicht der letzte Versuch gewesen sein.«

»Sie wollen weiter tauchen lassen?«

»Vielleicht. Vielleicht befinde ich mich aber auch auf einem völlig falschen Dampfer.«

»Dann müssen Sie den Dampfer wechseln«, erwiderte Brandis schmunzelnd.

»Ja, aber wo finde ich den richtigen? Im Ernst, Käpt'n, ich weiß, dass es ziemlich aussichtslos ist. Es wäre wahrscheinlich sinnvoller, sich mit diesem Fischer zu beschäftigen, der die Fracht in Auftrag gab …«

Brandis verzog keine Miene. Er kannte diesen Fischer nicht,

aber er wusste, dass Fischer mit Kenntnis des Auswärtigen Amts in Berlin diese Fracht in Auftrag gegeben hatte. Seit Scheidemann, um die damalige Regierung zu stürzen, in aller Öffentlichkeit ausgesagt hatte, dass die Reichswehr in Russland wieder aufrüstete, war die Sache nicht weniger brisant, aber nicht mehr geheim. Wer war dieser Fischer wirklich?

»Was wissen Sie über Fischer?«, fragte Brandis den Kommissar.

»Er hat eine Firma für Im- und Export und war Mitglied der Deutschen Volkspartei. Aber was hat er mit dem Untergang der *Luna* zu tun? Wahrscheinlich überhaupt nichts. Sie sehen, ich suche immer noch den roten Faden in diesem mysteriösen Fall. Lassen Sie uns zurückfahren, Käpt'n, morgen ist auch noch ein Tag.«

Anna saß am Bett des kleinen Mädchens. Von den Eltern wusste sie, dass Lisa Verbrennungen dritten Grades erlitten hatte und ihre Hand für immer geschädigt bleiben würde. Schmerzmittel machten ihr die Zeit ein wenig erträglicher und ließen sie viel schlafen. Die Hand war verbunden und lag auf der Decke. Auf dem Beistelltisch befanden sich ein paar Kinderbücher, doch Lisa war viel zu schläfrig, um lesen zu können.

Anna stand auf und ging leise zum Fenster. Dem schönen Wetter waren nasskalte Tage gefolgt, überall tropfte und nieselte es, Nebel stieg auf.

Der schöne Urlaub an der Ostsee ist zu einem Alptraum geworden, dachte Anna, während sie durch den Nebel starrte. Es gab viele Alpträume, die das Leben drastisch verändern konnten – der Sturz von einer Leiter, ein Autounfall, ein unbedachter Schritt von der Mole ins Meer, eine Lebensmittelvergiftung, die Welt war voll davon. Mal war eigene Unachtsamkeit daran schuld, mal ein Mitmensch, der unachtsam gewesen war. Lisas Schicksal war anders.

Es war der lange Arm des Krieges gewesen, ein ganz bewusster Vorsatz, andere zu schädigen, sie zu verstümmeln, sie umzubringen. Selbst im Frieden und nach Jahren hatte dieser barbarische Vorsatz seine Wirkung nicht verloren. Das kleine Mädchen war für Anna das, was man kriegsversehrt nannte. Diese Bombe, die vom Himmel gefallen war, hatte wen auch immer treffen sollen, für den Bombenwerfer war es ein anonymes Ziel gewesen. Er hatte keinen Namen gekannt, kein Gesicht, keine persönliche Geschichte, die ihn in der Nacht im Traum verfolgen würde. Er war auf seinen Stützpunkt zurückgeflogen und hatte auf seinen nächsten Auftrag gewartet. Und wieder kein Name, kein Gesicht, keine Menschengeschichte. Auch nicht die eines kleinen Mädchens aus Köln.

Anna war wütend, aber wen konnte sie für das, was passiert war, verantwortlich machen? Die verantwortlichen Kriegsverbrecher saßen auf einem gigantischen Berg von Millionen von Toten und Verletzten und wuschen ihre Hände in Unschuld.

Anna verließ das Zimmer und traf im Flur auf eine Krankenschwester, die ein Tablett voller Medikamentendöschen in der Hand hielt.

»Das ist schön, dass Sie sie besuchen«, sagte sie. »Ein wirklich schrecklicher Unfall.«

»Für mich ist das kein Unfall«, erwiderte Anna schroff und wollte gehen, als ihr der diensthabende Arzt plötzlich den Weg verstellte. Ein junger Schnösel mit schicker Brille und perfekt sitzendem Arztkittel.

»Wir wollen doch kein Aufsehen erregen«, sagte er mit gesenkter Stimme.

»Was meinen Sie mit Aufsehen erregen?«, gab sie verdutzt zurück.

»Hängen wir es nicht an die große Glocke. Das meine ich damit.

Ich wäre Ihnen dankbar, wenn Sie den Vorfall für sich behalten. Ich habe auch die Eltern darum gebeten. Dieser ... Vorfall tut dem Tourismus an unseren schönen Stränden nicht gut und ist auch sonst ziemlich kontraproduktiv.«

Anna verstand. Abgesehen von den Touristen, die vielleicht wegbleiben konnten, brachen Vorfälle dieser Art alte, hässliche Wunden auf. Sie erinnerten an etwas, an das man nicht erinnert werden wollte. Am besten begrub man diese Erinnerungen unter einer Mauer des Schweigens.

Anna ging nach Hause, wo sie vor der Tür ihre Nachbarin traf, die auf sie gewartet zu haben schien, und ihre Miene bedeutete nichts Gutes.

»Vor einer Stunde waren zwei Männer vom Seegericht da und haben Ihren Mann mitgenommen«, erklärte sie. »Angeblich gibt es neue Zeugenaussagen. Der Käpt'n bat mich, Ihnen auszurichten, Sie sollen sich keine Sorgen machen.«

Die Stadt versank im Wasser. Regen seit drei Tagen. Ununterbrochen. Der Pegel der Förde stieg an, auf der offenen See herrschte Sturm. Schweres Wetter. Die *Mauretania* war in Liverpool angekommen, die *Kristina Sund* war im Glück. Wesseling hatte nach Kiel gekabelt, dass er gut in Brasilien angekommen sei und in der Sonne bade.

Sand ging nicht mehr ohne Schirm los. Menschen huschten über die Straßen, die Bahnen war voll wie nie. Wer ein Auto besaß, konnte trockenen Fußes wo auch immer ankommen, aber Sand hatte keins. Stattdessen hatte er ein neues Problem. Immer wieder war er auf der Straße angesprochen worden, was an Flickworts umtriebiger Fragerei lag, der sich im Hafen umtat. Es war klar, dass die Polizei den Mörder von Franz Rose suchte, was vielen Leuten hier nicht gefiel. Rose war für sie ein rotes Tuch. Die Linken und

Moderaten waren entsetzt gewesen, als sie gehört hatten, dass er mehr oder weniger heimlich der NSDAP beigetreten war und einem Terroristen zur Flucht hatte verhelfen wollen. Der Tenor war immer der gleiche. Die Polizei solle die Sache auf sich beruhen lassen. Man solle dem Mörder dankbar sein, dass er dieses durch und durch schlechte Subjekt beseitigt habe, und das Letzte sei ja wohl, ihn vor ein Gericht zu zerren.

Als Sand im Präsidium ankam, sah er Anna Brandis in einem grauen Mantel, die Haare zu einem dicken Zopf geflochten, auf dem Flur sitzen. Sie habe auf ihn gewartet, erklärte sie und folgte ihm in sein Büro. Er schüttelte seinen Schirm aus, stellte ihn in den Schirmständer und beobachtete, wie sie einen Blick auf die Zeitung warf, die aufgeschlagen auf dem Tisch lag. Die Zeitung musste von Flickwort sein, der aber nirgends zu sehen war.

»Interessant?«, fragte er und setzte sich hinter seinen Schreibtisch.

»Lesen Sie.«

Sie drehte die Zeitung um.

UNFALL AM STRAND VON STRANDE

Am 18. Juli ereignete sich am Nachmittag in Strande ein Unfall. Ein zehnjähriges Mädchen, das weißen Phosphor für Bernstein hielt, verbrannte sich beim Muschelsuchen die Hand. Sie wurde sofort in ein Krankenhaus gebracht, wo zum Glück nur leichte Verbrennungen festgestellt werden konnten. Solche Vorfälle sind äußerst selten, werden jedoch von unverantwortlichen Stimmen benutzt, um wieder Vorbehalte gegen die Alliierten, unsere Verbündeten, zu schüren und Druck auf die Regierung auszuüben …

»Ja und?«, fragte er.

»Das ist glatt gelogen.«

»Was?«

»Ich war dabei, als es passierte«, sagte Anna leise.

»Sie?«

»Ja, ich und Maxim Roses Schwester Lilly, wir haben die Kleine ins Krankenhaus gebracht. Sie hat Verbrennungen dritten Grades, ist also nicht leicht verletzt. Ich halte das auch nicht für einen Unfall, aber darüber zu sprechen hat mir der Arzt schon ausreden wollen. Man darf überhaupt nur noch sehr wenig sagen. Ich hatte eigentlich gedacht, diese Zeiten wären vorbei. Ich muss mich getäuscht haben.«

Sand musterte sie mit einem stirnrunzelnden Blick. Zwei Menschen in einem Büro, das Augen und Ohren hatte.

»Der Redakteur kann vielleicht nicht einmal etwas dafür, dass er diese Lüge druckt. Propaganda von ganz oben. Die haben Angst, dass ihnen langsam, aber sicher das Volk davonläuft, da heißt es dagegenhalten mit allem, was sie haben, und die Zeitungen stehen an vorderster Front. Sind Sie deshalb gekommen?« Der Kommissar deutete auf einen Stuhl.

»Nein. Mein Mann ist wieder festgenommen worden. Angeblich gibt es neue Zeugenaussagen.«

»Und warum kommen Sie zu mir?«

»Ich dachte, Sie könnten uns helfen. Sie haben auch im Fall Magnussen ermittelt.«

»Im Fall Magnussen wurde immer davon ausgegangen, dass der Täter ein Privatmann sein könnte, also mit dem Schiff und seiner Besatzung überhaupt nichts zu tun hat. Im Fall Ihres Mannes handelt es sich aber ausschließlich um Mitglieder der *Kristina Sund*. Ein Kapitän wird von einem anderen Kapitän und zwei Mannschaftsmitgliedern beschuldigt, da übernimmt das Seegericht den Fall. Ich kann da gar nichts tun, so gerne ich Ihnen helfen würde.«

Das war nicht gelogen. Er schätzte diese Frau. Sie war außerordentlich hübsch, klug und hatte ein gewinnendes Wesen. Ganz anders als seine Frau, die immer auf Konfrontation aus war.

»Schade«, sagte Anna und machte Anstalten, wieder zu gehen.

Am Abend lag sie im Bett und konnte nicht schlafen. Das Fenster stand auf und ließ ein wenig kühle Luft ins Zimmer. Sie war wieder allein. Ihr wurde klar, dass sie die paar Tage, die ihnen geblieben waren, vertan hatten. Und sie war schuld. Sie hatte ihrem eigenen Mann nicht vertraut. Sie hatte ihn aus ihrem Bett vertrieben, nicht mit Worten, aber doch mit Gedanken. Und diese Gedanken waren nicht schwer zu lesen gewesen. So hatte er ihr einen Gutenachtkuss auf die Wange gedrückt, es sich auf der weinroten Couch gemütlich gemacht und sie in Ruhe gelassen. Und sie war froh gewesen, in Ruhe gelassen zu werden. Die Entfremdung hätte nicht größer sein können. Und doch hatte er nie ein lautes oder böses Wort verloren. Bis er wieder verschwunden und sie wieder allein war.

Sie hatte mit Dr. Gruber telefoniert, von dem sie immerhin wusste, dass sich ein neuer, diesmal weiblicher Zeuge gemeldet habe, um Brandis zu belasten. Gruber hatte ihr versprochen, sich so schnell wie möglich darum zu kümmern, doch als sie den Hörer aufgelegt hatte, war sie noch beunruhigter als vorher. Was bedeutete diese neue Zeugenaussage?

Anna stand auf und ging ins Wohnzimmer. Der kleine Kiel vor dem Fenster lag schlafend da. Ein schimmerndes Geisterlicht, in dem die Sterne zu baden schienen.

6

Schatten in fahles, gespenstisches Blau getaucht, das über die Tanzfläche huschte. Ein anschmiegsames Paar tanzte ein paar Ochos vor einem mit roten Papageien bemalten Pfeiler. An der Bar standen einige Herren und Damen, Letztere in langen, engen Kleidern, Zigarettenspitzen in den Händen. Ein Tangoschuppen, der sich in eine der engen Seitenstraßen der Innenstadt verirrt hatte und von außen als solcher gar nicht zu erkennen war. Vorgezogene Gardinen, kein Schild, kein Name. Man klopfte einfach an die Tür.

Anna war zufällig durch die Straße gegangen. Eine Abkürzung zum Lorentzendamm. Die Tür stand offen, und sie sah das schimmernde Blau des künstlichen Lichts aufs regennasse Pflaster fallen. Neugierig kam sie näher. Die Musik streifte ihre Ohren, auf der Tanzfläche schmiegte sich immer noch das Paar aneinander. Ein älterer Herr mit grau melierten Schläfen und roter Fliege kam auf sie zu, fragte, ob sie hereinkommen wolle, und sie machte ein paar zögernde Schritte über die Schwelle, während er hinter ihr die Tür schloss. Sie trat an die Bar zu den rauchenden Damen und bestellte ein Glas Sekt. Man kam miteinander ins Gespräch. Die Damen waren regelmäßig hier, um dem argentinischen Tango zu frönen.

»Tanzen Sie?«, fragte plötzlich eine Stimme hinter ihr, und sie drehte den Kopf herum. Da stand ein etwa gleichaltriger Mann in schwarzem Anzug und weißem Hemd. Dunkelhaarig, gutaussehend, braune, sanfte Augen. Ihr wurde bewusst, dass sie völlig unpassend gekleidet war. Das Kleid, das sie trug, war gerade gut genug, um einkaufen zu gehen. Blau mit weißen Blümchen, hochgeschlossen, unmöglich. Und erst die Schuhe! Flache Schuhe, gut genug für einen Bauerntanz. Außerdem waren ihre Tangokenntnisse mehr als rudimentär. Sie schüttelte den Kopf. Er stellte sich neben sie und fragte, ob er sie einladen dürfe. Sein Name war Frederic, für gute Freunde Fred. Fred war ein Künstler, ein Bildhauer und natürlich ein leidenschaftlicher Tangotänzer.

Sie tranken Sekt und stellten fest, dass sie aus demselben Ort in der Nähe von Schwerin stammten. Sie mussten zur selben Zeit in dieselbe Volksschule gegangen sein und versuchten sich aneinander zu erinnern. Sie hatten dieselbe bittere Zeit des Krieges in diesem Ort verbracht, jeder von ihnen mit seiner eigenen Geschichte. Geschichten von Hunger, Verlust, vom Tod und der Hoffnung auf Frieden. Als sie Frederic fragte, ob er von seiner Kunst leben könne, wirkte er verlegen.

»Nicht wirklich«, sagte er dann. »Ich arbeite tagsüber in einer Druckerei. So komme ich ganz gut über die Runden. Und Sie? Was machen Sie?«

»Ich arbeite für die Reederei Rose.«

»Eine stolze Reederei. Sie hat das schönste Schiff im Kieler Hafen. Die *Kristina Sund*. Ich liebe Segelschiffe. Sie verstehen bestimmt eine Menge von Segelschiffen, oder?«

Anna lachte. »Wahrscheinlich mehr als Sie. Die *Kristina Sund* ist gerade in Brasilien. Da macht sie einen Zwischenstopp, bevor sie nach Chile weitersegelt.«

»Sind Sie schon mal mit ihr gesegelt?«

»Sicher. Allerdings nur bis nach Kopenhagen.«

»Eine wunderschöne Stadt …«

Sie vergaßen die Zeit und tranken ein Glas nach dem anderen, bis Anna so beschwipst war, dass sie es für klüger hielt, nach Hause zu gehen.

»Darf ich Sie begleiten?«, fragte Fred.

Sie hatte mit keinem Wort erwähnt, dass sie verheiratet war. Die zwei Stunden mit Fred und dem süßen Sekt hatten ihre Sorgen verscheucht, sie fühlte sich leicht wie eine Schönwetterwolke. Warum sollte er sie nicht begleiten?

Sie gingen durch die Stadt, die von der Abenddämmerung eingehüllt war. Ein rosenrotes, zartes Licht an einem Sommerabend. Der Regen war nach Osten abgezogen, und auf den Straßen versiegten die letzten Pfützen. Morgen würde wieder ein strahlender Tag sein. Vor ihrer Tür kam die unvermeidliche Frage, ob er sie wiedersehen dürfe, und sie zögerte. Er hatte die Augen eines Rehs, warm und braun, die ihr schmeichelten, und sie, aushungert nach der Süße des Lebens, nickte schließlich. Er lächelte, drehte sich um und ging.

Eine Woche später zog sie um. Maxim hatte den Umzug organisiert, und die weinrote Couch kam natürlich wieder mit. Aber dieses Möbelstück hatte die besten Tage längst hinter sich. Zu alt, zu oft umgezogen. Als die Möbel standen und die Männer gegangen waren, lehnte Anna am Fenster und hatte das Gefühl, aus der Zeit gefallen zu sein. Von hier sah man ins dunkle Grün blühender, hochaufgeschossener Brennnesseln, das Einzige, das unter den Fichten und Kiefern gedieh, die Haus und Garten in einen tiefen Schatten tauchten, und der hohe Zaun, der das Grundstück umgab, war unter einem Monster von Knöterich verschwunden. Irgendwo dahinter verlief die Straße, aber sehen konnte man sie nicht. Man hörte auch nichts, selbst bei geöffnetem Fenster blieb alles still. Endstation.

Anna ließ die noch ungeöffneten Umzugskisten stehen und

nahm das Rad. Nur weg von hier. Ihr graute vor der ersten Nacht in diesem Gruselhaus. Sie radelte zum Hafenbüro und stürzte sich in die Arbeit.

Am selben Tag betrat ein Mann das Präsidium und fragte sich nach Kommissar Sand durch. Er stellte sich als Silvester Florian Fischer vor und wollte wissen, warum die Kriminalpolizei nach ihm gefragt habe. Sand war klar, dass Fischer von Flickworts Nachforschung erzählt worden war, und bedankte sich für den Besuch. Er war überhaupt sehr freundlich und ließ Fischer einen Kaffee bringen. Fischers Züge, die von der dunklen Brille mit den dicken Gläsern beherrscht waren, ließen kaum eine Gefühlsregung erahnen, selbst als die Rede auf die gesunkene *Luna* kam. Er habe eine Menge Geld verloren, erzählte er, denn die Bücher seien leider nicht hoch genug versichert gewesen.

»Was für Bücher?«, wollte Sand wissen.

»Russische Bibeln aus dem 17. Jahrhundert, alles in allem zwanzig Stück.«

»Und dafür brauchten Sie zehn Kisten?«

»Sie waren dick eingepackt. In eine Kiste passten nur zwei Exemplare.«

»Wie kamen Sie gerade auf die Reederei Rose? Kannten Sie Franz Rose?«

»Er wurde mir empfohlen.«

»Und für wen waren die Bücher gedacht?«

»Für einen amerikanischen Kunden, der anonym bleiben will. Er lebt irgendwo in Oklahoma und besitzt eine außerordentlich wertvolle Sammlung alter Bücher. Er war sehr betrübt, als er von dem Unglück erfuhr.«

»Tja, seine Bücher liegen nun auf dem Grund der Ostsee. Wir

bekamen einen anonymen Hinweis, dass genau dort eine Spur zu Roses Mörder zu finden ist. Sie wissen, dass Rose erschossen wurde?«

Fischer nickte. »Das ist mir nicht entgangen. Ich war damals zufällig gerade in Kiel. Aber von den Büchern wird nichts mehr übrig sein. Das Salzwasser zerstört alles, die Farbe, das Pergament, selbst die Einbände aus Schweinsleder. Da finden Sie nichts mehr, was also soll dieser Hinweis bedeuten? Ich fürchte, da will Sie jemand auf eine falsche Fährte führen.«

»Schon möglich. Hatten Sie einen persönlichen Kontakt zu Franz Rose?«

»Wir haben uns in seinem Büro gesehen, wo ich ihm den Auftrag gab. Wir haben uns nur dieses eine Mal getroffen. Ich hörte, Sie sollen einen Taucher engagiert haben.«

»Er fand nichts. Wir wissen eben nicht genau, wo die *Luna* gesunken ist, aber vielleicht versuche ich es trotzdem noch einmal.«

Sand beendete das Gespräch. Es hatte ihn keinen Deut weitergeführt, und langsam glaubte er selbst, dass dieser Anonymus ihn ganz bewusst in die Irre führen wollte. Ein Spinner oder noch schlimmer ein Psychopath, der sich einen Spaß daraus machte, die Polizei an der Nase herumzuführen. Schluss damit! Er machte sich lächerlich, wenn er weiter dieser mysteriösen Spur hinterherlief. Sie mussten den Hebel woanders ansetzen, wenn sie überhaupt noch eine Chance haben wollten, Roses Mörder zu finden. Was ihnen außer Maibaum und dem Staatsanwalt sowieso niemand danken würde.

Eine enge Zelle, ein vergittertes Fenster, auf dem wackeligen Tisch lag die Akte. Rechtsanwalt Gruber war gekommen und machte seinem Mandanten Hoffnung. Brandis war blass geworden in den letzten Tagen, die südamerikanische Bräune schwand dahin. Er wirkte gereizt. Er ging wie ein Tiger im Käfig auf und ab, vier Schritte hin, vier Schritte zurück. Überall nur Wände.

Gruber hatte eine gute und eine schlechte Nachricht. Der Grund, warum Brandis wieder einvernommen und festgesetzt worden war, ergab sich aus der Tatsache, dass sich bei einer neuerlichen Vernehmung Suermondt und Materna in Widersprüche verwickelt hatten und seltsamerweise kurz danach ein weiterer Zeuge aufgetaucht war. Eine Frau.

»Das Gericht besteht aus Marinesachverständigen«, erklärte Gruber, und Brandis blieb endlich stehen. »Einen von ihnen kenne ich ganz gut. Natürlich darf ich mit ihm nicht offiziell über den Fall reden, aber vielleicht gibt er mir trotzdem den einen oder anderen Hinweis. Wir wissen immer noch nicht, wo die Perlen geblieben sind. Hat es diese Perlen überhaupt gegeben?, frage ich mich allmählich. Bei Suermondt und Materna sind sie nicht gefunden worden, bei Ihnen auch nicht. Wo also sind sie?«

»Die beiden könnten sie verkauft haben.«

»Es wurde auch kein Geld bei ihnen gefunden. Und ihr Lebenswandel lässt nicht auf großen Reichtum schließen.«

»Sie warten, bis Gras über die Sache gewachsen ist. Was ist mit der Aussage dieser neuen Zeugin? Wer ist sie überhaupt?«

Gruber sah auf seine Akte hinunter, auf den Namen, der dort stand. »Es handelt sich um Martha Conen. Sie behauptet, Sie hätten ihr einige der Perlen angeboten. Sie müssen Kontakt zu ihr gehabt haben. Erinnern Sie sich?«

Brandis starrte Gruber verblüfft an. Martha Conen. Was hatte Martha Conen mit ihm zu tun? Sie war keine Unbekannte in der Stadt. Eine selbstbewusste, mit einem fast zwanzig Jahre älteren Ehemann verheiratete Frau, die kein Blatt vor den Mund nahm, in der Emanzipationsbewegung engagiert war und von der es hinter der vorgehaltenen Hand hieß, sie würde einem Seitensprung nicht abgeneigt sein. Suermondt und Materna hätten als Zeugen schon sein Sargnagel werden können – eine Frau wie Martha konnte ihn vollends ruinieren. Er erinnerte sich plötzlich, wie er mit ihr am Hafen gestanden und ein paar Worte gewechselt hatte.

»Wir haben übers Wetter gesprochen«, erklärte er. »Aber ganz sicher nicht über die Perlen. Die war ganz plötzlich da, stand neben mir und sprach mich an.«

»Keine Angst«, sagte Gruber mit einem Lächeln. »Wir werden die Dame schon zurechtstutzen. Auffällig ist doch, dass sie just zu dem Zeitpunkt etwas auszusagen hat, an dem die Aussagen von Suermondt und Materna zu wackeln und unglaubwürdig zu werden beginnen. Ich habe mich über die Dame ein wenig kundig gemacht. Sie soll jahrelang als Bardame gearbeitet haben, bevor ihr jetziger Ehemann sie kennenlernte, sich unsterblich in sie verliebte und heiratete. Seitdem lebt sie im Luxus, den sie aber gerne mal riskiert, indem sie sich das eine oder andere Verhältnis anschafft. Letztes Jahr soll sie mit einem Marineoffizier verbandelt gewesen sein, und als es aufflog, drohte ihr Mann mit Scheidung. Seitdem ist sie peinlich auf ihren Ruf bedacht, denn im Falle einer Scheidung bekommt sie keinen Pfennig Unterhalt.

Trotzdem hören die Gerüchte nicht auf, sie mache immer noch dem einen oder andern schöne Augen. Ein Teufelsweib, wenn Sie mich fragen, bei dem man mit allem rechnen muss.«

Sie verließen die Zelle. Gruber machte sich auf den Weg zurück in die Kanzlei, Brandis wurde auf den Hof geführt.

In diesem Haus hielten sich nur Beschuldigte der Seegerichtsbarkeit auf. Es war klein, doch es bot bessere Verhältnisse als die üblichen Gefängnisse, und es saßen eben nur Männer ein, die zur See fuhren. Zwölf Matrosen, ein Erster Maat, ein Kapitän. Die zwölf

Matrosen waren der Meuterei angeklagt, der Erste Maat hatte sein Schiff angeblich fahrlässig untergehen lassen, der Kapitän – Brandis – war des Mordes angeklagt.

Sie kannten sich untereinander, denn sie hatten eins gemeinsam: Ihr Heimathafen war Kiel. Ihre Geschichten wären für Landratten so abenteuerlich wie bizarr gewesen, für die Insassen dieses Hauses waren sie nichts Außergewöhnliches. Am besten stand es noch für den Ersten Maat, dem man vorwarf, die Fracht, die er mitgenommen hatte, nicht kontrolliert zu haben, und darum habe er sein Schiff verloren. Für die Meuterer stand es schon bedeutend schlechter, denn Meuterei war eine schwere Straftat. Am schlimmsten stand es allerdings für den Kapitän, dem der Mord an seinem Steuermann vorgeworfen wurde. Das hätte lebenslange Haft bedeuten können.

Gruber hatte Brandis Tabak mitgebracht. Der Kapitän saß auf einer kleinen Mauer in der Sonne und rauchte. Die zwölf angeblichen Meuterer waren eine verschworene Gemeinschaft, deren einzige Hoffnung darin lag, dass sie die Moral auf ihrer Seite hatten. Brandis kannte die Geschichte schon. Sie waren mit einem anderen Schoner in dickstem Nebel zusammengestoßen, der gesunken war. Ihr Kapitän hatte sich aus Gründen der eigenen Sicherheit geweigert, ein Rettungsboot zu Wasser zu lassen, um etwaige Überlebende des anderen Schiffs zu bergen. Daraufhin hatte die gesamte Mannschaft erklärt, nicht weiterzufahren.

»Ihre Angelegenheit scheint sich etwas zu verkomplizieren«, riss Robert Cains, der Erste Maat, Brandis aus seinen Gedanken und setzte sich zu ihm auf die Mauer.

Brandis paffte ein paar Rauchwölkchen in die Luft. »Ausgerechnet Martha Conen! Eine glatte Lüge. Ich habe mich mit ihr unterhalten, aber ich habe ihr ganz sicher keine Perlen angeboten, die ich gar nicht habe. Ganz ehrlich, Cains, noch zwei Wochen in dieser Zelle, und ich werde mich erschießen.«

Cains lachte. »Ohne Waffe?«

»Besorgen Sie mir eine?«

»Gerne. Leider befinde ich mich in der gleichen unerfreulichen Situation wie Sie. Ich will Ihnen ja nicht zu nahe treten, aber Ihr schlechter Ruf als Erster Offizier könnte Ihnen jetzt den Hals brechen. Sie hatten immer ein volles Haus, wenn ich mich mal so ausdrücken darf ...«

Brandis warf dem anderen einen fragenden Blick zu.

»Ich meine damit, dass es heißt, Sie hätten sich vor Kommandos kaum retten können. Jeder Kapitän wollte mit Ihnen fahren, weil es auf Ihren Schiffen zugegangen sei wie auf römischen Galeeren. Kapitäne lieben harte Hunde, dann haben sie weniger Ärger und Arbeit mit der Mannschaft.«

»Ja, es ist unverzeihlich.«

»Ihr Vater war auch Kapitän?«

Brandis nickte. »Bei der Norddeutschen Lloyd. Er nahm mich mit zwölf Jahren als Schiffsjungen mit und hatte immer Angst, es könnte heißen, er würde mich bevorzugt behandeln. Also tat er genau das Gegenteil. Ich habe Tage und Nächte in den Wanten vor Angst und Kälte gezittert. Nie mehr als vier Stunden Schlaf, und selbst wenn ich krank war, ließ er mich arbeiten. Ich weiß nicht, wie oft ich mir anhören musste, dass aus mir nie ein richtiger Seemann werden würde, also entwickelte ich einen geradezu zwanghaften Ehrgeiz, es genau so weit zu bringen wie er. Erst als ich mein Kapitanspatent in der Tasche hatte, fiel dieser Zwang von mir ab.«

»Verstehe«, murmelte Cains.

Eva war mit dem Zug nach Berlin gefahren. Sie würde bei einer Freundin wohnen und in zwei Wochen wieder zurückkehren. Das hatte seine Frau ihm fest versprochen, aber Sand hatte ein ungutes Gefühl in der Magengegend. Was, wenn sie sich in Berlin einfach eine Arbeit suchte und ihn verließ?

Ihre Ehe war nach fast zwanzig Jahren kein Feuerwerk mehr, und Evas Abneigung gegen Kiel war immer größer geworden. Sie fand einfach keine netten Leute hier. Ihrer Meinung nach war die Stadt spießig und provinziell, und für den Esprit des Hafens und seiner Schiffe war sie leider nicht empfänglich.

Sand saß lustlos an seinem Schreibtisch und grübelte. Sein Leben war nicht mehr rund, eine ungewohnte Schwere hatte sich in ihm breitgemacht. Sein Leben war eckig, voller Kanten und scharfer Zacken, an denen er sich jederzeit verletzen konnte. Der Fall Rose, seine Ehe, alles ging eigene Wege, und er hatte das Gefühl, allmählich die Kontrolle zu verlieren.

Plötzlich betrat Flickwort den Raum, auf dem Gesicht ein zufriedenes Grinsen. »Ich war gerade bei einem Kollegen im vierten Stock. Wirtschaftsdelikte. Der Kollege hat vor drei Jahren gegen Fischer ermittelt, und zwar wegen, und jetzt halten Sie sich fest, Chef, illegaler Waffenschieberei. Fischer soll eine Fracht in Auftrag gegeben haben: Gewehre für die IRA nach Irland. Na, was sagen Sie dazu?«

Sand war sofort hellwach. Fischer ein Waffenschieber?

»Wurde er verurteilt?«

»Leider nein. Die Ermittlungen verliefen im Sande. Allerdings ist der Kollege der Überzeugung, dass Fischer sogar hauptsächlich im Waffengeschäft tätig ist. Es konnte ihm nie etwas Illegales bewiesen werden, was nicht heißt, dass er nicht trotzdem kriminelle Geschäfte betreibt.«

Sand dachte an die Zeilen des anonymen Schreibers. »Könnte die Fracht der *Luna* aus Waffen bestanden haben? Liegen die vielleicht auf dem Grund der Ostsee?«

»Das habe ich auch gedacht.« Flickwort nickte. »Wir sollten Fischer einen Besuch abstatten, was meinen Sie, Chef?«

»Ja, das sollten wir. Aber etwas verstehe ich nicht, Kollege Flickwort. Ein Deutscher im Waffengeschäft? Wie passt das zusammen?«

»Deutschland ist rüstungstechnisch gesehen ein Brachland. Die paar Waffen, Panzer und Soldaten, die wir noch besitzen dürfen, sind Makulatur. Also sitzen die Geier schon auf den Dächern und warten darauf, richtig groß ins Geschäft einsteigen zu können. Laut Versailler Vertrag dürfen sie das nicht, außerdem sind schon die Sowjets im Geschäft, aber das steigert nur ihre Gier. Also warten sie auf die richtige Gelegenheit, um endlich zuschlagen und ihre Geschäfte machen zu können.«

»Sie reden von Vickers und Konsorten?«

»Wovon sonst? Deutschland ist ihre Spielwiese, weil es so schrecklich knappgehalten wird. Und jetzt kommt ein Typ wie Fischer ins Spiel. Er hat die Beziehungen, die die Waffenkonzerne brauchen, ein Spinnennetz, das über das ganze Land verbreitet ist.«

»Und was tut die Regierung?«

»Die wird zwischen den extrem Linken und den extrem Rechten aufgerieben. Und genau das ist die Hoffnung, die diese Konzerne beseelt. Die hoffen, dass diese Zustände das Land eines Tages zerreißen werden, und dann sind sie da. Pünktlich wie die Feuerwehr.«

Sie entschieden sich, Fischer unverzüglich aufzusuchen. Von dem Kollegen aus dem vierten Stock wussten sie, dass Fischer einen

Käufer für den Klub suchte und sein Domizil für die Zeit der Suche in Kiel aufgeschlagen hatte. Er hatte sich in einem der besseren Strandhotels einquartiert und verbrachte die Tage im »Venus«, wo er die Verhandlungen führte.

Fischer schien erstaunt, als sie plötzlich vor der Tür standen. Er bat sie in sein Büro, bot ihnen noch nicht einmal einen Platz an, sondern ließ sie einfach stehen und fragte unwirsch, was sie noch von ihm wollten. Sand, der wusste, dass er natürlich keinen Beweis für irgendetwas in der Hand hielt, versuchte es mit einer kleinen Provokation, indem er direkt mit der Tür ins Haus fiel.

»Uns interessieren Ihre Waffengeschäfte. Ihre Fracht damals auf der *Luna* bestand nicht zufällig weniger aus Büchern als vielmehr aus Waffen?«

Fischer kniff die Augen zusammen, rückte sich die Brille zurecht, setzte sich hinter seinen Schreibtisch und verschränkte die Arme vor der Brust. »Natürlich nicht. Und selbst wenn es so gewesen wäre, was absurd ist, wüsste ich nicht, was das mit dem Tod von Rose zu tun haben könnte«, knurrte er.

»Wir wissen, dass Sie im Vermittlungsgeschäft von Waffen tätig sind. Es hat auch keinen Sinn, das zu leugnen, Herr Fischer. Wir sind nicht von der Abteilung für Wirtschaftsdelikte, es interessiert uns also nicht, welche illegalen Geschäfte Sie tätigen. Uns geht es einzig und allein um den Mord an Franz Rose.«

»Ist das Schiff untergegangen, weil es Waffen geladen hatte?«, fragte Fischer belustigt zurück. »Vielleicht hatte es ja Panzer geladen, die einfach zu schwer waren. Sie machen sich lächerlich, meine Herren.«

»Wo waren Sie am Nachmittag des 13. März 1926?«, fragte Flickwort ziemlich ungeniert, und Fischers Blick hinter den Gläsern verdunkelte sich. Er stand auf, machte ein paar Schritte und riss plötzlich die Tür auf.

»Raus hier!«, schnauzte er die beiden Kommissare an. »Sie verlassen auf der Stelle mein Lokal. Und Sie kommen auch nicht wieder, bevor Sie Beweise für diese völlig blödsinnigen Unterstellungen haben. Ich werde Ihnen eine Dienstaufsichtsbeschwerde zustellen lassen, die sich gewaschen hat.«

So unverhofft erwischt von diesem Wutausbruch, blieb ihnen nichts anderes übrig, als zu gehen. Auf der Straße hörten sie, wie die Tür hinter ihnen mit Verve zugeknallt wurde.

»Sie hätten ihn nicht nach seinem Alibi fragen dürfen«, bemerkte Sand vorwurfsvoll. »Wir haben doch wirklich nichts, das wir gegen ihn verwenden könnten.«

»Typen wie der machen mich einfach aggressiv. Die verdienen ihr Geld mit dem Tod von Menschen«, erwiderte Flickwort.

»Audiatur et altera pars.«

»Wie bitte?«

»Ach nichts. Auch einer wie Fischer hat bestimmt nette Seiten.«

»Ja, vielleicht mag er Schmetterlinge und füttert sie im Sommer mit Zuckerwasser.«

Sie kamen am Fischmarkt vorbei und gönnten sich einen Hering mit Gurke. Sand schlug vor, Fischer in Ruhe zu lassen, bis sie wirklich etwas Substanzielles gegen ihn vorzuweisen hatten, womit Flickwort absolut einverstanden war. Er sah, wie sein Chef etwas lustlos an seiner Gurke knabberte. Er wusste, dass es in Sands Ehe kriselte und dessen Frau Eva nach Berlin entschwunden war.

»Sie wird schon wiederkommen«, meinte er vorsichtig.

»Eva will, dass ich mich nach Berlin versetzen lasse. Vielleicht sollte ich das wirklich tun.«

»Das wäre schade.«

»Wirklich?«

Flickwort grinste. »Wirklich. Aber wenn Sie damit ihre Ehe retten können, sollten Sie sich unbedingt versetzen lassen.«

»Ich glaube nicht, dass Fischer etwas mit Roses Tod zu tun hat«, wechselte Sand das Thema.

»Wir könnten ihm das Dezernat im vierten Stock an die Fersen heften.«

»Ja, tun Sie das, Kollege Flickwort. Warum ist damals nichts bei den Ermittlungen herausgekommen? Vielleicht hat Fischer einfach zu gute Beziehungen, mächtige Freunde. Wir wollen doch nicht das gleiche Drama erleben wie im Fall Hagen Wesel, oder?«

»Immer dasselbe Lied, Chef? Wir landen immer vor derselben Mauer?«

Statt einer Antwort warf Sand den Rest seiner nicht verspeisten Gurke in den Papierkorb und blickte dann zur Förde hinüber. »Sehen Sie mal, da läuft gerade die *Sybille* ein.«

»Und was ist daran so bemerkenswert?«

»Es heißt, dass Hjalmar Schacht an Bord ist. Der Chef der Reichsbank soll geradewegs aus New York zurückkommen.«

Sie waren alle da. Maxim, seine Eltern, Lilly und Anna. Sie standen am Kai und warteten auf einen der mächtigsten Männer Europas. Hjalmar Schacht. Und natürlich auf Venn Flack, den zukünftigen Schwiegersohn, Schwager und Ehemann.

Anna hatte sich Schacht anders vorgestellt. Weniger streng, weniger verkniffen. Tadellos gekleidet, keine Knitterfalte verunzierte seinen Rock, und der Schnurrbart schien mit einem Lineal gestutzt worden zu sein. Kalte Augen, kalte Stimme, und wenn er sich zu einem Lächeln herabließ, hatte es einen Anflug von Ironie oder gar

Spott. Er gab dem versammelten Begrüßungskomitee artig die Hand, wechselte ein paar nette Worte mit dem alten Rose und nahm gerne das Angebot an, von Roses Chauffeur zum Bahnhof gefahren zu werden. Er müsse unverzüglich in die Hauptstadt zurück, erklärte er und bedauerte, dass Flack eine Woche in Kiel bleiben würde, wofür er aber – mit einem Blick auf Lilly – vollstes Verständnis bekundete. Dann fuhr er ab.

Zwei Stunden später saßen sie auf der Terrasse der Villa unter dem großen Sonnenschirm. Flack hatte Lilly ein exklusives Geschenk mitgebracht. Ein Cocktailkleid. Knallrot, knielang, mit beigefarbenen Rüschen am Saum und glitzernden, silbernen Pailletten an den Ärmelaufschlägen. Ein kleines Kunstwerk, das Lilly sofort anprobieren musste. Mit dem Kleid saß sie am Tisch wie eine amerikanische Diva, während Flack von den Staaten erzählte. Er war vorsichtiger als sonst und ließ die intimen Details weg, weil er niemanden beunruhigen wollte. Es reichte, wenn er selbst ständig ein mulmiges Gefühl mit sich herumtrug. Er hatte sogar darüber nachgedacht, sich wie die Baronin von Bora in der Schweiz einzukaufen, allerdings fehlten ihm dazu noch die nötigen finanziellen Mittel. Flack war kein berechnender Mensch, und Lilly liebte er aus ganzem Herzen, aber er sah natürlich auch die Vorteile, die eine solche Verbindung mit sich brachte. Mit dem Geld eines vermögenden Reeders im Rücken konnte man über die Schweizer Pläne zumindest weiter nachdenken.

Schacht hatte ihm in New York und auf der langen Schiffsreise die Augen geöffnet. Er schien gar nicht der egoistische, eitle, nur auf seinen eigenen Vorteil bedachte Mann zu sein, den viele in ihm sahen. Flack hielt ihn nach diesen Tagen in den Staaten vielmehr für einen kritischen Geist, der begriffen hatte, wie nah Deutschland am Abgrund stand. Nein, Flack korrigierte sich, es stand nicht am Abgrund, es kniete, und die Erde bröselte und bröckelte unter seinen Knien bereits dahin. Flack hatte einen Blick in die tiefe, gähnende Schlucht geworfen, die sich unter ihm auftat, und er hatte ganz sicher keine Lust, da hineinzufallen.

Und diese lieben Leute, von denen er so freundlich aufgenommen worden war, hatten keinen blassen Schimmer von dem, was sich hinter ihrem Rücken abspielte. Sie aßen Frankfurter Kranz vom Konditor Kaiser, tranken teuren Sekt, und an Lillys Handgelenk schimmerte ein goldenes Armband, eingefasst mit kleinen, erlesenen Smaragden, die wunderbar zum Rot ihres Kleides passten. Hier ließ man es sich gutgehen, hier gab es keine Schatten, die Vergangenheit und Gegenwart warfen, hier war die Zukunft strahlend schön. Sicher, auch diese Familie hatte Sorgen, wer hatte das nicht? Aber das, was sich in Flacks Träume geschlichen hatte, hatte sie nie berührt. Die schreckliche Vorstellung einer gezielten Verschwörung.

»Magst du noch ein Stück Kuchen, Venn?«

Er sah in Lillys leuchtende, azurblaue Augen und nickte etwas geistesabwesend. Vielleicht hatte Schacht auch viel zu viel Phantasie oder viel zu viel Angst oder beides. Eine gefährliche Melange. Aber was war, wenn er recht hatte?

»Wir könnten morgen einen Ausflug nach Bornholm oder Rügen machen. Das Wetter soll schön bleiben …«

Wieder Nicken. Das Gespräch plätscherte an ihm vorbei, er war mit den Gedanken ganz woanders. Schacht hatte das Szenario mit einer feindlichen Übernahme verglichen, wie sie im Geschäftsleben vorkam. Man kaufte sich über Aktien in eine Firma ein, bis man die Mehrheit der Stimmen hatte. Man machte dies auch gerne über Strohmänner, damit das Objekt der Begierde nicht merkte, wer wirklich dahintersteckte. In der Politik lief es ein wenig subtiler, aber der Strohmänner gab es auch hier viele. Als Strohmänner dienten die FED und die übrigen Banken, die Deutschland mit kurzfristigen Krediten überschwemmten und sich auf diese Weise langsam, aber sicher in die »Firma Deutschland« einkauften und deren Souveränität immer mehr untergruben.

»Du bist so schweigsam. Geht es dir nicht gut?«

Flack schüttelte lächelnd den Kopf. Er musste aufhören, ständig darüber nachzudenken.

Er beugte sich zu Lilly hinüber und senkte seine Stimme. »Könntest du dir vorstellen, in der Schweiz zu leben, Darling?«

Wie zufällig war Fred am Hafenbüro vorbeigelaufen. Er kam sonst nie am Hafenbüro vorbei, es hätte nichts gegeben, das ihn hierhertrieb. Aber er wusste, dass Rose hier ein Büro hatte. Und in diesem Büro würde mit an Sicherheit grenzender Wahrscheinlichkeit ein hübsches Persönchen namens Anna arbeiten. Er näherte sich der Tür, öffnete sie vorsichtig und schob sie ein Stück auf.

Ein alter Mann kam auf ihn zu und fragte freundlich, was er für ihn tun könne. Fred zögerte.

»Ich suche Fräulein Anna«, erklärte er schließlich.

»Folgen Sie mir bitte.«

Der alte Mann drehte sich um und führte ihn nach hinten, wo ein Schreibtisch stand, an dem tatsächlich Anna saß. Sie wirkte erstaunt, stand auf, und während der Alte wieder verschwand, gab er ihr mit einem Lächeln die Hand.

»Haben Sie eine Fracht zu vergeben?«, fragte sie.

Er lachte. »Nein. Um ehrlich zu sein, wollte ich Sie wiedersehen.«

Anna war genauso hübsch, wie er sie in Erinnerung hatte. Das rotbraune Haar war in einem dicken Zopf gebunden, der ihr über die Schulter fiel und mit den blaugrauen Augen kontrastierte. Ihre klaren Züge erinnerten ihn an die Gesichter gotischer Madonnen, denen in seinen Augen eine vollkommene Harmonie innewohnte. Ein paar Strähnen hatten sich aus der Spange gelöst und umspielten ihr Gesicht, während sie dastand, kein Wort sagte und völlig überrumpelt zu sein schien.

»Wenn ich störe …«

»Nein. Aber ich muss Ihnen etwas sagen.« Anna setzte sich wieder und wies mit der Hand auf einen zweiten Stuhl.

»Ich bin verheiratet, Fred.«

Er ließ sich vorsichtig auf den Stuhl nieder. Damit hatte er nicht gerechnet. Obwohl er es hätte wissen müssen. Eine so bestrickend schöne Frau konnte gar nicht allein sein. Gebunden, verlobt, verheiratet, egal. Er war zu spät gekommen und rettete sich in ein schiefes Grinsen.

»Schade. Aber zu einem Glas Wein darf ich Sie doch trotzdem einladen? Natürlich ohne Hintergedanken.«

»Ich rufe Sie an. Haben Sie Telefon?«

Sie schrieb die Nummer auf einen kleinen Zettel. Dann begleitete sie ihn hinaus.

Sie sah ihm nach und machte eine paar Schritte zum Kai hinunter. Die Sonne tauchte die geblähten Segel der Schiffe, die den Hafen verlassen hatten, in gleißendes Licht. Die meisten Segel waren weiß, nur die *Sybille* besaß rote, aber die *Sybille* war schon wieder auf dem Weg nach Irland. Die alte, betagte Dame, die wie Charon, der Fährmann, dazu verdammt war, immer zu fahren, keine Pause, keine Ruhe, nicht einmal das Sterben war ihr vergönnt. Sie würde fahren müssen, bis sie beim nächsten Sturm buchstäblich auseinanderfiel.

Anna setzte sich auf die Kaimauer und genoss die warmen Sonnenstrahlen. Fred! Er netter Kerl, gutsituiert, gutaussehend, gute

Manieren. Vielleicht ein Erdzeichen, Stier oder Steinbock. Sie war ein Wasserzeichen, Brandis ein Feuerzeichen. Wasser und Feuer, ein ewiger Kampf. Nein, kein Kampf, sie verstanden sich gut, sie ergänzten sich, was der eine nicht hatte, hatte der andere. Was der eine nicht lebte, lebte der andere. Intuition gegen Kraft, Sensibilität gegen Mut. Und Fred? Ein Glas Wein an einem lauen Sommerabend, warum nicht?

Auf Sands Tisch lag eine Dienstaufsichtsbeschwerde von Silvester Fischer. Der Kommissar hatte nicht wirklich damit gerechnet, dass Fischer ernst damit machen würde, aber er hatte sich getäuscht. Es war nicht die erste und würde nicht die letzte sein, aber diese Beschwerde schien Maibach, ihrem Chef, den Schlaf der letzten Nacht geraubt zu haben. Er war offensichtlich irritiert, was er davon halten sollte, kam ins Büro, stand unschlüssig herum und suchte sein Heil schließlich in einem Blick aus dem Fenster, was er immer tat, wenn er eine Entscheidung treffen musste.

»Was machen wir, Chef?«, fragte Flickwort amüsiert.

»Es gibt keine Hinweise darauf, dass Fischer etwas mit Roses Tod zu tun hat?«

»Keine. Außer dass wir nicht wissen, ob wirklich Bücher in diesen Kisten waren.«

Er drehte sich um und durchbohrte mit einem scharfen Blick den Kollegen Sand, der sich gerade gemütlich über seinen Bart strich.

»Kollege Sand hat ganz offensichtlich eine Vorliebe dafür, immer ins Wespennest zu greifen. Gibt es außer Fischer weitere Anhaltspunkte?«

Sand deutete auf ein Blatt Papier, das vor ihm auf dem Tisch lag. »Wir überprüfen die Namen derer, die damals auf der *Luna* waren.

Zwei sind ja leider der See zum Opfer gefallen, die anderen werden wir aufsuchen und mit ihnen reden. Vier sind allerdings unterwegs, und auch der Kapitän ist auf See.«

»Gute Idee«, murmelte Maibach, drehte sich um und ging.

Eine Stunde später war Sand auf dem Weg nach Hause. Als Strohwitwer hatte er es nicht eilig, und er merkte, dass Eva ihm fehlte. Er hatte heute Morgen mit ihr telefoniert, und so etwas wie Sehnsucht hatte ihn angehaucht. Sehnsucht nach fast zwanzig Jahren Ehe. Ihre gutgelaunte Stimme hatte ihn etwas bedrückt und seine Angst genährt, sie könnte ihren Urlaub auf unbestimmte Zeit verlängern.

Sein Haus tauchte auf. Auf der linken Seite stand eine große ausladende Linde, die einen lichten Schatten aufs Haus warf. Vor der Tür auf der ersten Treppenstufe hockte ein Mann. Er rauchte und schien völlig in Gedanken. Sand blieb stehen. Er kannte den Mann. Hartmut war alt geworden, schütteres Haar, ein müder, zerstreuter Blick, der Anzug zerknittert. Was machte Hartmut Gassner hier?

Sand kam näher, und Hartmut stand auf. »Hallo, Moritz. Ich dachte schon, du kommst gar nicht mehr.«

Der Kommissar machte Kaffee. Hartmut war heute Nachmittag mit dem Zug aus Berlin gekommen. Er war ein Kollege, der bei der Politischen Polizei arbeitete und der seinem Freund Sand damals im Fall Hagen Wesel geholfen hatte. Er sah übernächtigt aus. Zu wenig Schlaf und zu viel Ärger. Chronisch überarbeitet, wie er mit einem kleinen Lächeln erklärte. »Sie haben mich für eine Woche beurlaubt. Und da dachte ich, ich besuche dich mal. Wenn ich allerdings störe …«

»Nein, natürlich nicht. Ich freue mich. Eva ist übrigens in Berlin.«

»Ach wirklich? Und du hast sie so einfach fahren lassen?«

»Die Zeiten, wo man seiner Frau einfach etwas verbieten konnte, sind vorbei«, erwiderte Sand schmunzelnd.

»Stimmt.«

»Wie ist eigentlich die Geschichte mit Wesel ausgegangen?«

»Keine Ahnung. Wenn er nicht längst tot ist, werden sie ihn bis an sein Lebensende durchfüttern müssen. Der Mann weiß einfach zu viel. Dass der Staat mit Terroristen zusammenarbeitet, macht keinen guten Eindruck in der Öffentlichkeit. Das ist unsere Regierung, Moritz, verlogen und korrupt.«

Sand starrte in seinen Milchkaffee. Er mochte solche harten Worte nicht. Eine demokratische Regierung war niemals verlogen und korrupt. Wäre sie es gewesen, wäre sie nicht demokratisch.

»Ich hörte, im Fall Franz Rose gibt es einen Verdächtigen«, bemerkte Hartmut. »Einen gewissen Silvester Fischer.«

»Richtig. Kennst du ihn?«

»Nein. Was ist das für ein Typ?«

»Er soll in illegale Waffengeschäfte verstrickt sein. Leider konnte ihm bis jetzt nichts nachgewiesen werden. Und ob er etwas mit Roses Tod zu tun hat?«

Sand zuckte mit den Schultern, während Hartmut ihn musterte. Ein prüfender Blick, ein kurzes Blitzen in den Augen.

»Was hast du jetzt vor?«, fragte Sand.

»In einem halben Jahr gehe ich in Rente. Ich feiere meinen Urlaub ab, dann noch ein paar Wochen in der Roten Burg, und ich werde meinen Lebensabend genießen. Ich werde alles vergessen, was ich in diesem schmutzigen Geschäft gelernt habe.«

»Du bist doch nicht nach Kiel gekommen, nur um mir das zu sagen. Das hättest du mir auch am Telefon mitteilen können.«

Ein verlegenes Lächeln umspielte Hartmuts Lippen. »Stimmt. Weißt du, dass ich noch nie das Meer gesehen habe?«

»Du warst noch nie am Meer?«

»Jetzt gehe ich bald in Rente und war noch nie am Meer. Ich gedenke, das jetzt nachzuholen. Soll ich mir ein Zimmer besorgen oder kann ich bei dir wohnen?«

Sand schmunzelte. So viel Sentimentalität hätte er bei seinem Freund nicht vermutet. »Ich bin Strohwitwer. Du kannst natürlich hier bleiben. Und morgen zeige ich dir das Meer.«

Sie waren nach Dienstschluss zum Hafen gegangen. Hartmut hatte am Kai gestanden und konnte sich nicht sattsehen an den Schiffen, die ein- und ausliefen. Eine Brigg in voller Takelage hatte es ihm besonders angetan, und er nötigte Sand das Versprechen ab, morgen mit ihm hinaus aufs Meer zu fahren. Ein Ausflugsdampfer mit dem schönen Namen *Kieler Sprotte* spuckte gerade seine Gäste aus, Landratten mit geröteten Gesichtern und dicken Schals um den Hals, um dem scharfen Wind zu trotzen.

Sand hatte seit zwei Tagen ein unbestimmtes Gefühl. Völlig irrational, aber immer da. Nur wenn er im Büro war, verschwand es. Kaum betrat er eine Straße oder saß zuhause, kam es wieder: das Gefühl, beobachtet zu werden. Dabei hatte er nie irgendjemanden dabei ertappt, ihn wirklich zu beobachten. Überall standen Menschen herum oder gingen an ihm vorbei, nie war ihm einer besonders aufgefallen oder hätte seine Aufmerksamkeit erregt. Alle schienen unverdächtig. Trotzdem sah er sich ständig über die Schulter und wurde dieses Gefühl des Unbehagens nicht mehr los. Er dachte auch jetzt am Hafen stehend darüber nach, blickte sich um und fand nichts Verdächtiges. Er entdeckte allerdings Anna Brandis, die auf ihn zukam. Er stellte sie seinem Freund vor, und man blieb ein paar Minuten zusammen stehen, plauderte über das Hafenleben. Hartmut erzählte davon, dass er endlich einmal das

Meer hatte sehen wollen, und Anna kam eine Idee. »Morgen legt die *Sybille*, unser Dreimastschoner, nach Göteborg ab. Hätten Sie Lust mitzufahren?«

Hartmut nickte begeistert. Und ob er Lust hatte. Mit einem der alten Segler übers Meer, das übertraf seine kühnsten Erwartungen.

Dazu kam es leider nicht. Die *Sybille* hatte ihren Kurs geändert und war schon am frühen Morgen auf dem Weg nach Belfast. So blieb nur die *Sprotte*, der alte Ausflugsdampfer. Anna hatte sich entschlossen mitzufahren. Sie arbeitete zu viel, um sich abzulenken von den Gedanken, was werden würde. Von den Sorgen um Brandis, die sie nicht mehr losließen. Nachdem sie Sand und seinem Freund mitgeteilt hatte, dass die *Sybille* längst unterwegs war, instruierte sie Berger über die täglich anstehenden Aufgaben und machte sich auf den Weg zum Anlegeplatz der Ausflugsdampfer, als sie mitten auf der Straße ein Flugblatt liegen sah. Sie bückte sich und hob es auf.

»Feigheit, Gleichgültigkeit, Brüdermord«, stand darauf, und Anna versetzte es einen kleinen Stich ins Herz. Sie war nicht dumm, sie wusste, was damit gemeint war. Man musste sich nur umhören, dem Volk aufs Maul schauen. Das war eine bitterböse Anspielung auf die Regierung, die sich immer mehr Kritik aus dem Volk einhandelte. Für viele glich das Parlament mitsamt der Regierung einem ewig gackernden, wild versprengten Hühnerhaufen, der sich mehr für das Korn vor seinem Schnabel als für etwas anders begeistern konnte. Die meistgestellte Frage war einfach und lautete: »Was machen die da eigentlich?«

Das ständige Gezänk, wer wann und wo welchen Posten übernehmen wollte, ob die Regierung wieder einmal gestürzt, verworfen, neu gebildet worden war, schürte auch bei Anna langsam Unbehagen am vielgepriesenen demokratischen System. Niemand wollte einen sich über jedes Korn streitenden Hühnerhaufen an der Spitze der Regierung, die Leute wollten kompetente und auch kompromissfähige Politiker, die die Interessen des Volkes vertraten. Langsam griff eine gereizte Stimmung um sich. Der seit der Bildung der Weimarer Verfassung tobende Kampf zwischen extrem Linker und extrem Rechter beunruhigte die meisten, die sich in der bürgerlichen Mitte am wohlsten fühlten. Im Theater hatten die Aufklärer Hochsaison, Schiller, Goethe, Kleist, als wollte man die letzten Reste der menschlichen Vernunft zusammenklauben, bevor niemand mehr wusste, was die Aufklärung einmal postuliert hatte. Jetzt hatte irgendein Witzbold Flugblätter in der Stadt verteilt, auf denen er aus dem Postulat »Freiheit, Gleichheit, Brüderlichkeit« »Feigheit, Gleichgültigkeit, Brüdermord« gemacht hatte. Anna konnte nichts Witziges an diesem Postulat finden, es war zynisch und zeigte die bei vielen Menschen tiefsitzende Verachtung für die demokratischen Volksvertreter.

»Da sagt endlich mal einer die Wahrheit«, raunte eine Stimme hinter ihr, und sie sah in das grinsende Gesicht einer etwa gleichaltrigen Frau. Anna drückte ihr das Blatt in die Hand und setzte kommentarlos ihren Weg fort.

Am Steg lag die *Sprotte* und wartete auf letzte Gäste. Sonnenstrahlen kämpften sich durch eine kaum aufgerissene Wolkendecke, die sich bis zum Horizont hinzog. Nicht gerade das ideale Wetter für eine Ausflugsfahrt.

Kommissar Sand und sein Freund standen an der Reling, und aus dem Schornstein des Dampfers stiegen dunkle Rauchschwaden. Das Schiff legte ab und nahm Kurs nach Norden. Anna und Sand hatten sich mit den meisten anderen Touristen an die Tische unter Deck begeben, während sich Hartmut noch die steife Brise um die Nase wehen lassen wollte. Unter Deck konnte man sich eine Erfrischung bringen lassen und die Aussicht aufs Meer genießen.

»Sind Sie weitergekommen, was den Tod von Franz Rose betrifft?«, fragte Anna.

»Nicht wirklich«, war die mürrische Antwort.

»Und Ihr Freund? Er ist doch ein Kollege von Ihnen.«

»Er arbeitet bei der Politischen Polizei. Das ist ein etwas anderes Ressort ...«

Sand blickte aus dem Fenster. Der Kellner brachte die bestellte Erfrischung, während sich draußen ein dunkler Schatten übers Meer senkte. Die Wolkendecke wurde immer dunkler und schien sich immer tiefer zu senken.

»Schweres Wetter?«, fragte Sand etwas besorgt, aber Anna schüttelte lachend den Kopf. »Etwas Regen und Sturm. Keine Angst, Herr Kommissar, schweres Wetter sieht ganz anders aus.«

»Anna ... Ich darf doch Anna sagen? Wo wir nun schon einmal so gemütlich beieinandersitzen, würde ich Sie gerne etwas fragen. Sie müssen die Frage nicht beantworten, wenn Sie nicht wollen ...«

Anna musterte den Kommissar erstaunt.

»Ich weiß, dass Sie damals noch nicht im Hafenbüro der Reederei gearbeitet haben, aber Sie arbeiten jetzt dort. Was ich fragen will ...«

Ihr Erstaunen wurde immer größer.

»Es geht um die untergegangene *Luna*. Wissen Sie, was die *Luna* damals geladen hatte? Es steht die Möglichkeit im Raum, sie hätte Waffen geladen haben können, keine Bücher.«

Er versuchte sich so vorsichtig wie möglich auszudrücken, um sein Gegenüber nicht zu verschrecken, doch Anna fühlte sich sofort in die Enge gedrängt. Seit dem Gespräch mit Maxim und Brandis wusste sie, was die *Luna* geladen hatte. Sie wusste auch, dass die Wahrheit die Reederei in Schwierigkeiten bringen konnte, und sie hätte sich eher die Zunge abgebissen, als Sand die Wahrheit zu sagen. Er schien ihre Verlegenheit zu spüren und musterte sie scharf, was sie noch mehr unter Druck setzte.

»Ich weiß nichts«, sagte sie knapp.

»Wirklich nicht?«

Sie schüttelte den Kopf und sah mit Erleichterung, dass Hartmut die Treppe herunterkam und sich zu ihnen an den Tisch setzte.

Die *Sprotte* fuhr direkt in ein Gewitter hinein. Es regnete, Blitze zuckten über den Horizont, und ein paar Donnerschläge waren zu hören. Die Landratte Hartmut hielt sich tapfer, und auch wenn ihm ein wenig übel war, wollte er sich die Fahrt nicht vermiesen lassen. Er hing am Fenster und zählte die Blitze, die über den Himmel jagten, während die schlingernden Bewegungen des Dampfers auf seinen Magen drückten, bis er plötzlich aufstand und hastig wieder an Deck verschwand.

Die *Sprotte* nahm Kurs auf den Darß. Hier gab es ein uriges Fischlokal direkt am Strand. Die Wirtsleute lebten von den Ausflugsdampfern, die im Sommer anlegten und die Touristen zum Mittagessen vorbeibrachten. Es gab frische Fischgerichte zu einem angemessenen Preis, und meist saß man draußen und genoss zum Fisch einen herrlichen Blick aufs Meer.

Heute war das Wetter schlecht. Es regnete. Aber die Dampfer kamen trotzdem. Gegen Mittag legte die *Sprotte* an. Hartmut hatte sich wieder erholt und gedachte, mit einem nun fast leeren Magen ein hier typisches Fischgericht zu sich zu nehmen. Froh und erleichtert, den ständig schwankenden Untergrund verlassen zu können, ging er an Land, unter den amüsierten Blicken seiner beiden

Begleiter. Die Tische, die draußen vor dem Lokal standen, waren nass, und drinnen waren die Decken niedrig und die Fenster klein. Ein reetgedecktes Haus, in dem es nach geräuchertem Fisch duftete. Der Gastraum war voll, fast bis auf den letzten Platz. Sie quetschten sich an einen bereits besetzten Tisch, mussten noch einen Stuhl hinzuziehen und bestellten gegrillten Heilbutt. Eine Unterhaltung war etwas mühsam angesichts der lauten Geräuschkulisse, der vielen Stimmen unter der tief heruntergezogenen Decke, und daher beschränkten sie sich auf den vorzüglichen Schnaps, den es umsonst gab. Als das Essen endlich kam, stand Hartmut auf, um zur Toilette zu gehen. Niemand dachte sich etwas dabei, zumal der Fisch und die Kartoffeln auf den Tellern herrlich dampften und mit frischer Petersilie verziert waren. Sie aßen schweigend, während der Regen an die Fenster spritzte.

Hartmuts Fisch wurde kalt, die Kartoffeln ebenso. Der Polizist kehrte nicht zurück. Nachdem Anna ihr Essen beendet hatte, beschlichen sie erste Sorgen. Auch Sand wurde langsam unruhig. Er stand auf, um nachzusehen. Er ging zu den Toiletten und öffnete die Türen. Es waren nur drei, und alle waren leer. Im Waschraum stand nur ein Mann und wusch sich die Hände. Auf Sands Frage gab er an, niemanden hier gesehen zu haben. Er sei die ganze Zeit allein gewesen. Sand ging wieder in den Gastraum zurück.

»Und?«, fragte Anna.

»Da ist er nicht. Und draußen?«

Sie warfen einen Blick zum Fenster hinüber. Es goss in Strömen. Anna stand auf und zwängte sich zwischen den Tischen hindurch zum Kapitän der *Kieler Sprotte*. Aber auch der hatte Hartmut nicht gesehen.

Sie teilten sich auf. Kommissar Sand ging zur Anlegestelle hinunter, und Anna suchte in der Nähe des Lokals. Der Schirm, den der Wirt ihr gegeben hatte, entpuppte sich als Spielball des Sturms, er knickte immer wieder um. Wind und Regen peitschten ihr ins Gesicht. Sie lief durch den nassen Sand hinein in einen kleinen Wald. Die schiefen, krummen Kiefern rauschten, ihre Wipfel zitterten. Anna sank mit den Schuhen im Sand ein, lief weiter und rief immer wieder Hartmuts Namen. Doch außer dem Rauschen der Kiefern kam keine Antwort. Sie eilte wieder zurück, bis das Fischerhaus auftauchte. Der Rauch stob wirbelnd aus dem Schornstein hinaus, bevor der Wind ihn fortwehte und der Regen ihn löschte. Mittlerweile war Anna nass bis auf die Knochen, aus den Haaren tropfte ihr das Wasser ins Gesicht. Sie ging zum Lokal zurück und zog sich die Jacke aus. Inzwischen hatte Sand die Leute befragt, aber nur einer hatte Hartmut am Tisch sitzen und durch das Lokal gehen sehen, alle anderen waren viel zu sehr mit sich selbst beschäftigt gewesen. Der Kapitän der *Sprotte* stand Pfeife rauchend vor dem Tresen. Ihm fehlte ein Gast, er konnte nicht ablegen.

Die *Sprotte* wartete zwei Stunden. Als der Vermisste auch nach diesen zwei Stunden nicht aufgetaucht war, hatte der Kapitän entschieden, nun doch abzulegen. Kommissar Sand war nicht mitgefahren, er hatte stattdessen versucht, die örtliche Polizei einzuschalten, um bei der Suche nach dem Kollegen zu helfen.

Also fuhr Anna ohne ihre beiden Begleiter nach Kiel zurück. Sturm und Regen hatten nachgelassen, und sie saß am Fenster unter Deck und starrte nachdenklich auf das Wasser. Sands Frage ließ sie nicht mehr los. Er hatte einen Verdacht, der genau ins Schwarze traf. Sie fragte sich, woher er wissen konnte, dass die *Luna* damals Waffen geladen hatte, und wenn er es wusste oder zumindest ahnte, was würde er tun? Würde er so lange weiterbohren, bis er irgendwann auf die Wahrheit stieß? Es war eigentlich nicht ihr

Problem, aber sie war mittlerweile so eng mit der Reederei verbunden, dass es ihr Problem werden könnte.

Nachdem die *Sprotte* in Kiel angekommen war, lief sie direkt ins Hafenbüro, das aber schon geschlossen war. Kurzerhand nahm sie ein Taxi nach Düsternbrook und ging den Rest zu Fuß. In der Villa traf sie auf Maxim, der im Salon saß, während nebenan das Aneinanderschlagen der Billardkugeln zu hören war.

Sie erzählte von der Fahrt mit der *Sprotte*, von Sands Verdacht, und Maxim schloss die Tür zum Billardzimmer.

»Er hat keine Beweise?«, fragte er.

»Ich glaube nicht.«

»Sagen wir ihm trotzdem die Wahrheit, und bitten wir ihn um Diskretion. Es war Franz, der den Auftrag angenommen hat, und was hat Sand davon, wenn er die ganze Reederei in Schwierigkeiten bringt? Spielen wir mit offenen Karten, das wird das Beste sein.«

Anna hatte einen Besuchstermin im Seegerichtsgebäude. Hin- und hergerissen zwischen der Freude, Brandis endlich wiederzusehen, und der Angst, was sich inzwischen Neues und Unangenehmes ereignet haben könnte, stieg sie mit weichen Knien die Treppe zum Besucherraum hinauf. Wie beim ersten Mal saß Brandis bereits am Tisch und wartete auf sie. Er war blass geworden, unter den blauen Augen lagen tiefe Höhlen. Ihr war, als hätte sogar die schwarze Tätowierung der Doppelaxt an seinem Oberarm an Farbe verloren, und das weiße Hemd war ausgeblichen. Seine Stimme war leise, seine Augen waren unruhig. Sie fuhren immer wieder zu dem Beamten an der Tür hinüber, als gäbe es zwischen beiden eine heimliche Übereinkunft, der er sich ständig versichern wollte. Die Tür stand auf, immer wieder ging jemand vorbei, warf einen Blick in den Besucherraum, und Annas Unruhe wuchs. Plötzlich griff Brandis nach ihren Händen und hielt sie fest. Ein fester Griff, als wolle er sie nicht mehr loslassen, und er fragte auch nicht mehr, ob sie auf seiner Seite stehe, als ginge er sowieso nicht davon aus.

»Ich stehe auf deiner Seite, Chris«, beteuerte sie. »Es tut mir leid.«

Er schwieg. Wieder ein Blick zur Tür, seine Hände wichen langsam von ihren, sie strichen liebkosend über ihr Haar, dann beugte er sich vor und küsste sie auf den Mund. Sein Mund löste sich wieder von ihrem, er lehnte sich zurück, und sie kam sich vor wie ein junges Mädchen, das gerade seinen ersten Kuss bekommen hatte.

»Wann ist die Verhandlung?«, fragte sie, nur um irgendetwas zu sagen.

»Es gibt noch keinen Termin.«

»Was ist mit dieser Frau, die dich belastet? Wer ist das überhaupt?«

»Martha Conen. Gruber ist gerade dabei, ihre Glaubwürdigkeit auszuloten. Sie scheint nicht sehr hoch zu sein. Mach dir also keine Sorgen.«

»Und was hat sie ausgesagt? Sie war doch gar nicht auf der *Kristina Sund*. Was kann sie also wissen?«

»Sie behauptet, ich hätte ihr einen Teil der Perlen angeboten. Eine glatte Lüge. Ich vermute, wer immer hinter dieser Intrige gegen mich steckt, hat sie für diese Aussage bezahlt. Gruber versucht herausfinden, was da los ist.«

Sie sahen sich an und schwiegen.

»Wie lebt es sich im Gespensterhaus?«

Brandis hatte seinen Humor nicht verloren, und das machte ihr Hoffnung. »Die Gespenster lassen mich in Ruhe.«

Der Wächter an der Tür hüstelte.

»Ich muss zurück, Anna.«

Sie standen beide auf. Er ging um den Tisch herum und legte seine Arme um sie.

Eine Stunde später saß sie weinend im Gespensterhaus. In der Küche. Der ganze Druck der letzten Wochen brach sich Bahn. Als hätte sie die ganze Zeit wie einer der Menschen in der furchtbaren Kulisse der Maschinen aus Metropolis funktioniert. Ein Rädchen greift ins nächste, nie Pause, nie Ruhe, immer weiter. Tausend Rädchen, tausend Räder, große, kleine, alles rast, alles pulsiert. Wie ein riesiges Universum, das aus sich selbst heraus entstanden ist. Das Etwas aus dem Nichts. Das Uratom, das sich wie ein Schmetterling nur aus der Idee der Puppe entfaltet. Und dahinter Menschen wie Räder, wie Maschinen, die niemals Fragen stellen, innerlich leer, seelenlos, charakterlos.

Sie war sich selbst irgendwie abhandengekommen. Und nun sammelte sie die Reste ihres eigenen Ich wieder zusammen. Gefühle, Tränen, stammelnde Worte, an niemanden gerichtet außer an sich selbst.

7

Kiel, August

Kommissar Sand war wieder zuhause. Mit einigen Kollegen hatte er nach Hartmut gesucht, aber der war nicht wieder aufgetaucht, so als habe er sich in Luft aufgelöst. Ein Bauer hatte ausgesagt, einen ihm unbekannten Wagen in der Nähe des Fischlokals auf der Straße gesehen zu haben, der Richtung Warnemünde gefahren sei, aber ob dieser Wagen etwas mit Hartmuts Verschwinden zu tun hatte, blieb ein Geheimnis.

Sand stand im Schlafzimmer vor Hartmuts Koffer und zögerte. Dann bückte er sich und öffnete ihn. Obenauf lagen ein Jackett, drei Hemden, zwei Hosen, Unterwäsche und Strümpfe. Sands Hand griff tiefer und förderte einen zweiten Kulturbeutel zutage, darunter spürte er ein Buch und etwas, das sich wie Papier anfühlte. Er räumte die Kleidung zur Seite und holte das Buch heraus. Es war die »Kritik der reinen Vernunft« von Immanuel Kant. Eine anspruchsvolle Lektüre, dachte Sand erstaunt und wühlte weiter. Unter dem Buch lag ein Umschlag, darin ein paar beschriebene Papierblätter. Sand las die ersten Zeilen und ging, vom Inhalt der Seite völlig in den Bann gezogen, langsam zum Sessel und setzte sich. Er las weiter. Zweite Seite, dritte Seite. Dann legte er die Seiten auf die Lehne und starrte verblüfft aus dem Fenster. Die Blätter waren in Hartmuts Handschrift verfasst und ganz offensichtlich aus einem Dossier abgeschrieben. Einem Dossier, das in seinem Büro im Aktenschrank gestanden haben musste. Ein Dossier über Silvester Florian Fischer. Alles, was die »Politische« über ihn eruiert hatte. Geburtsdatum, Geburtsort, Schulen, Berufsausbildung und beruflicher Werdegang im Bankengeschäft, Kriegsjahre an der Westfront und der Ostfront. 1919 Tod seiner Frau und seines einzigen Kindes durch die Spanische Grippe. Ab 1920 selbstständiger Geschäftsmann für Im- und Export. Kontakte zu einem US-Attaché und Mitgliedern des amerikanischen Geheimdienstes, allen voran ein gewisser E. H. (Identität bisher unbekannt). Kontakte zu Max Bauer, Ignaz-Lincoln Trebitsch und Mitgliedern des britischen Geheimdienstes. Einstiges Mitglied der DVP. Kontakte zu Rüstungsunternehmen, u. a. Vickers, Krupp, Rheinmetall, S. Polte, für die er vermittelnd tätig ist. Mehrere Besuche im russischen Lipiks, wo die Reichswehr eine Giftgaseinheit unterhält. Verdacht der Vermittlung von Phosphorbomben nach Russland. Immer wieder Hinweise auf Reedereien, über die er illegale Waffenlieferungen nach Deutschland durchführen lässt. Vor einem Jahr ist er in Riga beteiligt an der gewalttätigen Auseinandersetzung mit mehreren Hafenarbeitern, die seine Fracht gelöscht hatten. Motiv unklar.

Auf der Rückseite von Seite 1 war die Kopie eines Artikels zu lesen, der in einer Berliner Tageszeitung erschienen war.

SILVESTER FISCHER ALS UMTRIEBIGER FISCH
IN DER OSTSEE

Allseits bereit, gute Geschäfte zu machen, hat sich Fischers Im- und Exportfirma rasant entwickelt. Vom Stockfisch aus Polen bis hin zu russischen Ikonen handelt Fischer mit allem, was zu kaufen und zu verkaufen ist. Solche Leute brauchen wir, die der Wirtschaft einen kräftigen Impuls geben. Und es ist für jeden etwas dabei. Wem die Ikone zu teuer ist, kauft eben den Stockfisch – der ist für jeden er-

schwinglich. Doch hässliche Gerüchte machen die Runde. Fischer sei an illegalen Waffenverkäufen beteiligt gewesen, behauptet ein Unbekannter, der anonym bleiben will. Solche Verleumdungen ruinieren das Geschäft, von dem wir alle profitieren, und so hat Fischer, wie er unserer Zeitung gegenüber erklärte, Anzeige gegen den feigen Unbekannten erstattet.

Sand stand auf, nahm die Blätter, packte sie in den Umschlag zurück, verließ das Haus und ging zum Präsidium. Im Büro warf er Flickwort mit den Worten »Das habe ich in Hartmuts Koffer gefunden« den Umschlag auf den Tisch. Flickwort zog fragend die Augenbrauen hoch und nahm dann die Blätter aus dem Umschlag heraus. Er las, während Sand sich hinter seinen Schreibtisch setzte und auf die Reaktion gespannt war.

»Was soll das sein?«, war Flickworts konsternierte Frage. »Die Abschrift eines Dossiers?«

»Genau. Was mich zu den Fragen bringt, warum behauptet er, er kenne Fischer nicht, und warum besucht er mich und hat diese Abschrift in seinem Koffer?«

»Zweite Frage: Wo ist er abgeblieben?«

»Was mich interessiert, ist die dritte Frage: Ob die ›Politische‹ Leute wie Fischer zwar beobachtet, sie aber in Ruhe ihre Geschäfte machen lässt, oder eher verfolgt, um ihnen das Handwerk zu legen. Was denken Sie?«

»Sie verfolgen die Extremisten, aber warum interessieren sie sich für Fischer?«

»Leider kann ich Hartmut nicht mehr fragen. Ich kann ihn auch nicht fragen, warum er mich anlügt und was ich mit diesem Dossier anfangen soll. Hat es etwas mit Roses Tod zu tun?«

»Was ist, wenn er vorhatte, sich abzusetzen?«

»Kurz vor seiner Pensionierung? Ergibt das irgendeinen Sinn?«

»Ergibt hier überhaupt irgendetwas einen Sinn?«

Ein hochherrschaftliches Haus mit zwei ausladenden Balkonen und einem penibel geschnittenen Rasen. Keine Blumen, aber mitten auf dem Rasen ein Tisch mit Stühlen, etwas daneben ein Liegestuhl unter einem Sonnenschirm.

Anna stand hinter einem kleinen Holzzaun und spähte in den Garten hinein. Martha Conen hatte es sich auf dem Liegestuhl bequem gemacht. Sie trug eine kurze Hose, ein kurzärmeliges Hemd, eine Sonnenbrille auf der Nase und an den zierlichen Füßen aparte, weiße Sandalen mit aufgeklebten Glitzersteinen. Sie schien zu schlafen oder zumindest zu dösen und lag da wie eine Statue.

Anna zögerte. Das also war die Frau, die ihr Leben auf so fatale Weise beeinflussen, die mit ihrer Aussage Brandis' Leben zerstören konnte. Was willst du hier?, fragte sie sich. Mit ihr reden? Ein Gespräch von Frau zu Frau? Sinnlos. Sie hatte kein Geld, um die Summe derer, die Martha Conen bestochen haben mussten, zu erhöhen.

Die Frau auf dem Liegestuhl hob plötzlich die Hand, nahm die Brille vom Kopf und stand langsam auf. Ihr Blick fiel sofort auf die Besucherin, die hinter dem Zaun stand.

»Wollen Sie zu mir?«

Anna sagte nichts. Sie blieb stehen, sie wollte das Feld nicht räumen, sie wollte diesen ungleichen Kampf nicht verlieren, also hielt sie dem Blick Martha Conens stand.

»Ich bewundere Ihren Garten. Hübsche Blumen haben Sie.«

Martha Conen sah sich suchend um. Da stand eine einsame Mohnblume, schon halb vom Wind zerpflückt, die es irgendwie geschafft hatte, sich am Rand des Rasens anzusiedeln, und die dem gnadenlosen Auge des Gärtners entgangen sein musste. Ein armes Geschöpf, das um sein Leben blühte.

Martha Conen grinste. »Finden Sie?«

Anna drehte sich wortlos um und ging zurück.

Fischer hatte das »Venus« an einen Bremer Geschäftsmann verkauft. Er selbst hatte den Nachtclub von seiner verstorbenen Frau geerbt, die er noch zu Lebzeiten dort kennengelernt hatte. Eine für seine damaligen Verhältnisse durchaus standesgemäße Verbindung – heute war das Lokal eher geschäftsschädigend. Er wollte mit dem Rotlichtmilieu nicht in Verbindung gebracht werden, das war nicht förderlich für seinen Ruf als seriöser Handelspartner. Der neue Besitzer hatte das Lokal gerade verlassen, als er durch die aufstehende Bürotür zwei Männer das »Venus« betreten sah. Schon wieder die beiden Polizisten!, dachte er entnervt und setzte sich in einen roten Couchsessel. Keine zwei Minuten später standen Sand und Flickwort im Büro. Er blieb sitzen und fragte unwirsch, was es schon wieder gäbe. Der mit dem Vollbart sah sich geflissentlich um, der kleine Drahtige mit dem komischen Kinnbart und dem Fedorahut grinste ihn frech an.

»Ohne Umschweife, Herr Fischer. Sie haben damals auf der *Luna* Artilleriemunition von Russland nach Kiel transportiert. Ihre Fracht war illegal, und die Frachtpapiere waren natürlich gefälscht. Dafür gibt es mindestens zwei Zeugen.«

Fischer sagte kein Wort. Das kam jetzt etwas überraschend, damit hatte er nicht gerechnet. Er transportierte immer wieder mal illegale Fracht hierhin und dorthin, das war sein Geschäft. Er hätte auch Kohle oder Glasperlen transportieren können, aber dabei hätte er nicht die Hälfte dessen verdient, was er durch das Waffengeschäft gewann.

»Gut«, sagte er nach einer Weile des Nachdenkens. »Zeigen Sie mich an.«

»Vielleicht. Vielleicht ist es aber auch gar nicht nötig. Ich wiederhole mich nur ungern, aber das ist gar nicht unser Ressort. Wir interessieren uns für den Mord an Franz Rose. Hat Ihre Fracht etwas mit seinem Tod zu tun? Wir können auch nach der Munition suchen lassen …«

»Ich verstehe den Zusammenhang nicht«, versetzte Fischer gereizt. »Was habe ich damit zu tun?«

»Wo waren Sie am Nachmittag des 13. März 1925? Wenn Sie gar nicht in Kiel waren, dann sind wir sofort wieder verschwunden, und Sie sind aus dem Schneider.«

Fischer stand auf. Er ging zu einem Regal hinüber, fingerte zwischen ein paar Büchern, Kladden und einigen afrikanischen, auf einer Stange aufgespießten Masken herum und zog schließlich ein etwas dickeres Büchlein hervor. Ein Terminkalender. Er blätterte darin herum, befeuchtete ab und zu die Finger und blätterte weiter. Dann hatte er die gesuchte Seite gefunden und warf Flickwort einen kurzen Blick zu. »Ich war tatsächlich in Kiel. Ich habe mich mit Rose aber nicht getroffen, war nur wegen der Geschäftsbücher hier. Das können die Damen bezeugen.«

»Sie können jede Sekunde Ihres Aufenthalts in Kiel bezeugen? Sie waren Tag und Nacht hier im Lokal? Sie haben es nie verlassen? Das ist schwer vorstellbar.«

»Selbst wenn ich es mal verlassen haben sollte, Rose habe ich nicht getroffen, und ich habe ihn auch nicht gesehen. Und erschossen habe ihn schon gar nicht. Warum sollte ich? Wir haben dieses Geschäft miteinander gemacht, danach gab es keinen Grund mehr, sich zu treffen.«

»Ihre kostbare Fracht ging unter.«

»Schiffe haben nun einmal die Angewohnheit, gelegentlich unterzugehen. Selbst die *Titanic* ereilte dieses Schicksal.«

»Die Fracht war versichert?«

»Die Klausel galt nicht für höhere Gewalt. Mein Risiko.«

»Es wäre gut, wenn Sie herausfinden könnten, wo Sie am 13. März gewesen sind. Versuchen Sie sich zu erinnern.«

Fischer sah wieder auf sein Büchlein hinunter. »Hier steht nur ein einziger Termin, und der war vormittags um zehn Uhr. Wo ich am Nachmittag gewesen bin …« Er zuckte mit den Schultern.

»Fragen Sie Ihre Damen, vielleicht können die Ihnen weiterhelfen. Und bleiben Sie in der Stadt. Wir kommen wieder.«

Die beiden Polizisten zogen davon. Fischer zögerte einen Moment, bevor er zum Telefon griff und sich mit einer Berliner Nummer verbinden ließ. Als die gewünschte Stimme am anderen Ende zu hören war, sagte er knapp seinen Namen, machte eine kunstvolle Pause und sagte dann: »Dieser übereifrige Kommissar war wieder hier. Er wird allmählich lästig. Es wäre mir lieb, wenn Sie Ihre Beziehungen spielen lassen würden … Sie wissen schon. Lassen Sie ihn aus dem Verkehr ziehen, damit ist uns allen geholfen …«

Er legte den Hörer auf die Gabel zurück und warf einen Blick aus dem Fenster. Niemand mehr zu sehen. Sand und sein Kompagnon waren gegangen.

Der Hausmeister hatte ein großes Zelt mitten auf dem Rasen aufgestellt, dazu Tische und Stühle, und Marie, das Hausmädchen, brachte Tischdecken und Geschirr. Auf Blumengedecke hatte Lilly verzichtet, denn Blumen gab es im Garten genug.

Die üppige Bougainvilla ergoss sich kaskadenartig über ein weißes Spalier, und ihre Blüten spiegelten sich im Wasser des Teichs wider. Daneben wuchsen sonnengelbe Ringelblumen, vermischt mit blauer Jakobsleiter und weißen Margeriten. Auf dem Wasser trieben rosenrote Seerosen, auf dem einen oder anderen Blatt hockte ein Frosch; seine goldenen Streifen funkelten in der Sonne. Überall blühten die Rosen, am Rosengitter in Orange, im Beet burgunderrot, an der Hauswand elfenbeinfarben, und am frühen Abend hing ein süßer Duft in der Luft. Lilly hatte alle eingeladen, Freunde, Bekannte, Geschäftspartner, selbst der Bürgermeister hatte sich angekündigt. Ihre Verlobung würde eins der größten Feste dieses Jahres in Kiel sein. Sie hätte schrecklich gerne Venns Kleid aus New York getragen, aber es war für diesen Anlass zu gewagt. Also hatte sie sich für ein langes Kleid entschieden, himmelblau, eng anliegend mit einem roten, am Kragen angestickten Seidenschal. Der Schal alleine hätte eine vierköpfige Familie für eine Woche ernähren können, aber Lilly neigte nicht zu überflüssigen Überlegungen. Für sie war Reichtum der Normalzustand, selbst im Krieg hatte sie nicht hungern müssen. Die Öfen waren nie ausgegangen, auch als die Schiffe monatelang im Hafen gelegen hatten und nicht auslaufen konnten. Im Keller lagerten kostbare Weine, an den Wänden hingen sündhaft teure Bilder, in den beiden Tresoren lagen Brillanten und ein paar Goldbarren. Man hatte immer mal das eine oder andere verkaufen können, Krieg hin, Krieg her.

Lilly stand im Schatten des Zeltes und sah sich um. Lange, bestuhlte Tische, auf dem Rasen Stehtische, funkelnde Gläser, Champagnerkühler, Aschenbecher, hier und da eine Vase mit einer einzelnen Rose drapiert. Unter einem zweiten Zelt würde das Buffet angerichtet werden, gerade kamen die Kellner aus einem der besten Kieler Restaurants, die alles auffahren würden, was die Küche hergab. Fisch und Wild, Salate, Nachspeisen, Pasteten und Gemüse.

Ein Taxi hielt auf der Straße, und Anna stieg aus. Lilly ging ihr entgegen. Anna trug ein dunkelgrünes, knielanges Kleid aus Samt, um den Hals zwei lange silberne Ketten. Das Haar war offen und von einem breitkrempigen gleichfarbigen Hut bekränzt. Wie raffiniert!, dachte Lilly.

Eine Stunde später trudelten die ersten Gäste ein. Die Kombo spielte, und Venn Flack, der sich in einen weißen Anzug geworfen hatte, überreichte Lilly einen Strauß mit roten Rosen.

Anna stand an einem der Stehtische, vor sich ein Glas Champagner. Sie erkannte Kellermann, den Apotheker, ausstaffiert wie ein Beau, der mit einem Glas in der Hand um die Damen scharwenzelte, bis er auch sie erkannt hatte und sich zu ihr an den Tisch stellte.

»Das schöne Fräulein Herzog!« Grinsend prostete er ihr zu und ging weiter. Während Lilly und Venn eng umschlungen auf der Terrasse tanzten, die meisten sich ans Buffet begeben hatten, nahm Anna ihr Glas und ging zum Teich hinüber, wo eine Bank zum Verweilen einlud.

Die Leute, die da am Buffet und an den Tischen standen und saßen, gehörten nicht zu ihrer Welt. Nein, sie gehörte nicht dazu. Sie hatte sich irgendwie eingeschlichen in diese Welt der Schönen und Reichen, die sie zwar freundlich aufgenommen hatten, aber gar nicht merkten, dass eine Art unsichtbare Mauer sie voneinander trennte.

Du bist ungerecht!, schalt sie sich. Sie haben dir Möglichkeiten gegeben, die du in Berlin nie gehabt hättest. Eine kleine Sekretärin in einem Fuhrbetrieb am Potsdamer Platz bist du gewesen. Jetzt trinkst du Champagner und wohnst in einem Gespensterhaus.

»So allein?«, fragte eine Stimme hinter ihr, und sie schrak zusammen. Sie drehte den Kopf herum. Da stand Fred und lächelte sie an.

»Darf ich?«

Er schob sich neben sie.

»Ich wusste gar nicht, dass Sie auch eingeladen sind.«

»Ich war eine Zeit lang mal mit Lilly liiert.«

»Sie und Lilly?«

Er lachte. »Ist das so unvorstellbar? Lilly ist eine ausnehmend hübsche Person, wenn auch etwas oberflächlich. Lilly ist kein tiefes Wasser, wenn Sie verstehen, was ich meine.«

»Lilly ist Lilly. Da muss man kein tiefes Wasser sein.«

Sie vermied es, ihn anzusehen. Sie starrte auf die bunte, schöne Kulisse vor ihren Augen. Hier war alles versammelt, was Rang, Namen und Geld hatte. Sogar aus Berlin waren einige Geschäftsleute gekommen, Handelspartner der Reederei. Den Mittelpunkt bildete allerdings Venn Flack in seinem weißen, strahlenden Anzug mit einer roten Rose im Knopfloch, der sich vor Gesprächspartnern kaum retten konnte. Klar, dachte Anna ernüchtert, so einen wie den kann man hier gut gebrauchen. Einen, der weiß, was Schacht so vorhat und wie man sein Geld am besten in Sicherheit bringen kann. Sie hatte nichts, das sie hätte in Sicherheit bringen können. Bei ihr kam es und bei ihr ging es. Nichts blieb übrig.

»Für sie ist Flack eine Goldgrube«, bemerkte Fred ironisch, als habe er ihre Gedanken gelesen. »So funktioniert das System der Macht. Man heiratet immer noch mehr Geld, noch mehr Information, die man gewinnbringend einsetzen kann, und somit noch mehr Macht.«

»Sie gehören wohl nicht dazu.«

»Nein. Ich bin Künstler. Ich schaffe Skulpturen, die die andere Seite zeigen. Die Armut, das Elend und den Krieg. Und nur, weil sie sich so gut vernetzen, gibt es die Armut, das Elend und den Krieg. Es ist eigentlich ganz einfach.«

»Dann sollten sich die Armen auch vernetzen.«

»Die Armen sind das Opfer *ihrer* Propaganda. Und die redet ihnen ein, es müsse so sein, wie es ist, und man könne es nicht ändern, was natürlich eine schreckliche Lüge ist. Tanzen Sie mit mir, Anna?«

»Warum nicht?«

Sie hatte beschlossen, sich zu amüsieren. Sie tanzte mit Fred, mit Maxim und sogar mit dem fetten Kellermann. Sie trank ein Glas nach dem anderen, und plötzlich fühlte sich das Leben nicht mehr so schwer an. Sie erwiderte Kellermanns lüsterne Blicke, flirtete mit Fred und ließ sich von einem Fremden anzügliche Witze ins Ohr flüstern. Sie hatte gar nicht gewusst, wie einfach es war, die Blicke der Männer auf sich zu ziehen, und tanzte sogar mit Venn Flack, den sie eigentlich genau so wenig mochte wie den Apotheker. Nach einer Stunde taten ihr die Füße weh. Sie hatte Hunger und geriet in eine Männerrunde, die am Buffet stand. Kellermann war dabei, Maxims Vater und ein knorriger, blauäugiger Russe mit zerknittertem Anzug, der wie auch immer auf dieses Fest geraten war. Anna füllte ihren Teller mit Fischpastete, und während sie dastand und aß, erzählte der Russe von seinen Geschäften. Anna erinnerte sich an das letzte Fest, als Franz noch gelebt hatte. An die Amerikaner, die eingeladen gewesen waren. Das Blatt hatte sich gewendet. Kein Amerikaner mehr, stattdessen ein Russe, der mit Rose Geschäfte machen wollte.

»Wenn wir uns zusammentun, sind wir unschlagbar«, sagte er in stark akzentuiertem Deutsch. »Wir müssen es nur wollen. Rapallo ist bloß der Anfang. Wir sind Nachbarn, vergessen wir das nie. Ihr habt den Krieg verloren, und wir haben den Krieg verloren, und ich finde, Verlierer sollten sich immer zusammentun.«

Die ganze Runde lachte. Mittlerweile war keiner mehr nüchtern, der Alkohol löste die Zungen. Selbst der alte Rose war beschwipst und wagte sich aus der Deckung. »Benennen wir die Wurzel des Übels«, sagte er mit Nachdruck. »Und das war die Berlin-Bagdad-Bahn. Ich habe neulich Laffan gelesen …«

»Sa sdorowje!«, rief der Russe, der offenbar Lastroff hieß, und stürzte sein Glas mit einem Zug hinunter. »Sie haben recht, Rose. Vom Golf von Persien bis an die Nordsee – ein einziger Handelsweg, der Alptraum des britischen Imperiums. Deutsches Reich, Österreich-Ungarn, Bulgarien, Türkei, eine einzige stringente Linie, die das Imperium mit seiner lächerlichen Schifffahrt niemals hätte kontrollieren können, es sei denn, sie hätten Schiffe auf Stelzen gebaut …«

Die Runde wurde immer lustiger. Die Kellner karrten eine Flasche Champagner nach der nächsten an, die Musik wurde flotter, das Buffet leerer. Und die Worte ständig gewagter.

»Niemand legte sich ungestraft mit dem Imperium an«, frotzelte Lastroff. »Der Krieg war unvermeidlich. Das Deutsche Reich musste zerschlagen werden. Aber jetzt in der Stunde null stellen wir die Weichen neu. Machen wir wieder gute Geschäfte miteinander.«

Der alte Rose schlug Lastroff begeistert auf die Schulter.

»Sie werden alles versuchen, um uns wieder gegeneinander auszuspielen«, knurrte Kellermann. »Sie haben Angst vor einem vereinten Eurasien. Dann stehen sie erneut außen vor, und wer weiß, vielleicht zetteln sie wieder einen Krieg an.«

»Lassen wir sie einfach stehen«, rief Lastroff emphatisch. »Und wenn sie mit ihren lächerlichen Panzern kommen, verstopfen wir ihre Kanonenrohre mit Konfetti.«

Man fiel sich gegenseitig in die Arme, und Anna stellte den leeren Teller zurück auf den Tisch.

Irgendwo in Kiel oder Berlin lief jemand herum, der etwas über den Mörder von Franz Rose zu wissen schien. Wer war das, und woher hatte er seine Information? Umhergetrieben von dieser Frage, tat sich Sand im Hafen um. War es vielleicht ein Seemann gewesen, der den Untergang der *Luna* überlebt hatte? Am Hafen gab es eine Menge Seemänner, sie saßen in den Kneipen, standen vor den Heuerbörsen, kamen von den gerade eingelaufenen Schiffen oder bestiegen die, die ablegen würden. Sand besaß eine Liste der Männer, die auf der *Luna* gewesen waren. Zwei Namen waren darunter, die den Untergang nicht überlebt hatten. Ihre Leichen waren nie gefunden worden. Der Kommissar drehte dem Hafen den Rücken zu und machte sich auf den Weg ins Hafenbüro. Hier saßen bereits die sechs Seeleute, die er statt ins Präsidium ins Büro einbestellt hatte. Vier Vollmatrosen, der Koch, der Erste Maat. Sie saßen am Tisch und tranken Kaffee, als Sand eintrat. Maxim Rose hatte ihnen erklärt, warum sie hier waren, was sie nicht weniger misstrauisch machte. Die *Luna* war abgesoffen, und sie hatten Glück im Unglück gehabt. Was sollte jetzt diese Vernehmung? Wer war schuld am Untergang der *Luna*?

Sand grüßte freundlich und schob sich einen Stuhl an den Tisch. Im Hintergrund klapperte eine Schreibmaschine, das war Anna, die ihm zulächelte. Er sah in sechs erwartungsvolle Augenpaare.

»Wussten Sie, was die *Luna* geladen hatte?«, wandte er sich an alle.

»Bücher«, antwortete der Erste Maat. »Und Stahlträger.«

»Wie viel Kisten?«

»Ich weiß wirklich nicht mehr, wie viel Kisten das waren. Ich habe die Frachtpapiere nicht gesehen. Dafür war Kapitän Wesseling zuständig.«

»Hat einer von Ihnen damals einen Blick in eine der Kisten geworfen?«

Sie schüttelten die Köpfe. »Die Kisten waren verschlossen«, erinnerte sich der Koch.

»Es gab doch eine Untersuchung, oder?«

»Ja. Kapitän Wesseling behauptete damals, der Kompass habe nicht richtig funktioniert, und darum seien wir vom Kurs abgekommen. Vom Kurs abgekommen sind wir sicher, aber es konnte niemand mehr genauer nachprüfen, warum. Der Kompass ist mit der *Luna* untergegangen. Der Kapitän wurde mangels Beweisen von jeglicher Schuld freigesprochen. Ich habe dem Kapitän jedenfalls keinen Vorwurf machen können.«

Sand sagte nichts von der Munition. Ein Wort nur, und es hätte sich am Hafen in Windeseile herumgesprochen.

»Warum diese Fragen?«, wollte der Koch stirnrunzelnd wissen.

»Wir bekamen einen anonymen Hinweis, dass der Mord an Franz Rose etwas mit dem Untergang der *Luna* zu tun haben könnte. Das Geheimnis läge auf dem Grund der Ostsee, schreibt der Anonymus.«

Schweigen am Tisch. Verdutzte Blicke. Dann bemerkte der Erste Maat: »Vielleicht will sich da einer nur wichtigmachen. Oder es handelt sich um einen Spaßvogel.«

Sand nahm das allgemeine Grinsen am Tisch ungerührt zur Kenntnis.

»Sie wissen also nicht, was in den Kisten war?«, wiederholte er.

Wieder Kopfschütteln.

»Was ist daran so wichtig?«, fragte der Koch. »Waren am Ende gar keine Bücher in den Kisten?«

»Doch, natürlich«, murmelte Sand und gab es auf. Sie hatten ganz offensichtlich nichts von der Munition gewusst, und er würde es ihnen auch nicht sagen. Er ließ sie gehen und blieb nachdenklich am Tisch sitzen. Ein schrecklich unergiebiges Gespräch. Entweder sie logen alle, dann logen sie perfekt, oder sie hatten wirklich keine Ahnung. Er glaubte eher Zweiteres. Und Roses Tod hüllte sich weiterhin in einen undurchsichtigen Nebel.

»Sie sehen nicht so aus, als ob Sie weiterkommen würden.«

Anna servierte ihm eine Tasse Kaffee.

»Nein. Ich habe noch zwei Namen auf der Liste, aber die können mir bestimmt nicht weiterhelfen. Sie sind tot. Es sind die, die den Untergang der *Luna* nicht überlebt haben.«

»Vielleicht können ihre Angehörigen Ihnen weiterhelfen.«

»Vielleicht. Wissen Sie, Anna, ich kann mich nicht von diesen anonymen Zeilen lösen. Sie könnten wirklich eine Finte sein, aber sie hindern mich daran, nach einer völlig anderen Spur zu suchen. Es ist verflixt, ja, es ist wirklich wie verhext.«

»Welche andere Spur hätten Sie denn?«

»Das ist es ja, ich habe keine andere. Ich sollte den Fall abgeben. Ich bin nicht mehr objektiv.«

»Was ist mit diesem Fischer?«

»Auch der könnte nur meiner subjektiven Sicht zum Opfer gefallen sein. Weil ich keinen anderen Verdächtigen habe, beiße ich mich an ihm fest.«

»Sie sind sehr ehrlich, Herr Kommissar.«

»Was bleibt mir anderes übrig?«, gab er mit einem ironischen Lächeln zurück und stand auf. »Ich muss weiter. Zu Tom Hamsen.«

Tom Hamsen, der alte Seebär, saß auf der Bank vor seinem Haus, als ein großer, vollbärtiger Mann auf der Straße erschien, ein Mann, den er hier noch nie gesehen hatte. Der Fremde kam auf das Haus zu, blieb aber am Ziegengatter stehen und fing an, mit den Tieren zu sprechen. Die drei schienen sich gut zu verstehen, denn das Gespräch dauerte länger. Die Ziegen leckten ihm über die Finger, er pflückte eine Handvoll Gras, das vor dem Zaun wuchs, und fütterte sie. Dann warf er ihnen ein »Schönen Tag noch, ihr zwei« zu und sah zum Haus hinüber. Ah, da hockte ja jemand auf der Bank.

Sand kam näher, und Hamsen stand auf.

»Nett haben Sie es hier. So richtig nett mitten in der Natur.«

Was so richtig nett in der Natur war, vermochte Hamsen nicht zu sagen. Für ihn war es vor allem hart in der Natur. Hart, irgendwie durchzukommen. Jeden Pfennig zehnmal umdrehen, und wären die Tiere und die Obstbäume nicht gewesen, hätte er Jesse und seine Familie nicht aufnehmen können. Dieser komische Stadtmensch hatte keine Ahnung von der Natur.

»Was wollen Sie?«, fragte er etwas unwirsch.

Der Mann zog seinen Hut. »Ich bin Kommissar Sand von der Kriminalpolizei. Ich ermittele im Fall Franz Rose. Er wurde erschossen.«

»Ich weiß, dass Rose erschossen wurde. Was habe ich damit zu tun?«

»Sein Tod könnte etwas mit dem Untergang der *Luna* zu tun haben. Ihr Sohn hat das Unglück nicht überlebt, nicht wahr?«

Hamsen setzte sich auf die Bank zurück, das Gesicht plötzlich weiß wie ein Leichentuch. Die Erinnerung schien ihm nach so langer Zeit immer noch zuzusetzen. Sand blieb stehen und hatte ein schlechtes Gewissen.

»Es tut mir leid, aber es wäre nett, wenn Sie mir ein paar Fragen beantworten könnten.«

Hamsen hatte den Kopf gesenkt, trotzdem konnte Sand die markante, gezackte Narbe auf seiner Wange erkennen.

»Was wissen Sie über den Untergang der *Luna*? Wie kam Ihr Sohn ums Leben?«

»Er ist ertrunken«, sagte Hamsen leise. »Er konnte nicht schwimmen und hat nichts gefunden, um sich festzuhalten, bis Hilfe kam. Die *Göteborg* …«

»Die *Göteborg* war in der Nähe.«

»Ja, aber für Daniel kam sie zu spät. Das Wasser ist eiskalt um diese Zeit, da überleben Sie nicht lange, es sei denn, Sie finden etwas, auf dem Sie treiben können.«

»Warum sank die *Luna*?«

»Kapitän Wesseling hat behauptet, der Kompass sei defekt gewesen. Sie kamen vom Kurs ab. Das Gericht hat ihn freigesprochen.«

»Zu Unrecht?«

»Keine Ahnung. Ich bin auch schon mal abgesoffen, vor zehn Jahren in der Irischen See. Aber die Küste war nicht weit, und es war Sommer, da ist das Wasser nicht so kalt.«

»Sie sind selbst Seemann. Sie kennen das Risiko. Daniel kannte es auch.«

Hamsen sah auf. Er wirkte verunsichert, zögerte mit der Antwort, sein Blick flatterte nervös.

»Ja, er kannte es«, sagte er schließlich. »Aber Wesseling ist kein guter Kapitän. War er nie. Außerdem war es um diese Zeit viel zu gefährlich in der Ostsee. Sie hätte jederzeit zufrieren können. Auf der anderen Seite haben Sie natürlich recht: Jeder Seemann kennt die Gefahren. Trotzdem gab es für Daniel nie einen anderen Wunsch, als zur See zu fahren. Er liebte die See.«

Sand bedankte sich und ging langsam zurück. Ein ziemlich weiter Weg bis in die Stadt, aber das Wetter war trocken, und er hatte Zeit.

Wieder am Strand. Diesmal mit Lilly und Venn Flack. Flack hatte sich ein exklusives Bademodell in dunklem Blau gekauft, mit dem er alle halbe Stunde ins Wasser ging. Seit er nicht mehr segelte, hatte er seine Leidenschaft fürs Schwimmen entdeckt und schwamm oft so weit hinaus, dass Lilly sich Sorgen machte. Er genoss jeden Tag mit Lilly, denn diese Tage waren gezählt. Morgen würde er nach Berlin zurückfahren müssen. Schacht hatte gestern angerufen. Die ergebnislosen Gespräche in den Staaten hatten Schachts Stimmung nicht gerade beflügelt. Ganz im Gegenteil. Die FED hatte beschlossen, die Zinsen zu senken, auch um dem englischen Pfund Rückendeckung zu geben. Vor zwei Jahren hatte Strong diesen Coup, die Zinsen zu senken, um damit den Aktienmarkt zu stabilisieren, schon einmal gewagt, und er hatte recht behalten. Ein guter Schachzug, um einen eventuell überschießenden Aktienmarkt einzuhegen. Heute, zwei Jahre später, war diese Entscheidung selbst in den Staaten nicht unumstritten, da vier Reservebanken befürchteten, die Zinssenkung könne das genaue Gegenteil auslösen und den Aktienmarkt ins Wanken bringen. Schacht hatte die gleichen Bedenken, denn ein zusammenbrechender Aktienmarkt in den USA würde auch Konsequenzen für Deutschland haben, weil man finanziell einfach zu eng miteinander verbunden war.

Noch war alles ruhig. Die Ruhe vor dem Sturm?

Flack hatte Schachts Ausführungen und dessen Stimme die Nervosität angemerkt. Sein Chef hatte Druck gemacht, also würde Flack sich morgen in den nächsten Zug setzen müssen.

»Was wird passieren, wenn es schiefgeht?«, fragte Anna besorgt.

»Wer weiß das schon?«, gab er schulterzuckend zurück. »Im schlimmsten Fall werden wir keine Kredite mehr bekommen. Wir werden alle den Gürtel enger schnallen müssen. Das muss aber nicht der Anfang vom Ende sein.«

»Von welchem Ende?«, wollte Lilly wissen. Sie streckte sich genüsslich auf der Decke aus und schloss die Augen.

»Es könnte politische Konsequenzen haben. Die Leute würden der Politik nicht mehr vertrauen, vielleicht würden sie das gesamte demokratische System in Frage stellen.«

Lilly riss die Augen wieder auf. »Was hat die Demokratie mit einer Bankenkrise zu tun?«

»Die Leute könnten denken, die, die uns in diese Lage gebracht haben, werden uns ganz sicher nicht retten.«

»Wer dann?«

»Wir können uns nur selber retten, Lilly. Jeder Einzelne für sich. Als ich dich gefragt habe, ob du dir vorstellen könntest, in der Schweiz zu leben, war es mir verdammt ernst. Das war nicht nur so dahingesagt. Es könnte der Tag kommen, an dem dieses Land mehr Schulden hat, als Sterne am Himmel stehen. Dann wird es Zeit, Deutschland zu verlassen.«

Als Anna an diesem Abend nach Hause ging, spukten Flacks Worte in ihrem Kopf herum. Der Mann war ein Phantast. Ein Schwarzseher. Ein Kassandro. Er malte düstere Menetekel an die Wand.

Sie lief zu Fuß zum Gespensterhaus, vorbei an der Förde, in der die Sonnenstrahlen blitzten. Die Leute schlenderten entspannt über die Promenade, die Möwen hockten ihre Flügel putzend und satt auf der Reling eines Seglers, alles roch nach Meer und Sommer. Es waren Ferien. Kinder spielten auf der Straße oder standen vor einem Eiswagen.

Es war alles in Ordnung. Es gab keinen Grund, dem Schwarzseher sein Ohr zu leihen.

Was ist ein Staat? Ein Ameisenhaufen, in dem jeder seine Bestimmung kennt. Hat sich jemals die Königin darüber beschwert, dass sie so viel Verantwortung tragen muss? Oder die Arbeiterin, dass sie nie auf der faulen Haut liegen kann? Sie tun einfach, was ihre Bestimmung ist, und das geht so lange gut, bis jemand von außen kommt und anfängt, seine feuchte Nase in den Haufen hineinzustecken und ihn im schlimmsten Fall zum Einsturz zu bringen. Aber selbst dann wissen die Ameisen noch, was ihre Bestimmung ist. Was weiß der Mensch davon?

Kriminaldirektor Maibach zog nachdenklich an seiner Zigarre. Das Fenster stand auf, er saß auf seinem Stuhl und hatte schon Nackenschmerzen vom vielen Nicken. Die letzte Stunde hatte ihm klargemacht, dass in diesem Staat so mancher versuchte, seine Bestimmung selbst zu definieren. Wenn das jeder machen würde, bräuchte es keiner feuchten Nase mehr, um den Haufen zum Einsturz zu bringen.

Apeldorn, Staatssekretär im Auswärtigen Amt, war extra nach Kiel gekommen, um sich mit ihm ins Benehmen zu setzen. Apeldorn war ein eher unscheinbarer Typ, blass, ergraut, spindeldürr. Er hatte Maibach die teuerste Zigarre seines Lebens spendiert. Bei einer guten Zigarre ließ es sich besser korrumpieren. Es war schwül, und Adeldorn hatte sich die Jacke ausgezogen, darunter trug er ein blaues Hemd mit gelber Fliege.

»Herr Fischer darf die Stadt nicht verlassen, teilte er uns mit. Sie müssen dies umgehend aufheben, Herr Maibach. Fischer hat Termine, die eingehalten werden müssen.«

»Fischer ist im Moment unser einziger Verdächtiger. Er hat zum besagten Zeitpunkt des Todes von Franz Rose kein Alibi.«

»Mehr haben Sie nicht? Sie wissen, dass das viel zu wenig ist. Sie haben keine Tatwaffe, keine Fingerspuren, kein Motiv, machen Sie sich nicht lächerlich.«

»Es gab von ganz oben die Bitte, im Fall Rose zu ermitteln, da politische Motive in Frage kommen könnten.«

»Da war aber nie von Fischer die Rede. Es ist doch niemandem in den Sinn gekommen, dass Fischer in Ihre Ermittlungen hineingerät. Man wünscht, dass Sie ihn tunlichst aus allem heraushalten. Was hat er überhaupt mit Rose zu tun gehabt?«

»Er hat illegal Waffen auf Roses Schiff transportiert, und Rose wusste Bescheid. Schon allein das ist strafbar. Ich könnte die Abteilung für Wirtschaftsdelikte ermitteln lassen …«

»Das werden Sie mal schön sein lassen, Herr Maibach. Fischers Kontakte sind immens wichtig für den Staat, besonders die zu alliierten Unternehmen, und nicht zu vergessen die zu Russlands tätigen Einheiten.«

»Wie passt das zusammen? Fischer unterläuft jedes geltende Recht mit seinen Geschäften.«

Apeldorn schwitzte. Auf seiner Stirn bildeten sich winzige Schweißtröpfchen, und er zog sich die schief sitzende Fliege gerade.

»Es ist nicht Ihre Aufgabe, das zu beurteilen oder gar zu bewerten. Fischer war immerhin Parteimitglied einer im Reichstag vertretenen Partei, und nicht nur die sind über Ihre Vorgehensweise, nun sagen wir, recht konsterniert. Dazu kommt die Wirtschaft, die von Fischers Geschäften immens profitiert. Sie sind gerade dabei, mächtigen Leuten in diesem Land auf die Füße zu treten und sie zu verärgern.«

Maibach rettete sich in Schweigen. Apeldorn forderte ihn geradezu unverblümt dazu auf, Fischers illegale Waffenschiebereien zu decken. Und wenn Fischer der Mörder von Rose gewesen wäre? Maibach schenkte sich die Frage. Es hatte sich nichts geändert. Solche Praktiken hatte es immer gegeben, und es gab sie auch heute noch. Seine Hoffnung, ein demokratisches Parlament würde dagegen gefeit sein, löste sich in dieser einen Stunde in nichts auf.

»Sie sind mit einer Hamburgerin verlobt, hörte ich«, sprach Apeldorn weiter.

Maibach nickte vage.

»Interesse an einer Stelle im gehobenen Dienst in der Hansestadt? Es muss ziemlich umständlich sein, immer hin- und herzufahren …«

Maibach verstand sofort. Seine Mitarbeit wurde teuer erkauft. Oder nicht teuer? Was kostete es sie, ihm in Hamburg eine Stelle freizuschaufeln und die in Kiel neu zu besetzen? Gar nichts. Also noch nicht mal teuer erkauft. Trotzdem ein reizvolles Angebot, denn die Fahrerei war in der Tat umständlich.

»Ich darf doch noch überlegen, oder?«

Apeldorn grinste. »Natürlich. Und heute Abend gehen wir zusammen essen, oder?«

Brandis sehnte sich nach Anna, nach dem Meer und dem Wind. Genau in dieser Reihenfolge. Der Zustand des Eingesperrtseins wurde immer unerträglicher, und Martha Conens Aussage, er habe ihr einen Teil der Perlen angeboten, machte ihm die Aussichtslosigkeit seiner Lage überdeutlich. Eine harmlose Begegnung am Hafen und der Strick, der um seinem Hals lag, zog sich enger und enger. Doch plötzlich kam Hilfe aus einer ganz unerwarteten Richtung.

Der Erste Maat hatte wieder nach Hause gehen können, die Meuterer waren noch da. Man saß gemeinsam im kleinen Speisesaal und aß zu Abend, als plötzlich große Flammen aus der Küche stoben. In Sekundenschnelle hatten die Flammen die Vorhänge des Speisesaals ergriffen, der ganze Raum war erfüllt von Rauch, alles fuhr von den Stühlen hoch und rannte durch die Tür hinaus auf den Flur. Die wachhabenden Beatmen liefen in alle Richtungen, während sich das Feuer im Speisesaal ausbreitete. Aber der Flur erwies sich als eine Falle, denn alle weiteren Türen waren abgeschlossen. Die Beamten sahen sich gezwungen, zwei der Türen zu öffnen, wollten sie nicht alle in den Flammen umkommen, auch wenn die Türen hinaus auf den unbewachten Hof führten. Den Beamten blieb gar keine andere Möglichkeit. Sie schlossen auf und rannten mit den Häftlingen hinaus, während hinter ihnen mit einem ohrenbetäubenden Krach Teile der Decke nach unten fielen.

Während hinter ihm die Flammen zusammenschlugen, die Befehle der Beamten im Prasseln des Feuers untergingen und keiner der anderen mehr zu sehen war, fand Brandis sich vor einer Art Schuppen wieder. Er trat die Tür ein und rannte durch einen schmalen, bereits verqualmten Korridor. Am Ende war Tageslicht zu sehen, ein Fenster stand auf, und hinter dem Fenster verlief die Straße. Mittlerweile gellte die Sirene der Feuerwehr durch die Luft, die schwer und stickig war. Brandis stieg durchs Fenster und lief im Schutz der Dunkelheit über die Straße, während er versuchte, sich zu orientieren. Links ging es Richtung Mühlenweg. Brandis zögerte. Hier wohnte Hamsen, der Jesse und dessen Familie aufgenommen hatte. Hamsen! Der alte Seebär, wie er genannt wurde. Ein Haudegen, der mit allen Wassern gewaschen war und jetzt den Rest seines Lebens auf einem Schaukelstuhl unter einem Apfelbaum vertrödelte.

Brandis wandte sich nach links, während hinter ihm das Inferno seinen Lauf nahm. Er hörte, wie Ziegel und Balken auf die Erde krachten. Das Sirenengeheul wurde lauter, und er fing an zu rennen. Überall standen verängstigte Menschen, die wie gebannt auf den Feuerschein starrten, der in den Himmel stieg. Niemand nahm Notiz von ihm, und er kam atemlos vor Hamsens Hof an. Hier war vom Feuer kaum noch etwas zu sehen, nur die Sirenen heulten.

Brandis schlich sich näher ans Haus heran. In den Fenstern brannten zwei Gaslichter, Strom gab es nicht. Aus einem Stall trat plötzlich Hamsen mit einer Milchkanne an der Hand.

»Käpt'n!«, stieß Hamsen verblüfft aus und ließ die Kanne sinken. »Ich dachte, Sie sind in Haft.«

»Das Gebäude brennt. Und ich dachte, es ist besser, ich setze mich ab, bevor sie mich verurteilen.«

»Darum also die Sirenen«, murmelte Hamsen. »Ich dachte schon, der Zweite Weltkrieg sei ausgebrochen.«

»Kann ich für ein paar Tage bleiben? Nur so lange, bis ich einen Plan habe.«

Hamsen nickte, ohne zu zögern. »Kommen Sie, Käpt'n, wir trinken jetzt erst mal einen guten Jamaika.«

Anna ahnte von all dem nichts. Erst als sie am nächsten Tag ins Büro kam, wartete Maxim schon auf sie und erklärte ihr, was passiert war. Er erzählte von dem Feuer und davon, dass Brandis und zwei der Meuterer verschwunden und bisher nicht wieder aufgetaucht waren.

»Man geht davon aus, dass sie geflohen sind«, sagte er.

»Das wird seine Lage nicht verbessern«, murmelte sie bedrückt. »Obwohl ich ihn verstehen kann.«

»Er wird versuchen, Kontakt mit dir oder mir aufzunehmen. Dann sollten wir ihn davon überzeugen, sich zu stellen.«

Sie verbrachte den Tag mit Büroarbeit, ohne sich wirklich konzentrieren zu können. Als sie nach Hause ging, sah sie sich ständig um, obwohl ihr klar war, dass er sich nicht in die Stadt wagen würde. Würde er es wagen, nach Hause zu kommen, um mit ihr zu sprechen? Und würde sie versuchen, ihn davon zu überzeugen, sich zu stellen?

Sie wusste es nicht. Sie trank ein einsames Glas Wein am Fenster und starrte nach draußen. Er kam nicht. Er meldete sich nicht. Wo könnte er sein? Er kannte viele Menschen in der Stadt, die meisten natürlich vom Hafen und den Schiffen. Er würde sich dort umtun und versuchen, einen Unterschlupf zu finden, aber das konnte seine Lage eigentlich nur verschlimmern. Die Polizei würde ihn und die beiden anderen suchen. Vielleicht beobachteten sie bereits heimlich das Haus.

Anna stand auf und ging in den Vorgarten. Die Sonne war untergegangen, das war die Zeit der Petunien, deren süßer Duft in der Luft hing. Auf der gegenüberliegenden Straße waren die Laternen angegangen, die den Garten in ein seltsames Zwischenlicht tauchten. Der Bestand aus Tannen und Kiefern schirmte die Helligkeit ab, in ihm war es stockdunkel, aber auf dem Rasen davor hatten sich kleine Inseln aus Licht gebildet.

Anna blieb stehen. Hier hätte sich jeder verstecken können. War jemand da? Sie fing an zu frösteln, ein kühler Wind kam auf. Die Bäume strahlten etwas Unheimliches aus, als besäßen sie ein Eigenleben. Ihre dichten, fedrigen, dunklen Äste schwangen im Wind hin und her.

Sie lauschte. Nichts. Kein Schritt, kein Atem, kein Laut. Sie warf einen Blick zum Haus hinüber, das unter dem Federwald nicht zu sehen war. Doch was war das? Sie meinte, etwas gehört zu haben, und drehte sich um. Vielleicht hatten die Gespenster Ausgang. Sie würden diesen kleinen Wald lieben, er verbarg ihre tückischen Geheimnisse und ihre wie auch immer geartete Gestalt. Etwas streifte an ihr vorbei. Es waren die Fledermäuse, die jetzt ausflogen. Anna hatte keine Angst vor Fledermäusen, und dass sie den Frauen in die Haare flögen, glaubte sie nicht. Sie sah nach oben auf die winzigen Schatten, die den Wald verlassen hatten und tanzend im Laternen licht auftauchten. Sie ging zurück. Langsam und jeder Sinn gespannt. Dann, plötzlich packte etwas von hinten ihren Arm, sie wollte schreien, eine Hand legte sich auf ihren Mund.

»Psscht …«

Brandis stand nur da und drückte sie an sich. »Komm morgen Abend, wenn es dunkel ist zu Tom Hamsen«, raunte er. »Und pass auf, dass dir niemand folgt.«

Sie konnte ihn kaum sehen in diesem Reich der Schatten, aber sie hörte seine Stimme und spürte die Weichheit seiner Lippen, bis er sich umdrehte und im Wald verschwand.

Sie hatten der Zeit fünf Minuten gestohlen. Dann war der Spuk vorbei gewesen. Ein unheimlicher Spuk, so unheimlich wie der Wald, aus dem sie mit zitternden Knien ins Haus ging.

Brandis schlich sich im Schutz der Dunkelheit zurück zum Hafen. Ein Schemen zwischen all den anderen Schemen, die langsam die Nacht bevölkerten. Diebe, Schmuggler, Hehler, die ganze Bagage, die sich tagsüber in ihren Schlupflöchern verkroch. In den verrufenen Gegenden wurden Geschäfte gemacht, hier wechselte das Geld von der einen in die andere Hand. Der Schwarzmarkt hatte nie aufgehört zu existieren, auch in Zeiten der vielen Kredite nicht, denn dieses Geld war bei denen, die hier handelten, nie gelandet.

Brandis zog sich die Kapuze von Hamsens schwarzem Mantel tiefer ins Gesicht. Er musste in die Herderstraße, wo die dritte Zeugin wohnte. Martha Conen. Er hatte keinen Plan, keine Idee, er folgte seinem Instinkt, und der hatte ihn selten getäuscht. Er würde in die Höhle des Löwen eindringen und die Lage sondieren. Brandis verließ den Hafen und wandte sich Richtung Innenstadt. Die Türen der Tanzlokale standen auf, Nachtschwärmer flanierten auf den Straßen, die Straßenbahn fuhr an ihm vorbei. Die Herderstraße war nur kurz, ein paar Häuser, aber gutbetuchte Mieter oder Eigentümer. Martha Conens Haus war das letzte. Der Garten lag seitlich davon hinter einem niedrigen Holzzaun, so dass Brandis hineingucken konnte. Auf dem Rasen stand ein schmaler Tisch und darauf ein brennendes Gaslicht. Um den Tisch herum gruppierten sich vier Stühle, und auf einem saß Martha Conen und las in einem Buch.

Sie war nicht wirklich schön, aber mehr als aufreizend. Ihr schwarzes Haar war kunstvoll aufgesteckt, die Farbe ihrer Lippen erinnerte an blutrote Kirschen, und auf ihrem Kleid tummelten sich kleine weiße Blüten, die sich auf den weißen Pumps wiederfanden. Sie hatte die Beine übereinandergeschlagen, hielt ein Sektglas in der linken und das offene Buch in der rechten Hand.

Er zog sich den Mantel aus und legte ihn über den Arm. Fuhr sich mit der Hand über die Haare und zögerte kurz. Er kannte Frauen wie sie. Von sich selbst überzeugt, aber finanziell abhängig von ihrem vermögenden Ehemann, einem Handelsvertreter, der viel in der Welt herumfuhr und auch jetzt unterwegs war, wie Brandis von Jesse erfahren hatte.

Er stieg über den Zaun und trat in den Lichtkegel der Lampe. Martha Conen sah auf. Ihre Augen spiegelten Erstaunen wider, aber keine Angst. Das hatte er auch nicht erwartet. Sie musste wissen, dass er nicht mehr in Haft war.

Sie legte das Buch auf den Tisch und deutete auf den zweiten Stuhl. »Ich hätte mir denken können, dass Sie kommen«, sagte sie tonlos und griff nach ihrem Zigarettenetui. Während er sich setzte, zog sie eine Zigarette aus der Dose, stopfte sie in eine Spitze und ließ ein Streichholz aufflammen. »Was wollen Sie? Mich bitten, meine Aussage zurückzunehmen? Vergessen Sie es. Ich weiß, was ich gesehen habe.«

»Wie viel zahlt man Ihnen, damit Sie diese Aussage machen?«, fragte er und legte seinen Mantel über die Lehne. Sie lachte, und ihre Augen blitzten ihn an. »Wir wissen beide, was passiert ist. Sie wollten ihr Diebesgut zu Geld machen. Leider fehlen mir die finanziellen Mittel.«

»Wie bedauerlich«, versetzte er spöttisch. »Und dann hatten Sie nichts Besseres vor, als zur Polizei zu gehen?«

»Sie sollten sich stellen, Käpitän Brandis, oder wollen Sie den Rest Ihres Lebens auf der Flucht verbringen? Auf irgendeiner gottverlassenen Insel im Pazifik? Sicher, auch das kann ganz nett sein, aber auf Dauer? Ich hörte, Sie seien ein Draufgänger …«

Sie tat genau das, was er vermutet hatte. Ihr Spiel begann. Sie kokettierte mit dem, was sie über ihn zu wissen glaubte, und versuchte, ihn in die Falle zu locken.

»Schließen wir ein Geschäft ab«, sagte er und griff nach der Zigarette, die sie ihm in der Dose entgegenhielt. Dann beugte sie sich vor und gab ihm Feuer.

»Sie ziehen Ihre Aussage zurück, dafür bekommen Sie einen Teil der Perlen.«

Sie musterte ihn skeptisch. »Wo sind die Perlen?«

»An einem sicheren Ort. Weder Suermondt noch Materna wissen, wo. Aber ich weiß es. Darum bin ich hier.«

»Nicht schlecht.« Sie lächelte. »Aber was ist, wenn ich an den Perlen gar nicht interessiert bin?«

»Ich kenne keine Frau, die nicht an Perlen interessiert wäre. Und wenn Sie die Perlen wirklich nicht interessieren, wären sie immer noch eine gute Geldanlage.«

»Darüber ließe sich reden. Aber woher weiß ich, dass die Perlen nicht nur ein Falle sind, in die sie mich locken wollen?«

Martha Conen stand auf und machte ein paar Schritte, bis sie hinter ihm stand. Er spürte ihre Hände auf seinen Schultern, die langsam über seine Brust glitten.

»Ich könnte die Polizei rufen«, sagte sie leise.

»Das würde ich niemals zulassen.«

»Natürlich würden Sie das nicht.«

Sie trat neben ihn und sah mit einem ernsten Blick auf ihn hinunter. »Gut, schließen wir ein Geschäft ab. Ich revidiere meine Aussage und bekomme dafür die Hälfte der Perlen.«

Sie setzte sich wieder und musterte ihn mit dem Blick einer Katze, die gerade eine Maus erhascht hat. »Wann?«

»In einer Woche. Vorher habe ich keine Möglichkeit, an die Perlen heranzukommen.«

»Einverstanden.« Ein frivoles Lächeln überflog ihr Gesicht. »Wenn wir noch eine Woche warten müssen, könnten wir uns ein wenig die Zeit vertreiben …«

Er hatte sofort verstanden. Martha Conen wollte mehr als die Perlen.

»Und Ihr Mann?«, fragte er.

»Der ist in London und kommt erst nächste Woche wieder zurück. Wir werden also ganz alleine sein, Käpt'n.«

Er stand auf und zog sich seinen Mantel an. »Übermorgen. Kurz vor elf Uhr?«

Martha Conen sah ihm nach, wie er in der Dunkelheit verschwand. Ein unbehagliches Gefühl machte sich in ihr breit, denn das ganze Arrangement konnte gefährlich werden, weil sie es hinter dem Rücken ihres Mannes abwickeln musste. Sie durfte ihre Ehe nicht in Gefahr bringen, denn ohne das Geld ihres Mannes, der sie aus der bittersten Armut befreit hatte, wäre sie wieder arm wie eine Kirchenmaus gewesen. Auf der anderen Seite würden die Perlen ihr eine gewisse finanzielle Unabhängigkeit bieten, doch besaß Brandis sie überhaupt? Oder spielte er mit ihr wie sie mit ihm?

Trotzdem reizte das Angebot sie, denn der Schwarze Freitag hatte ein empfindliches Loch in den ehelichen Geldbeutel gerissen, die letzten Wochen hatten sie sparen müssen. Der Mann reizte sie. Sie kannte ihn wie jeder in dieser Stadt, in der Kapitäne einen besonderen Ruf hatten. Und dieser hier war überdies noch attraktiv, ein wenig geheimnisumwittert und war ihr unversehens wie ein reifer Apfel in den Schoß gefallen. Es lebe die Gravitation, dachte sie amüsiert, nahm Buch und Glas und ging ins Haus.

8 Berlin

Venn Flack hatte seine Schweizer Pläne vorangetrieben. Über die Baronin von Bora versuchte er, in der Nähe von Zürich ein Haus zu kaufen. Ein ziemlich kleines Haus, kaum der Standard, den Lilly gewohnt war. Sie würde sich in den fünf Zimmern regelrecht eingesperrt fühlen. Aber er hatte ja gar nicht vor, in dieses Haus einzuziehen. Es war nur sein Notfallplan, falls alle Dämme brachen. Noch brach keiner, aber Schacht wurde zusehends nervöser. Eigentlich war er immer nervös, eine innere Unruhe, die ihm manche als Arroganz auslegten, doch Flack kannte ihn besser. Nach der Zinssenkung der FED war der Markt in den Staaten hochgeschossen, denn keiner wollte sich die Vorteile niedriger Zinsen entgehen lassen. Das Glücksspiel an der Börse nahm groteske Formen an, indem Aktien und Anleihen verkauft wurden, die niemandem gehörten und auch niemand gehören würden. Russisches Roulette. Sosehr Schacht selbst ein Zocker war, er war nicht lebensmüde, und hätte er etwas zu sagen gehabt, hätte er diese Spekulationen verboten und die Kreditbanken vom Aktienmarkt abgekoppelt, damit Letztere nicht das normale Bankgeschäft infizieren konnten. Er verglich das herrschende System gerne mit einem Krankenhaus.

»Stellen Sie sich ein Krankenhaus vor, in dem die schweren Seuchenfälle von den nicht infektiösen Krankheiten getrennt werden«, hatte der Reichsbankpräsident einmal zu Flack gesagt. »In diesem Trakt liegen die Typhus- und Cholerakranken, in jenem die Beinbrüche und Blinddarmentzündungen. Und jetzt stellen Sie sich vor, in unserem Krankenhaus werden die Trakte abgeschafft, man legt die Typhus- und Cholerakranken mit den Beinbrüchen und Blinddarmentzündungen zusammen. Was glauben Sie, was wird passieren?«

»Die Beinbrüche und Blinddarmentzündungen werden sich mit Cholera oder Typhus infizieren«, hatte Flack geantwortet.

»Genau so läuft es. Bald ist das ganze Krankenhaus durchseucht.«

»Sie sehen zu schwarz.«

»Möglich, aber irgendwann muss die FED die Zinsen wieder anheben, und was dann?«

Flack wusste es nicht. Er saß mit einer Tasse kaltem Kaffee draußen im Garten auf einer Bank, als Petra Bienenmann, eine Kollegin, vorbeigeschlendert kam und vor ihm stehen blieb.

»Ich habe gerade mit Pierre Jay telefoniert«, sagte sie, und in ihrer Stimme schwang ein Anflug von Sorge mit. »Er fürchtet, dass Schacht den Dawesplan so weit untergraben wird, dass hier bald die Lichter ausgehen. Was halten Sie davon?«

Flack blinzelte gegen die hoch am Himmel stehende Sonne. »Er wird es nicht wagen. Die Aktienkurse sind jetzt schon um dreißig Prozent gefallen.«

»Die Kredite fließen trotzdem noch«, bemerkte Petra Bienenmann.

»Ja. Und einen davon werde ich mir sichern. Ich kaufe ein Haus in der Schweiz.«

»Sieh an, die Ratten verlassen also bereits das sinkende Schiff.« Petra Bienenmann grinste und ging weiter.

Sie hatten sich bei Hamsen getroffen. Natürlich mitten in der Nacht. Anna war mit dem Fahrrad gefahren, war immer wieder stehen geblieben, abgestiegen und hatte sich umgesehen, ob ihr jemand folge. Als sie bei Hamsen ankam, wurde sie ruhiger und klopfte an die Haustür. Hamsen brachte sie nach oben auf den Heuboden, wo Brandis sich Tag und Nacht versteckte. Eine kleine, brennende Kerze war das einzige Licht im Raum, und über dem Strohballen lag eine Wolldecke. Brandis hatte ungeduldig gewartet. Er hatte sich einen Plan zurechtgelegt, der eine Zumutung für jede Ehefrau war und so fragil wie ein Kartenhaus. Ein einziger schärferer Windzug, und alles würde zusammenbrechen, trotzdem sah er darin seine einzige Chance. Anna setzte sich neben ihn, er nahm ihre Hände und erzählte ihr von Martha Conen.

»Hör zu, Anna, das ist ein gefährliches Spiel, aber ohne dich funktioniert es nicht. Martha Conen denkt natürlich, Suermondt und Materna sagen die Wahrheit, und ich wäre im Besitz der Perlen. Wer ihr das Geld für die falsche Aussage gegeben hat, weiß ich nicht, und ich könnte mich natürlich mit ihr treffen und ihr den Hals umdrehen …«

Sie starrte ihn entsetzt an, aber er lachte. »Ich treffe mich mit ihr heute Abend, aber sie will nicht nur die Perlen …«

»Was will sie noch?«

»Ihr Mann ist in London, sie ist also allein. Eine gute Gelegenheit für ein Schäferstündchen mit einem Mann, von dem sie glaubt, sie habe ihn in der Hand, verstehst du?«

Anna steckte ein Kloß im Hals. »Und was soll meine Rolle in diesem Spiel sein?«

»Wenn du nicht willst, wird es dieses Spiel nicht geben. Aber du musst dich schnell entscheiden, das ist alles, worum ich dich bitte. Martha ist finanziell abhängig von ihrem Mann, der es gar nicht schätzt, wenn sie ihm Hörner aufsetzt. Im schlimmsten Fall könnte er sich von ihr scheiden lassen, und dann bleibt sie ohne einen Pfennig zurück. Du kommst morgen um Punkt elf Uhr in die Herderstraße 1. Ich werde dafür sorgen, dass die Tür nur angelehnt ist. Du wirst also ganz plötzlich da sein …«

»Und dann?«, fragte sie, aber sie ahnte es bereits, und befremdet von diesem Plan, zog sie ihre Hände zurück. Die Vorstellung, ihren eigenen Mann quasi in flagranti zu erwischen, war grotesk.

»Ich werde Zeuge eures Schäferstündchens sein. Damit habe ich Martha Conen in der Hand und drohe ihr an, ihrem Mann alles zu sagen. Und sie wird ihre Aussage zurückziehen müssen. Das meinst du doch, oder?«

»Genau das meine ich.«

Eine Viertelstunde, dachte sie. In einer Viertelstunde kann viel passieren. Auf der anderen Seite kann in zwei Minuten nichts passieren, was derart kompromittierend sein könnte. Es ist tatsächlich eine Frage der Zeit. Was ist, wenn das intrigante Weib eine Viertelstunde nur Sekt trinken will, um in Stimmung zu kommen? Dann hätten sie nichts erreicht. Dann würde sich eine unendlich scheinende Viertelstunde noch weiter in die Länge ziehen …

Sie sah Brandis an, in dessen Augen sich der Ernst der Lage spiegelte.

»Ich kenne die Frau nicht, aber es muss eindeutig aussehen. Ihr muss sofort klar sein, dass die Situation sie ihre Ehe kosten kann.«

In Annas Kopf überschlugen sich die Gedanken. Hatten sie eine andere Möglichkeit? Die Situation war völlig bizarr und die einzige Lösung doch völlig klar.

»Wir machen das genauso«, sagte sie entschieden.

Schritte waren zu hören. Jemand stieg die Treppe zum Heuboden herauf. Es war Jesse.

»Sie sollten jetzt gehen, Anna. Meine Kinder schlafen hier oben.«

Brandis kannte das Haus nicht. Er wusste nicht, wo das Schlafzimmer lag und ob Martha Conen diesen Raum überhaupt bevorzugen würde. Vielleicht hatte sie ganz andere Vorlieben. Er hatte sich von Anna Hose und Hemd mitbringen lassen und stülpte sich wieder den schwarzen Mantel über. Dass sein Plan eine Zumutung für jede Ehefrau sein musste, war ihm klar, und wie er sich aus dieser pikanten Situation einigermaßen anständig herauswinden konnte, wusste er nicht. Er hatte eine Viertelstunde. Eine Viertelstunde, die über sein Leben entscheiden konnte. Alles auf eine einzige Farbe oder Zahl gesetzt. Rot oder Schwarz? Die Sieben oder die Vierzehn?

Von der Straße aus war das Haus fast dunkel. Nur ein kleines Licht brannte über der Haustür, die Fenster waren schwarz. Er läutete. Martha Conen öffnete in einem weißen Hausmantel aus Seide, offenen Haaren, eingehüllt in die schwüle Süße eines blumigen Parfüms. Sie bat ihn herein, schloss die Tür und ging vor. Er zog die Tür leise wieder auf und folgte ihr in den Salon, in dem nur Kerzen brannten. Auf dem Tisch stand eine Flasche Champagner in einem Kühler, daneben zwei Gläser. Eine große, tickende Standuhr an der Wand würde von jetzt ab den Takt vorgeben. Er hatte genau eine Viertelstunde Zeit. Er nahm das gefüllte Glas entgegen und trank so langsam wie nur möglich.

»Dein Mann wird wirklich nicht kommen?«, fragte er, zog den Mantel aus und warf ihn über die Lehne eines Stuhls.

»Ganz sicher nicht. Ich habe heute Abend noch mit ihm in Hamburg telefoniert. Alles gut, Käpt'n.«

Zehn Minuten vor elf.

Sie stellte ihr Glas auf den Tisch und machte eine einladende Geste zur ausladenden Couch hinüber, aber er packte ihre Hand und hielt sie fest. Sie blieb stehen, und er begann, den Gürtel ihres Hausmantels zu lösen.

Sieben Minuten vor elf.

Er wich ihren näher kommenden Lippen aus und streifte ihr den Mantel von den Schultern. Darunter trug sie nichts. Ein schneeweißer Leib, den nie ein Sonnenstrahl berührt hatte, zwei kleine Brüste glatt wie Marmor. Seine Hände strichen über ihre Schultern, während der Hausmantel ihre nackten Füße umspielte.

Fünf Minuten vor elf.

Sie knöpfte ihm das Hemd auf, küsste seine Brust, und er spürte ihre Zunge auf der nackten Haut. Die Zeit schien stehen zu bleiben, sein Blick schweifte immer wieder zur Uhr hinüber – immer noch drei Minuten vor elf. Eins der Fenster stand auf, und ein Lufthauch ließ die Kerzenflammen zittern. Er spürte ihre Finger, die seinen Hosengürtel lösten, dann nahm sie seine Hände und legte sie auf ihre Brüste.

Zwei Minuten vor elf.

Ihre Haut war warm und weich. Sie wollte ihn wieder zur Couch ziehen, aber er blieb stehen, denn er spürte, wie ihm das Blut in die Lenden schoss. Plötzlich schlug die Uhr, ein ohrenbetäubender Krach in der Stille dieses Augenblicks, jemand stieß die Tür auf, und eine laute, scharfe Stimme zischte: »Chris Brandis!«

Das Bild war eindeutig. Martha Conen war nackt, wie Gott sie geschaffen hatte. Brandis stand da mit halb nacktem Oberkörper, die Hose offen, beide offensichtlich völlig schockiert. Martha griff hastig nach ihrem Hausmantel und zog ihn an. Ihre Gesichtsfarbe war rot wie ein glühender Sonnenuntergang. Aber Anna war nicht weniger schockiert als die beiden anderen. So schlimm hatte sie sich die Szene nicht vorgestellt. Sie hatte die Nacht kaum geschlafen und sich immer wieder auszumalen versucht, was sie erwarten und was sie sagen würde. Jetzt war ihre Kehle wie zugeschnürt. Sie sah, wie Brandis die Hose schloss, das Hemd zuknöpfte.

»Komm nach Hause, Chris. Und was Sie betrifft, Frau Conen, so wird Ihr Mann die Wahrheit erfahren.«

»Sagen Sie bitte nichts«, flüsterte Martha Conen mit zitternder Stimme. »Ich werde meine Aussage zurückziehen, das schwöre ich bei Gott.«

Kommissar Sand hatte sich diesmal für Backfisch entschieden. Immer nur Hering mit Gurke war auf Dauer etwas fad. Er hatte seinen Hut auf den Stehtisch gelegt und die Krawatte gelockert. Es war heiß. Zu heiß. In Berlin würde es noch heißer sein, da wehte nicht mal der frische Küstenwind. Sand kannte die schwülen Berliner Nächte, das Treiben auf den Straßen und in den Bars, den Tanzlokalen. Und mittendrin Eva, die immer noch nicht zurückgekommen war. Alle zwei Tage telefonierten sie, aber Eva war wortkarg, was ihn misstrauisch machte. Was trieb sie da in diesen schwülen Berliner Nächten? Angeblich hatte sie vor, sich nächste Woche endlich in den Zug zu setzen, doch bevor er sie nicht leibhaftig auf dem Bahnhof stehen sehen würde, glaubte er nicht daran.

Er war frustriert wie nie in seinem Leben. Seine Frau weg, sein Job machte ihm keinen Spaß mehr. Das letzte Gespräch mit Maibach hatte ihm und Flickwort die Augen geöffnet. Keine Ermittlungen gegen Fischer mehr. Die Akte stand wieder im Schrank in der hintersten Ecke. Hier hielt der Staat seine schützende Hand über einen potenziellen Mörder und illegalen Waffenhändler. Für Sand, Flickwort und einige Kollegen, die davon Wind bekommen hatten, ein Skandal, aber keiner wagte aufzumucken. Keiner erhob seine Stimme, keiner hatte den Mut, diese Anordnung öffentlich in Frage zu stellen. Stattdessen Getuschel hinter der vorgehaltenen Hand und besorgte Fragen, wie es in einem demokratischen System möglich sei, solche Anordnungen überhaupt zu erteilen, ohne einen Sturm der Entrüstung auszulösen. Es gab keinen Sturm der Entrüstung. Alle hatten Angst. Alle spürten sie das Diktat von oben, wobei »oben« ein abstrakter Begriff blieb, eine Art Konstrukt, denn wer wusste, was »oben« bedeutete? Das Parlament? Die Regierung? Gewisse Kreise der Regierung?

Sand wischte sich die fettigen Finger an einem Taschentuch ab. Der Hunger war ihm vergangen, die Hälfte des Backfischs landete im Papierkorb. Er fühlte sich einsam und allein. Einsam, weil Eva ihm schrecklich fehlte, alleingelassen vom Staat, der sich immer wieder gegen ihn stellte, das hatte er schon im Fall Hagen Wesel begreifen müssen. Er kam sich vor wie einer der Gefesselten in Platons Höhle, die nur mehr Schatten von etwas sehen, das sie für die Welt halten. Ein grausamer Irrtum! Er kannte die Welt gar nicht, zumindest nicht den Teil, der für ihn bedeutsam gewesen wäre. Das Licht der Fackeln warf tanzende Schatten in sein Blickfeld, und würde er sich von den Fesseln befreien können, um der Wahrheit auf den Grund zu gehen, würde er vermutlich von einem Einsamen zu einem Verzweifelten werden. Er wollte seine Fesseln lieber behalten, lieber an die Wand angekettet und von Schimären umgeben sein, als aus dem Kelch der Erkenntnis zu trinken. Was würde er schmecken, welches Licht würde ihm aufgehen?

Es war müßig, darüber nachzugrübeln. Er hatte genau so viel Angst wie alle anderen. Er wollte seinen Job nicht verlieren, und er wollte Eva nicht verlieren. Die Verlustangst trieb ihn um. Sie sorgte dafür, dass er seinen Mund hielt. Keine Fragen stellen. Sich ducken. Zum Schaf werden. Immer nach dem Hund schielen, wo ist der Hirte? Immer schön angepasst bleiben, nie ausscheren. Er hasste sich dafür.

Wie hatte alles angefangen? Mit dem Tod eines einfachen Kapitäns. Seither zog sich eine unheilvolle Spur durch sein Leben, und am Ende standen die Erkenntnis, dass er nichts erkannt hatte, und die Erinnerung an die drei Fragen der Philosophie. Was kann ich wissen? Was kann ich tun? Was darf ich hoffen?

Ich weiß, dass ich nichts weiß, also werde ich nichts tun und sollte nichts hoffen. Sehr schön. Gehen wir zur Tagesordnung über!

Berlin

Venn Flack hatte die neuesten Zahlen aus den Staaten bekommen. Die Zinssenkung begann zu wirken, und zwar dergestalt, dass die Leute wie verrückt Aktien kauften. Es war eine Art Volkssport geworden, Aktien zu kaufen, zu wetten, zu spekulieren und sich in immer größere Risiken zu begeben. Schacht sah das natürlich kritisch und ließ keine Gelegenheit aus, Flack an das Bild vom Krankenhaus zu erinnern.

Flack dachte an diese Beschreibung. Wenn man in diesem Bild blieb, dann hatte man gerade die Infektiösen mit den Beinbrüchen und Blinddarmentzündungen zusammengelegt. Weil das Wetter so schön war, versuchten die, die aufstehen konnten, sich ein wenig die Füße zu vertreten. Sie liefen kreuz und quer, gingen in den Garten, genossen die Sonne und legten sich wieder ins Bett. Und dann merkte der Blinddarm, dass er auch einen Magen hatte. Der Erste fing an, sich zu erbrechen. Er führte das auf das schlechte Essen zurück, in Wirklichkeit hatte er sich natürlich schon die Cholera eingefangen. So schnell geht das also, dachte Flack.

Die Tür zu Schachts Zimmer wurde geöffnet, und ein großer, dunkelhaariger Mann durchquerte, ein ›Auf Wiedersehen‹ murmelnd, Flacks Büro. Kaum war er verschwunden, stand Schacht plötzlich im Raum und warf einen finsteren Blick auf die wieder geschlossene Tür.

»Wer war das?«, fragte Flack.

»Das war ein enger Freund Ernst Hanfstaengels. Das ist der, der Hitler damals nach seinem Putsch in München Unterschlupf gewährt hat. Über Hanfstaengel soll Hitler Kontakt zur amerikanischen Regierung haben, ein Umstand, den ich mal nicht weiter kommentieren will. Aber da existieren gewisse Kanäle, über die ich Bescheid wissen möchte.«

»Halten Sie Hitler für so bedeutend? Er ist in der Bevölkerung nun wirklich nicht besonders beliebt.«

»Stimmt. Aber er nennt sich einen Freund Englands und der Staaten und hegt gegenüber den Bolschewisten einen geradezu fanatischen Hass. Man muss das verstehen, Flack, sonst begreift man die wirklich wichtigen Zusammenhänge nicht. Sie wissen, was ich von der Politik halte, und umso wichtiger ist es zu verstehen, was da vor sich geht.«

»Was geht denn vor sich?«

Schacht zögerte. »Man sieht es im Westen nicht gern, wenn unsere Regierung mit den Russen allzu enge Geschäfte macht«, sagte er dann. »Und man weiß durchaus, dass Hitler diesem Treiben sofort ein Ende bereiten würde, falls er an die Macht käme …«

»Wovon er meilenweit entfernt ist«, warf Flack ein.

»Noch. Hitler wäre für die Alliierten der bessere Partner, Demokratie hin oder her. Der zweite US-Militärattaché traf Hitler schon 1922 in Berlin und soll gesagt haben, Hitler sei ein fabelhafter Demagoge – er habe noch keinem konsequenteren und fanatischeren Mann zugehört. Entnehmen Sie diesen Worten nicht auch eine gewisse Bewunderung? Da scheint sich eine unheimliche Allianz zu bilden, Flack, da wird etwas gesät, das uns eines Tages noch um die Ohren fliegen könnte.«

Der alte Schwarzseher, dachte Flack. Schacht sah mal wieder überall Gespenster.

»Die Allianz wird niemandem nützen, wenn das Volk ihn nicht mag und nicht wählt. Ich glaube, die Leute finden ihn eher komisch und dieses ganze martialische Auftreten seiner Partei stößt sie ab.«

»Ich weiß. Ich finde ihn auch … komisch, aber sollte es tatsächlich Bestrebungen im Hintergrund geben, ihn an die Macht zu bringen, dürfen wir das nicht unterschätzen.«

Schacht verschwand wieder in seinem Büro. Flack stand auf und öffnete das Fenster. Er brauchte frische Luft. Ihm war klar, dass Schachts Verhältnis zur politischen Macht schlecht war. Es hieß, der Mann wisse sich nicht zu benehmen und quassele den Politikern ständig in Angelegenheiten hinein, die ihn nichts angingen. Selbst Stresemann, der sich stets für Schacht eingesetzt hatte, fiel es schwer, das Verhalten des Reichsbankpräsidenten gegenüber der Politik zu verteidigen. Dazu kam das, was offensichtlich war und was schon Strong, der vor einem Jahr in Berlin gewesen war, deutlich gemacht hatte: »Man fühlt ständig, dass Deutschland politisch und ökonomisch nicht weit von einem Abgrund entfernt ist.«

Flack schloss das Fenster wieder. Gab es wirklich Kräfte, die den Sturz in diesen Abgrund forcierten? Die nur noch auf einen Auslöser warteten, der den Sturz hätte ermöglichen können?

Flack wollte sich von dieser Schwarzmalerei nicht anstecken lassen. Trotzdem dachte er wieder an sein Projekt in der Schweiz. Gleich heute würde er sich um das anstehende Darlehen kümmern. Es wurde langsam Zeit. Und als gelegentliche Sommerfrische würde sich dieses Domizil nicht eignen – es würde vielmehr seine Rettung in finsterer Nacht werden. Und noch ein Projekt stand an. Er hatte sich unter dem Siegel der Verschwiegenheit mit einem Kollegen getroffen, der gute Beziehungen zu Schweizer Banken hatte. Hier konnte er schon mal vorfühlen, wie es um eine mögliche neue Stellung stand. Damit wäre er dem explosiven Gemüt Schachts entronnen und würde seine Karriere auf ein wesentlich seriöseres Fundament bauen. Sollten in Berlin eines Tages die Lichter ausgehen, würde er in der Schweiz seelenruhig weiterleben, weiter seine Arbeit machen und vor allen Dingen ruhig schlafen.

Kiel

Anna und Lilly standen an Deck und ließen sich den Wind um die Nase wehen. Die *Sprotte* fuhr nach Rügen. Schon tauchten die Kreidefelsen in der Ferne auf, sie wirkten wie strahlende Gletscher in der Mittagssonne. Anna hatte die Gelegenheit genutzt, diese kurze Reise mitzunehmen, um etwas Abstand zu bekommen. Abstand von dem Bild, das sie in Martha Conens Haus erwartet hatte. Ein Gutes hatte es: Das intrigante Weib hatte tatsächlich die Aussage zurückgenommen. Martha Conen war direkt am nächsten Tag zum zuständigen Sachverständigen gegangen und hatte sich einigermaßen anständig aus der Affäre gezogen. Ihre Aussage war gestrichen worden, und Brandis saß wieder in Haft. Er war direkt am selben Abend zu Gruber gegangen und hatte ihn aus dem Bett geklingelt. Dann waren sie zu zweit zur Hafengerichtsbarkeit gefahren, und Brandis hatte sich gestellt.

Sie hatten keine Zeit für sich gehabt, nur flüchtige, hastige Begegnungen, gezeichnet von der Angst, von ein paar Worten, ein paar Küssen. Er hatte sich nicht getraut, zuhause zu schlafen aus Angst, die Polizei würde das Haus überwachen, und auf dem Dachboden von Hamsen schliefen Jesses Kinder. Annas Sehnsucht wurde immer größer. Die Sehnsucht nach einem normalen Leben mit dem Mann, den sie liebte. Sie wusste, Lilly ging es ähnlich. Venn Flack hatte geschrieben, er könne erst Ende September nach Kiel kommen. Ende September! Eine Ewigkeit.

Lilly trug die Farben der Kreidefelsen, die immer näher kamen – große, weiß umrandete Sonnenbrille, einen weißen Strohhut auf dem Kopf, ein weißes Sommerkleid. Sie hatte überlegt, nach Berlin zu fahren und Flack zu besuchen.

»Wir vergessen jetzt mal die Männer und machen uns einen schönen Tag«, sagte Anna, und Lilly nickte. Das Schiff legte im Hafen an. Sie schlenderten durch den Ort, bewunderten die hübschen Kapitänshäuser und die Pferde, die auf einer Wiese grasten. Dort, wo die Fischkutter anlegten, fanden sie ein kleines Lokal, wo sie eine Erfrischung zu sich nahmen, bevor sie wieder zurück zum Hafen schlenderten. Sie genossen die Sonne, das Rauschen des Meeres und verloren kein Wort mehr über ihre Männer. Im Hafen war ein weiterer Ausflugsdampfer angekommen, Fahrgäste gingen an Land.

Annas zufälliger Blick fiel auf zwei der Ausgestiegenen. Sie blieb abrupt stehen. Einen davon kannte sie. Groß, schütteres Haar, schmales Gesicht mit dunklen Augen. Er trug ein weißes Hemd, eine schwarze Hose und lachte dem Mann an seiner Seite zu. Der andere war etwas jünger, trug eine Brille, und ein sonnenbleicher Bürstenhaarschnitt kam unter seinem Strohhut hervor, den er gerade abgenommen hatte.

»Was ist los?«, fragte Lilly, der Annas verdutzter Blick nicht entgangen war.

»Erinnerst du dich noch an den Freund von Kommissar Sand, der so plötzlich verschwunden war? Ich habe dir davon erzählt.«

Lilly nickte. »Ja und?«

»Da ist er. Der Große neben dem Mann mit dem Bürstenkopf und dem Strohhut. Und er ist ziemlich lebendig, findest du nicht?«

Die beiden Männer hatten sich in einem Ausflugslokal niedergelassen und plauderten angeregt miteinander.

»Ist das der von der ›Politischen‹?«, fragte Lilly leise.

»Ja. Hartmut Gassner. Aber wer ist der andere? Kennst du ihn?«

Lilly schüttelte den Kopf.

»Gassner hat sich bei Sand nicht mehr gemeldet. Warum nicht? Was spielt der für ein Spiel?«

»Keine Ahnung.«

Anna hätte schrecklich gern gehört, was die beiden da zu besprechen hatten, aber Gassner kannte sie. Ihr kam eine Idee. »Geh du hinüber, Lilly, dich kennt er nicht. Setz dich in die Nähe und hör zu, was sie reden.«

Lilly nickte und ging auf das Lokal zu. Die Tische waren besetzt. Neben Gassners Tisch saß allerdings nur ein junger Mann, keine zwanzig Jahre mit langen, roten Haaren vor einem leeren Glas. Lilly fragte, ob sie sich setzen dürfe, und er strahlte sie an. Sie nahm Platz, schob die Brille auf den Kopf und bestellte eine Limonade. Der Jüngling grinste ihr anzüglich zu, und sie grinste zurück. Sie öffnete ihre kleine Tasche und zog ein Päckchen Zigaretten hervor. Der Jüngling gab ihr Feuer.

»Die Situation ist ziemlich verfahren«, hörte sie Gassner am Nebentisch sagen. »Sand konnte leider erst im letzten Moment zurückgepfiffen werden.«

»Der Mann macht nur seine Arbeit. Und die macht er gut.«

»Darf ich Sie zu einem Glas Sekt einladen?«, fragte der Jüngling, der Lilly langsam lästig wurde. Sein Geplapper störte die Ruhe, die sie brauchte, um zuhören zu können. Sie nickte vage.

»Sie wussten wirklich nichts?«, fragte der Mann mit dem Bürstenhaarschnitt.

»Wie denn? Ich arbeite in Berlin, nicht in Kiel.«

Der Sekt kam, ein übersprudelndes Etwas in viel zu schmalem Glas. Hier wurde wohl nicht oft Sekt ausgeschenkt.

»Helm«, stellte sich der Jüngling vor und hob sein Glas.

»Halten Sie sich an die Abmachung«, ließ sich der zweite Mann vernehmen.

»Ich halte mich an die Abmachung. Was ist mit Ihrem Teil?«

»Sie sind wohl nicht von der Insel?«, fragte der Jüngling. »Lassen Sie mich raten. Sie sind aus Berlin, Sie haben so etwas Hauptstädtisches.«

Das sollte wohl ein Kompliment sein, Lilly sperrte ihre Ohren auf.

»Ich werde Sand reinen Wein einschenken müssen«, sagte Gassner

»Später. Wenn die Sache über die Bühne gegangen ist. Solange er keinen blassen Schimmer hat, müssen wir das für uns nutzen. Sie kennen ihn, Sand ist ein scharfer Hund. Wenn er Wind davon bekommt, dass ich Kontakt zu Max Bauer hatte oder habe, wird ihm vermutlich ein Licht aufgehen.«

Der Sekt kitzelte in der Nase, Lilly schob ihre Brille auf die Augen zurück.

»Ich kann Ihnen die Insel zeigen«, bot sich Helm eifrig an. »Die Kreidefelsen.«

»Nett von Ihnen. Leider bin ich schon verabredet. Mit meiner Freundin. Wir sind hier auf der Suche nach einem gemeinsamen Haus, Sie verstehen?«

Helm war irritiert. Dann verstand er und starrte etwas verlegen aufs Wasser hinaus.

»Ich muss los. Alles weitere telefonisch.«

Gassner stand auf, legte ein paar Münzen auf den Tisch und ging. Er verschwand hinter dem nächsten Haus und hinterließ in Lilly ein unbehagliches Gefühl. Ein offiziell Verschollener, ein mysteriöser Mann mit einem dunklen Geheimnis. Es passte. Die Politische Polizei war eine Maske, hinter der sich tausend andere Gesichter verbargen. Arbeit im Verborgenen, nicht besser als der Staatsschutz. Vielleicht sogar noch erratischer. Sie jagte die extreme Rechte, die extreme Linke, aber was sie sonst noch so jagte, wusste keiner.

Lilly bedankte sich für den Sekt und ging zu Anna zurück. Sie gab das Gespräch wieder, von dem sie aber kaum etwas verstanden hatte. Von was hatte Sand keinen blassen Schimmer?

»Was machen wir? Sagen wir Kommissar Sand Bescheid?«

»Willst du dich mit denen anlegen?«

Das dunkle Horn der *Sprotte* ertönte, das Zeichen zum Ablegen. Das Zeichen, sich Zeit zu lassen, dachte Anna. Nur nichts überhasten, genau nachdenken. Sie hatte keine Lust, sich in das undurchsichtige Netz der Geheimdienste hineinziehen zu lassen, selbst wenn es nur um eine Information ging, mit der sie gar nichts zu tun hatte. Oder doch?

»Du hast recht. Lassen wir die Finger davon«, sagte sie leise und setzte sich den Hut auf den Kopf.

Es war bereits dunkel, als Dr. Alois Gruber vor der Tür stand. Anna führte ihn ins Wohnzimmer und unterdrückte ein Schmunzeln. Der vornehme Dr. Gruber mit Fahrradklammern! Er sah ziemlich derangiert aus, das Haar durchgewirbelt, die Krawatte schief, die immer vornehme Blässe gerötet vom Fahrtwind. Er setzte sich auf die weinrote Couch und zog die Klammern aus der Hose.

»Ich dachte, frische Luft tut mir gut«, bemerkte er etwas verlegen.

»Ist etwas passiert?«, fragte Anna misstrauisch.

»Nur Gutes. Ich habe Ihnen für morgen einen Besuchstermin besorgt. So wie ich die Sache sehe, wird die Anklage fallengelassen. Die Zeugen erscheinen betrunken zur Vernehmung und widersprechen sich weiterhin, mittlerweile in den wichtigsten Punkten.«

Der Anwalt erzählte, was er herausgefunden hatte. Auch ohne sein Zutun begann sich die Sache seines Mandanten in eine positive Richtung zu drehen. Er hatte gestern die neuesten Protokolle gelesen und sich zum wiederholten Mal mit dem Sachverständigen Klaus Anders unterhalten. In zwei Vernehmungen mit den Zeugen waren immer dieselben Fragen gestellt worden. Was war auf der *Kristina Sund* geschehen? Brandis gab an, es nicht zu wissen. Er sei zum Zeitpunkt, als Bolten über Bord ging, in seiner Kajüte gewesen. Als er diese verlassen habe, sei Bolten vermutlich bereits tot gewesen. Die Tatwaffe war nie gefunden worden, und die Kommission ging davon aus, dass dieses Messer mit Bolten ins Meer geworfen worden war. Da auch die Perlen nie gefunden worden waren, gab es außer den Aussagen der Zeugen nichts, das Brandis hätte belasten können. Suermondt und Materna, die einzeln vernommen worden waren, hatten sich wieder in ihren Aussagen widersprochen. Während Materna angab, Kapitän Brandis habe den Zimmermann mehrmals in die Brust gestochen, behauptete Suermondt plötzlich, die Messerstiche seien in den Rücken erfolgt. Während Materna angab, der Mord sei achtern geschehen, erinnerte sich Suermondt plötzlich daran, dass er ihn auf dem Vordeck beobachtet habe.

Allerdings gab es noch einen weiteren Grund, die Aussagen der Zeugen zu bezweifeln. In zwei der Protokolle gab es den verhängnisvollen Satz, der Zeuge habe den Eindruck vermittelt, nicht nüchtern zu sein. Dass Seeleute tranken, war eine Binsenweisheit, aber dass sie selbst bei einer solchen Gelegenheit unter dem Einfluss von Alkohol standen, war ungewöhnlich. Wer kam ganz augenscheinlich angetrunken zu einer gerichtlichen Vernehmung? Die Zweifel an ihren Aussagen schienen immer größer zu werden. Unter diesen Umständen würde jeder Anwalt die Aussagen der beiden zerpflücken wie zwei Gänseblümchen. Und dann die dritte Zeugin! Sie hatte nach wenigen Tagen aus eher fadenscheinigen Gründen ihre Aussage zurückgezogen. Die ganze Anklage drohte zu kippen, und Thomas Anders hatte keine Lust, sich lächerlich zu machen. Gruber wusste, dass auch den beisitzenden Kollegen langsam schwante, dass diese Anklage auf tönernen Füßen stand, und so hatte man sich zusammengesetzt und diskutiert, ob man die Verhandlung überhaupt aufnehmen wollte. Man hatte versucht, die Leiche des ermordeten Bootsmanns, die in Rio an den Strand gespült worden war, nach Kiel zu überführen, aber es gab Schwierigkeiten mit den brasilianischen Behörden, und bis heute war keine Leiche angekommen. Es gab keine Leiche, keine Tatwaffe mit dazugehörigen Fingerabdrücken, nur zwei beschwipste Zeugen mit widersprüchlichen Aussagen und einen Kapitän Wolff, dessen Anzeige lediglich auf Hörensagen beruhte.

»Dann wird Brandis bald freikommen?«, fragte Anna, und Gruber nickte. Sie hätte ihm um den Hals fallen können für diese Nachricht, doch dann bemerkte der Anwalt nach einer kurzen Weile des Nachdenkens: »Sollte die Leiche allerdings doch noch in Kiel ankommen, was nicht ausgeschlossen ist, wird die Untersuchung wieder aufgenommen werden. Ihr Mann ist also noch nicht aus dem Schneider.«

»Dann finge alles wieder von vorne an?«, fragte Anna entsetzt.

»Leider ja.«

Sie brachte den Anwalt zur Tür und blieb konfus zurück. Was nun? Unschuldig oder nicht? Dieses Wechselbad der Gefühle zermürbte sie mehr und mehr. Gerade die skurrile Episode mit Martha Conen hatte ihr Vertrauen in Brandis' Unschuld zurückgebracht, jetzt brach alles wieder auf. Ihre Zweifel, die sie in die dunkelste, verborgenste Ecke ihres Bewusstseins verbannt hatte, krochen wieder hervor. Dieses von ihr selbst gemalte Bild des unbekannten Toten war wieder da, sein Blut, seine Schreie, sein Körper, der achtlos über Bord geht wie ein Eimer verfaultes Gemüse. Selbst wenn Brandis jetzt freikäme, würde sie immer noch nicht überzeugt sein können, dass er diesen Seemann nicht erstochen hatte. Vielleicht würde sie nie sicher sein, vielleicht würde sie ab jetzt eine Ehe führen, in der immer ein Rest Misstrauen blieb. Und immer wieder dieselbe bohrende Frage: Wie gut kennst du diesen Mann wirklich?

Zwei Tage später wurde Brandis entlassen, was Anna aber nicht wusste. Sie war zeitig schlafen gegangen, müde von einem anstrengenden Tag im Büro und gequält von ihren Zweifeln: Sie hatte das Licht gelöscht, ein schiefer Mond hatte am Himmel gehangen, und ein lauer Wind hatte ihr durchs offene Fenster ins Ohr geflüstert. Sie war eingeschlafen, ein kurzer, traumloser Augenblick, und dann war das Flüstern des Windes immer lauter geworden. Sie war aufgewacht.

Harte Schritte in der Küche, die Tür zum Schlafzimmer ging auf. Ein Schatten kam näher. Das blonde Haar schimmerte im fahlen Licht, sie sah die Handgriffe, wie er sich auszog, die Kleidung achtlos auf dem Boden liegenließ. Er flüsterte ihren Namen und legte sich zu ihr. Sein Haar roch nach Schnaps, seine Bartstoppeln kitzelten ihr Kinn. Eben noch schlaftrunken war sie hellwach. Sie wollte mit ihm reden, aber er verschloss ihren Mund mit einem Kuss. Sie hatte die Zärtlichkeit vermisst, doch dann kam der Augenblick, an dem ihr wieder das Bild dieses Toten vor Augen stand. Sie wollte sich aufrichten, er hingegen drückte sie in die Kissen zurück. Er schien angetrunken, ignorierte ihre brennenden Fragen und lachte ihr leise und triumphierend ins Ohr.

Martha Conens Mann war wieder zurück. Sein Wagen stand vor dem Haus, und der Kühler war noch warm. Brandis klingelte und rüstete sich vor der bevorstehenden Auseinandersetzung. Er hatte Anna über seinen Plan nicht informiert, weil er nicht wollte, dass sie ihn davon hätte abbringen können. Also würde er allein versuchen, diesem Rätsel auf die Spur zu kommen.

Als das Hausmädchen die Tür öffnete, fragte er freundlich nach der gnädigen Frau und wurde in einen ihm wohlbekannten Salon geführt. Er blieb stehen und bewunderte den Strauß roter Rosen, der in einer hohen Vase vor den Flügeltüren stand und einen süßen Duft im Raum verströmte. Eine Seitentür ging auf, und Martha Conen erschien, in einen orientalischen Seidenmantel gekleidet, die Haare hochgesteckt. Ihr eben noch schwungvoller Gang stockte abrupt, ihr Gesicht versteinerte.

»Was wollen Sie?«, fragte sie mit eiskalter Stimme.

»Sie sind mir noch eine Erklärung schuldig, Martha. Wie Sie sehen, kam ich frei, unter anderem, weil Sie Ihre Aussage zurückgezogen haben. Nun würde ich gerne wissen, warum Sie sie überhaupt gemacht haben.«

Von oben waren Schritte zu hören. Martha warf einen kurzen Blick zur Decke hinauf.

»Ihr Mann?«

Sie nickte und deutete auf einen Sessel. »Setzen wir uns. Mein Mann ist gerade zurückgekommen und wird sich etwas hinlegen. Er hat eine anstrengende Reise hinter sich.«

Sie versuchte, die Contenance zu behalten, aber ihre Nervosität war unübersehbar. Sie saß aufrecht, die Hände gefaltet auf den Knien liegend, und ihre Augenlider zitterten leicht.

»Eines Tages sprach mich ein Seemann an. Er versprach mir eine ansehnliche Summe, wenn ich beim Seegericht eine Aussage mache …«

»Wer war Mann? Wie sah er aus?«

Sie zögerte. »Klein, stämmig, an einem Ohrläppchen trug er so einen Anker aus Silber …«

Materna, fuhr es Brandis durch den Kopf. Die Beschreibung passte auf Materna. Also besaß Materna die Perlen. Was für eine Rolle spielte dann Suermondt? Hatten sie beide den Beutel mit den Perlen gefunden? Hatten sie sich darum mit Bolten gestritten, der am Ende mit einem Messer im Rücken im Meer gelandet war?

»Für Geld gehen Sie wohl über Leichen«, bemerkte er mit einem unterkühlten Lächeln, was sie kurz zusammenzucken ließ.

»Ich dachte, ich tue der Gerechtigkeit nur einen Gefallen. Der Seemann war sicher, dass Sie ein Mörder sind. Sie sollen einen Mann erstochen haben.«

»Ich habe niemanden erstochen. Also hätten Sie mit Ihrer Aussage einen Unschuldigen hinter Gitter gebracht.«

Sie schlug die Augen nieder, eine Geste der Demut, die er ihr aber nicht abnahm. Dieses Weib war wie ein Fass Dynamit, verlockend, falsch, intrigant und ohne Gewissen,

»Haben Sie das Geld bereits vor Ihrem Auftrag bekommen?«

»Nein. Die Übergabe fand natürlich nicht statt, nachdem ich die Aussage zurückgezogen hatte.«

»Und wo hätte sie stattgefunden?«

»In einem Hafenlokal. Die genaue Adresse hätte er mir noch zukommen lassen.«

Plötzlich öffnete sich die Tür, und ein Mann stand im Raum. Conen hatte seine besten Jahre schon hinter sich, er wirkte müde, grau, eingefallen, und Brandis kam der Gedanke, dass es für einen Mann jenseits der fünfzig kräftezehrend sein musste, eine solche Frau zufriedenzustellen. Sie flog von ihrem Sessel hoch, zog den Gürtel ihres Mantels enger und stellte die beiden Männer einander vor. Sie log wie gedruckt, und er glaubte ihr jedes Wort, das ihren hübschen, roten Lippen entfleuchte. Brandis war zu einem Kollegen ihres Bruders, der bei der Hafenbehörde arbeitete, mutiert, und Conen gab ihm artig die Hand. Aber der Gast hatte nicht vor, noch länger zu bleiben, und verabschiedete sich höflich, nicht ohne der Dame des Hauses noch ein Kompliment über ihren geschmackvoll eingerichteten Salon zu machen.

Kommissar Sand stand in einigem Abstand vor dem Hafenbüro der Reederei Rose. Er sah geflissentlich zu diesem Haus, einem Backsteinbau mit großem blauem Schild über der Tür, hinüber, und wäre er eine Katze gewesen, so hätte er sich jetzt mit harmloser Miene die Pfote geputzt. Einfach etwas tun, aber immer so tun als ob, harmlos wirken, damit niemand merkt, wie angespannt man in Wirklichkeit ist. Er schaute auf die Uhr, strich über den Ärmel seines Mantels, auf dem sich eine Fluse niedergelassen hatte, und sah wieder hinüber. Ein schönes Schild mit der Aufschrift »Reederei Rose«, blaue Schrift auf weißem Untergrund. So wie die Flagge der Reederei. Er hätte auch Gänseblümchen zerpflücken können und dann entscheiden: Gehe ich oder gehe ich nicht. Er musste sich entscheiden. Flickwort war entschieden dagegen gewesen, aber sein Kollege mutierte in Sands Augen immer mehr zu einem Duckmäuser, und mit Duckmäusern wurden keine Fälle gelöst.

Sand war eine Information zugetragen worden, die ihn hellhörig gemacht hatte. Ein Kollege, der eine Bemerkung während des Mittagessens gemacht und die Sand auf eine Idee gebracht hatte. Natürlich würde er im Hintergrund bleiben müssen, er hatte keine Lust, eine weitere Begegnung mit Apeldorn zu machen, aber ein paar Fragen stellen kostete nichts und würde ihm schon nicht schaden …

Der Kommissar ging schließlich zielstrebig hinüber und öffnete die Tür. Der alte Berger war da und Anna, die im hinteren Teil des Büros auf einer Schreibmaschine tippte. Vorne am Tisch saßen Kapitän Brandis und Maxim Rose, der aufstand, um ihn zu begrüßen. Er ließ sich auf einen Stuhl nieder und begegnete Maxims erwartungsvollem Blick. Ja, warum war er gekommen? Er zögerte mit der Antwort.

»Kapitän Brandis sucht ein Kommando, hörte ich«, sagte er endlich.

»Stimmt«, bestätigte Brandis etwas erstaunt, der sich wohl fragte, warum sich die Polizei für die Sorgen eines Kapitäns interessierte. »Unsere Schiffe sind alle unterwegs. Haben Sie ein Kommando für mich?«

Die letzte Frage war wohl ironisch gemeint, umso perplexer war er, als Sand nickte. »In der Tat, ich hätte eins. Ich will ehrlich sein, meine Befugnisse, was den Mord an Franz Rose betrifft, sind ein wenig, sagen wir, eingeschränkt. Ich würde Sie und alle hier Anwesenden daher bitten, unser Gespräch für sich zu behalten.«

»Es geht also immer noch um den Mörder von Franz?«, fragte Maxim.

»Es geht um Fischer. Er ist wieder in der Stadt.«

Jetzt war die Katze aus dem Sack, und Sand entspannte sich ein wenig. Er wusste, dass er mit dem Feuer spielte, und hatte gerade die Lunte gelegt.

»Was ist mit Fischer?«

»Er hat die *Albertus Magnus* gechartert, einen Dreimastschoner, und sucht sowohl eine Mannschaft als auch einen Kapitän. Wenn wir uns schnell entscheiden, könnte Kapitän Brandis das Kommando übernehmen.«

Ein Schatten fiel auf den Tisch. Es war Anna, die eine kühle Erfrischung auf den Tisch stellte. Sand bedankte sich und nahm einen Schluck.

»Wohin segelt die *Albertus Magnus*?«, wollte Anna wissen.

»Nach Tallinn. Sie hat unter anderem Sprengköpfe und Gewehre geladen. Ganz offiziell, so steht es auch in den Frachtpapieren. Und an dieser Stelle komme ich ins Spiel. Es handelt sich um Fischers Fracht, er wird auch mit an Bord sein. Er hat, wie ich herausgefunden habe, die Waffen von einem französischen Händler an die Regierung von Estland vermittelt, und ich muss der Vollständigkeit halber sagen, dass es nicht strafbar ist, Waffen an souveräne Staaten zu verkaufen.«

»Was versprechen Sie sich davon, wenn Kapitän Brandis das Kommando übernimmt?«, fragte Maxim misstrauisch.

»Er könnte Fischers Vertrauen gewinnen«, erklärte Sand. »Sie werden einige Wochen gemeinsam auf See sein, das schweißt zusammen. Wenn Kapitän Brandis geschickt ist, kann er vielleicht etwas herausfinden, was wir sonst niemals herausfinden könnten, zumal ich Fischer nicht mehr befragen darf. Da gibt es Bedenken seitens gewisser Regierungskreise, was aber bitte unter uns bleibt. Die Entscheidung liegt natürlich bei Kapitän Brandis.«

Brandis wechselte einen Blick mit Anna, die nicht gerade erfreut zu sein schien.

»Nur wenn ich mitfahren kann«, sagte sie, bevor Brandis etwas entgegnen konnte. Er grinste. »Sie haben es gehört, Herr Kommissar. Also entweder wir beide oder keiner von uns.«

»Das liegt ganz bei Ihnen. Rufen Sie mich an, wenn Sie sich entschieden haben.«

Er stand auf und verabschiedete sich. Draußen vor der Tür konnte er sich ein Lächeln nicht verkneifen und steuerte direkt auf die Reihe der angelegten Schiffe zu. Da lag die *Albertus Magnus* an ihren Festmacherleinen und strahlte ihn an. Für ihn ein Bild der Hoffnung und ein Bild des Triumphs über die Machenschaften derer, die ihm den Mund verbieten wollten. Sein letzter Trumpf. Er würde ihn spielen, und falls er ihn verlieren sollte, würde er endlich aufhören und sich geschlagen geben.

Die *Albertus Magnus* war ein Dreimastschoner wie die *Sybille*. Mit dem strahlenden Denker der Scholastik hatte sie allerdings wenig zu tun. Sie sah alt und etwas schäbig aus. Auch die *Sybille* hatte ihre besten Tage schon hinter sich, aber ihre Klassifizierung konnte sich durchaus noch sehen lassen. Hatte man bei der *Albertus Magnus* mit der Klassifizierung etwas nachgeholfen, fragte Anna sich. Es war nicht strafbar, Waffen an souveräne Staaten zu verkaufen, wie

Sand schon erklärt hatte. Dieser Staat hatte offensichtlich genug Geld für Waffen, doch dann hatte es wohl nicht mehr gereicht, um sich ein anständiges Schiff zu kaufen.

»Willst du es lieber sein lassen?«, fragte Anna ihren Mann, der neben ihr stand.

»Mir gefällt der Gedanke nicht, dass du dabei bist.«

»Wie sicher ist der Kahn?«

»Ich habe mir jede Planke genau angesehen, die Masten, den Frachtraum, einfach alles. Die Kisten mit den Waffen sind vorbildlich gesichert. Die Kapitänskajüte ist neu überholt worden, und von der Mannschaft kenne ich die meisten. Trotzdem, willst du nicht lieber zuhause bleiben?«

Anna schüttelte den Kopf. Sie wollte nicht schon wieder allein im Gespensterhaus sitzen und von ihren Zweifeln überrannt werden. Lieber an der Seite ihres Mannes mit der *Albertus Magnus* untergehen. Die nächtliche Begegnung vor zwei Tagen hatte ihr eins deutlich gemacht. Sie liebte diesen Mann, egal, was er getan oder auch nicht getan hatte.

Sie stieg die abgetretene Treppe nach unten in die Kajüte und packte ihre Garderobe aus dem Koffer in eine der Truhen. einige dickere Pullover, ein paar Hemden, Hosen, Jacken. Sie wäre lieber in den Süden gefahren, dorthin, wo die Palmen unter einer immer strahlenden Sonne wuchsen, stattdessen würden sie genau in die entgegengesetzte Richtung segeln. Brandis hatte ihr von den heißen, kurzen Sommern Finnlands und Estlands erzählt, was sie etwas getröstet hatte.

Sie hörte das vertraute Knarren der Planken, spürte das leichte Schaukeln unter ihren Füßen und hörte Brandis' Stimme, der Befehl gab, die Festmacherleinen zu lösen. Das Schiff rührte sich, es ächzte und stöhnte wie ein Mahlwerk, das sich in Bewegung setzt.

Sie spürte das erste Schlingern im Magen, aber auch das war vertraut. Sie erinnerte sich an ihre erste Fahrt nach Southampton, an die Übelkeit, aber das war vorbei. Sie ließ sich mit jeder sanften Bewegung des Schiffes mitschwingen, mal nach links, mal nach rechts, nach oben, nach unten. Die See war ruhig wie ein glattes Tuch, vom Wind sacht gestreift.

Anna ging an Deck, stand an der Reling und dachte: Endlich wieder auf See. Sie hatte gar nicht gewusst, wie sehr sie das vermisst hatte. Den endlosen Blick ins Blaue, das Säuseln des Wassers unterm Bug, die dahinfliegenden Wölkchen über den vollen, geblähten Segeln. Die *Albertus Magnus* war ungewöhnlich schnell für ihr Alter, und sie nutzte jeden Zentimeter Tuch, in das der Wind hineinblies.

9 Kiel, September

Ein erster Hauch von Herbst. Kaum merklich, aber es riecht irgendwie anders. Es riecht nicht mehr nach Sonne. Wie riecht die Sonne?

Flickwort schüttelte still lächelnd den Kopf. Natürlich dünstete der große Stern da oben keinen Geruch aus, auch besaßen seine Photonen nichts, das man hätte riechen können. Woher also kam dieses Herbstgefühl? Flickwort sah sich um. Nichts war anders als gestern oder vorgestern. Klarer Himmel, das Blattwerk der Bäume trug sein dunkles Sommergrün, auf dem Wasser des Kleinen Kiel dümpelten ein paar Enten.

Flickwort ging strammen Schritts nach Hause. Er versuchte das Bild der mit ihrem eigenen Seidenstrumpf erdrosselten Hure loszuwerden. Ein neuer Fall, der am Morgen auf seinem Tisch gelegen hatte. Antoinette Duchamps, ein großer Name für eine Hure, die für ein paar Mark ihre Dienste im Hafen angeboten hatte. Am Wegesrand stand eine Bank, und Flickwort setzte sich. Zu schnell gelaufen, die Pumpe raste. Er lockerte die Krawatte und holte einmal tief Luft, als sich von hinten jemand näherte und eine weibliche Stimme fragte, ob sie sich setzen dürfe. Es war eine junge Frau, blonde, lange Haare, dunkle Augen, ein schlichtes Sommerkleid in Leberblumenblau.

»Herr Flickwort?«, fragte sie und sah ihn an, und er nickte erstaunt.

»Schön, dass ich Sie hier treffe. Ich hätte auch anrufen können, aber so ist es doch viel netter.«

Sein Erstaunen wurde immer größer. »Wie kann ich Ihnen helfen?«, fragte er höflich.

»Mein Name ist Marlene Schneider. Ich hoffe, Sie missverstehen mich nicht, ich habe nur eine Bitte an Sie.«

»Ach ja?«, gab er perplex zurück, während sie ihre Haare mit einer ausladenden Geste zurückwarf.

»Ihr Kollege Sand ist ins Visier einiger einflussreicher Persönlichkeiten dieses Landes geraten, das dürften Sie bereits wissen, oder?«

Flickwort wurde immer misstrauischer. Wen meinte sie? Doch nicht den komischen Kauz aus dem Auswärtigen Amt?

»Apeldorn?«, fragte er geradeheraus.

Sie nickte, und während sie sprach, beobachtete sie die Enten auf dem Wasser. »Ihr Kollege hält sich nicht an die gemeinsame Vereinbarung, ich vermute, er hat Ihnen nichts davon gesagt. Gut, es ist seine Sache, aber er sollte Sie nicht in diese unschöne Geschichte mit hineinziehen.«

»Wie bitte?«

Er drehte den Kopf zu ihr hinüber. Sie starrte immer noch aufs Wasser.

»Die Anweisung war klar und deutlich. Keine Ermittlungen mehr gegen Fischer. Aber was tut Ihr Kollege? Er hat einen gewissen Kapitän Brandis auf Fischer angesetzt. Sand scheint nicht zu bremsen zu sein, also bitte ich Sie, ihn im Auge zu behalten. Uns mitzuteilen, was er weiterhin gegen Fischer unternimmt, und es soll Ihr Schaden nicht sein. Mit anderen Worten, wir werden uns erkenntlich zeigen. Vielleicht haben Sie Interesse an einer neuen, gehobenen Position? Sie wissen, dass der Posten Ihres Chefs bald vakant sein wird. Herr Maibach wechselt nach Hamburg.«

Flickwort war regelrecht sprachlos. War das der Versuch, ihn zu bestechen? Noch nie hatte irgendjemand versucht ihn zu bestechen. Noch nicht mal ein kleiner Ganove aus dem Hafenviertel, und da gab es eine Menge Bestechungsversuche. Kleine Delikte, kleine Bestechung, große Delikte, große Bestechung. Aber ohne ihn! Er war bekannt dafür, sich nicht kaufen zu lassen. Wusste Fräulein Schneider das nicht? Hatte sie so schlecht recherchiert?

»Ich glaube, ich bin nicht der richtige Mann für Sie, Fräulein Schneider«, versetzte er bissig.

»Doch, das sind Sie. Weil Sie Ihren Chef vor großen Dummheiten bewahren können, im schlimmsten Fall könnte er seinen Job verlieren. Wir wollen doch nicht, dass er bald nur noch den Verkehr regelt, oder?«

Ihr Blick wurde hart und schien ihn regelrecht zu durchbohren. Das war eine eindeutige Drohung. Aber wer stand hinter ihr? Nur Apeldorn?

»Wer hat Sie geschickt?«, fragte er mit einer gewissen Schärfe.

»Ich gehöre einer Sonderabteilung der Politischen Polizei an und genieße in dieser Funktion die Rückendeckung gewichtiger Parlamentarier. Niemand hat ein Interesse daran, dass Fischer zum Mörder abgestempelt wird. Selbst der Verdacht …«

»Ist strafbar?«, vollendete Flickwort den Satz, wobei er sich ein Grinsen nicht verkneifen konnte.

»Natürlich nicht. Sie machen nur Ihre Arbeit, das ist mir schon klar. Aber Sie sehen die großen Zusammenhänge nicht, die politischen Folgen, die Sie mit Ihren Ermittlungen auslösen könnten.«

»Ehrlich gesagt, sind mir die politischen Folgen ziemlich schnuppe«, entfuhr es ihm. »Wir sind hier nicht im alten Rom, wo Politik hauptsächlich darin bestand, sich gegenseitig ein Messer in den Rücken zu bohren. Warum halten Sie sich nicht an demokratische Regeln? Wenn die Polizei einen evidenzbasierten Verdacht hat, dann muss sie ihm nachgehen, und keine Macht der Welt kann sie davon abhalten. Auch irgendwelche Leute im Parlament nicht. Wenn Sie etwas gegen Sand vorzubringen haben, dann leiten Sie ein Disziplinarverfahren ein.«

Flickwort biss sich auf die Lippen. Genau das hatte Sand ja schon am Hals.

»Sand hat Ihnen nichts von Kapitän Brandis erzählt, nehme ich an«, raunte die Sirene ihm weiter ins Ohr, aber er wollte es gar nicht wissen. Auf der anderen Seite hatte Sand ihm wirklich nichts davon gesagt. Er spielte ganz offensichtlich sein eigenes Spiel.

»Herr Kommissar, ich will Ihnen doch nur helfen. Machen Sie sich und Ihren Kollegen nicht unglücklich, wenn wir wollen, dann sind Sie und Kollege Sand übermorgen bis auf unbestimmte Zeit beurlaubt. Natürlich können Sie sich dann einen Anwalt nehmen, aber wir haben zehn, die besten der Republik. Was glauben Sie, wie weit werden Sie kommen?«

Die Enten schwammen langsam davon, so wie auch Flickworts Gegenwehr regelrecht davonschwamm. Er fühlte sich eingeschüchtert, und er wusste, genau das hatte die Frau bezweckt. Er stand buchstäblich allein auf weiter Flur, er hatte keine Wahl, es sei denn, er riskierte seinen Job und seine Rente.

»Was soll ich tun?«

»Ich gebe Ihnen eine Telefonnummer. Rufen Sie mich an, wenn Sie wissen, was Sand weiterhin gegen Fischer ins Feld führt. Jedes Detail ist wichtig für uns. Und wenn Sie uns entgegenkommen, finden wir ganz sicher eine Stelle im gehobenen Dienst, die Ihren Fähigkeiten entsprechen würde. Wir finden immer eine Lösung.«

Sie schob ihm einen Zettel in die Hand, stand auf und spazierte seelenruhig davon, während er stocksteif auf der Bank sitzen blieb und spürte, wie ihm der Schweiß ausbrach.

Die *Albertus Magnus* machte schnelle Fahrt. Beim Abendessen des dritten Tages auf See hatte der Koch alles aufgeboten, was unter den herrschenden Umständen möglich gewesen war. Eine Tischdecke, silbernes Geschirr, brennende Kerzen. Die Atmosphäre war entspannt, beim Essen schien sich der Koch übertroffen zu haben. Anna kannte die Künste der Köche an Bord, sie konnten mitunter ungenießbar sein, doch dieser hier beherrschte sein Handwerk. Es gab Gemüsesuppe und Hühnchen in Rotweinsauce, dazu den passenden Wein. Fischer hatte sich in seinen besten Zweireiher geworfen und war redselig. Das Schwanken des Untergrunds machte ihm nichts aus, er erzählte, oft mit den Schiffen zu fahren, die seine Fracht transportierten. Anna ließ ihn reden und beteiligte sich nur am Gespräch, wenn sie direkt angesprochen wurde. Ob Brandis Fischer etwas entlocken würde, womit Sand etwas anfangen könnte, war eine spannende Frage, die sich auf dieser Reise beantworten lassen würde.

Sie musterte Brandis aus den Augenwinkeln, während sie einen Schluck Wein trank. Die Haft war ihm nicht mehr anzusehen, drei Tage auf See hatten gereicht, ihm wieder Farbe ins Gesicht zu malen. Aber etwas an ihm war anders. Sein Ton an Deck war freundlicher, sein ganzes Wesen weicher, nachgiebiger. Sie sah ihn oft lächeln und mit den Männern plaudern, er strahlte eine geradezu stoische Ruhe aus, und auf seinem Tisch hatte sie das Buch von Lao-Tse liegen sehen, das er aus China mitgebracht hatte. Diese Lektüre und vielleicht auch die Wochen in der Haft schienen den beherrschenden Skorpion seines Horoskops gezügelt zu haben.

Er kannte die meisten von der Mannschaft, aber nicht alle. Einer von denen, die er nicht kannte, war der Erste Maat, ein forscher, kraftstrotzender Typ mit schief stehender Nase, die ihm jemand mal gebrochen hatte, und Armen wie Baumstämme. Sein Name war Helge Beer. Helge Beer kannte so gut wie jeden Winkel dieser Welt und liebte es, die Mannschaft mit Schauergeschichten zu unterhalten. Im Pazifik war er einem Seeungeheuer begegnet, auf dem Atlantik war er im Nebel an einem Geisterschiff vorbeigesegelt, das ohne Mannschaft totenstill dahingeglitten war, auf einer polynesischen Insel war er einem Haufen Kannibalen in die Arme gelaufen, die ihn fast zu Tode geröstet hätten – seine Geschichten verursachten selbst erfahrenen Seeleuten eine Gänsehaut. Zu seinem Kapitän hatte er ein etwas zwiespältiges Verhältnis. Er war es gewohnt als Erster Maat den Kurs zu bestimmen, auch wenn seine Art, mit dem Sextanten umzugehen, etwas zweifelhaft war. Einmal hatte er sich dermaßen vertan, dass Brandis hatte eingreifen müssen, sonst wären sie glatt in die falsche Richtung gesegelt. Seither hatte Brandis ein waches Auge auf seinen Ersten Maat, was der natürlich merkte.

Am Abend des dritten Tages auf See war auch Beer zum Abendessen geladen. Seine riesigen Hände fielen bei Tisch auf, noch nie hatte Anna so riesige Hände und so muskulöse Arme gesehen. Dazu kam die schiefe Nase – Beer war wirklich ein Mensch, den man so schnell nicht vergaß. Sein Haupthaar war spärlich, seine Stimme tief und dunkel, und seine Manieren waren etwas grob, was bei Tisch aber niemand störte. Während man das Hühnchen zu sich nahm, plauderte Fischer über dieses und jenes, wandte sich dann plötzlich Beer zu und sagte, er habe eine grässliche Geschichte über menschenfressende Ungeheuer in der Karibik gehört.

»Sie sind wirklich in der Gewalt dieser Monster gewesen?«

Beer schluckte, und Anna blieb der Bissen im Hals stecken. Sie hatten doch nicht vor, ausgerechnet jetzt über dieses Thema zu diskutieren?

Beer setzte ein schiefes Grinsen auf. »Wir konnten fliehen, und auf der Flucht sahen wir die abgenagten Knochen ihrer Feinde im Sand liegen. Gut, es war übertrieben, zu behaupten, sie hätten … na, Sie wissen schon, aber wir haben sie gesehen, die Knochen. Ich sage Ihnen, betreten Sie nie eine unbekannte Insel im Pazifik, man weiß nie, was einen erwartet. Wir wollten eigentlich nur Frischwasser laden, suchten einen Fluss auf dieser Insel, und plötzlich standen sie da, schrecklich angemalt, Speere in den Händen, und an ihren Hälsen baumelten seltsame Knochen. Erst später wurde mir klar, dass es sich um keine Tierknochen handelte.«

Anna warf ihr Besteck auf den Teller, was ein schepperndes Geräusch erzeugte. Beer senkte verlegen die Augen, und Fischer entschuldigte sich. »Sie haben recht, gnädige Frau, das ist kein Thema bei Tisch und schon gar nicht in Anwesenheit einer so reizenden Dame. Reden wir über angenehmere Dinge. Das Essen ist übrigens äußerst superb für einen Schiffskoch …«

Eine Stunde später stand Anna mit Brandis an Deck und bewunderte den Sonnenuntergang. Beers dummes Geschwätz ärgerte sie, und es hatte auch nicht dazu geführt, Fischers Zunge zu lösen. Doch für den Augenblick eines Flügelschlags war ihr Leben so, wie sie es sich vorgestellt hatte. Der endlose Blick übers Meer, die Nähe des geliebten Menschen, und ob sich unter ihren Füßen Sprengköpfe oder tausend giftige Schlangen befänden, machte ihr keine Angst, solange Brandis bei ihr war. Sie hatte nicht einmal Angst vor schwerem Wetter, das aber weit und breit nicht in Sicht war. Seit Tagen nur Sonne, ein frischer Wind und ein Meer, das vor sich hin zu dösen schien. Selbst Beers Seeungeheuer hatten hier keine Chance.

Plötzlich trat Fischer zu ihnen, den vornehmen Zweireiher geöffnet und die Krawatte gelockert.

»Transportieren Sie öfter Waffen?«, fragte Brandis wie ganz nebensächlich.

»Durchaus. Es ist ein gutes Geschäft.«

»Dann könnte man Sie einen Waffenhändler nennen?«

»Ich bin nur ein Wanderer zwischen den Welten. Zwischen denen, die Waffen herstellen, und denen, die sie brauchen. Und die Welt braucht viel davon, überall lauert die Gefahr.«

»Die man künstlich schüren kann«, sagte Anna.

»Wir alle wollen aber doch von unserer Hände Arbeit leben, nicht wahr?«

»Was ist mit denen, die keine Hände mehr haben, um von ihrer Hände Arbeit zu leben, weil die Kanonen sie ihnen weggeschossen haben?«

Brandis warf ihr einen kurzen, scharfen Blick zu, und sie biss sich auf die Lippen. Fischer aber lachte nur. »Es gibt immer Sieger und Verlierer, gnädige Frau, und der Krieg ist nun mal das beste Geschäft, das es gibt auf der Welt, da beißt die Maus keinen Faden ab, wie man so treffend sagt. Wenn Sie die Wahl hätten, jeden Tag zehn Pfennig zu verdienen oder zweihundert Mark, für welche Möglichkeit würden Sie sich entscheiden? Außerdem ist es ein nahezu krisenunabhängiges Geschäft, es floriert immer und zu jeder Zeit, und in Krisenzeiten floriert es ganz besonders gut. Das mag Ihnen nicht gefallen, gnädige Frau, aber es ist nun einmal die Realität. Ich kann Sie jedoch beruhigen, ich habe vor, das Waffengeschäft aufzugeben und mich anderweitig zu betätigen.«

Er machte eine kunstvolle Pause, erwiderte Annas fragenden Blick und fuhr fort: »Ich habe vor, einen Verlag zu gründen und eine Zeitung herauszubringen. Die wirkliche Waffe in dieser Welt ist die Meinungsbildung, das war schon immer so. Im Mittelalter war die Kanzel das meinungsbildende Medium, heute sind es die Zeitungen und das Radio. Wer hier die Hoheit besitzt, kann ganze Regierungen steuern, und so werde ich demnächst eine der hoffentlich bedeutendsten Zeitungen herausgeben.«

»Und welche Meinung wollen Sie bilden?«, fragte Anna nicht ohne einen ironischen Unterton.

»Nun, in erster Linie meine eigene. Ich bin weitgereist auf dieser Welt, kenne die wichtigsten Protagonisten und glaube einen nicht unmaßgeblichen Einfluss zu besitzen. Dieses Land braucht eine andere Politik, weg von den Streitereien der Parteien, das führt uns nicht weiter. Wir brauchen eine Anbindung an das Kapital und eine Abkehr von der pro-russischen Haltung der Regierung, die uns noch alle ins Unglück stürzen wird.«

»Ich empfinde es nicht als Unglück, wenn wir mit allen Völkern Frieden halten, auch mit den Russen«, hielt Anna ihm entgegen, was Fischer ein Lächeln entlockte.

»Sie denken nicht geopolitisch, gnädige Frau. Und geopolitisch ist es dumm, sich gegen das Kapital zu stellen. Sie werden es eines Tages schon verstehen.«

Fischer hatte nicht vor, sich weiter zu erklären, und entschuldigte sich für diesen Abend. Er verließ das Gespräch und das Deck und begab sich in seine Kabine.

In der Nacht wurde Anna wach. In der Kajüte war es stockdunkel und seltsam still, als ob die *Albertus Magnus* schlafe. Sie richtete sich auf und lauschte diesem ungewohnten Nichts. Außer einem durchdringenden Knarren hörte sie nichts. Ihre Hand glitt an der Seite ins Leere. Brandis war nicht da. Anna stand auf, tastete sich zum Tisch hinüber und drehte die Lampe auf. Sie zog die Schuhe an, warf sich eine Jacke über, nahm das Licht und trat auf den Flur. Auch hier nur das Knarren, sonst Totenstille. Langsam beschlich sie ein beunruhigendes Gefühl. Das Schiff fuhr nicht mehr, es stand.

Anna stieg die Treppe hoch und befand sich plötzlich im Nebel. Die Luft roch nach Salz, war schwer und feucht. Keine fünf Meter Sicht. Überall dichter Nebel, und zu dem Knarren gesellte sich das Rauschen des Wassers, das das stehende Schiff umspülte.

»Chris?«, rief Anna leise und ging langsam an der Reling entlang. Nebelschwaden kamen vom offenen Meer und huschten geistergleich an ihr vorbei, und plötzlich hallte ein dünnes Geläut durch die Luft, die Nebelglocke. Irgendjemand musste an der Glocke stehen, aber Anna konnte die Richtung nicht ausmachen, und wo sich diese Glocke befand, wusste sie nicht. Sie hatte sie nie bewusst wahrgenommen. Wo war Brandis? Wo war die Mannschaft? Sie spähte aufs Meer hinaus, doch außer den vorbeiziehenden Schwaden war nichts zu sehen. Das Glöckchen läutete wieder. Immerhin ein Zeichen von Leben auf diesem Schiff, aber wo waren die anderen?

Ihr wurde klar, dass sie zum Steuer hinübergehen musste, denn vielleicht würde irgendjemand am Steuer stehen, auch wenn die *Albertus Magnus* ganz offensichtlich Anker geworfen hatte. Sie drehte sich um und ging zurück, als sie plötzlich Stimmen hörte.

»Genauso war es, als wir diesen Geisterkahn gesehen haben«, sagte eine Männerstimme. »Es herrschte eine dicke Suppe, dass du kaum die Hand vor Augen sehen konntest. Und dann tauchte dieses Riesenschiff vor unseren Augen auf, eine Viermastbark. Volle Takelage, jedes Segel gesetzt, aber keine menschliche Seele an Bord. Wir haben gerufen und geschrien, Lichtsignale abgeschossen – keine Reaktion. Ich sage dir, da war niemand an Bord außer dem Teufel und der wilden Jagd. Der Kahn fuhr an uns vorbei und verschwand genauso lautlos im Nebel, wie er gekommen war. Seitdem weiß ich, dass diese verdammten Geisterschiffe existieren, egal, was die anderen sagen. Sie haben eben nie eins gesehen.«

Anna versuchte, die Männer zu erkennen, aber sie sah nichts. Der, der gerade geredet hatte, hätte Beer sein können, weil er die Geschichte mit dem Geisterschiff schon mal zum Besten gegeben hatte, doch die Stimmen klangen im Nebel verfremdet und verzerrt.

»Morgen früh ist der Nebel weg, und dann können wir längsseits gehen«, sagte ein weiterer Mann. »Fischer macht Druck, das Wetter gefällt ihm gar nicht.«

Der Erste lachte leise. »Ach, der ist froh, dass er Kiel den Rücken kehren konnte. Ich habe läuten hören, die Kripo hätte ihn in Verdacht gehabt, Rose erschossen zu haben.«

»Fischer?«

»Ja. Ich sag dir jetzt was, aber behalt's für dich: Ich weiß, wer Rose auf dem Gewissen hat.«

Kurze Pause, dann die verblüffte Frage des Ersten: »Wer?«

»Das kann ich dir nicht sagen. Ich kann's überhaupt niemandem sagen, aber ich habe der Kripo einen Hinweis gegeben. Wenn sie schlau sind, dann ...«

Anna stockte der Atem. Sie klammerte sich an die Reling und spähte durch das undurchdringliche Nebelgespinst. Plötzlich erhoben sich aus den Schwaden zwei Gestalten wie zwei Schattenrisse, die auftauchten und wieder verschwanden. Die Männer mussten irgendwo gesessen haben, waren jetzt aufgestanden und gegangen. Anna versuchte ihnen zu folgen, als plötzlich das Nebelhorn eines Dampfers die schwere Luft durchschnitt.

»Dampfer Steuerbord«, schrie irgendwo eine Männerstimme, und dann stürmten fünf, sechs Männer aus dem Mannschaftslogis an Bord, unter ihnen Beer und Brandis. Als er Anna sah, ging er auf sie zu und legte seine Hand auf ihre Schulter.

»Geh nach unten, Anna«, sagte er ruhig. »Wie du siehst, haben wir Anker geworfen, weil es bei dieser Sicht gefährlich ist, weiterzufahren. Ich wollte dich nicht wecken. Es ist alles in Ordnung.«

»Und der Dampfer?«, fragte sie.

»Ist weit genug entfernt. Läuten Sie die Nebelglocke, Harns.«

Der Ton des Glöckchens wurde mit dem aufkommenden Wind davongetragen. Er zerschnitt die Nebelwolken, die wie Schleier aus Gaze in den schwarzen Himmel stoben, an dem plötzlich ein funkelnder Stern zu sehen war, unter dem der Hauch eines orangeroten Lichts erschien. Anna war erleichtert. Die Morgenröte faltete sich auf.

Kiel

Die *Kristina Sund* lag wieder im Hafen. Wesseling, braungebrannt wie ein Eingeborener aus dem Amazonasdschungel, stolzierte wie ein Pfau am Kai entlang. Er war stolz, diese doch nicht ganz ungefährliche Passage ohne größere Blessuren überstanden zu haben. Er war nicht der Mutigste unter der Sonne, sondern einer, der lieber zehnmal über etwas nachdachte, bevor er zu einer Entscheidung kam. Das konnte in Situationen hinderlich sein, in denen schnelles Handeln nötig war, aber auch das hatte er gemeistert. Sie waren nicht von einer Horde gefräßiger Krokodile belagert worden, keine Piraten hatten versucht, sie zu entern, und Teile der Mannschaft waren auch nicht vom Schrecken eines jeden Seemanns, dem Skorbut, dahingerafft worden. Sie waren alle noch am Leben und hatten ein gutes Geschäft für die Reederei mit nach Hause gebracht.

Um seinen Hals baumelte ein silberner Anhänger, ein Amulett der legendären Nazcas, das er in Lima auf dem Markt erstanden hatte. Natürlich war es eine Nachbildung, trotzdem liebte er es. Es war ein viereckiger, kleiner Mann mit einem viereckigen Hut auf dem Kopf, der so groß wie die kleine Figur selbst war; ein Medizinmann, der seinem Träger ewige Gesundheit verlieh.

Wesseling verließ den Hafen und ging in die Stadt. Er kam an seiner Buchhandlung vorbei, in der er hin und wieder ein Buch und seine Zeitung kaufte. Direkt neben der Tür befand sich das Zeitungsregal, und er blätterte ein wenig durch den raschelnden Papierwald – die »Kieler Nachrichten«, ein paar holsteinische Blätter, die obligatorischen linken und rechten Propagandaorgane. Eine übliche Vielfalt, die für ihn alltäglich war und deren Bedeutung er nicht wirklich erkannte. Er war es gewohnt, auf diesem bunten Markt der Meinungen einkaufen zu gehen. Er legte die »Kieler Nachrichten« auf den Tisch und ließ ein paar klingende Münzen springen.

»Wieder zurück, Käpt'n?«, fragte Ludwig, der Besitzer des Ladens.

Wesseling nickte.

»Was gibt es Neues in der Stadt, Herr Ludwig?«

Ludwig wies mit der Hand zum Fenster, und Wesseling sah hinaus. Über die Straße gingen vier Männer. Braune Uniformen, Stechschritt, auf dem Asphalt hallende Schritte. Eigentlich nichts Neues, denn schon bevor er nach Chile aufgebrochen war, hatte er immer wieder mal diese Gestalten durch die Stadt laufen sehen.

»Ein Paradigmenwechsel«, hörte er Ludwig vor sich hin murmeln und wandte den Blick vom Fenster ab.

»Was meinen Sie damit?«

»Ich will ja nicht den Teufel an die Wand malen, aber wenn

man in bestimmten Zeitungen zwischen den Zeilen liest, könnte man eine leichte Verschiebung der allgemeinen politischen Debatte hin zu eher rechten Positionen bemerken, wobei ich mir die Bemerkung erlauben darf, dass die Spaltung der Bevölkerung in linke und rechte Teile natürlich nur den Herrschenden zugutekommt.«

Wesseling war verwirrt. Was hatte der gute Mann ihm damit sagen wollen?

»Es ist ja bekannt, dass über die Presse versucht wird, unsere Meinungen zu beeinflussen«, bemerkte er.

»Erinnern Sie sich, wie die Sozialdemokratie, die immer für den Frieden war, vor dem Krieg plötzlich umschwenkte und uns einreden wollte, der Krieg sei auf einmal unabwendbar? Ich habe mich damals sehr gewundert, aber ich war einfach zu naiv, um zu merken, dass Moral etwas sehr Relatives ist. Man muss einfach nur die Bedeutung der Begriffe ins Gegenteil verkehren. Wenn Sie aus dem Krieg ein lobenswertes Engagement für das Menschenwohl machen, dann hört sich das schon viel freundlicher an, finden Sie nicht? Wer denkt dabei an Tod und Verderben? Haben Sie Gustave Le Bon gelesen, die ›Psychologie der Massen‹? Lesen Sie es, dann verstehen Sie, was ich meine.«

Wesseling hatte das Buch nie in der Hand gehalten. Sein Blick glitt die Regale hinauf, die voller Bücher waren.

»Was schreibt er denn?«, fragte er mehr der Höflichkeit halber.

Ludwig langte unter die Ladentheke und holte einen abgegriffenen Schmöker hervor. Er setzte sich die Brille auf, begann im Buch herumzublättern und hielt auf einer bestimmten Seite inne.

»›Nie haben die Massen nach Wahrheit gedürstet. Von den Tatsachen, die ihnen missfallen, wenden sie sich ab und ziehen es vor, den Irrtum zu vergöttern, wenn er sie zu verführen vermag. Wer sie zu täuschen versteht, wird leicht ihr Herr – wer sie aufzuklären sucht, stets ihr Opfer.‹«

Ludwig nahm die Brille wieder von der Nase. »Wir werden bald alle Opfer sein, wenn wir nicht achtgeben.«

»Natürlich«, murmelte Wesseling, nahm seine Zeitung und trat aus dem Laden.

Auf der *Albertus Magnus*

Der Nebel war dem Tag gewichen. Die *Albertus Magnus* machte 13 Knoten und flog wie eine Möwe übers Wasser. Backbord befand sich Lettland, steuerbord lag Finnland. Anna, übernächtigt und schlecht gelaunt, saß beim Frühstück und dachte über das Gespräch nach, das sie heimlich belauscht hatte. Eins stand für sie außer Frage: Der mysteriöse Hinweis, der Sand zugespielt worden war, konnte nur von einem der Männer stammen, die auf diesem Schiff Dienst taten. Der seltsame Hinweis, auf dem Grund der Ostsee nach Franz' Mörder zu suchen. Aber woher wusste dieser Jemand, wer Franz erschossen hatte?

Zu viele offene Fragen, aber immerhin eine Antwort. Wie fand sie heraus, wer der Mann gewesen war? Sie konnte schlecht hingehen und jeden Einzelnen befragen. Sie würde ihn auch an der Stimme nicht wiedererkennen, und gesehen von ihm hatte sie auch nichts. Ein Schattenriss war der Mann gewesen, mehr nicht.

Brandis kam in die Kajüte und setzte sich zu ihr. Er trug wieder die komische blaue Jacke, die sie so liebte. Die vorne und an den Seiten kürzer als hinten war. Sein Haar war länger als sonst, dicht und blond, und seine Augen sprühten vor Lebenslust.

»Ich glaube, ich weiß, wer Sand diesen Brief geschrieben hat«, sagte Anna. »Du weißt doch, was drinstand, oder? Dass auf dem Grund der Ostsee der Hinweis auf Franz' Mörder zu finden sei.«

Brandis sah überrascht von seiner Kaffeetasse auf. »Wie kannst du das wissen?«

Anna erzählte, was sie gehört hatte, und mit jedem Wort verfinsterte sich die Miene ihres Mannes immer mehr.

»Wir müssen herausfinden, wer der Mann ist. Und wenn er die Wahrheit sagt, dann käme Fischer als Täter durchaus in Frage.«

»Wie sicher sind wir, dass er nicht nur Seemannsgarn gesponnen hat? Du kennst die Männer …«

»Wir wissen, dass Sand diesen Brief bekommen hat, und der Mann sprach davon, der Polizei einen Hinweis gegeben zu haben. Es passt alles, Chris. Er weiß genau das, was wir wissen wollen. Weshalb wir überhaupt auf diesem Schiff sind. Vergiss nie, dass du Sand dieses Kommando zu verdanken hast. Was ist, wenn der Mann auch auf der *Luna* gewesen ist?«

»Das können wir nur im Hafenbüro feststellen. Dort liegt die Heuerliste. Und dann wird Sand sich darum kümmern. Er wird jeden der Männer verhören. Damit ist unsere Aufgabe dann eigentlich erledigt.«

»Ich bin mir ziemlich unsicher, doch einer der beiden könnte Beer gewesen sein. Wir könnten ihn einfach fragen, mit wem er sich unterhalten hat.«

Er warf ihr einen etwas zweifelnden Blick zu.

»Ja, dann frag ihn.«

Nach dem Frühstück stieg Anna an Deck und sah sich die Männer genauer an. Den Steuermann, den Koch, der gerade aus der Kombüse trat und die Küchenabfälle ins Meer kippte, die Männer, die in die Wanten stiegen, den Bootsmann. Ein eingespieltes Team. Jeder Handgriff saß. Beer hatte eine Pause eingelegt, er hockte auf einem umgedrehten Beiboot und paffte an seiner Pfeife. Sie stellte sich zu ihm und hielt sich an der Rahe fest.

»Sie hatten letzte Nacht ein interessantes Gespräch mit einem der Männer«, sagte sie ohne Umschweife und beobachtete seine Reaktion, die darin bestand, genüsslich den Rauch in die Luft zu blasen.

»Ach ja?«, gab er dann zurück.

»Sie sprachen über Franz Rose.«

»Sie haben uns belauscht?«

»Unfreiwillig. Es war so neblig, Sie konnten mich nicht sehen.«

Beer nahm wieder einen Zug aus seiner Pfeife. »Wenn Sie alles gehört haben, was wollen Sie dann von mir?«

»Wer war der Mann, mit dem Sie gesprochen haben?«

Über Beers Gesicht kräuselte sich ein vages Lächeln. »Verstehe. Aber von mir erfahren Sie den Namen nicht. Ich habe ihm versprochen, Stillschweigen darüber zu bewahren, und ich breche meine Versprechen nicht. Tut mir leid, Lady.«

Kiel

Zwischen Flickwort und Sand stand es währenddessen nicht zum Besten. Der eine fühlte sich regelrecht erpresst, der andere hatte seinen Mut wiedergefunden und recherchierte auf eigene Faust. Da nun jeder quasi eine andere Agenda verfolgte, musste es früher oder später zu einem klärenden Gespräch oder zu einem Zerwürfnis kommen. Sand war nicht dumm, er merkte, dass sein Kollege misstrauisch war, jede seiner Handlungen argwöhnisch verfolgte und jedes seiner Worte auf die Goldwaage legte. In Flickwort schien eine seltsame Wandlung vor sich gegangen zu sein, deren Grund sich ihm nicht erschloss, also trat er eines Morgens die Flucht nach vorn an und legte dem Kollegen ein mit teurem Schweizer Käse belegtes Brötchen auf den Tisch. Eine Art Bestechungsversuch. Flickwort hatte sich an diesem Morgen wieder mit der erdrosselten Hure beschäftigt, ein Fall, der seine schlechte Laune nicht gerade aufhellte. Er ließ das Brötchen liegen und senkte den Kopf wieder über die Akte.

»Wenn Sie mit mir nicht mehr arbeiten wollen, dann sagen Sie es nur. Ich bin Ihnen nicht böse. Manchmal passt es einfach nicht, obwohl ich dachte, wie wären ein ganz gutes Team gewesen«, erklärte Sand.

Flickwort sah auf. Sand hatte ein argloses Lächeln aufgesetzt und wartete auf eine Antwort. Flickwort saß regelrecht in der Falle. Es widerstrebte ihm, Sand anzulügen, auf der anderen Seite lag ihm ein Strick um den Hals, den er in hundert Jahren nicht loswerden würde. Er hatte sich sogar hinter Sands Rücken um eine Versetzung bemüht, nur um endlich dieser unerträglichen Situation entfliehen zu können. Bisher ohne Erfolg.

Er schlief schlecht. Er hatte Alpträume. Er hatte keinen Appetit und kaute ewig an einem Salatblatt herum. Er stellte sich tausend Fragen, nach dem Sinn seiner Arbeit, nach dem Sinn des Lebens und kam sich vor wie jener unglückliche Sisyphos, dessen Lebensaufgabe von endlosem Misslingen gekennzeichnet war. Er drehte sich im Kreis. Er fragte sich, wie lange er dieses falsche Spiel noch spielen konnte, ohne jede Selbstachtung zu verlieren. Er mochte Sand. Ein hervorragender Kriminaler, einer der besten, den dieses Land zu bieten hatte, und was tat er? Er hatte nicht den Mut, seinem Kollegen von seiner Begegnung am Kleinen Kiel zu erzählen, und zweifelte mittlerweile an allem und jedem.

»Ist die Antwort so schwer?«

Flickwort sagte nichts. Ja, sie war verdammt schwer.

»Sie haben Kapitän Brandis auf Fischer angesetzt«, brach er endlich das Schweigen.

Sand nickte. »Ein Versuch, mehr nicht.«

»Sie vergessen Apeldorn. Ich glaube, wir sollten mal über ganz grundsätzliche Dinge reden …«

»Ich bin ganz Ohr, Kollege Flickwort.«

»Entweder Sie hören auf, Fischer nachzuspüren, oder ich lasse mich versetzen.«

Das hatte gesessen. In Sands Augen spiegelte sich mittelschweres Entsetzen. Er hatte wohl mit allem gerechnet, aber nicht damit.

»Was ist los mit Ihnen, Kollege? Wir ziehen beide nicht mehr am selben Strang, und ich will wissen warum.«

Flickwort stand kurz entschlossen auf und ging zu Sands Schreibtisch hinüber. Er stützte seine Hände auf die Tischplatte und holte einmal tief Luft. »Wir sind eine kleine, unbedeutende Kriminalbehörde, die sich zufällig in die große Politik eingemischt hat«, sagte er eindringlich. »Das mit Fischer war reiner Zufall, nicht wahr? Nur weil seine Fracht auf dem Grund der Ostsee liegt, sind wir auf ihn gestoßen. Aber, egal, ob er etwas mit Roses Tod zu tun hat oder nicht, Fischer steht nicht zur Disposition, und wenn er hundertmal unser Mann wäre. Selbst wenn wir bei ihm die passende Waffe mit seinen Fingerspuren, kein Alibi und ein ganz besonders gutes Motiv finden würden, wären wir nicht in der Lage, ihn zu verhaften und ihn der Justiz auszuliefern, denn parallel zum offiziell geltenden Recht existiert ein ganz anderes Recht mit seinen ganz eigenen Gesetzen. Das müssen Sie doch einfach mal zur Kenntnis nehmen. Und das wissen Sie auch, warum also hören Sie nicht auf, Fischer weiter zu verfolgen, diesmal durch Kapitän Brandis? Haben Sie einen Hang zum Masochismus? Rennen Sie gerne immer wieder mit dem Kopf gegen dieselbe Mauer?«

Das war eine lange Rede für jemanden, der eher wortkarg war. Natürlich hatte Flickwort recht, was Sand durchaus wusste. Er hatte natürlich keinen Hang zum Masochismus. Er wollte einfach nur nicht akzeptieren, dass es jenseits des offiziellen Rechts noch ein anderes gab. So einfach war das, und er kam sich langsam vor wie ein Protagonist dunkler Phantasiewelten, in denen undurchsichtige Handlanger, diffuse Mächte und korrupte Strukturen ihr Unwesen trieben. Er war durch und durch Demokrat, er duldete keine versteckten, korrupten Strukturen innerhalb dieser demokratischen Republik, und Flickwort selbst wurde immer klarer, dass er seinen Chef für kein Geld der Welt hintergehen würde. Er unternahm einen letzten Versuch. »Wir haben keine Chance, Chef, begreifen Sie das doch endlich.«

Flickworts Stimme war leise, bittend, fast flehend. Ein allerletzter Versuch, die Wahrheit, wie es um ihn wirklich stand, nicht preisgeben zu müssen. Leider traf er Sand damit auf dem völlig falschen Fuß.

»Ich habe nicht gewusst, dass sie ein obrigkeitshöriger Esel geworden sind«, fuhr Sand ihn an, stand auf und rauschte aufgebracht aus dem Büro hinaus.

Tallinn

Ein makellos blauer Himmel über der Stadt. Schon vom Hafen waren die Zwiebeltürme der orthodoxen Kirche zu sehen, eingebettet in die Dächer der umstehenden Häuser. Nachdem die Fracht gelöscht worden war, ging Anna mit Brandis in die Stadt, während die Mannschaft in den Hafenkneipen verschwand. Brandis kannte sich aus, er war schon oft hier gewesen und führte Anna in die Kirche, fuhr mit ihr in einer Pferdekutsche zum Schloss Katharinental, spazierte an der imposanten Stadtmauer vorbei und lud sie am Abend in eins der besten Lokale auf dem Markt ein, der vom gotischen Rathaus beherrscht war. Tallinn war eine wunderschöne, geschichtsträchtige Stadt mit einem ganz speziellen nordischen Flair, und Anna erinnerte sich daran, dass sie eigentlich lieber in den Süden gefahren wäre. Jetzt musste sie feststellen, dass der Norden genauso reizvoll war. Brandis, der ein paar Brocken Estnisch sprach, eine Sprache, die dem Finnischen ähnlich war, bestellte das Essen und einen Wein und stopfte sich die Pfeife, während Anna sich nicht sattsehen konnte an den pittoresken Häusern, die den Marktplatz umstanden. Sie hätte ewig hier sitzen können, die Menschen beobachten, ihrer fremden Sprache lauschen, ein typisch estnisches Gericht auf dem Teller. Über den Platz lief ein orthodoxer Priester in seinem Ornat, die Kirchenglocken läuteten, die Sonne ging unter, die Laternen gingen an und tauchten die Silhouette der Stadt in ein geheimnisvolles Flimmerlicht.

Alles war perfekt. Als sie aufbrachen, stand der Vollmond am Himmel und begleitete sie zum Hafen hinunter. Die *Albertus Magnus* schaukelte auf den Wellen zwischen den anderen Schiffen, Seglern, Dampfern; sogar zwei motorgetriebene waren darunter. Die Luft war klar, und der Mond sah aus wie eine überdimensionale Sonnenblume, vollkommen rund und von einem satten Gelb. In seinem Lichtschein war ein kleines Ruderboot auf dem Meer zu sehen, das sich von der *Albertus Magnus* entfernte, und Anna meinte sogar die Ruderschläge hören zu können. Übers Laufbrett kam die Steuerbordwache gerannt und deutete auf das Boot hinüber.

»Der Koch hat sich gerade aus dem Staub gemacht, Käpt'n«, rief der Wachmann Brandis zu, der sich umdrehte und aufs Wasser sah.

»Der Koch?«, gab er verblüfft zurück. »Wo will er hin?«

»Es gibt da eine Menge kleinerer Inseln. Er hat sich eben das Boot geschnappt und zu Wasser gelassen.«

Brandis zögerte, und Anna fragte sich, warum der Koch so plötzlich die Flucht ergriffen hatte.

»Vielleicht habe ich mit meinen Fragen den Fuchs aus dem Bau gelockt«, sagte sie. »Was ist, wenn der Koch derjenige ist, der den Namen von Franz' Mörder kennt?«

»Dann fangen wir den Fuchs wieder ein. Lassen Sie ein Boot zu Wasser, Henning.«

Brandis war entschlossen, den Koch zu fassen, und gab Befehl, vierundzwanzig Stunden mit dem Ablegen zu warten. Bis dahin, versprach er, wieder zurück zu sein.

Anna blieb an Deck und fröstelte. Ihr wurde nicht mehr warm seit ihrer Ankunft auf der *Albertus Magnus*. Sie hatte sich in ihren dicksten Pullover gepackt, eine Jacke darüber, doch das Frösteln blieb. Brandis war irgendwo da draußen in der Ferne verschwunden, das Schiff lag vor Anker.

Es gibt kein Leben in vollkommener Harmonie, dachte sie. Weil der Mensch an sich nicht harmonisch ist. Vielleicht ist auch das Leben a priori nicht harmonisch. Es ist dissonant, schräg, laut, unordentlich. Wer Ordnung sucht, muss sie sich selbst schaffen. Doch selbst wenn er es schafft, die nervtötende Dissonanz zu entfernen, wird sie von außen wie ein Bumerang immer wieder zurückkommen.

Brandis hatte das Boot immer im Blick gehabt, bis es Kurs auf eine nahe Küste nahm. Hier gab es tatsächlich eine Menge kleiner Inseln zwischen Tallinn und Helsinki. Ein winziges Eiland, auf dem das Boot des Kochs anlegte. Als Brandis ebenfalls dort ankam, war der Koch natürlich verschwunden. Was wollte der Mann hier, wo sich Fuchs und Hase gute Nacht sagten? Warten, bis die *Albertus Magnus* Richtung Heimat segelte?

Brandis zog das Boot an Land und machte sich auf den Weg. Aber wohin? Die Insel war karg und leer. Ab und zu ein kleiner Föhrenwald, niedriges Gras, das am Boden wuchs, und ein heftiger Wind, der über das flache Land zog. Kein Haus, kein Licht, nicht einmal ein Weg. Vielleicht war die Insel gänzlich unbewohnt. Ins Rauschen des Windes mischte sich der Ruf einer Eule, und Brandis stapfte weiter. Er stapfte ins Nirgendwo hinein und hatte die Hoffnung fast aufgegeben, hier auf eine menschliche Seele zu treffen. Der Koch hatte eine gute halbe Stunde Vorsprung, und Brandis wusste nicht, wie groß die Insel wirklich war. Er blieb stehen und lauschte. Er hörte nichts außer dem Wind, er sah nichts außer den vom Mondenschein übergossenen Kiefern. Der Mond schien aus allen Nähten zu platzen, wurde immer voller und fahler. Und dann streifte ein Hauch von Rauch Brandis' Nase. Ein Feuer?

Brandis drehte sich um und entschloss sich, dem Rauch auf den Grund zu gehen, als er ein Knacken hörte. So als sei jemand auf ein Stück Holz getreten, und richtig, plötzlich tauchte hinter einer Kiefer ein Schatten auf. Dann ein zweiter und ein dritter. Drei Männer traten ins Licht, bärtig, lange Haare, in braune Mäntel gekleidet. Einer hielt eine Pistole in der Hand und richtete sie auf ihn.

»Kuka sinä olet?«, fuhr er ihn an. *»Mistä olet Kotisin?«*

Brandis verstand kein Wort, vermutete aber, dass sie wissen wollten, was er hier verloren habe. Er kramte in seinem finnischen Repertoire, fand allerdings nur ein Wort, das ihm einfiel.

»Mies«, antwortete er und sah sich demonstrativ suchend um. »*Mies.*«

Jetzt schweiften auch die Augen der anderen umher. *Mies*, ein Mann.

»Kapitän Brandis«, sagte er jetzt, deutete auf sich selbst, und nun verstanden sie.

»Ah, Kapitän«, wiederholte der mit der Waffe. »*Viro? Vänäja?*«

Brandis zögerte. »*Saska*«, sagte er dann. »Kiel.«

»Ah, Kiel.«

Sie schienen sich ein wenig zu entspannen, doch der Lauf der Waffe war immer noch auf ihn gerichtet.

»*Tulet mukaamme*«, befahl der Wortführer und machte eine Geste. Sie nahmen ihn in ihre Mitte, und mit der Waffe im Rücken ging er in den kleinen Föhrenwald hinein. Mittendrin erhob sich plötzlich der Umriss eines Holzhauses, vor dem ein großes Feuer brannte, um das einige Männer herumsaßen und sofort aufsprangen, als die kleine Gruppe in Sicht kam. Es gab ein heftiges Wortgefecht, und dann wurde Brandis genötigt, sich zu setzen. Ein Blick durch die offenstehende Tür in das Haus hinein, und er wusste, wo er gelandet war. Im Haus stapelten sich Kisten und Fässer bis an die Decke. Brandis hielt den Atem an. Er war in einem Schmugglernest gelandet. Der Mann, der neben ihm stand, bot ihm plötzlich eine Flasche an. Er nahm einen Schluck und hatte das Gefühl, das Gebräu verätze ihm fast die Kehle, was der andere lachend quittierte. Dann trat eine Frau aus dem Haus, gefolgt von einem Mann, den Brandis sofort erkannte. Er war klein, untersetzt, mit dünnem, strähnigem Haar. Es war Samuel, der Koch. Er kam zögernd näher und blieb am Feuer stehen.

»Machen Sie sich keine Hoffnung, Käpt'n, ich bleibe hier.«

Brandis verstand. Der Koch musste schon früher auf der Insel gewesen sein und hatte vermutlich das eine oder andere gute Geschäft mit den Schmugglern gemacht. Wein aus dem Süden, Pelze aus dem hohen Norden, hier wurde gekauft und verkauft, alles an den offiziellen Behörden vorbei.

»Ich kann Sie nicht hierlassen, das wissen Sie. Sie gehören zu meiner Mannschaft.«

»Ich gehörte zu Ihrer Mannschaft. Jetzt gefällt es mir hier besser, also bleibe ich.«

»Warum? Es muss doch einen Grund geben, warum Sie sich so plötzlich abgesetzt haben. Es hat nicht zufällig mit Ihrem Gespräch vor zwei Tagen mit dem Ersten Offizier zu tun?«

Der Koch schien irritiert. Er starrte wortlos ins Feuer, während er unruhig von einem Fuß auf den anderen trat.

»Sie wissen, wer Franz Rose erschossen hat«, konstatierte Brandis scharf, was den Koch noch nervöser zu machen schien.

»Und wenn ich es wüsste?«, entgegnete er aufmüpfig. »Wen interessiert es hier? Mag sein, dass mir das eine oder andere zu Ohren kam, aber ich bin verschwiegen wie ein Grab. Bin ja nicht lebensmüde.«

»War es Fischer?«

Der Name schien dem Koch durch Mark und Bein zu fahren. Er wurde blass und stierte wieder ins Feuer. »Nein«, rief er dann. »Zumindest nicht direkt, wenn Sie verstehen, was ich meine. Und jetzt sage ich kein Wort mehr.«

Er drehte sich um und verschwand wieder im Haus. Vom Nebenmann genötigt, ein weiteres Glas zu trinken, fragte sich Brandis, wie vertrauenswürdig diese Aussage war. Vertrauenswürdig genug, um Sand auf diese Fährte anzusetzen?

Die Finnen tranken genauso viel wie die Russen, und sie vertrugen auch genauso viel. Das scharfe Gebräu führte dazu, dass Brandis bald nicht mehr klar denken konnte. In diesen Gläsern schien kein Schnaps zu sein, sondern purer Alkohol. Er ließ das letzte Glas stehen und bat den Wortführer darum, zu seinem Schiff zurückkehren zu dürfen.

Noch zwei Stunden, dann würde die *Albertus Magnus* ablegen. Mit jeder Minute wuchs Annas Sorge, denn Brandis war bisher nicht zurückgekommen. Sie stand an Deck und starrte aufs Meer in die Richtung, in der er verschwunden war. In der Ferne waren Inseln zu sehen, kleine Punkte, die aus dem Wasser ragten.

Wenig später stand sie in der Küche. Jetzt, wo es keinen Koch mehr gab, hatte sie sich bereit erklärt, die Mannschaft zu versorgen. Sie stand in der winzigen Kombüse und wunderte sich, wie man hier ein anständiges Gericht für so viel Menschen zubereiten konnte. Eingeklemmt zwischen Ofen und Schränken, vermochte sie sich kaum zu bewegen. Ab und zu kam Beer vorbei, warf ihr einen kritischen Blick zu und verschwand wieder. Sie schälte Kartoffeln und Möhren und versuchte eine Gemüsesuppe zustande zu bringen.

Plötzlich laute Stimmen an Deck. Sie warf das Schälmesser hin und stürmte nach oben. Brandis stieg gerade über die Bordwand und warf ihr ein Lächeln zu. Unendlich erleichtert blieb sie stehen, obwohl sie ihm am liebsten um den Hals gefallen wäre. Er gab Befehl, das Boot an Deck zu holen, Festmacherleinen lösen, Segel setzen. Wenig später fuhr der Wind in die Segel, eine Rahe schlug um, das Segeltuch flatterte.

Die Männer wollten wissen, wo der Koch geblieben sei, aber Brandis sagte nur, dass er sich auf eine Insel abgesetzt habe, was die Männer ungläubig zur Kenntnis nahmen. Selbst Beer fand die Antwort äußerst erstaunlich, wäre es doch die Aufgabe des Kapitäns gewesen, den Abtrünnigen wieder an Bord zu bringen.

»Hier kann eben jeder machen, was er will«, rief der Steuermann mit blitzenden Augen und begab sich widerstrebend an die Arbeit. Brandis spürte die Feindseligkeit der Männer, ihre wütenden Blicke, ihre abwehrende Haltung. Aber er wollte erst mit Fischer sprechen, bevor er ihnen die Wahrheit anvertrauen würde. Daher wartete er, bis Fischer an Deck auftauchte. Der würde wieder mit zurückfahren, nachdem er hier ein gutes Geschäft gemacht hatte. Er war sogar von Vertretern des estnischen Parlaments empfangen worden für die außerordentlich großzügige Arbeit, die er geleistet hatte. Fischer war hochangesehen in manchen Teilen der Welt, nämlich überall da, wo er seine Waffen verkaufte. Anna fragte sich, wozu ein Staat wie Estland Waffen braucht? Wer würde ihn überfallen hier am Ende der Welt? Russland? Finnland?

Brandis hatte Franz Rose in seiner Gegenwart noch mit keinem Wort erwähnt. Er hatte sich Sands Worte zu Herzen genommen, erst ein freundschaftliches Verhältnis zu Fischer aufzubauen, doch das war bisher wenig erfolgreich gewesen. Selbst die gemeinsamen Tage und Nächte an Bord hatten nicht dazu geführt, dass Fischer aus dem Nähkästchen geplaudert hatte. Er war ein redseliger Typ, aber so richtig warm wurde keiner mit ihm. Er sprach gern über seine Geschäfte, die für ihn das Selbstverständlichste auf der Welt zu sein schienen, und Kritik daran nahm er zwar zur Kenntnis, machte sich aber nichts daraus. Er konnte es sich leisten. Aber jetzt mit der brandneuen Information des Kochs ausgestattet, war es Zeit, das Thema endlich anzuschneiden.

»Einer hier an Bord scheint Roses Mörder zu kennen. Jemand hat, ohne es bewusst zu wollen, ein Gespräch mitangehört«, erklärte Brandis, nachdem Fischer endlich aufgetaucht war.

»Das hört sich alles sehr kryptisch an, Käpt'n. Einer? Jemand?«

»Kennen Sie Samuel, den Koch, näher? Er ist derjenige, der

einen Teil der Wahrheit zu kennen scheint. Immerhin sollen Sie auch ein Teil dieser Wahrheit sein.«

»Jeder von uns ist zuweilen Teil einer Wahrheit, Käpt'n. Dieser oder jener, finden Sie nicht auch? Und jetzt würde ich vorschlagen, wir segeln endlich nach Hause.«

Fischer schien eine dicke Mauer um sich herum gebaut zu haben, die lediglich ein winziges Fenster mit milchigen Scheiben besaß, die sein wahres Wesen nur als vage Umrisse wiedergaben. Ein Mann wie ein Schattenriss. Was verbirgt diese Mauer?, fragte Anna sich, während sie ihm dabei zusah, wie er sich umdrehte, als sei das Gespräch für ihn beendet. Seine kriminellen Geschäfte sicher nicht, über die sprach Fischer ganz ungeniert, seine Haltung, was das Thema Waffen überhaupt betraf, sicher auch nicht. Es musste noch etwas anders geben. Also doch Franz Rose? Sein »indirekter« Anteil an diesem Verbrechen? Auf Rose reagierte er genauso wie auf alles andere. Mal zynisch, mal indifferent, mal gelangweilt. Die Mauer war geschlossen, das Fenster ließ nur ahnen, nichts wissen.

»Wir sehen uns beim Abendessen«, murmelte er und verschwand unter Deck.

10 Berlin

Ein herrlicher Sonnentag in der Hauptstadt, der Flack allerdings immer weniger abgewinnen konnte. Hin- und hergerissen zwischen der Karriere, die er anzustreben gedachte, und den düsteren Vorzeichen, die seine unruhigen Träume besiedelten, wusste er, dass er eine Entscheidung treffen musste. Mit Lilly war alles abgesprochen, sie wollten noch dieses Jahr heiraten, warum also zögerte er noch?

Der Blick auf die Zahlen in den Staaten ließ ihm zuweilen das Blut in den Adern gefrieren, dann wieder fand er nichts dabei, dass die Aktienkurse das Fliegen gelernt hatten. Er war kein Hellseher, und das war sein Problem. Sah er zu schwarz? Würden die Banker in der Staaten nicht ihren Job machen, so wie sie es hier taten? Würden sie sehenden Auges Banken, Staat und Gesellschaft in eine Katastrophe hineinlaufen lassen? Niemals. Und doch wurde er das Gefühl nicht los, dass es besser sei, den rettenden Hafen anzulaufen. Und so nahm er die Gelegenheit wahr, als sie sich endlich bot. Eine Limousine hatte Schacht und ihn zur Reichsbank gebracht. Sie waren ausgestiegen, und als Schacht den Vorschlag machte, einen Spaziergang zu unternehmen, sah Flack seine Chance gekommen. Sie schlenderten gemütlich durch eine lichte Birkenallee, plauderten über dies und das, und sein Chef schien guter Laune zu sein, was eher selten war. Meistens war er verstimmt oder nervös, so dass Flack sich nie getraut hatte, mit ihm über seine Kündigung zu sprechen. Ein guter Freund hatte seine Beziehungen genutzt und Flack eine Stellung an einer Zürcher Bank in

Aussicht gestellt, und eine bessere Gelegenheit würde er nicht finden. Also nahm er allen Mut zusammen und warf so nebenhin ein, er würde sich gern beruflich verändern.

»Was haben Sie vor?«, fragte Schacht, ohne seinen hastigen Schritt zu zügeln.

»Ich habe eine Stellung in Zürich in Aussicht. Die möchte ich gerne annehmen, und zwar so schnell wie möglich.«

Schacht blieb unverzüglich stehen und musterte Flack aus zusammengekniffenen Augen. »Sie wollen mich verlassen?«

»Ich möchte die Reichsbank verlassen. Verstehen Sie mich nicht falsch, Herr Präsident, es hat nichts mit Ihnen zu tun. Ich werde heiraten und in die Schweiz ziehen. Das haben meine Verlobte und ich so besprochen.«

»Einfach so?«

›Ja, einfach so, ohne dich zu fragen‹, dachte Flack gereizt, dem die selbstgerechten Anflüge seines Chefs schon lange auf die Nerven gingen. Auch ein Grund zu kündigen.

»Ich habe viel von Ihnen gelernt. Aber die vielen Probleme, die wir hier haben, zerrütten mein Gemüt auf die Dauer. Ich leide zuweilen an heftigen Depressionen, und das ist nicht förderlich für meine Arbeit.«

Das war jetzt wirklich schamlos übertrieben, dachte Flack. Ein zerrüttetes Gemüt und heftige Depressionen würden Schacht aber vielleicht gnädig stimmen, und tatsächlich setzte er sich wieder in Bewegung.

»Das tut mir leid. Ich hatte keine Ahnung. Waren Sie schon mal bei einem tüchtigen Psychoanalytiker? Ich könnte Ihnen da jemanden empfehlen, einen exzellenten Freudianer …«

»Vielen Dank, aber ich bin schon versorgt. Es würde mir sehr helfen, wenn Sie meiner Kündigung zustimmen könnten.«

Schacht blieb wieder stehen und fing erneut an, Flack zu mustern. Auf die Idee wäre er im Leben nicht gekommen, dass dieser junge Mann, den er immer für kerngesund an Körper und Geist gehalten hatte, von einem solchen Übel heimgesucht wurde.

»Ist Ihnen die Stellung in Zürich sicher?«, wollte er wissen.

»So gut wie, aber ich habe noch nichts unterschrieben.«

»Es ist einzig und allein Ihre Entscheidung, ich werde es nicht verhindern können, wenn Sie uns verlassen, und ich fände es bedauerlich, denn wir steuern harten Zeiten entgegen, aber das wissen Sie ja. Nun, in Zürich wird eine ruhigere Kugel geschoben, das wird Ihr Nervenleiden ein wenig besänftigen, hoffe ich. Also gehen Sie in Gottes Namen, wohin auch immer Sie gehen müssen.«

Kiel

Es war eine Veränderung, die kaum jemand registrierte, weil sie so schleichend vor sich ging. Sand hatte hier und da etwas aufgeschnappt, es aber gleich wieder als reinen Unsinn abgetan, bis er eines Morgens ins Büro kam. Frau Haller aus dem vierten Stock saß auf einem Stuhl und weinte bittere Tränen in ihr Taschentuch. Auf Sands Frage trocknete sie ihre Augen und erklärte, man habe sie vorzeitig in Rente geschickt.

»Ich habe meine Arbeit immer gewissenhaft gemacht, das können Sie mir glauben. Überstunden ohne Ende habe ich geschoben, mich nie beklagt, und jetzt das! Sie schicken mich einfach nach Hause wie einen alten, kranken Gaul …«

Die Tränen flossen wieder ins Taschentuch. Sand war peinlich berührt. Er wusste nicht, was er sagen sollte, und setzte sich hinter seinen Schreibtisch. Er ließ ihrem Kummer freien Lauf, und als Frau Haller sich etwas beruhigt hatte, versuchte er, ihr die Vorzüge einer Frühpensionierung schmackhaft zu machen. Da fuhr sie von ihrem Stuhl hoch und starrte ihn an. »Sie wissen nichts, habe ich recht? Sie haben keine Ahnung.«

Er schüttelte konsterniert den Kopf. Wovon hatte er keine Ahnung?

»Ich bin nicht die Einzige, der sie gekündigt haben. Es gibt noch drei andere, zwei vom Raub und eine von der Wirtschaft. Alle vorzeitig in Rente geschickt. Das ist doch kein Zufall. Und vergessen Sie Dr. Fichte nicht.«

»Herr Maibach hat sich nach Hamburg versetzen lassen«, erklärte Sand mit ruhiger Stimme. »Es ist also ein ganz natürlicher Vorgang, dass er einen Nachfolger bekommt, und das ist nun einmal Herr Dr. Fichte. Ich glaube, Sie verrennen sich da etwas, Frau Haller.«

»Überall werden plötzlich Leute gekündigt und durch andere ersetzt. Ist Ihnen das noch nicht aufgefallen? Selbst im Gaswerk, in dem nur Sozialdemokraten im Vorstand saßen, sitzen jetzt andere, das weiß ich von meinem Mann. Alle parteilos.«

Als sie das Büro verlassen hatte, blieb er sitzen und schaute zum Fenster hinüber. Die Tropfen des letzten Regens funkelten in der Sonne wie Tautropfen und glitten langsam am Fensterglas hinunter. Ein leichter Spätsommerregen, der die Luft aufklarte. Sie gingen mit riesigen Schritten dem Herbst entgegen, einer Jahreszeit, die er liebte. Er liebte die Oktobernebel, das Geschnatter der Wildgänse über seinem Kopf, das pralle Farbenspiel der Bäume. Er hatte genug vom Sommer. Und er hatte genug von diesen Verschwörungen. Die Leute sahen überall obskure Geheimnisse und Kabale. Vor allem Kabale. Das, was Frau Haller eben zum Besten gegeben hatte, kursierte im Moment überall in der Gesellschaft. Es hieß, man wolle die Gesellschaft umbauen, aber keiner konnte sagen, wer dahintersteckte und was mit diesem Umbau bezweckt werden sollte. Angeblich steckten die Rechten dahinter, die versuchten, ihre Leute in einflussreiche Positionen einzuschleusen, um an Macht zu gewinnen. Allen voran Hitler mit seiner Partei, die immer präsenter in der Öffentlichkeit auftauchte. In Berlin hatten sich Hitlers Schlägertruppen mit den Kommunisten eine brutale Prügelei geliefert, woraufhin der Senat solche rechten Auftritte verboten hatte. Man konnte den Eindruck gewinnen, dass die Demokratie von allen Seiten angegriffen wurde, das hätte auch Sand nicht abgestritten. Aber hinter diesem seltsamen Bäumchen-Wechsel-dich-Spiel hätten auch die Linken stecken können.

Und dann Dr. Alois Fichte! Parteilos, aber ein versteckter Monarchist. Seine Familie besaß ein Gut in Mecklenburg, alter preußischer Adel. Über hundert Ecken verbandelt mit Ludendorff. Ein anderes Kaliber als Maibach, dessen Bruder an der Ausformulierung der Verfassung in Weimar beteiligt gewesen war. Ein lupenreiner Demokrat. Der war jetzt weg und auf seinem Stuhl sass ein verkappter Monarchist. Hatte Frau Haller vielleicht doch recht?

Die Tür ging auf, und Flickwort, beladen mit zwei Tassen dampfenden Kaffees und einer schmalen Akte unter dem Arm, betrat das Büro.

Er holte die Akte unter seinem Arm hervor und legte sie Sand auf den Tisch.

»Mordanschlag auf den Redakteur des ›Holsteinischen Tages‹. Er hat sich erdreistet, einen kritischen Artikel über Fischer zu schreiben. Langsam entwickelt sich der Fall Fischer zu einem richtigen Skandal, wenn Sie mich fragen.«

»Es gibt keinen Fall Fischer«, knurrte Sand ungemütlich und schlug die Akte auf.

Am Abend des 12. September ereignete sich auf Hannes Salem, Chefredakteur des »Holsteinischen Tages«, ein Attentat. Unbekannte Täter warfen einen Feuerwerkskörper durch sein Wohnzimmerfenster und verletzten seine Frau, die am Tisch saß. Die Polizei geht von einem politischen Motiv aus.

»Salem wurde nach dem Erscheinen des Artikels mehrfach bedroht«, erklärte Flickwort.

»Wann ist der Artikel erschienen?«

»Vor drei Tagen. Der ›Holsteinische Tag‹ hat keine große Auflage, aber irgendeiner muss ihn gelesen haben, und was er da las, hat ihm offensichtlich nicht gefallen.«

»Und was haben wir damit zu tun?«

»Der ermittelnde Kollege hat mir den Fall eben auf dem Flur heimlich zugesteckt. Die Sache ist allerdings ziemlich prekär ...«

Flickwort nahm einen Schluck aus seiner Tasse und sah nicht besonders glücklich aus.

»Prekär?«, wiederholte Sand.

»Der Kollege kam einfach nicht weiter. Die Frau wurde wirklich schwer verletzt, sie liegt immer noch im Krankenhaus. Salem selbst hat sich zurückgezogen und macht im Moment keinen Journalismus mehr. Die Einschüchterung hat also gewirkt. Und der Kollege stieß bei seinen Ermittlungen angeblich auf eine Mauer des Schweigens. Alle übrigen Zeitungen haben über den Anschlag mit keinem Wort berichtet. Fällt jetzt der Groschen, Chef?«

»Der Anschlag soll vertuscht werden.«

»Genau. Womit wir wieder bei Fischer sind. Keine kritischen Artikel über ihn, und wer einen schreibt, darf sich nicht wundern, wenn es in seinem Wohnzimmer knallt und brennt. Der Anschlag wird einfach ignoriert und strafverfolgt schon gar nicht. Wer steckt dahinter? Apeldorn und Konsorten, wenn Sie mich fragen.«

»Sie haben dem Kollegen hoffentlich gesagt, dass wir nicht weiter ermitteln werden?«

Flickwort grinste. »Aber natürlich. Es ist Mittagszeit. Haben Sie Lust auf einen Hering mit Gurke?«

Auf der *Albertus Magnus*

Ein bisschen schweres Wetter gab es nicht, so wenig wie man ein bisschen schwanger sein konnte. Schweres Wetter war immer nichts anderes als schweres Wetter. Es goss in Strömen, es herrschte Sturm oder Orkan, meterhohe Wellen, da konnte schon mal ein Ruder verlustig gehen, oder es hingen die Segel in Fetzen. Als Erstes hatte es das Vorsegel erwischt, es sah aus wie ein zu oft benutzter Wischlappen. Anna lag in der Kajüte unter Deck und wartete ab. Sie versuchte zu lesen, aber ihr Magen rebellierte. Brandis hatte sie seit zwei Stunden nicht mehr gesehen, er war oben und versuchte, das Schiff durch den Sturm zu navigieren.

Gegen Nachmittag wurde die See ruhiger. Übrig blieb ein Wetterleuchten am Horizont. Und als es dunkel wurde, stieg Brandis mit einer Flasche Jamaika zu den Männern ins Mannschaftslogis herunter. Vier saßen um einen Tisch herum und spielten Karten, die anderen lagen in ihren Kojen. Die Stimmung war immer noch gereizt. Auch der erste Offizier war da und hatte sich ein Spielchen gegönnt. Brandis stellte die Flasche auf den Tisch und setzte sich zu Beer auf die Bank. Die Flasche machte die Runde, sie ging vom Tisch zu den Kojen und wieder zum Tisch zurück.

»Das ist Meuterei, Käpt'n«, sagte Beer vorwurfsvoll. »Sie hätten ihn zwingen müssen, seinen Dienst aufzunehmen. Warum haben Sie das nicht getan?«

Die Flasche machte wieder die Runde. Auch Brandis trank und schilderte endlich die Lage, in die er geraten war. Dass er gegen die Übermacht nichts hatte tun können, und er merkte, wie sich die Stimmung langsam entspannte.

Brandis stand auf. Die Flasche ließ er stehen, aber er hatte noch eine zweite. Er ging an Deck und sah den Steuermann am Ruder stehen. Die See war ruhig, die Flasche lockte. Ein Kapitän trinkt nicht, während er sich auf See befindet. Höchstens beim Essen ein oder zwei Gläser Wein. Aber er betrinkt sich nicht. Niemals.

Brandis betrachtete das Sternbild am Himmel, die Kassiopeia. Sie war die Gemahlin des äthiopischen Königs Kepheus und Mutter der Andromeda gewesen, die behauptet hatte, schöner als die Töchter des Meeresgottes Nereus zu sein. Ein schrecklicher Frevel, der damit endete, dass Poseidon ein grässliches Meeresungeheuer sandte …

Brandis nahm ein paar Schlucke. Er kannte das. Oft gab es nicht mal einen konkreten Grund, zumindest keinen, der ihm bewusst war, aber vielleicht einen, der viel tiefer lag und sich in solchen Momenten nach einem Augenblick der Leichtigkeit sehnte, nach einem Augenblick der Abwesenheit der Melancholie, die ein ständiger Begleiter seines Lebens war. In der Haft hatte er nicht trinken können, und es war ihm nicht schwergefallen. Er hätte die Flasche einfach ins Meer werfen können, aber er trank weiter. Das Zeug brannte wie Feuer, die Flasche war schon halbleer. Ein Blick zum Himmel, die Kassiopeia stand immer noch da. Er spürte einen leichten Schwindel und trank und wunderte sich, dass nichts mehr kam. Die Flasche war leer. Er warf sie über die Reling und ging leicht schwankend unter Deck. Anna schlief. Er zog sich Schuhe, Hemd und Hose aus und fiel neben sie. Seine Hand suchte ihren Körper und stahl sich unter ihr Nachthemd, doch dann fielen ihm die Augen zu, ein kurzer heftiger Schwindel ließ sich unter den Lidern spüren, und dann war er eingeschlafen.

Kiel

Sand hatte sich den Zeitungsartikel des »Holsteinischen Tages« besorgt und ihn auf einer Bank am idyllischen Kleinen Kiel gelesen.

FISCHER UNTER VERDACHT?

Wer ist Silvester Fischer? Kieler kennen ihn als Besitzer des »Venus«, das er vor einigen Monaten an einen Bremer Geschäftsmann verkauft haben soll … Über einen Informanten wurde unserer Zeitung zugespielt, Fischer werde von der Kriminalpolizei verdächtigt, Franz Rose erschossen zu haben. Warum wird das der Öffentlichkeit verschwiegen? Warum enthielt sich bis jetzt die Presseabteilung des zuständigen Ressorts jeglicher Stellungnahme dazu?

Doch es gibt noch mehr Ungereimtheiten über Fischer. Aus Kreisen der Marine wurde bekannt, dass die deutsche Regierung neue Panzerkreuzer in Höhe von ca. 40 Millionen Reichsmark in Auftrag geben wird, und Silvester Fischer soll dabei eine zentrale Rolle spielen.

Die Sozialdemokratie hat schon ihren Widerstand gegen dieses millionenschwere Geschäft bekannt gegeben, doch scheint die Regierung, in der die Sozialdemokraten nicht mehr vertreten sind, mit der Vergabe der Aufträge unter anderem an Fischer schon begonnen zu haben.

Auf dem Weg zum Verlagshaus des »Holsteinischen Tages« geriet Sand zufällig zwischen die Fronten. Mitten in der Stadt waren wohl eher unversehens Linke und Rechte aufeinandergetroffen. Links stand die Gruppe der Rechten, rechts die der Linken, und dazwischen befanden sich ein paar Bürger, die vom Markt gekommen waren und nach Hause wollten. Das Herumstehen dieser Gruppen war nichts Besonderes, sie standen hier und da, diskutierten, tranken und zerstreuten sich wieder. Niemand nahm Anstoß daran. Jeder konnte hier herumstehen und diskutieren. Es war für Außenstehende auch nicht ersichtlich, was der Auslöser dieser Schlägerei gewesen sein könnte, aber ganz plötzlich waren sie in einer brandgefährlichen Situation. Die eine Gruppe aus etwa zwanzig jungen Männern stürmte auf die andere zu, und schon war die heftigste Prügelei im Gange, wobei die Unbeteiligten ihr Heil in der Flucht suchten und der eine oder andere umgeworfen wurde und unsanft auf dem Pflaster landete. Sand konnte sich in allerletzter Sekunde unter einem Mauerbogen in Sicherheit bringen und beobachtete fassungslos, was sich auf der Straße abspielte. Rechte gegen Linke. Kommunisten gegen Nationalsozialisten, die an ihren braunen Hemden zu erkennen waren. Ohrenbetäubendes Geschrei lag über der Straße, eine alte Frau rappelte sich auf, ihr Korb lag zertreten neben ihr, die Möhren ebenso. Der Kommissar rannte los, packte die Frau an der Hand und zog sie unter den Mauerbogen, während die Prügelei weiterging. Über die Gesichter von zwei jungen Männern lief das Blut, ein anderer humpelte davon und ließ einen Schuh zurück. Das Gemenge wurde immer brutaler, die Schreie wurden immer lauter, bis endlich aus einer Seitengasse drei Polizisten auftauchten, die aber ganz offensichtlich Angst hatten, einzugreifen, denn sie waren hoffnungslos unterlegen. Sie zogen wieder ab, vermutlich um Verstärkung zu holen.

»Nieder mit der Regierung!«, skandierten die mit den braunen Hemden, was die Kommunisten mit neuerlichen Schlägen in die feindlichen Gesichter kommentierten, obwohl sie eigentlich der gleichen Meinung waren.

»Wo soll das bloß enden?«, murmelte die alte Frau, drückte Sands Hand und verschwand hinter der nächsten Häuserecke.

Ja, wo soll das enden?, dachte Sand beklommen. Ein zerrissenes Volk, das sich immer weiter auseinandertreiben ließ und keinen gemeinsamen Nenner mehr suchte. Politische Ränder, die immer mehr Zulauf fanden, eine bürgerliche Mitte, die sich selbst zum Schweigen verdonnert hatte und der es nur wichtig war, dass der neu gewonnene Wohlstand für alle sichtbar war und sich genug Gelegenheit zum Feiern bot. War das Demokratie? War es das, was sich alle nach der Revolution gewünscht hatten?

Sand hatte genug. Er drehte sich um und lief weiter, bis er beim Verlagshaus angekommen war, das in einem großen Garten lag. Ein großes Haus, im Erdgeschoss die Räumlichkeiten des Verlages. Sand drückte auf die Klingel und wartete. Erst nach dreimaligem Klingeln ging die Tür auf, und eine weißhaarige Frau in einem Kostüm, das sicher nicht von der Stange geklaubt war, erschien. Sie entpuppte sich als Mitinhaberin des Verlags, der seine Arbeit allerdings eingestellt hatte. Ihr Mann war in Berlin, und sie hatte keine Lust, mit der Polizei zu sprechen. Sie war wortkarg, unfreundlich, und sie hatte ganz offensichtlich Angst.

»Ich brauche Ihre Hilfe«, erklärte Sand und zog die Ausgabe des »Holsteinischen Tages« aus seiner Jackentasche. »Sie wissen mehr über Fischer als wir.«

»Und genau darüber spreche ich nicht mehr«, zischte sie ihn an, wollte die Tür zuwerfen, aber er stellte seinen Schuh dazwischen. Sie starrte ihn wütend an. »Was soll das?«

»Wir haben beide das gleiche Problem, gnädige Frau«, sagte er mit leiser Stimme. »Warum tun wir uns nicht zusammen?«

Ihr Wohnzimmer war eher eine Art Salon. Großzügig geschnitten mit zwei Säulen in der Mitte. Chaiselongues, kleine Chippendaletische, antike griechische Amphoren, auf einer Anrichte funkelten Cognac und Whiskey in gläsernen Behältnissen. In den Bücherregalen standen Ausgaben von Spinoza, Stendhal und Baudelaire, ein Original von Goethes Dornburger Gedichten und andere literarische Kostbarkeiten. Sand war beeindruckt.

Er ließ sich auf einer grünen Chaiselongue nieder und bekam einen wirklich alten Cognac, den er ehrfürchtig betrachtete, statt ihn zu trinken.

»Sie haben Ihre Zeitung eingestellt?«, lautete seine erste Frage.

»Diese ja. Aber wir werden eine neue machen. Meine Schwägerin liegt immer noch im Krankenhaus, und die Journalistenkollegen tun so, als wäre nichts geschehen. Unter solchen Umständen kann man keine Zeitung machen. Das hat mit Meinungsfreiheit nichts mehr zu tun.«

»Haben Sie eine Ahnung, wer hinter dem Anschlag steckt?«

»Haben Sie eine Ahnung? Sie wissen doch offensichtlich mehr.«

»Durchaus«, gab Sand lächelnd zurück. »Leider haben wir dasselbe Problem wie Sie. Wir haben einen Verdächtigen, gegen den wir nicht ermitteln dürfen.«

»Wer sollte Ihnen das verbieten? Sie sind eine unabhängige Behörde.«

»Wir sind eine weisungsgebundene Behörde«, korrigierte er. »Es sind immer dieselben nebulösen Kreise der Regierung, die hier ihren Einfluss ausüben, aber fragen Sie mich nicht, was ich darunter verstehen soll.«

»Ich sage Ihnen, was sie darunter verstehen sollen, wenn es Sie interessiert.«

Sand nickte und nippte an seinem Cognac. Ein warmes, weiches Kitzeln rann durch seine Kehle. Die Frau schenkte ihm nach, und diesmal nahm er gleich einen tiefen Schluck.

»Sie gehen mit den Begriffen genauso liederlich um wie mit dem politischen Gegner. Sie machen Worte zu Waffen und metzeln damit in der Bevölkerung herum. Das sind Ihre gewissen Kreise der Regierung. Mal sind es Linke, mal Rechte, mal die Monarchisten, dann wieder die Bürgerlichen. Und was Fischer betrifft, hat sich da eine Phalanx gebildet, die quer durch die Parteien geht. Fischer ist für sie eine Art Unberührbarer, denn er hat beste Beziehungen in alle Parteien, und vor allem hat er beste Beziehungen zu den Alliierten.«

»Wenn Sie das so genau wissen, warum schreiben Sie solche Artikel?«

»Ja, warum?«, seufzte die Frau. »Mein Bruder konnte diese Verlogenheit nicht mehr ertragen. Er wollte nicht wahrhaben, dass es Leute gibt, für die Recht und Gesetz nicht gelten sollen. Aber genau so ist es, und soll ich Ihnen noch etwas verraten?«

»Ich bitte darum.«

»Es gibt zu viele Antidemokraten in der Politik. Und vergessen wir nicht die extreme Rechte und die extreme Linke, für die Demokratie per se ein Irrtum der menschlichen Logik darstellt. Noch ein Cognac, Herr Kommissar?«

Die *Albertus Magnus* war wieder zurück. Brandis hatte unverzüglich das Präsidium aufgesucht und Sand mitgeteilt, was er von Samuel, dem Koch, erfahren hatte. Sand war enttäuscht und dann auch wieder nicht. Was bedeutete einen indirekten Anteil an diesem Verbrechen? Hatte Fischer dem Mörder die Hand gehalten, in der sich die Waffe befunden hatte? Hatte er ihm die Waffe besorgt? Was war mit einer solchen Information anzufangen?

»Glauben Sie, dass der Koch noch auf der Insel ist? Er wäre unser wichtigster Zeuge.«

»Nein. Er wird in den Hafen zurückgerudert sein und dort auf einem anderen Schiff angeheuert haben. Aber Sie sollten die Mannschaft der *Albertus Magnus* befragen, vielleicht weiß ja doch jemand noch mehr.«

Einer weiß Bescheid, dachte Sand und starrte auf die Namen der Liste. Fischer war noch nicht aus dem Schneider, und Sand begriff, dass er eine neue, verheißungsvolle, wenn auch verbotene Spur hatte. Und dann ging ihm auf, dass Samuel, der Koch, derjenige gewesen sein konnte, der ihnen diese anonyme Botschaft geschickt hatte. Der sie mit seinen Worten auf den Grund der Ostsee gelockt hatte, wo das Geheimnis des Verbrechens verborgen lag.

»Ich würde die Mannschaft gerne im Hafenbüro der Reederei befragen, und es wäre mir lieb, wenn Sie dabei wären, Käpitän. Sie kennen die Leute besser als ich und können ihre Reaktionen besser einschätzen. Also lassen Sie uns einen Termin finden ...« Der Kommissar blätterte in seinem kleinen Kalender. »Morgen Vormittag um zehn Uhr? Ich lasse die Männer über einen Kollegen informieren.«

Brandis nickte und verabschiedete sich. Sand konzentrierte sich nun auf die Namen auf der Liste. Sollte er listig und taktisch vorgehen oder seine Karten auf den Tisch legen? Er konnte sich mit seinen widerstreitenden Ideen nicht einig werden, also fragte er Flickwort, der gerade zur Tür hereinkam. Der hielt aber weder von listig noch von offenen Karten etwas, er hätte das Verhör gar nicht führen wollen. Er kam sich vor, als spaziere er gerade über eine Rasierklinge und sah sich schon in Rente geschickt. Immerhin war Sand so klug gewesen, die Mannschaft nicht ins Präsidium zu bestellen, so würde es kein Aufsehen erregen, wenn plötzlich zwölf wilde Männer im Büro einfielen. Trotzdem …

»Sie sind unbelehrbar«, brummte Flickwort.

»Wenn wir einen Beweis für Fischers Mittäterschaft haben, dann kann kein Politiker einen Prozess verhindern. Das perfide Spiel funktioniert doch nur so lange, wie wir nichts vorzuweisen haben.«

Flickwort zuckte mit den Schultern. Wie weit würden *sie* gehen, fragte er sich.

»Selbst wenn wir einen eindeutigen Beweis hätten, würde Fischer niemals ein Geständnis ablegen. Er hofft doch auf seine mächtigen Freunde. Träumen Sie weiter, Chef.«

Am nächsten Morgen vor dem Hafenbüro. Dicker Nebel bedeckte die Förde, die auch am späten Vormittag noch zu schlafen schien. Kein Schiff fuhr aus, nur einige wenige legten an. Ein seltsamer Tag. Ungewöhnliche Stille im ganzen Hafen, der Nebel machte die Sicht fast unmöglich.

Vor dem Hafenbüro stand Brandis und wartete auf die Mannschaft der *Albertus Magnus*. Eine Kirchenglocke schlug. Zehn Uhr und niemand da. Brandis sah sich um, doch den Einzigen, den er sah, war Kommissar Sand, der sich näherte. Er musste beim Friseur gewesen sein, denn sein langer Bart war akkurat gestutzt und sein Gesichtsausdruck so bleich wie der Nebel.

»Guten Morgen, Kapitän Brandis. Alle schon im Büro?«

Brandis warf einen Blick zum Hafenbüro hinüber.

»Sind Sie sicher, dass die Männer informiert wurden?«, fragte er zurück, und Sand nickte eifrig. »Der Kollege hat sich den ganzen gestrigen Nachmittag die Füße wund gelaufen, um jeden zu informieren. Selbst den Schiffsjungen.«

»Es ist aber keiner gekommen.«

Kommissar Sand blinzelte gegen die Sonne, die gerade hinter einer Wolke hervorkam. Dann schüttelte er den Kopf. »Das kann nicht sein. Sie sind wirklich nicht im Büro?«

»Außer meiner Frau ist niemand im Büro.«

»Warten wir! Vielleicht verspäten sie sich nur ein wenig.«

Brandis sagte nichts. Ihm schwante etwas ganz anderes, aber Sand würde früher oder später selbst draufkommen, und richtig, nachdem etwa zehn Minuten vergangen waren, wurde der Kommissar nervös. Er ging auf und ab, zog immer wieder die Uhr hervor. Es vergingen fünf weitere Minuten, die Zeit lief, niemand kam. Schließlich war es halb elf, und Sand dämmerte, dass es wenig Sinn hatte, weiter zu warten.

»Wo könnten sie abgeblieben sein?«, fragte er stirnrunzelnd.

»Die Frage ist doch, warum sind die Männer nicht erschienen. Hätten Sie eine Ahnung?«

Sand hatte eine Ahnung. Eine böse. Steckte Vorsatz dahinter? Unglaublich. Einer offiziellen Aufforderung hatte man Folge zu leisten. Wäre nur einer nicht gekommen oder zwei, dann hätte er nicht an Vorsatz geglaubt, aber alle? Wer oder was steckte dahinter? Wer oder was hatte da seine Finger im Spiel?

»Sie kennen sich aus, Käpt'n, Sie könnten im Hafen nach den Männern suchen und herausfinden, wo sie sind und warum sie nicht gekommen sind. Würden Sie das tun?«

Brandis nickte, denn irgendetwas stimmte hier nicht. Und während Sand ins Präsidium ging, machte er sich auf den Weg in die üblichen Spelunken. Der Nebel lichtete sich allmählich, die Konturen wurden deutlicher. In den Kneipen die übliche Kulisse, Karten spielende, Lütt und Lütt trinkende Seemänner, ein paar leichte Mädchen dazwischen, eine Luft zum Schneiden dick. Viele von ihnen waren aufgrund des Nebels nicht ausgelaufen und warteten auf entsprechende Order. Aber keiner von der *Albertus Magnus* war dabei. Erst als Brandis bei »Elli« eintrat, wurde er fündig. Auch hier das gleiche Bild, allerdings verschönert von der Erscheinung der Wirtin, die wild angemalt im Gesicht mit knallrotem, widerspenstigem Haar und engem Glitzerkleid hinter der Theke stand. Bei Elli liefen die Geschäfte gut, hier traf sich alles, was Rang und Namen in der Unterwelt hatte, und nirgends wurde das Seemannsgarn heftiger gesponnen. Auf seine Frage kräuselte sich ein Lächeln über Ellis faltiges Gesicht.

»Ja, das ist seltsam«, sagte sie mit diesem Schmunzeln. »Sie konnten alle auf der *Warburg* anheuern. Die fuhr in aller Herrgottsfrühe nach Irland aus.«

»Bei diesem Nebel?«

»Die *Warburg* ist ein Dampfer, aber etwas ungewöhnlich ist das schon. Zumal alle, die auf der *Albertus Magnus* waren, nun auf der *Warburg* fahren. Gestern saßen die meisten noch im ›Schwarzen Pferd‹, das weiß ich von Beer, der hat ihnen nämlich diese Überfahrt verschafft. Und es soll gutes Geld geben, mehr als üblich. Muss ein lukratives Geschäft sein, das die *Warburg* da bekommen hat.«

»Wer hat das Kommando?«

»Ein gewisser Kapitän Vogel.«

Elli stellte Brandis einen Schnaps auf die Theke. Ein kleines Glas mit explosiver Wirkung. Er ließ es stehen und machte sich so seine Gedanken. Er kannte keinen Kapitän Vogel, vielleicht war der

Name auch falsch. Vielleicht fuhr die *Warburg* auch gar nicht nach Irland, sondern nur zur nächstgelegenen Insel, wo sie die ganze Mannschaft wieder ausspucken würde. Nur weg aus Kiel, wo ein gewisser Kommissar Sand zum Gespräch geladen hatte.

»Der Schnaps ist ein Geschenk des Hauses, Käpt'n«, riss Elli ihn aus seinen Gedanken, und er nickte, rührte das Glas aber nicht an. Er bedankte sich und verließ die Kneipe, um irgendwo ein Telefon aufzutreiben. Er musste Sand anrufen.

Berlin

Lilly und Anna waren kurzentschlossen mit eigenem Wagen und Chauffeur nach Berlin gefahren. Venn Flack hatte sie eingeladen. Anna hatte nicht lange nachdenken müssen, die Einladung anzunehmen, denn Brandis war wieder auf See, und der Aufenthalt in Berlin würde ihr Gelegenheit geben, endlich ihre alte Freundin Sabine wiederzusehen, die sie über ein Jahr nicht mehr gesehen hatte. Auch hatte sie nie eine Antwort auf ihre Briefe bekommen und vermutete, dass Sabine vielleicht umgezogen sein könnte und ihre Briefe darum nie erhalten hatte.

In Berlin residierten sie in einem Landhaus am Rande der Stadt, das Flack für sie angemietet hatte. Ein Haus, in dem die Zeit stehen geblieben zu sein schien und das Anna unwillkürlich an das Gartenhäuschen von Goethe erinnerte. Stofftapeten, fließende Gardinen, antikes Mobiliar, Porträts aus dem 18. Jahrhundert an den Wänden. Das geöffnete Fenster gab einen Blick frei, als sei er von Schinkel gemalt, eine tadellos perfekte Landschaft mit sanften Hügeln und dahinein gepflanzten Baumgruppen, und hätte es kein Telefon und keine Autos vor der Tür gegeben, hätte man denken können, gleich öffnete sich die Tür, und Johann Wolfgang trat ein.

Anna fühlte sich befremdet. Sie schaffte es nicht, das Gefühl, nicht dazuzugehören, abzulegen. Es war immer das Gleiche: Auf die Freude, eingeladen zu werden, folgte die Befremdung auf dem Fuße. Lillys Verhältnis zu ihr war in Berlin nicht anders als in Kiel, und doch kam Anna sich vor wie ein Eindringling. Sie waren in der Hochfinanz gelandet, dort, wo das Geld gedruckt, verwaltet und ausgegeben wurde. Höher ging es eigentlich nicht.

Sie hatte versucht, Sabine bei ihrem Arbeitgeber anzurufen, aber ihre alte Freundin arbeitete nicht mehr dort. Also bat sie den Chauffeur, sie in die Stadt zu fahren und sie in der Straße, in der Sabine wohnte, abzusetzen. Sie läutete und erfuhr, dass Sabine die Wohnung vor zwei Monaten gekündigt hatte. Der neue Mieter drückte ihr einen Zettel in die Hand mit der neuen Adresse, und dort angekommen sah Anna mit Bestürzung, dass hier keine Menschen lebten, die mit Arbeit gesegnet waren. Verfallene Häuser, ausgemergelte Gestalten am Straßenrand, bettelnd, hungrig, verarmt. Sie spürte den erstaunten Blick des Chauffeurs auf sich und traute sich nicht, ihn halten zu lassen. Am Ende der Straße überwand sie ihre Scham, stieg aus und schickte ihn zurück.

In einer solchen Straße hatte sie in dieser Stadt ihr Leben begonnen. Sie wusste, welche Armut sich hinter den Mauern verbarg. Es war die Schattenwelt dieser Stadt, ihr Unterbewusstsein, ihr dunkler Keller, die andere Seite jenseits der Boulevards. Es war der böse Alltag der von der Politik Vergessenen. Anna versuchte, die Beklemmung loszuwerden, und stand unentschlossen auf dem Bürgersteig. Gegenüber war eine Kohlenhandlung im Erdgeschoss. Seltsam, auch Maxim hatte damals über einer Kohlenhandlung gewohnt. Die Gardinen, die vor den Fenstern hingen, waren aschgrau, ein Baum am Straßenrand war tot, verdorrt. Zwei Kinder mit Augen wie erloschene Sterne standen gegen einen Zaun gelehnt und sahen sie an, und dieser Blick ging ihr durch und durch. Hier war der Hades der Gesellschaft, ein Reich der Untoten, Lebende, die stets mit einem Bein im Grab standen.

Regen kam auf, es tröpfelte auf den von Kohlen schwarz gefärbten Hauseingang. Die beiden Kinder rührten und regten sich nicht, und der Impuls, ihnen einen Groschen zu schenken, wurde von ihrer unheimlichen Bewegungslosigkeit vertrieben. Als stünden da keine Kinder, sondern Statuen.

Anna ging auf das Haus zu und stieß die Tür auf. Drinnen war es dunkel und still. Vier Türen, sie klopfte an alle. Die vierte öffnete sich langsam. Ein Kopf kam zum Vorschein, blond, bleich, stumm.

»Sabine?«, fragte Anna mit belegter Stimme, und ein Nicken war die Antwort.

Es gab dünnen Kaffee und zwei harte Stühle. Ein Zimmer mit Toilette auf dem Gang, das nicht viel kostete. Die neue Arbeitslosenversicherung machte es möglich, dass auch Arbeitslose irgendwo wohnen konnten, und Sabine hatte ihre Arbeit schon vor einem halben Jahr verloren.

»Warum hast du auf meine Briefe nicht geantwortet?«, fragte Anna.

»Porto ist teuer. Ich muss jeden Pfennig zehnmal umdrehen, bevor ich ihn ausgebe. Tut mir leid, Anna. Manchmal denke ich, als der Kaiser noch lebte, war es besser. Ich habe nie verstanden, warum er ins Exil musste.«

»Sie wollten es so.«

»Wer? Wer wollte das?«

»Alle, oder?«

»Ich nicht. Mich hat niemand gefragt. Dich?«

»Nein. Es wird schon genug Leute geben, die es wollten. Der Erzbischof von New York soll gesagt haben, dass ein Ziel des Krieges die Abschaffung der Monarchien gewesen sein soll.«

»Dann haben sie England vergessen. Aber *die* Monarchie haben sie ja nie gemeint.«

»Schon möglich. Ist das jetzt wichtig?«

»Ja, es ist wichtig.«

Anna wunderte sich immer mehr. Sabine hatte sich nie für Politik interessiert. Sie war lieber tanzen gegangen, aber damit war jetzt Schluss. Sie hatte ihren Job verloren und keinen neuen gefunden. Da hatte sie auch ihre Wohnung kündigen müssen.

»Die Lage ist schlecht, Anna, immer mehr verlieren ihre Arbeit, und niemand weiß, warum das so ist.«

Anna steckte ein Kloß im Hals. »Es kann doch nicht so schwer sein, eine Anstellung zu finden.«

»Ich habe es versucht. Die Leute sparen, wo sie nur können, als ginge morgen die Welt unter. Was ist da los?«

Anna dachte an den Aktiensturz im Mai. War das der Grund? Sie würde Flack fragen, der müsste es wissen.

»Du brauchst eine neue Wohnung. Du kannst hier nicht bleiben.«

»Etwas anderes kann ich nicht bezahlen.«

»Dann gebe ich dir den Rest dazu.«

»Du hast doch selbst nicht viel.«

»Ich habe Arbeit, Biene, das geht schon in Ordnung.«

Sabine senkte verlegen die Augen. Sie war schlank geworden, und die Blässe ihres Teints war die Blässe der Kellerkinder.

»Morgen machen wir uns auf Zimmersuche«, sagte Anna entschlossen und verabschiedete sich. Sie trat allein auf die Straße und lief ein Stück, bis sie in eine wohlhabendere Gegend kam. Hier fuhren Taxis, und sie nahm eins, das sie zurückbringen würde. Der Kloß im Hals aber blieb. So schnell also geht das, dachte sie. Von heute auf morgen. Wer wird dich retten? Wer wird dich auffangen in diesem Sturz durchs Netz der sozialen Abgründe, das tausend Löcher hat?

Den Nachmittag verbrachten sie bei sonnigem Wetter auf der Terrasse, am Abend waren sie in der Stadt auf einer Gesellschaft eingeladen. Der Chauffeur fuhr sie hin, und schon an den parkenden, glänzenden Karossen vor dem Haus konnte man sehen, wer sich hier tummelte: Bankleute mit ihren Ehefrauen. Es war ein etwas steifes Ambiente, man stand mit seinem Glas in der Hand herum, taxierte die Anwesenden und versuchte, bei jeder Gelegenheit neue Kontakte zu knüpfen und an neue Informationen heranzukommen. Informationen waren das Salz dieser Branche – wer nicht auf dem neuesten Stand war, war verloren und würde mehr Geld verlieren als verdienen.

Für Anna war es ein Wechselbad der Gefühle. Am Morgen noch bei den Kohlen gesessen, am Abend ins gleißende Licht strahlender Lüster getaucht, auf der Zunge der salzige Nachgeschmack des Lachses, im Ohr das prickelnde Zischen des Champagners. Ein unheimliches Wandeln zwischen den Welten.

Anna fiel ein Mann auf, der einsam in einer Ecke stand. Flack bemerkte, dass sie diesen Mann entdeckt hatte und sich wohl fragte, warum er so abseits stand.

»Das ist Gilbert, der Prokonsul der Alliierten«, raunte Flack in Annas Ohr. »Gilbert ist ein Einzelgänger, ein junger Mann, dem überragende Talente zugesprochen werden. Ein Zahlenkünstler, ein Wunderkind der Bilanzierung. Dass Geld mitnichten aus dem

Geld, das der Kunde zur Bank trägt, geschöpft wird, sondern nichts anderes ist als eine Zahl auf einem Buchungsformular – wer weiß das schon?«

Flack musterte Anna und fragte sich, wie diese Kulisse auf sie wirken würde. Äußerlich unterschied sie sich nicht besonders von den anderen, vielleicht war ihr cremefarbenes Kleid ein wenig schlichter, aber Schlichtheit in diesem Luxus konnte durchaus anziehend wirken. Sie schien auch wenig beeindruckt vom Pomp und Protz des Ambientes und antwortete, wenn einer der Herren sie etwas fragte, klug und freundlich. Aber Flack wusste, dass sie in Kiel finanziell nicht gerade auf Rosen gebettet war und ihr Ehemann monatelang nichts verdient hatte.

»Ja, wer weiß das schon?«, gab sie seine Frage lächelnd zurück, bevor Lilly sie zum Buffet zog und Flack nachdenklich allein zurückblieb.

Eine gelungene Gesellschaft. Flack war äußerst zufrieden. Während er Lilly und ihre Freundin aus den Augen verlor, schweifte sein Blick wieder zu Gilbert hinüber.

Er wusste, wie Geldschöpfung funktionierte. Geld schaffte sich aus dem Nichts und verschwand auch wieder im Nichts, weil es ein Konstrukt war, etwas, das nicht wirklich existierte außer als Idee von sich selbst. Platon hätte seine reine Freude daran gehabt. Der größte Schatten im Reich der Schatten war die Geldschöpfung, die sich jeden Tag neu kreierte. Die Summen, mit denen Gilbert jonglierte, waren gewaltig. Es waren die Reparationszahlungen der Deutschen, die Schacht immer wieder versucht hatte, auf ein erträgliches Maß zu senken. Gilbert konnte anhand der Bilanzen darüber bestimmen, wie viel Deutschland an Reparationen zahlen konnte, ohne dass ein wirtschaftlicher Ruin drohte. Daher war es nicht weiter verwunderlich, dass Schacht in Gilbert so etwas wie den heimlichen Herrscher der Nation sah. Er war der Dorn in seinem Auge. Wenn Gilbert den jährlichen Bericht der zu leistenden Zahlungen abgab, hielten alle Ökonomen und Banker den Atem an.

Gilbert sprach kaum Deutsch. Und warum er zu diesem Empfang erschienen war, wusste niemand wirklich so genau, auch Flack nicht. Gilbert war nicht dafür bekannt, gerne mit seinen Mitmenschen in Kontakt zu treten, und galt mittlerweile als verschroben und manieriert. Flack wusste, dass Schacht immer wieder versucht hatte, mit Gilbert eine gemeinsame Ebene zu finden, auf der man miteinander auskommen konnte, aber der Erfolg war durchaus übersichtlich geblieben. Gilbert war für Schacht eine Art Einstein der Buchführung geworden. Der Reichsbankpräsident konnte selbst rechnen, aber seine Rechnungen waren stets von seinen Wünschen und Befürchtungen begleitet, was Gilbert niemals als objektive Tatsachen hätte durchgehen lassen.

Die Gesellschaft am Buffet fühlte sich unbehaglich in seiner Gegenwart, und auch Flack fragte sich, warum dieser Einzelgänger da herumstand. Für den einen oder anderen, die hier geladen waren, war er zu einem Spion der Alliierten mutiert und sein Büro zur Zentrale dieses Spionagenetzes. Man spitzelte überall herum, in Regierungskreisen, in Kreisen der Wirtschaft, in den Bankerklubs. Niemand war vor Gilbert und seinesgleichen sicher. Es hieß, Gilbert und Konsorten seien diejenigen gewesen, die den Eklat über die unzulässige Wiederbewaffnung Deutschlands durch geheime Berichte ausgelöst hatten.

»Holzauge sei wachsam«, spöttelte die Kollegin Bienenmann und stieß ihren Ellenbogen spielerisch in Flacks Seite. Er zuckte nur mit den Schultern. Er hatte sich mittlerweile einen für ihn ungewöhnlichen Fatalismus angewöhnt, aber besondere Umstände suchten sich besondere Maßnahmen. Es war so, wie es war, und nicht zu ändern. Hier war der Rummelplatz der gesellschaftlichen Elite – eine bunt zusammengewürfelte Bagage aus Bankleuten, Parlamentariern, Waffenschiebern und dem Spion, der abseits stand.

Verkehrte Welt, dachte Flack lakonisch und wandte sich wieder Lilly zu, die mit einem vollen Teller und einer älteren Dame im Schlepptau zurückgekommen war. Lilly fühlte sich pudelwohl. Mit ihrer unkomplizierten und an Luxus gewöhnten Art schwamm sie hier wie ein Fisch in vertrauten Gewässern. Sie plauderte mit Schacht genauso angeregt wie mit dem russischen Botschafter, und wäre der Kaiser da gewesen, hätte sie ihn ebenso um den Finger gewickelt wie jeden anderen Mann.

»Was macht die politische Lage?«, fragte Lillys Begleiterin, die ältliche Dame, die einen seltsamen Hut mit aufgestickten Muscheln auf dem Kopf trug.

»Große Dinge werfen ihre Schatten voraus«, erwiderte Flack munter. »Nennen wir es das Kapital gegen die Demokraten. Ich fürchte, die nächste Katastrophe wird nicht lange auf sich warten lassen.«

»Sie sollten uns nicht die gute Laune verderben, junger Mann.«

»Tut mir leid, gnädige Frau, aber Sie haben mich gefragt. Man kann gegen unsere Regierung sagen, was man will, aber in einem sind sich fast alle sicher: Sie wollen gute Beziehungen zu Russland, doch das gefällt dem Kapital überhaupt nicht. Es fängt schon wieder an, seine Strippen zu ziehen, und ich fürchte, am Ende wird es nicht gut für uns ausgehen. Die Demokraten spielen mit dem Feuer, obwohl sie sich in dieser Hinsicht völlig richtig verhalten, und ich sage Ihnen noch etwas: Wenn sie endlich aufhören würden, mit den Russen gute Beziehungen haben zu wollen, und sich stattdessen dem angloamerikanischen Kapital unterordneten, würde man ihnen, was die Höhe der Reparationen angeht, bestimmt entgegenkommen, aber solange sie so garstig sind, müssen wir zahlen, zahlen, zahlen …«

Ein kurzes Schweigen entstand, dann fragte die Dame mit dem Muschelhut verblüfft: »Was wollen Sie uns damit sagen? Dass man die Reparationen als eine Art Sanktion betrachten muss, weil die Regierung gute Beziehungen zu Russland pflegt? Das kann ich nicht glauben. Außerdem investieren die Amerikaner doch selbst in Russland, sie sollen an den Ölfeldern beteiligt sein.«

»Richtig, gnädige Frau. Die Amerikaner sind immer da, wo es gute Geschäfte gibt. Dieser Grundsatz gilt allerdings nur für sie, nicht für andere und schon gar nicht für uns. Und ob es uns nun passt oder nicht, wir sind von ihnen und ihren Banken abhängig.«

»Und was unternehmen Sie dagegen?«

Flack schien überrascht über diese Frage zu sein und warf seiner Gesprächspartnerin einen erstaunten Blick zu.

»Ja, das würde ich auch gerne wissen«, mischte sich ein Herr im Frack ein. »Was unternimmt die Reichsbank dagegen?«

»Wir haben da leider wenig Handlungsspielraum«, sagte Flack nach einer kurzen Pause des Nachdenkens. »Wir leben nun mal auf Kredit.«

»Na, für Sie und Ihresgleichen wird's schon reichen, oder? Nur nach unten wird es immer knapper, wie mir scheint.«

Anna, die das Gespräch mitangehört hatte, stellte ihr Glas ab und ging durch die geöffneten Flügeltüren nach draußen. Im Garten brannten kleine Gaslampen. Es war schon dunkel, der Herbst kündigte sich an. Es war kühl, erste Bäume begannen damit, sich für den Winter vorzubereiten und ihre Blätter zu färben. Sie schimmerten durch das fahle Rampenlicht in einem dunklen Orange, als hingen winzige Apfelsinen an den Ästen.

Anna warf sich den Umhang um und lief über die geschwungenen Kieswege. Allein. Links und rechts blühten die Astern, dazwischen thronten griechische und römische Götter theatralisch auf ihren Marmorsockeln. Wieder grübelnde Gedanken. Sie sehnte sich nach dem Goethe'schen Gartenhäuschen, nach dieser ländlichen Unschuld, die es umgab. Flacks Worte hatten sie beunruhigt, aber das war nichts Neues. Sie erinnerte sich an Gespräche in Kiel, wo er schon einmal aus dem politischen Nähkästchen geplaudert hatte. Ein Wunder, dass dieser Mann überhaupt noch schlafen und essen konnte. Aber wie schlimm war es wirklich?

Zwei Tage später ließ Anna sich wieder zu Sabine fahren. Sie kauften die einschlägigen Zeitungen und lasen die Annoncen durch. Eine Wohnung kam gar nicht erst in Frage, also suchten sie nach möblierten Zimmern. Den Rest des Tages fuhren sie mit der Straßenbahn kreuz und quer durch die Stadt, erklommen unzählige Treppen, sprachen mit unzähligen Vermietern und hatten die Hoffnung schon fast aufgegeben, als sie am späten Nachmittag endlich fündig wurden. Ein Zimmer, Toilette natürlich auf dem Gang, eine nette alte Dame, die es Anna angetan hatte, weil sie beide aus demselben Dorf in der Nähe von Schwerin stammten. Das gab den Ausschlag.

Ein zwar kleines, aber helles Zimmer, schlicht und doch liebevoll möbliert mit Blick auf einen Weiher, auf dem ein paar Enten schwammen. Eine kleine Idylle in diesem abrupt zum Stillstand gekommenen Lebensplan.

Sabines Freude war von stiller Natur, ein dankbarer Händedruck, eine liebevolle Umarmung, aber kaum ein Wort. Sie saß am

Fenster, beobachtete die Enten, und Anna hatte den Eindruck, als müsse die Freundin erst einmal wieder zu sich kommen. Der Umzugswagen war für übermorgen bestellt, auch das würde Anna übernehmen, dafür würde die neue Garderobe ausfallen, die sie sich hatte gönnen wollen. Kein Kleid, kein Hut, keine Schuhe. Sie setzte sich zu Sabine und sah den Enten beim Gründeln zu.

»Freust du dich nicht?«, fragte sie.

»Natürlich freue ich mich.«

»Nach dem Umzug könntest du dich noch mal nach Arbeit umschauen.«

Sabine zuckte mit den Schultern. Sie wirkte seltsam unbeteiligt, als ginge sie das alles gar nichts an. Selbst das neue Zimmer nicht. Und sie wirkte auch nicht so, als ob sie wieder nach einer Stelle suchen würde. Sie schien überhaupt keinen Plan mehr zu haben, wirkte entwurzelt, orientierungslos und apathisch.

»Wir haben alle geschlafen, Anna«, sagte sie plötzlich eindringlich. »Und die meisten tun es immer noch. Wir denken, die machen es schon richtig da oben, aber was tun sie wirklich? Neben mir wohnt ein arbeitsloser Journalist, der mir ein paar wirklich interessante Dinge erzählt hat. Wir sollten uns viel mehr informieren, wo das ganze Geld wirklich bleibt, das wir erwirtschaften, denn bei uns bleibt es ganz bestimmt nicht. Weißt du, dass die Regierung Panzerkreuzer für ich weiß nicht wie viel Millionen Reichsmark kaufen will? Wer braucht so etwas? Also ich nicht. Du vielleicht?«

Anna stand auf und trat ans Fenster. Sie wollte das alles nicht hören. Die ganze Reise nach Berlin entpuppte sich als schrecklicher Fehltritt. Erst Flacks düstere Prophezeiungen, jetzt auch noch Sabine. An Lilly prallte alles ab, an Anna jedoch blieb es hängen wie Pech.

Millionen von Reichsmark! Wie viel Lebensmittel hätte man davon kaufen, wie viel Wohnungen hätte man davon bauen können? Würde man das Geld in die gerade eingeführte Arbeitslosenversicherung stecken – wie vielen am Rand der Existenz lebenden Menschen hätte man davon ein würdigeres Leben ermöglichen können?

Sie schüttelte die Gedanken ab und verabschiedete sich von Sabine, die noch eine Weile sitzen bleiben wollte.

Bedrückt lief Anna zur Straßenbahnhaltestelle, als sie an einem kleinen Café vorbeikam, das vor der Tür noch ein paar Tische stehen hatte. An einem dieser Tische saß ein Mann und las Zeitung. Selbst sitzend wirkte er groß, sein Haar war grau und ausgedünnt, sein Gesicht schmal. Er fiel nicht besonders auf unter den Menschen, die vorbeigingen oder aus dem Café herauskamen, aber Anna erkannte ihn sofort. Sie blieb stehen und spähte verdutzt hinüber. Er faltete die Zeitung zusammen und ließ seinen Blick schweifen, was sie dazu veranlasste, sich umzudrehen und sich die Auslage in einem Schaufenster anzusehen.

Hartmut Gassner war in Berlin. Sands Freund war gut unterwegs. Rügen, Berlin, nur der Teufel wusste, wo er sich sonst noch so herumtrieb. Wusste Sand, dass Hartmut wieder aufgetaucht war? Von ihr, Anna, auf jeden Fall nicht. Langsam beschlichen sie Zweifel, ob ihre Entscheidung damals, Sand nichts zu sagen, richtig gewesen war.

Anna drehte sich wieder um und sah Gassner nicht mehr. Er war verschwunden.

11 Kiel

Äußerlich wirkte die Stadt wie immer. Am Hafen herrschte der Lärm der Docks und der Dampfer, durch die Einkaufsstraßen schwirrten die Stimmen der Menschen, in den Cafés saßen die Gäste draußen in der letzten Spätsommersonne. Um den kleinen Kiel spazierten die Müßiggänger, am Badestrand tummelten sich die Abgehärteten, die immer noch ins mittlerweile empfindlich kalte Wasser gingen.

Ein Tag wie jeder andere. In den Zeitungen nichts Neues. Im Theater gaben sie wieder »Kabale und Liebe« und »Woyzeck«.

Auch Flickwort bemerkte nichts, was anders als gestern oder vorgestern hätte sein können. Nicht mal Sands schlechte Laune, weil Eva immer noch nicht wieder in Kiel war. Eva war immer noch in Berlin. Seit Wochen schon. Ein wirklich langer Urlaub, der irgendwie kein Ende zu finden schien. Vielleicht hatte Sand tatsächlich Angst, dass Eva nie wieder nach Kiel zurückkommen würde.

Als Flickwort ins Büro trat, ahnte er Schlimmes. Sand saß am Tisch mit völlig verkniffenem Gesicht, in der rechten Faust einen Bleistift gepackt. Sein langer Bart wirkte unordentlich, sein Haar ungekämmt. Am Hemd fehlte der oberste Knopf, ein sicheres Zeichen, dass keine Frau im Haus war.

»Was ist los, Chef?«, fragte er leichthin, während er seine Jacke an den Ständer hängte.

»Sie wollen mich nicht gehen lassen«, war die bissige Antwort. »Mein Versetzungsgesuch ist abgelehnt worden.«

Flickwort schluckte. »Sie haben mir nichts davon gesagt, dass Sie sich versetzen lassen wollen. Bisschen unfair, oder?«

»Ja, tut mir leid. Aber es ist fünf vor zwölf.«

»Wie bitte?«

Flickwort setzte sich und starrte seinen Chef an.

»Eva wird in Berlin bleiben und hat mir ein Ultimatum gestellt. Wenn ich mich nicht versetzen lasse, wird sie sich eine Wohnung suchen. Wir haben immer miteinander telefoniert, aber seit drei Tagen kann ich sie nicht erreichen. Ich weiß nicht, ich habe ein ganz ungutes Gefühl …«

Flickwort fühlte sich hintergangen. Er hatte immer geglaubt, dass Sand ihm rechtzeitig reinen Wein einschenken würde. Und jetzt das!

Plötzlich flog die Tür auf, und Fichte, ihr neuer Vorgesetzter mit frisch gestutztem Kinnbart, erschien. Er hatte einen Brief in der Hand, den er sorgsam auf Sands Tisch platzierte.

»Sie haben sich in Berlin unbeliebt gemacht, Kollege Sand. Glauben Sie nicht, dass die da nicht ein waches Auge auf Sie haben. Machen Sie sich also keine Illusionen, dass man Sie dort gerne begrüßen würde. In unserer Stadt ist es doch auch sehr schön. Was macht die Wasserleiche?«

Sand sagte nichts. Er starrte den Brief an, ohne ihn zu berühren, während Flickwort die Akte mit der Wasserleiche hervorzog und aufschlug. Er hatte die Begegnung mit jener Frau am Kleinen Kiel nie vergessen, und seit Fichte hier war, war der Name Fischer nie wieder gefallen, aber plötzlich juckte es ihn in den Fingern. Eine plötzliche Wut stieg in ihm auf, die der ständig vorhandenen Vorsicht in die Quere kam. Angst gegen Wut, er spürte, wie Zweites immer stärker wurde, und dann sprudelte es aus ihm heraus.

»Berlin behindert unsere Ermittlungen, was den Fall Rose betrifft. Finden Sie das in Ordnung? Wir hatten zwölf Zeugen vorgeladen, die, statt ihrer Vorladung nachzukommen, ganz plötzlich alle auf ein und demselben Schiff anheuerten und Kiel verlassen haben. Ich finde das mehr als seltsam. Wie stehen Sie dazu? Warum sprechen wir Vorladungen überhaupt noch aus, wenn sie sowieso wirkungslos sind, weil sich keiner daran hält?«

Fichte schien völlig verdutzt und reagierte gar nicht. Eine Minute verging quälend langsam, während Flickwort seine Worte bereits bereute, als über Fichtes Gesicht ein vages Lächeln huschte. »Wenn Seeleute einfach nicht erscheinen, dann liegt es doch an Ihnen, dafür zu sorgen, dass es Konsequenzen hat. Das hat nichts mit dem Fall Rose zu tun. Wahrscheinlich waren sie einfach zu betrunken, um der Vorladung nachzukommen.«

»Wenn sie so betrunken gewesen sind, dass sie einer Vorladung nicht nachkommen können, dann können sie ganz sicher nicht ein Schiff von Kiel nach Belfast segeln. Reden wir doch nicht um den heißen Brei, Herr Kollege. Berlin will Fischer schützen und verpasst uns einen Maulkorb. Das ist die Wahrheit und nichts anderes.«

Die Rollen hatten sich vertauscht. Sand blieb stumm, Flickwort redete sich um Kopf und Kragen. Und Fichte?

»Warum wollen Sie eigentlich so unbedingt nach Berlin?«, wandte er sich an Sand.

»Meine Frau ist dort. Sie mag Kiel nicht, sie will in Berlin bleiben.«

»Ist sie ganz allein dort?«

»Bei einer Freundin.«

»Ich verstehe. Ja, Sie haben recht, Herr Kollege, und Sie sollten Ihre Frau nicht allzu lange allein in der Hauptstadt lassen. Ein gefährliches Pflaster, aber das wissen Sie ja selbst. Tag und Nacht

Mord und Totschlag, Diebstahl, Erpressung, Entführung und so weiter.«

»Seit drei Tagen kann ich sie nicht erreichen. Es geht einfach keiner ans Telefon.«

»Wer weiß denn außer Ihnen, dass sie sich in Berlin aufhält?«

»Niemand. Nur Kollege Flickwort.«

Fichte nickte beiläufig und drehte sich um. Er ging zur Tür, blieb stehen und warf Sand einen Blick zu. »Versuchen Sie weiter, sie telefonisch zu erreichen. Wir wollen doch nicht, dass ihr etwas zustößt, oder?«

Die Tür fiel zu. Schweigen im Raum. Kein Wort, als wäre niemand mehr da. Sand regte sich als Erster wieder und stand beunruhigt auf, während Flickwort sich auf die Lippen biss.

»Das hörte sich wie eine Drohung an, oder wie sehen Sie das?«

Flickwort wusste nicht, wie er diese Worte verstehen wollte oder sollte. Wie musste man einen solchen Satz verstehen?

»Worum geht es hier eigentlich wirklich?«, fragte er plötzlich unvermittelt heftig und stellte sich zu Sand ans Fenster. »Was ist an diesem Fischer so schrecklich wichtig, dass sogar Gesetze ausgehebelt werden? Was für eine Macht hat dieser Mann? Geht es nur darum, dass er gute Geschäfte macht? Nein, natürlich nicht. Letztes Jahr wurde ein steinreicher Unternehmer aus Schwaben verhaftet und verurteilt, weil er seinen Schwager erschlagen haben soll. Natürlich haben seine Anwälte versucht, auch hier zu intervenieren, natürlich hatte der Unternehmer beste Beziehungen bis in die Politik, aber am Ende saß der Mann im Gericht auf der Anklagebank. Da wurde kein einziges Gesetz gebrochen. Was also ist an Fischer so anders?«

»Woher soll ich das wissen?«, gab Sand geistesabwesend zurück.

»Ja, aber das ist doch die Frage, die wir uns stellen müssen. Und bevor wir diese Frage nicht beantworten können, werden wir keinen Deut weiterkommen.«

Berlin

Der letzte Tag in der Hauptstadt. Anna hatte genug von Berlin. Das ständige Pendeln von der Hochfinanz in die niederen Gefilde des gemeinen Volks zerrüttete ihre Nerven. An Lillys Seite genoss sie eine Abendgesellschaft nach der anderen, während sie den Tag mit Sabine verbrachte. Lilly fand das schrecklich spannend und ermunterte sie, der Freundin zu helfen, aber sie begriff nicht, welches Spannungsverhältnis dieses ständige Hin und Her in Anna erzeugte. Für Lilly war Armut ein abstrakter Begriff und so theoretisch wie der Satz des Pythagoras.

Die letzte Abendgesellschaft ließ Anna ausfallen, sie hatte keine Lust mehr. Sie blieb allein im Haus und setzte sich auf die Terrasse. Das Mädchen hatte einen sündhaft teuren Wein auf den Tisch gestellt, und Anna trank, während vor ihren Augen die Sonne unterging. Gestern hatte sie Sabine alles Geld, was sie noch besaß, auf den Tisch gelegt, jetzt war sie arm wie eine Kirchenmaus.

Am Abend hatte sie noch mit den einflussreichsten Damen und Herren der Gesellschaft getafelt ohne einen Knopf in der Tasche, und keiner hatte es gemerkt. Sie hatte auch Flack nicht gefragt, ob die wirtschaftliche Lage schlechter geworden war, es hätte nichts geändert. Sie hatte auch nicht nach den vierzig Millionen für die Panzerkreuzer gefragt, auch das hätte nichts geändert.

Sie sehnte sich nach Brandis, der wahrscheinlich schon wieder zurück war und auf sie wartete. Dieser Mensch war das einzig Verlässliche in ihrem Leben, alles andere war wie Wasser, das durch ein Flussbett strömt. Panta rhei. Es wurde Zeit, nach Hause zu fahren.

Kiel, Oktober

In Kiel war der Herbst ausgebrochen. Selbst die Schiffe im Hafen schienen zu frieren. Ein schneidend kalter Wind fegte durch die Stadt und schüttelte die Blätter von den Bäumen.

Anna hatte sich von Lilly, die noch in Berlin bleiben wollte, Geld leihen müssen, um die Fahrt mit dem Zug bezahlen zu können. Am Nachmittag betrat sie mit dem Koffer in der Hand ein leeres Haus. Brandis war nicht da, ein verwaister Ofen verbreitete Kälte. Anna blieb nicht lang, stellte den Koffer ab und verließ das Haus gleich wieder. Sie nahm die nächste Straßenbahn und stieg beim Polizeipräsidium aus. Ein kurzer Moment des Zögerns, dann betrat sie entschlossen das Gebäude und ließ sich zum Kommissariat bringen. Sand war allein im Büro und schien sich über ihren Besuch zu freuen. Sie setzte sich auf den Stuhl vor seinen Schreibtisch und fragte ihn direkt nach seinem Freund Hartmut.

»Haben Sie noch etwas von ihm gehört?«

»Nein, leider nicht. Ich habe ein paarmal auf seiner Dienststelle angerufen, aber dort hieß es, er sei beurlaubt. Das ist natürlich möglich, aber warum meldet er sich nicht bei mir? Alles sehr seltsam.«

»Ich habe ihn zweimal gesehen. Einmal auf Rügen und vor zwei Tagen in Berlin.«

»In Berlin?«, wiederholte der Kommissar erstaunt. »Und wann waren Sie auf Rügen?«

»Irgendwann im Juli oder August. Ich war mir unsicher, ob ich Ihnen davon erzählen solle, denn eigentlich geht mich das ja gar nichts an. Als ich Gassner jetzt in Berlin sah, saß er in einem Café, da packte mich das schlechte Gewissen.«

»War er allein?«

»In Berlin ja. Auf Rügen war er mit einem Mann zusammen.«

»Können Sie den Mann beschreiben?«

»Blonder Bürstenhaarschnitt und große Brille.«

Sand starrte sie an. »Wissen Sie, wer das war? Der Beschreibung nach muss das Fischer gewesen sein.«

»Fischer? Dieser … Fischer?«

»Genau dieser. Erzählen Sie mir alles, was Sie wissen, Anna.«

Sie versuchte sich zu erinnern, was Lilly gehört hatte. Wer hatte hier was gesagt? Auf jeden Fall war es darum gegangen, Sand »zurückzupfeifen«, ihm irgendwann einmal reinen Wein einzuschenken, und ein Name war gefallen. Max Bauer. An mehr erinnerte sie sich nicht. Nach ihrer kurzen Schilderung hockte der Kommissar einen Moment nachdenklich und wortlos da und schien sie vergessen zu haben. Da stand sie auf, murmelte ein »Auf Wiedersehen« und ging aus dem Zimmer.

Sand saß auf dem Gästebett und blätterte Hartmuts Dossier durch. Flickwort hatte recht, aber das war ihm erst nach Annas Besuch aufgegangen. Den ganzen Tag hatte er versucht, Eva anzurufen, und sie gestern endlich erreicht. Unendlich erleichtert hatte er ihre Stimme gehört und ihr eingeschärft, sofort und unverzüglich nach Hause zu kommen. Mit allen möglichen Andeutungen hatte er es endlich geschafft, sie zu überzeugen, ohne den wirklichen Grund seiner Sorge zu nennen. Und bei Licht besehen war der wirkliche Grund vielleicht nichts anderes als ein seiner Phantasie entsprungenes Gespenst der Angst, *sie* könnten Eva etwas antun, um ihn unter Druck zu setzen. Eine nachgerade absurde Vorstellung. So weit würden *sie* nicht gehen. Oder doch?

Und eine zweite Frage quälte ihn. Gehörte Hartmut zu ihnen? War er Teil eines Komplotts, zu dem auch Fischer gehörte?

Er blätterte die Seiten durch. Er hatte sich erinnert, irgendwo im Dossier etwas über einen Max Bauer gelesen zu haben, und tatsächlich stolperte er über diesen Namen. Max Bauer.

Sand ließ das Dossier sinken und starrte aus dem Fenster. Der Name irritierte ihn, denn er assoziierte ihn mit einem unschönen Ereignis, das allerdings schon lange zurücklag. Dem Putsch von 1920 gegen die Demokraten, an dem Max Bauer mitgewirkt hatte.

Sand stand auf und ging nervös hin und her. Dann schnappte er sich kurzentschlossen den Schlüsselbund vom Tisch, warf sich den Mantel um und rannte aus dem Haus. Er sprang in die nächste Straßenbahn und ließ sich bis in die Innenstadt bringen. Dort wohnte in einem kleinen, blau angestrichenen Haus der Kollege Flickwort, der ihm im Bademantel und mit nassem Haupthaar die Tür öffnete und ihn verdutzt anstarrte.

»Vielleicht hatten Sie recht«, platzte Sand heraus. »Ich habe da etwas gefunden ...«

Flickwort band sich ein Handtuch um die nassen Haare, und während er nach der letzten Flasche Wein suchte, sah Sand sich um. Ganz nett hier, dachte er, etwas spartanisch eingerichtet, aber nicht ohne Geschmack.

»Mein Freund Hartmut ist wieder aufgetaucht ...«

Er erzählte und beendete seine kleine Rede mit der Frage: »Warum hat Fischer Kontakt zu Leuten, die ganz offensichtlich mit dem Putsch von 1920 in Zusammenhang stehen? Vielleicht liegt genau da der Hase im Pfeffer.«

Flickwort schien wenig überzeugt. Er saß an einem winzig kleinen Glastisch, nippte an seinem Glas, und auf seiner Stirn kräuselten sich kleine Falten.

»Das ist Jahre her«, bemerkte er etwas säuerlich. »Der Putsch gegen die Verfassung, das war vor sieben Jahren. Und jetzt konstruieren Sie daraus, dass Fischer einer der Putschisten gewesen sein soll? Nein, wirklich, Chef, das geht zu weit.«

Flickwort stand kopfschüttelnd auf und stemmte die Hände in die Hüften.

»Das habe ich damit nicht gesagt«, erklärte Sand. »Ich stelle nur fest, dass er Verbindung zu einem der wichtigsten Protagonisten hatte. Und ist dieser Max Bauer nicht auch im Waffengeschäft tätig? Soweit mir bekannt ist, mischt er auch in Lipezk mit. Sie wissen schon, diese Giftgaseinheit der Reichswehr. Fischer und Bauer dürften sich schon aus beruflichen Gründen kennen. Vielleicht hat Fischer eine politische Leiche im Keller.«

»Das hat er ganz sicher, die Frage ist nur, welche?«

Am nächsten Morgen kündigte ein energisches Klopfen einen energischen Besucher im Präsidium an. Die Tür flog auf, und im Büro stand Eva. Eva, gerade mit dem Zug aus Berlin angekommen. Ihre Haare waren unter einem hauchdünnen Schal verborgen, ihr blaues Kostüm war zerknittert vom stundenlangen Sitzen im Zug.

»Da bin ich!«, rief sie herausfordernd, und Sand flog geradezu von seinem Stuhl. Er nahm seine Frau in den Arm und drückte sie. Sie schob ihn ein Stück fort und lächelte. Das hatte sie nach zwanzig Jahren Ehe nicht erwartet, obwohl seine Worte am Telefon schon seltsam genug gewesen waren. Sie nahm das Tuch vom Kopf und sah sich um.

»Guten Tag, Kollege Flickwort. Was ist jetzt so wichtig, dass ich herkommen musste? Du hast mir richtig Angst gemacht, Moritz, weißt du das?«

Sand nickte schuldbewusst, während sie sich setzte und ihn erwartungsvoll ansah.

Wie konnte er ihr die Lage schildern, ohne ihre Angst noch zu steigern? Was konnte er sagen, wenn alles nur ein Hirngespinst gewesen war?

Ihre Augen schienen ihn zu durchbohren, er rutschte unbehaglich hin und her.

»Erinnerst du dich an den Fall Magnussen?«, fragte er.

Eva nickte.

»Wir sind in diesem Fall vor zwei Jahren, wie ich es so treffend bezeichnete, in ein politisches Schlamassel geraten, der Kollege Flickwort und ich. Und was den Fall Franz Rose betrifft, verhält es sich wohl genauso. Dieser Fischer ist ein Politikum, und ich hatte Grund zu der Annahme, dass meinem ... unserem Gegenspieler jedes Mittel recht ist, um uns an unserer Arbeit zu hindern. Du bist meine Ehefrau und warst allein in der Hauptstadt des politischen Verbrechens, wenn ich es einmal so nennen darf ...«

Er verlor sich in den Gefilden blumiger Umschreibungen, und Eva hatte Mühe, den Sinn seiner wortreichen Arabesken zu verstehen.

»Du meinst also, sie hätten mich glatt ermordet, nur damit du endlich aufhörst zu ermitteln?«, unterbrach sie ihn ungläubig und warf Flickwort einen Blick zu.

»Möglich ist alles«, gab der Kollege ihres Mannes zurück. »Sie fahren schwere Geschütze auf, aber vielleicht sehen wir auch zu schwarz. Vielleicht haben sie nie daran gedacht, Ihnen etwas anzutun.«

»Wer? Von wem sprechen Sie?«

»Wir wissen es nicht genau. Fichte gehört dazu, aber der ist vermutlich nur ein kleines Licht. Die wirklichen Protagonisten sitzen im Reichstag oder im Auswärtigen Amt, ihre Namen sind leider unbekannt.«

»Jetzt reicht es aber«, versetzte Eva kopfschüttelnd. »Ihr wart wohl zu oft im Kino. Im Reichstag sitzen ganz sicher keine Menschen, die vorhatten, mich zu ermorden. Also wirklich ...«

Sie drehte sich um und rauschte empört aus dem Büro.

Ein Gespensterhaus im herbstlichen Nebel. An der Straße brannten die Gaslampen, in der Ferne verbreiteten die Nebelhörner ihren unheimlichen Ruf.

Anna fürchtete den Winter. Wenn Brandis auf See war und sie alleine zurückblieb. Wenn Lilly und Venn heiraten und Lilly nach Berlin ziehen würde. Oder nach Zürich, wo Venn ein Haus gekauft hatte. Venn wollte weg aus Deutschland, das war Anna immer deutlicher und klarer geworden, je länger sie in seiner Gesellschaft gewesen war. Venn wusste mehr, als er sagte, immer schwang so eine Note in seiner Stimme mit, die irgendwie unheilschwanger war, auch wenn er oft spöttisch oder sarkastisch klang. Hinter diesem Sarkasmus steckte eine Warnung, die Anna durchaus verstanden hatte. Es ging um Geld, wie es immer um Geld ging, aber da war noch etwas anderes. Anna hatte immer mehr das Gefühl, wie ein Ball auf einer schäumenden Bugwelle hüpfen zu müssen. Ihr kamen Bilder aus dem Film »Metropolis« in den Sinn, diesem epischen Gigantismus, der von Unterdrückung und Terror erzählte, und sie begriff plötzlich, dass es um sie selbst gegangen war. Es war ein Abbild ihres eigenen Lebens. Sie war Teil dieser schweigenden Masse, die von unsichtbaren Akteuren gesteuert wurde. Wie eine

Billardkugel, die, von unbekannten Kräften geleitet, über den Tisch schießt. Sie hatte in Wirklichkeit gar keine Entscheidungsmöglichkeit außer ein paar wenigen, die die Herrschenden ihr gelassen hatten. Was der Mensch für sein eigenes Leben entscheiden konnte, bestimmte nicht er selbst, es bestimmten andere. Und Leute wie Flack, die einen Einblick in das perfide Spiel der Macht besaßen, hatten das natürlich längst begriffen. Darum wollte er Deutschland verlassen. Über seine konkreten Befürchtungen hatte er nie gesprochen, war immer in irgendwelchen Andeutungen geblieben, aber es reichte, dass Anna immer misstrauischer geworden war.

Die Tür ging auf, und Brandis trat ein. Er würde morgen nach Irland segeln und hatte zum Abschied eine Flasche Wein mitgebracht. Das blonde Haar fiel ihm auf die Schultern und in die Stirn, die letzte Rasur war sechs Tage alt, und auf dem nackten Oberarm leuchtete die Tätowierung im Licht der Tischlampe.

»Venn hat ein Haus in der Schweiz gekauft«, sagte Anna. »Der will sich absetzen.«

»Warum?«

»Er ist Teil der Hochfinanz und hat Informationen, an die Leute wie wir niemals herankommen. Er hat nicht einmal Lilly gegenüber erwähnt, warum er unbedingt wegwill. Er ergeht sich aber ständig in Andeutungen, die Böses ahnen lassen.«

»Was könnte das sein?«

»Keine Ahnung. Er hat einen guten Kontakt zu Schacht, und der weiß über alles Bescheid. Als Reichsbankpräsident geht der doch in den politischen Kreisen ein und aus.«

»Wenn hier die Lichter ausgehen, suchen wir uns irgendwo auf der Welt ein schönes Plätzchen«, sagte Brandis schmunzelnd. »Ein Haus in der Schweiz kann ich mir nicht leisten, aber wie wäre es mit Chile? Ich kenne dort viele nette Menschen, oder wir mieten wir uns in Skagen bei meiner Verwandtschaft ein, was meinst du?«

Anna wurde ruhiger. Die Aussicht, das Land verlassen zu können, wenn es nötig sein würde, hatte etwas Hoffnungsvolles. Aber wie würde sie wissen, wann es nötig war? Würde es Anzeichen geben, und wenn ja, würde sie die überhaupt verstehen?

Lilly war wieder zurück. Drei Wochen Berlin, und sie war für ihre Verhältnisse ziemlich ernüchtert in Kiel angekommen. Sie neigte nicht zu überflüssigen Gedanken, die ihr die Freude am Leben vergällten, aber auch sie war nicht dumm. Ihr Verhältnis zu Flack hatte sich ein wenig abgekühlt. Sie wollte nicht in die Schweiz. Venn hatte ihr ein Foto von dem Häuschen in der Nähe von Zürich gezeigt, ein wirklich nettes Häuschen mit Garten, direkt an einem kleinen See gelegen, hinter dem sich eine gewaltige Bergkette erhob. Schweizer Idylle eben. Es roch nach dem Fell der Gemsen, nach Schnee und dem Duft des Enzians, und man hätte glatt die Glocken der Kühe hören können, die auf den vorgelagerten Almen grasten. Lilly war gar nicht klar gewesen, wie ernst er es mit dem Haus gemeint hatte – für sie war es immer eine Art Sommerfrische gewesen, aber sicher kein Domizil für immer. An jenem Abend hatte sie begriffen, dass es ihm todernst damit war, und das hatte sie regelrecht erschreckt und ihr klargemacht, dass sie eigentlich nie vorgehabt hatte, Kiel zu verlassen. Ob Schweiz oder irgendein anderes Land, sie wollte nicht weggehen.

»Wenn es dir in Berlin nicht mehr gefällt, dann komm nach Kiel«, hatte sie ihm vorgeschlagen und darauf keine Antwort von Flack erhalten. Bis heute nicht.

Sie machte den Kamin an, setzte sich direkt davor und starrte in die Flammen. Was jetzt? Sie erwischte sich bei dem Gedanken, eine schrecklich schlechte Ehefrau zu sein, wenn ihre Liebe nicht groß genug war, um diesen Schritt zu tun. Vielleicht war sie wirklich nicht groß genug, und dieser Gedanke erschreckte sie noch mehr. Sie war nicht bereit, für ihre große Liebe ihr altes Leben aufzugeben und in dieses Häuschen zu ziehen.

Lilly stand auf und verließ das Haus wieder. Der Chauffeur war noch da, und so ließ sie sich zu Anna am Hindenburgdamm fahren. Sie brauchte einfach jemanden, der sie verstehen würde, und Anna war genau die Richtige. Bei ihr saß sie wieder vor einem brennenden Kamin, besänftigte ihre Nervosität mit einem Glas Punsch und wusste nicht, wie sie anfangen sollte.

»Was ist los, Lilly?«

»Venn will mich heiraten, und dann ziehen wir nach Zürich. Er hat dort ein Haus gekauft. Er hat sogar schon eine Stellung bei einer Bank in Aussicht. Alles generalstabsmäßig geplant.«

»Im Sommer warst du noch sehr einverstanden, in die Schweiz zu ziehen.«

»Ich weiß. Aber im Sommer war alles noch so weit weg. Es geht mir alles zu schnell. Kannst du das verstehen?«

Anna nickte. »Lass dir Zeit und überlege genau, was du wirklich willst. Es wird Gründe geben, warum Flack es so eilig hat, Deutschland den Rücken zu kehren. Vielleicht weiß er mehr als wir, und es braut sich da hinter unserem Rücken etwas zusammen, von dem wir keine Ahnung haben. Dann wäre es gut, du wärest in Sicherheit …«

»Und ihr? Du, Maxim und die Eltern? Nein, Anna, ich will nicht in Sicherheit sein, wenn wirklich etwas passieren sollte, was immer das auch sein könnte. Außerdem ist Venn nicht ehrlich, er sagt nicht, warum er wegwill. Er sagt nicht die Wahrheit. Selbst mir nicht. Nächste Woche will er nach Kiel kommen und das Aufgebot bestellen, und es wäre ganz schrecklich peinlich, wenn ich jetzt einen Rückzieher mache. Was soll ich tun, Anna?«

Auf dem Weg zum Hafen war Brandis am »Schwarzen Pferd« vorbeigekommen. Er zögerte kurz und entschloss sich dann, der Spelunke einen kurzen Besuch abzustatten. Seine Kehle war trocken, seine Stimmung besorgt. Annas Worte hatten ihn nachdenklich gemacht, auch wenn er selbst keinerlei Anzeichen sah, dass von irgendwoher eine Katastrophe drohen könne. Flack war bekannt für seine Kassandrarufe, die sich nie bewahrheitet hatten. Selbst in der Kneipe stand alles zum Besten. Hier kursierte der Spruch, erst wenn der Jamaika ausgeht, wird es Zeit, das sinkende Schiff zu verlassen.

Brandis trat an die Theke und stellte fest, dass genug Rum für alle da war. Er trank, unterhielt sich kurz mit seinem Nachbarn, einem schwedischen Kapitän, und wollte gerade gehen, als er auf der Bank unter einem der Fenster eine Gestalt liegen sah. Nichts Ungewöhnliches, wahrscheinlich ein volltrunkener Gast aus der letzten Nacht, der nicht mehr in der Lage gewesen war, nach Hause zu torkeln. Der Mann trug einen Mantel mit Kapuze, die ihm halb im Gesicht hing, so dass seine Züge auch nur halb zu erkennen waren. Ein spitzes Kinn, dünnes Haar kam unter der Kapuze hervor, etwa schulterlang und dunkelblond. Brandis blieb stehen und fixierte den Schlafenden scharf. Er kannte den Mann, aber er wusste nicht genau, woher. Er wusste nur, dass er mit diesem schon einmal gefahren war. Und dann war ihm klar, wen er vor sich hatte. Es war Samuel, der Koch. Der Koch war nach einer kurzen Schmugglerepisode also wieder in seinen Heimathafen zurückgekehrt. So wie es hieß, dass der Täter immer wieder an den Tatort zurückkehre, so kehrte jeder Seemann früher oder später in seinen Heimathafen zurück. Das war so sicher wie das Amen in der Kirche.

Brandis ließ sich Zeit. Er setzte sich an einen Tisch und bestellte einen zweiten Rum. So wie es aussah, würde der Koch wenig Gegenwehr aufbringen können. Auf die Frage, wie lange er hier schon liege, antwortete das Schankmädchen, er sei gestern vor Mitternacht gekommen, habe eine Flasche Jamaika zu sich genommen und sei dann von der Bank gerutscht.

Der Kapitän ließ sich noch mehr Zeit. Er hätte gern den Kommissar angerufen, aber so etwas wie ein Telefon hatte dieses Etablissement nie gesehen. Also warten. Und trinken. Das nette Schankmädchen leistete ihm Gesellschaft und machte ihm schöne Augen. Er fing an zu rauchen und bewunderte ihre schönen, schlanken Hände, mit denen sie ihm durchs Haar strich. Sie war ein Mittelding zwischen Schankmädchen und Hure, mal das eine, dann das andere, und eröffnete ihm ungeniert, dass sie am Abend noch eine Stunde frei habe. Er lachte und deutete auf den Koch.

»Ich bin mehr an dem interessiert. Hast du ein Zimmer im Haus?«

Sie nickte.

»Dann lass ihn uns nach oben tragen.«

»Was soll er in meinem Zimmer?«, fragte sie entrüstet.

»Ich werde dir die Zeit bezahlen, in Ordnung? Ich muss mit ihm reden, aber nicht hier.«

Sie musterte ihn misstrauisch. »Erst das Geld.«

Er legte ein paar Münzen auf den Tisch und stand auf. Mit dem Wirt trugen sie den langsam erwachenden Koch die Treppe hinauf und warfen ihn aufs Bett. Ein Schwall Wasser machte ihn nun endgültig wach, er fuhr hoch und sah sich suchend um.

»Was soll ich hier?«, rief er, als sein Blick an Brandis hängenblieb und er begriff, dass er gerade in die Falle getappt war.

»Käpt'n!«, rief er jäh ernüchtert und versuchte zur Tür zu kommen, wurde von Brandis aber gepackt und aufs Bett zurückgeworfen.

»Ich sag kein Wort«, knurrte der Koch und verschränkte die Arme vor der Brust, während das Mädchen sich auf einen Stuhl setzte.

»Was weißt du über Fischer und den Mörder von Franz Rose?«

»Nichts. Ich weiß nichts. Halten Sie sich an Fischer, der kann Ihnen mehr sagen.«

»Ich könnte den Namen aus dir herausprügeln.«

Der Koch zuckte zusammen. Er kannte Brandis und wusste, dass der zu allem fähig war.

»Ich kann nicht«, sagte er mit leiser, fast flehender Stimme. »Wirklich nicht. Haben Sie Mitleid mit mir, Käpt'n, mein Leben ist nichts mehr wert, wenn ich Ihnen den Namen sage. Außerdem weiß ich gar nicht, was Sie das angeht. Das ist doch Sache der Kriminalen.«

Jemand stieß mit ziemlicher Heftigkeit die Tür auf, ein junger Mann stand plötzlich im Raum. Brandis drehte sich um und fuhr ihn an, zu verschwinden. Diesen kurzen Moment nutzte der Koch, sprang auf, kletterte auf die Fensterbank und sprang.

Es war sein täglich Brot, aber an diesem späten Nachmittag war ihm nicht nach der Begegnung mit dem Tod. Er hatte nur wenig gegessen an diesem Tag, und auch wenn sich ihm nicht der Magen umdrehte, so fühlte er sich doch kalt erwischt. Die Leiche des Kochs lag auf dem Pflaster, und der Blick nach oben zum Fenster, aus dem er gesprungen war, verriet eine ziehmliche Höhe. Selbst eine Katze hätte hier all ihre Künste aufbringen müssen, um mit allen vier Pfoten unten aufkommen zu können. Der Sturz hatte dem Koch das Genick gebrochen. Die Zeugen gaben an, dass er sich selbst diesem Schicksal verschrieben hatte, in der Hoffnung, einigermaßen heil unten anzukommen und dann in der Flucht sein Heil zu suchen.

»Das hätte niemand unbeschadet überstanden«, konstatierte Sand. »Wovor hatte er solche Angst?«

Brandis erklärte ihm, dass dieser Koch derjenige gewesen war, der den Namen des Mörders von Franz Rose gewusst haben könnte.

»Er war also derjenige, der uns diesen Hinweis gegeben hat?«, fragte der Kommissar.

»Ich denke schon. Er wusste, wer es ist, und wollte Ihnen helfen.«

»Leider hat uns diese Hilfe bis heute nicht zum Täter geführt«, seufzte Sand und klappte sein Notizbuch zu.

Eine Stunde später war er auf dem Weg nach Hause. Er war verstimmt und frustriert. Der einzige Zeuge, der ihn wirklich hätte weiterbringen können, war tot. Und wenn er ehrlich war, hatte er mit dessen Hinweis nicht viel anfangen können. Wenn die Wahrheit auf dem Grund der Ostsee lag, dann lag sie da immer noch, ohne dass er einen wahrhaftigen Blick darauf hatte werfen können.

Von der Förde kam ein frischer Wind und schüttelte die Blätter und die letzten übriggebliebenen Äpfel von den Bäumen. Eine seltsame Böe bildete einen Sog, in dem die Blätter spiralartig hinuntergewirbelt wurden, direkt vor Sands Füßen, der abrupt stehen blieb. Eine winzige Windhose, die sich auch gleich wieder verflüchtigte. An der nächsten Haltestelle gesellte er sich zu den anderen, die auf die Straßenbahn warteten, und steckte die Hände in die Taschen, während der Wind immer stärker wurde.

»Kommen Sie heute um Mitternacht zum Friedhof«, raunte Sand plötzlich eine männliche Stimme ins Ohr.« Es geht um Fischer. Ich warte auf Sie beim großen Engel.«

Sand fuhr herum. Hinter ihm stand eine ältere Dame, die sich gerade mit einer ebenfalls älteren Dame unterhielt. Sand trat aus der Gruppe der Wartenden heraus und spähte über die Straße. Da waren etliche Leute, auch Männer, aber wer davon hatte ihm gerade ins Ohr geraunt?

Die Bahn kam, doch er stieg nicht ein. Er ging zu Fuß weiter.

Er kam sich vor wie der Protagonist eines Shakespeare-Dramas. Oder wie eine Figur aus Schillers »Geisterseher«, einem Roman, den er als Schüler mal gelesen hatte. Ein unheimliches Werk aus der Feder eines Aufklärers, der seinen Lesern den gruseligen Schauer geisterhafter Erscheinungen hatte schmackhaft machen wollen. Sand erinnerte sich an die bleiche Gestalt mit blutigem Hemd, die ihn in seinen Träumen verfolgt hatte und die ihm jetzt wieder lebhaft vor Augen stand.

Er lief durch den Sturm mitten in der Nacht auf dem Weg zum Friedhof. Würde ihn dort die bleiche Gestalt mit dem blutigen Hemd erwarten? Warum hatte *er* ihn nicht einfach angerufen, wenn er mit ihm sprechen wollte? Und dann ausgerechnet auf einem Friedhof!

Der Mond hatte einen Hof, über den Wolkenfetzen flogen. Genau das richtige Ambiente für ein konspiratives Treffen im Reich der Toten. Direkt hinter dem Eingang erhob sich ein marmorner Engel, an dessen Fuß herbstliche Astern blühten. Links und rechts reihte sich ein Grab ans andere, von hohen Bäumen in den Schatten des Mondes getaucht.

Sand blieb stehen und wartete. Er hatte eine Waffe mitgenommen, die er sich leger in seine Manteltasche gesteckt hatte und die er nicht zu benutzen hoffte. Aber er war vorsichtig geworden, denn an seinem Stuhl zu schrauben war etwas anderes, als auf einem einsamen Friedhof ermordet zu werden.

Er war zu früh, und die Zeit wurde ihm lang. Niemand kam. Er hörte die Glocken Mitternacht einläuten, und ihr Klang vermischte sich mit dem Pfeifen des Windes. Irgendwo heulte ein Hund. Sand war nicht wirklich entspannt. Er spürte die Nervosität, wie sie immer höher kroch und sich seines Herzens bemächtigte. Es fing an zu klopfen. Wieder stand ihm die bleiche Gestalt mit dem blutigen Hemd vor Augen. Seine Hand fuhr in die Tasche und spürte die Kühle der Waffe, als sich tatsächlich jemand näherte. Er kam aus der Mitte des Hofes, natürlich in dunkler Kleidung und einer Kapuze über dem halben Gesicht. Immerhin keine bleiche Gestalt mit blutigem Hemd. Er stellte sich an Sands Seite und grüßte leise.

»Sie hätten mich auch anrufen können«, sagte Sand vorwurfsvoll und hörte nur ein kurzes Lachen aus dem Mund des Fremden.

»Viel zu gefährlich. Wahrscheinlich wird Ihr Telefon längst abgehört.«

»Und warum ein Friedhof?«

»Weil hier wirklich niemand auftauchen kann, ohne dass wir es bemerken würden. Es sei denn, er wäre in der Lage, sich unsichtbar zu machen, aber das schaffen selbst die Geheimdienste noch nicht, obwohl sie daran arbeiten.«

»Die ›Politische‹? Der Staatsschutz?«

»Die auch. Vor allem aber ausländische Dienste.«

»Was haben ausländische Dienste mit meinem Fall zu tun?«, fragte Sand erstaunt.

»Es geht um die Ermittlungsrichtung, die einigen Leuten ein Dorn im Auge ist. Das wissen Sie doch selbst.«

»Und ob ich das weiß. Ihren Namen werden Sie mir wohl nicht sagen …«

»Natürlich nicht. Ich will Sie warnen, Sand. Ich habe keine Ahnung, ob Fischer ein Mörder ist, aber Sie sollten wissen, mit wem Sie sich hier anlegen. Sie wissen, was vor sieben Jahren passiert ist?«

»Der Putsch in München. Gehörte Fischer dazu?«

»Er stand nicht mit der Waffe auf der Straße, aber er gehörte zu den geistigen Rädelsführern. Wie einige andere auch. Einige wurden verhaftet, nachdem der Putsch fehlgeschlagen war, andere nicht. Man konnte ihnen nichts nachweisen, und so sitzen sie heute im Reichstag oder im Auswärtigen Amt und gelten ganz sicher nicht als lupenreine Demokraten.«

»Sie wurden demokratisch gewählt«, hielt Sand dagegen und erntete ein langes, bedächtiges Nicken.

»Sicher, aber etliche Mitglieder der Politik sind bekennende Gegner der Verfassung und favorisieren die Rückkehr zur Monarchie und Schlimmeres.«

»Das ist mir bekannt, doch was hat das mit meinem Fall zu tun?«

Der Fremde trat einen Schritt näher und senkte seine Stimme. »Der Putsch von 1920 sollte ein totalitäres System in Deutschland errichten, und es gibt Hinweise darauf, dass der englische Geheimdienst dahintersteckte. Dann kam der zweite Putsch einige Jahre später mit ähnlicher Intention, bei dem plötzlich, wie der deus ex machina, Adolf Hitler mit seiner NSDAP auftaucht, damals die letzte Möglichkeit dieser Leute, ihr Werk zu vollenden. Hitler ist ganz sicher kein Monarchist, aber wer einen Staat stürzen will, kann nicht wählerisch sein, also sucht er sich Verbündete. Sie werden es immer und immer wieder versuchen, Sand, das muss Ihnen klar sein. Fischer kennt die Namen der Putschisten, und sie kennen natürlich seinen Namen. Es ist eine eingeschworene Gesellschaft, die ihre Fäden im Hintergrund spinnt, und jeder, der einen

Faden anhält, läuft Gefahr, liquidiert zu werden. Und noch etwas, Kommissar Sand: Die Wahrscheinlichkeit, über kurz oder lang totalitäre Strukturen oder gar eine Diktatur in diesem unserem Lande zu konstituieren, ist gegeben, machen wir uns da keine Illusionen. Was wir jetzt erleben, sind die Versuche der Demokraten, diesen mehr als fragilen Rechtsstaat vor dem Totalitarismus zu retten.«

»Das Volk wird eine Diktatur niemals zulassen«, versetzte Sand mit scharfer Stimme.

»Das Volk wird niemals merken, wie und wann es beginnt. Es wird nicht mehr mit einem gewaltsamen Putsch beginnen, auch unsere Feinde lernen dazu. Nein, es wird ganz subtil beginnen, heimlich, still und leise. Sie werden auf ihre Chance warten, doch vorher schon das Feld bereiten, damit alles in den Startlöchern steht, wenn es losgeht. Natürlich weiß niemand, sie eingeschlossen, wann dieser Zeitpunkt da ist, doch wenn eines Tages die Zeitungen verschwunden sein werden, die auf die Veränderung aufmerksam machen wollten, wenn eines Tages die Richter verschwunden sein werden, die demokratisches Recht sprechen wollten, und wenn eines Tages auch der letzte Politiker verschwunden sein wird, der sich noch an den Wortlaut der Verfassung erinnern kann, dann ist ihr Werk vollbracht. Übrig bleibt eine Riege von Herrenmenschen, und es spielt keine Rolle, aus welcher politischen Ecke sie hervorgekrochen sind, denn sie wollen alle nur das eine: die Selbstbestimmung und die Freiheit der Völker abschaffen. Und nun leben Sie wohl, Herr Kommissar und beherzigen Sie meine Worte.«

Der Fremde drehte sich um und tauchte ein in die Dunkelheit des Hofes. Sand blieb allein zurück, fröstelnd, aufgeschreckt und etwas ratlos. Er wandte sich dem Ausgang zu und trabte durch einsame Straßen nach Hause. Dort wärmte er sich am Ofen auf, trank einen heißen Grog und ließ das seltsame Gespräch Revue passieren. Ein Wort hatte es ihm besonders angetan, auch wenn es ihm schon vorher in den Ohren geklingelt hatte. Diktatur. Die unumschränkte Herrschaft eines einzelnen oder einer bestimmten Gruppe, deren ausübende Kraft und Legitimation die Gewalt darstellt. Eine Gewaltherrschaft. Ein System, das sich die Bevölkerung durch Angst und Propaganda gefügig macht.

Eine schlaflose Nacht war das Ergebnis dieser Unterhaltung auf dem Friedhof. Nickte Sand mal kurz ein, tauchte die bleiche Gestalt im blutigen Hemd vor seinen Augen auf – er lief vor ihr davon, aber er wurde sie nicht los. Es fing an zu schneien, dicke, pelzige Flocken, die ihm die Sicht versperrten, und immer wenn er sich umdrehte, atemlos und erschöpft, stand sie da, die Gestalt, und das Blut tropfte von ihrem Hemd in den Schnee unter seinen Füßen …

Seine Frau indessen schlief tief und fest und träumte von den glitzernden Auslagen der mondänen Berliner Geschäfte.

12

Anna war mit dem Fahrrad auf dem Rückweg vom Büro nach Hause gewesen, als sie Kommissar Sand auf einer Bank sitzen sah. Er wirkte anders als sonst, in sich gekehrt, mit einem leeren Blick, der ins Nichts gerichtet zu sein schien. Sie stieg vom Rad, setzte sich zu ihm und fragte, ob alles in Ordnung sei. Er lächelte still.

»Es ist alles so normal«, antwortete er nach einer Weile. »Bemerken Sie etwas Ungewöhnliches?«

Anna zuckte mit den Schultern. Was sollte ungewöhnlich sein? Die Menschen vor ihren Augen gingen einkaufen oder standen an der Haltestelle gegenüber und unterhielten sich. Eine blasse Sonne schien, der immerwährende Wind zerrte an ihren Haaren. Alles war wie immer.

»In meinem Aktenschrank stehen einige ungeklärte Fälle. Manche liegen schon lange zurück, die Wahrscheinlichkeit, sie zu lösen, wird mit jedem Tag immer geringer. Irgendwann werden sie vergessen, niemand wird wissen, wer der Täter gewesen ist. So wird es auch mit dem Fall Franz Rose sein. Wäre das gerecht?«

»Wenn es keine Möglichkeit gibt, dem Täter auf die Spur zu kommen, wäre es keine Frage von Gerechtigkeit. Es wäre eine Frage der Logik.«

Sand lachte. »Richtig. Und genau diese Logik spielt uns hier einen Streich. Sie will sich nicht in ein Muster pressen lassen, sie springt aus jedem Rahmen heraus. Sie ist widerspenstig und sperrig. Und trotzdem ist sie da, irgendwo, wir sehen sie nur nicht. Und wir sollen sie nicht sehen, das ist das Entscheidende. Das ist so, als würden Sie durch einen Irrgarten laufen, in dem der Ausgang gestern noch klar und deutlich gekennzeichnet war, aber jemand hat die Schilder entfernt.«

Anna sagte nichts. Der Kommissar war in einer ganz seltsamen Laune, resigniert und entmutigt.

»Dann sollten Sie die Schilder suchen. Irgendwo müssen sie ja abgeblieben sein.«

»Sie sind eine kluge Frau, Anna. Genau das sollte ich tun. Allerdings wird es nicht so einfach sein. Ich hatte gestern eine seltsame Begegnung auf dem Friedhof mit einem, nennen wir ihn einen Informanten ...«

Der Kommissar kippte plötzlich zur Seite. Ganz langsam kam er Anna immer näher, sein Kopf rutschte immer tiefer, und dann kippte er von der Bank. Anna hörte nur noch ein Röcheln, bückte sich, sprach mit ihm, hielt seine Hand, aber er reagierte nicht. Er hatte die Augen geschlossen und röchelte weiter.

Anna sprang auf. Gegenüber befand sich die Praxis von Dr. Gruber, und Dr. Gruber besaß ein Telefon. Anna rannte in die Kanzlei, telefonierte und lief wieder zu Sand zurück. Zehn Minuten darauf kam ein Krankenwagen und nahm den Kommissar mit.

Eine Stunde darauf saß sie Flickwort gegenüber, der nun alleiniger Chef dieses Büros war. Sein Vorgesetzter lag in der Klinik und würde erst einmal ausfallen.

»Es war zu viel für ihn«, erklärte Flickwort. »Der ganze Stress, die vermeintlich unlösbare Aufgabe, in diesem Fall weiterzukommen, alles zu viel. Er hat es sich zu sehr zu Herzen genommen.«

»Und Sie? Lässt es Sie kalt, wenn versucht wird, einen mutmaßlichen Täter vor dem Gesetz zu schützen?«

»Nein, aber man muss seine Grenze kennen. Ich kenne meine Grenze. Und die liegt genau da, wo meine Pension anfängt. Ich habe keine Lust, im Alter auf die Fürsorge angewiesen zu sein.«

»Hat Sand Ihnen von dieser Verabredung auf dem Friedhof erzählt? Er hat sich dort mit einem Informanten getroffen.«

»Im Leben nicht«, versetzte Flickwort schroff und stand auf. Er hörte zum ersten Mal von diesem Besuch auf dem Friedhof, der wohl wieder eine von Sands Kapriolen war, mit denen er nichts zu tun haben wollte. Er wollte diesen Fall endlich loswerden, aber er schaffte es einfach nicht. Immer wieder hatte Sand ihm dazwischengegrätscht. Und jetzt kam er auch noch mit einem mysteriösen Informanten um die Ecke.

»Was hat der mit dem Fall Franz Rose zu tun?«, fragte er aufgebracht. »Wo will er den jetzt ausgegraben haben? Kein Wunder, dass er mit einem Herzanfall im Krankenhaus liegt. Der Mann ist überspannt, verrückt, verdreht, was weiß ich. Vergessen wir diese Geschichte auf dem Friedhof, Frau Brandis, vergessen wir sie einfach.«

Anna stand auf.

»Sie müssen Ihren Kollegen im Krankenhaus besuchen.«

Flickwort nickte ungnädig. Natürlich würde er seinen Chef besuchen. Es war seine verdammte Pflicht und Schuldigkeit, aber gerne würde er es nicht tun.

Venn Flack war wieder in der Stadt. Er hatte sich am Bahnhof ein Taxi genommen und sich direkt zur Villa bringen lassen, wo man ihn schon erwartet hatte. Selbst Anna und Brandis waren gekommen, um ihn zu begrüßen. In einer feierlichen Minute war Flack von der Kaffeetafel aufgestanden und hatte die Eltern um die Hand ihrer Tochter gebeten, was mit einem Glas Champagner begossen wurde.

Anna beobachtete Lilly, von der sie wusste, dass sie immer noch unschlüssig war. Unter ihren Augen lagen tiefe Schatten, ein Zeichen, dass sie wenig geschlafen hatte. Sie steckte buchstäblich in der Falle. Überall in der Stadt war längst bekannt, dass die beiden heiraten würden, und den Eltern stand das Glück ins Gesicht geschrieben. Diese Heirat würde ein großes gesellschaftliches Ereignis sein, denn Flack war ein einflussreicher Mann, der mit dem Präsidenten der Reichsbank auf Du und Du stand. Er plädierte dafür, so schnell wie möglich das Aufgebot zu bestellen, zu heiraten, dann vier Wochen in der Karibik die Flitterwochen zu verbringen und dann … direkt in die Schweiz zu verschwinden. Ein atemberaubender Fahrplan. Generalstabsmäßig geplant, wie Lilly gesagt hatte.

Anna sah, wie Lillys Züge langsam versteinerten, aber niemand sonst schien es zu bemerken. Die Eltern bedauerten zwar, dass ihre Tochter das Haus verlassen würde, aber sie sei ja nicht aus der Welt, fügte die Mutter hinzu, während Maxim seine Schwester umarmte und ihr alles nur erdenklich Gute wünschte.

Anna öffnete die Flügeltür und ging in den Garten hinaus. Es war kalt und sonnig; der Springbrunnen im Teich sprudelte nicht mehr. Die goldgrünen Frösche, die im Sommer auf den Blättern der Seerosen gesessen und auf Beute gelauert hatten, waren verschwunden. Das Wasser war trüb, die Blumen waren verdorrt, und irgendwo am Horizont zog der Winter auf.

Am Abend waren sie immer noch da. Sie feierten, aßen und tranken, und Lilly legte Platten auf. Es war, als sei nichts geschehen, außer dass zwei sich liebende Menschen heiraten wollten. Maxim war angetrunken, schäkerte mit dem Dienstmädchen herum, und Flack balancierte immer ein volles Glas in der Hand. Er erzählte von Schacht, dem kranken Mann mit dem Reparationstrauma, und lachte schallend. Die Stimmung wurde immer ausgelassener, und als er zum Besten gab, dass er vor einer Woche die letzte Rate für das Schweizer Häuschen bedient habe, drehte sich Lilly auf dem Fuße herum und ging aus dem Salon. Im Flur zögerte sie kurz und wandte sich dann dem Rauchsalon zu, in dem sie unerwartet auf Brandis stieß, der in einem Sessel saß und seine Pfeife stopfte.

»Ich wollte nicht stören«, murmelte sie, aber Brandis stand auf und bat sie, sich zu ihm zu setzen. Er, völlig ahnungslos über das, was in ihr vor sich ging, beglückwünschte sie zu ihrer Heirat, was sie stumm über sich ergehen ließ. Den ganzen Nachmittag hatte sie sich zusammengerissen, gute Miene zum bösen Spiel gemacht, doch jetzt hatte sie Angst, dass die Fassade zusammenbrechen würde. Sie hätte diesem Spiel ein Ende bereiten müssen, aber sie hatte es nicht übers Herz gebracht, endlich das zu sagen, was sie hätte sagen müssen.

Brandis spürte, dass etwas nicht stimmte.

»Freust du dich denn nicht?«, fragte er stirnrunzelnd.

»Und wenn es so wäre?«

»Was ist los, Lilly?«

Die Worte lagen ihr wie Blei im Magen. Und besonders ihm gegenüber konnte sie die Wahrheit nicht aussprechen.

»Du willst ihn gar nicht heiraten«, sagte er tonlos, und sie nickte.

»Dann solltest du ihm reinen Wein einschenken, bevor es zu spät ist. Er will so schnell wie möglich das Aufgebot bestellen.«

»Ich weiß.«

»Liebst du ihn nicht mehr?«

Sie wusste es selbst nicht, und das war das Schlimmste. Sie konnte sich nicht einmal mehr erinnern, Flack geliebt zu haben. Sie sah ihn wieder in dem kleinen Segelboot liegen, dort, wo sie ihm zum ersten Mal begegnet war, ein Mensch, der ihre Hilfe gebraucht hatte. Sie sah ihn wieder im Krankenzimmer liegen, diesmal bei Kräften, ein jungenhafter Typ, intelligent, gutaussehend, und sie hatte ihn wirklich gemocht, sympathisch gefunden. Sie war mit ihm sogar vor Kurzem noch übers Wochenende zum Ferienhaus nach Strande gefahren und hatte sich von ihm verführen lassen. Und danach? Danach war sie einer Fata Morgana der großen Liebe hinterhergelaufen, von der sie gar nicht gewusst hatte, wie täuschend echt sie hatte sein können.

Sie sah in Brandis forschende Augen, der versuchte, ihrem Geheimnis auf die Spur zu kommen, aber der war ein Mann, der würde sie nicht verstehen. Er hätte ihr Vater sein können, und eine Weile hatte sie wirklich gedacht, in ihm eine Art väterlichen Freund zu sehen, bis Anna gekommen war. Da war ihr klar geworden, dass sie eifersüchtig gewesen war.

»Du warst immer der Mann, den ich geliebt habe«, sagte sie plötzlich leise und atmete einmal tief durch. Sie hatte ihn nie geduzt, um eine gewisse Distanz aufrechtzuerhalten, aber jetzt war diese Distanz zerstört. Jetzt war eigentlich alles zerstört, ihr Verhältnis zu Brandis, zu Anna und zu Flack. Neun Wörter, die ihre kleine Welt aus den Angeln heben konnten. Eine Katastrophe.

Auf dem Tisch stand die Dose mit dem Tabak. Er nahm seine Pfeife und fing an zu rauchen. Der scharfe Duft erfüllte den Raum und sein Schweigen, das immer länger währte. Sie wollte ihn nicht noch mehr in Verlegenheit bringen und stand auf.

»Das bleibt unter uns«, sagte sie und ließ ihn allein zurück.

Kommissar Sand saß aufrecht im Bett und trank seinen morgendlichen Tee. Seit er im Krankenhaus lag, gab es nur noch Tee zum Frühstück, keinen Kaffee. Kaffee sei schädlich fürs Herz, hatte die

Schwester behauptet und ihn zum Teetrinken verdammt. Er bekam nur noch Schonkost und einen Haufen Tabletten. Aber es half. Der Arzt hatte einen Herzanfall diagnostiziert und ihm von zu viel Stress abgeraten. Er müsse von nun an auf seinen Lebenswandel achten, viel schlafen, gut essen, viel Bewegung in der freien Natur und vor allem keine Aufregungen mehr.

Sand stellte die Tasse auf dem Beistelltischchen ab. Keine Aufregungen mehr, dachte er verdrießlich. Wie sollte er das machen? Sich ein dickes Fell zulegen? Er hatte ein dickes Fell, aber für das Leben, das er führte, war es nicht dick genug. Da hätte ein Elefant auf seinem Stuhl sitzen müssen. Ein Gutes hatte es allerdings, dass er jetzt in dieser Klinik lag – seine Frau kam jeden Tag und schien sich tatsächlich Sorgen zu machen. Sie überschüttete ihn mit Obst und allerlei Nettigkeiten, rückte sein Kissen zurecht, ermahnte ihn, kürzerzutreten und nicht ›so verrückte Gedanken im Kopf herumzutragen‹.

Es klopfte. Ein großer Blumenstrauß erschien, und dahinter kam der Kollege Flickwort zum Vorschein. Sand richtete sich auf und bemühte sich zu lächeln. Er bedankte sich für die Blumen, die in einer Vase verschwanden, und bat Flickwort, sich zu setzen. Auf die obligatorische Frage antwortete er, dass es ihm wieder gutgehe, er in einer Woche die Klinik verlassen dürfe, und sah in Flickworts erwartungsvolle Augen.

»Was war auf diesem Friedhof los, Chef?«

»Es ist nicht wirklich wichtig.«

»Doch, das ist es. Sie vergraben alles in Ihrem Herzen, und das ist nicht gut. Sie sehen ja, wozu das führt.«

Sand lächelte. So viel Mitgefühl hatte er von Flickwort nicht erwartet.

»Woher wissen Sie überhaupt davon?«

»Anna Brandis war bei mir. Was war also jetzt auf diesem Friedhof? Wer war dieser Informant?«

»Er wollte seine Identität verbergen, also kenne ich ihn nicht. Er wollte mich warnen. Er gab mir zu verstehen, dass Fischer damals an dem Putsch gegen die Regierung beteiligt war, so wie wir ja schon vermutet haben. Vielleicht ergibt sich ja doch langsam ein Bild. Fischer wird von Politikern gedeckt, die wie er mit diesem Umsturz zu tun hatten. Sie sehen, in unserer demokratischen Regierung sitzen Wölfe im Schafspelz, die nur darauf warten, uns alle mitsamt unserer Verfassung zum Teufel zu jagen. Und angeblich werden sie vom Ausland unterstützt. Es war vom englischen Geheimdienst die Rede.«

»Warum sollte der englische Geheimdienst einen Putsch gegen eine demokratische Regierung unterstützen?«, fragte Flickwort verblüfft.

»Um eine Diktatur in Deutschland zu errichten? Vielleicht auch, um endlich eine Front gegen Russland aufzubauen. Mit unseren Demokraten funktioniert das nicht. Aber mit Leuten wie Erhardt, der Organisation Consul und den Freikorps könnte es gelingen. Und vergessen wir die NSDAP nicht, die das gleiche Ziel hat. Wenn die sich alle zusammentun, sieht es schlecht für die Demokratie aus.«

»Unsinn, Chef«, versetzte Flickwort kopfschüttelnd und stand abrupt auf. »Das hört sich nach Verschwörung an.«

Er breitete theatralisch die Hände aus und flüsterte mit dramatischer Stimme: »Düstere Mächte agieren im Hintergrund ...«

Er ließ die Hände wieder sinken. »Tut mir leid, aber das hat mit der Realität nichts zu tun. Wir sind hier nicht im Kino, wie Ihre Frau bereits treffend bemerkte. Und mit dem Mörder von Franz Rose hat es auch nichts zu tun.«

»Sie haben es schon zweimal versucht.«

»Durchaus, aber wir sollten uns auf unseren Fall konzentrieren, falls wir überhaupt noch einen haben. Fischer kann hundertmal ein Putschist gewesen sein, das macht ihn nicht automatisch zum Mörder an Rose.«

Ein Varieté in der Stadt. Von außen sah das Haus wenig spektakulär aus. Nur die Fotos, die in einem Glasrahmen ausgestellt waren und an der Wand hingen, deuteten darauf hin, dass sich hier kein einfaches Lokal befand. Doch kaum wurde die Tür geöffnet, tauchten genau jene Düfte, Töne und Bilder auf, die Anna an den Berliner »Wintergarten» erinnerten. Natürlich war hier alles weniger schrill, weniger grell und weniger verrucht. Die Verruchtheit war von nordischer Kühle etwas zurechtgestutzt worden.

Lilly hatte sie eingeladen, und Anna vermutete, dass sie sich für ihre heikle Mission Unterstützung hatte mitnehmen wollen. Ein Conférencier mit blutrot angemalten Lippen und schwarz geränderten Augen führte durch die Vorstellung, die aus Tänzen, Gesangeinlagen und einem Illusionisten bestand, der in einer nebligen Wolke aus gespenstisch grünem Licht eine Jungfrau zersägte. Lilly war ungewöhnlich fröhlich, so als habe sich ihr Problem über Nacht aus dem Staub gemacht. Sie flirtete mit Flack wie ein verliebtes Mädchen, und Anna fragte sich, ob sie Flack nun doch heiraten würde?

Bevor sie eine Antwort auf die Frage erhielt, betrat ein weiterer Magier im Frack die Bühne: Monsieur Balzak. Ein eher kleiner Mann, schmal und grauhaarig, aber mit gewaltiger Stimme, die sofort jeden in seinen Bann zog. Seine Begleiterin war ein schlankes, blondes Mädchen in einem orientalischen, bauchfreien Kostüm, die ihm mit dem üblichen Pathos seine Utensilien anreichte für eine Uhr, die er in einem Wasserglas versenkte und aus einer Zigarrenschachtel wieder hervorholte, für die Karten, mit denen er einige Tricks vollführte, und für zwei Bananen, die er durch seine Hosenbeine gleiten ließ, die als zwei leuchtende Bälle auf seinen Füßen landeten. Dann stellte er sich hinter eine Platte, die links und rechts auf den Lehnen von zwei Stühlen und einem mittig liegenden Brett auflag. Dann kam das Mädchen, stieg eine kleine herbeigebrachte Leiter hinauf und legte sich der Länge nach auf die Platte. Jeder wusste, was nun kam, und einige hielten den Atem an. Zwei Männer traten vor, entfernten das Brett und schoben die Stühle fort, so dass die Platte im Raum zu schweben schien. Ein Mysterium. Nichts schien sie zu halten und niemand im Saal zu wissen, wie Monsieur Balzak das Gesetz der Gravitation zu überwinden vermochte. Nun strich er mit den Händen gebietend einige Zentimeter über den Körper der Frau hinweg, so als wären es genau diese Hände, die sie in diesem Schwebezustand halten würden. Sie selbst war völlig entspannt, neigte den Kopf ein wenig dem Publikum zu und lächelte. Das Ganze dauerte ein, zwei Minuten, bis Monsieur Balzak die Hände zurücknahm, die beiden anderen Männer die Stühle und das Brett wieder unter die Platte schoben und das Mädchen sich aufrichtete.

Donnernder Applaus kam auf, das Orchester spielte auf, und der Conférencier vollführte eine tiefe Verbeugung.

»Ich habe mich entschlossen, dich zu heiraten, Venn«, erklärte Lilly plötzlich feierlich und strahlte ihn an. »Allerdings nur, wenn wir in Kiel bleiben, und wenn du mich wirklich liebst, dann wirst du mir diesen Wunsch erfüllen.«

Flack war so überrumpelt, dass er dasaß wie eingefroren. Schneeweiß im Gesicht und vollkommen reglos. Nur Anna war nicht ganz so überrascht. Sie hatte recht gehabt. Der Besuch im Varieté war für Lilly nichts anderes gewesen, als sich Mut anzutrinken und nicht allein sein zu müssen, wenn sie ihm die Wahrheit sagte. Allerdings hatte sie die Wahrheit in der Zwischenzeit etwas korrigiert. Sie würde ihn nun doch heiraten. Wenn er seine Schweizer Pläne aufgab. Raffiniert, dachte Anna. Was ihre Liebe selbst nicht vermochte, verlangte sie nun von ihm. Was würde er tun?

Er tat gar nichts, sondern starrte Lilly an.

»Ich verstehe dich nicht«, versetzte er schließlich etwas hilflos. »Das war doch alles abgemacht.«

»*Du* hast das abgemacht«, fuhr sie ihn unvermittelt heftig an. »Du hast ein Haus in der Schweiz gekauft, nicht ich. Ich wollte nie in die Schweiz. Das war deine Marotte. Ich will auch nicht nach Berlin. Ich bleibe hier, und wenn du mich liebst, ziehst du zu mir.«

Das Orchester spielte einen Tusch, am Tisch herrschte eisiges Schweigen.

»Ich werde darüber nachdenken, wenn du mir die Zeit gibst«, ließ sich Flack endlich mit dünner Stimme vernehmen, was Lilly mit einem freundlichen Nicken quittierte. Dann nahm sie die Champagnerflasche aus dem Kübel, füllte ihr Glas und stürzte den Inhalt mit einem Zug hinunter.

»Wunderbar. Und jetzt feiern wir, Leute, bis wir umfallen. Und wer weiß, wie der Illusionist die Jungfrau zum Schweben bringt, bekommt einen Kuss von mir.«

Irgendwo zwischen Kiel und Lübeck

Eva hatte ihre Schuhe verloren und lief auf blanken Strümpfen durch den Wald. Ihr Kostüm war verdreckt, ihre Nerven zum Zerreißen gespannt. Sie hatte Todesangst, das Herz klopfte bis zum

Hals. Nur weiter, tiefer in den Wald hinein, keinen Blick zurück. Es wurde langsam dunkel, die Sonne wanderte über die Wipfeln hinweg. Nach zehn Minuten blieb Eva stehen, sie konnte nicht mehr. Sie ließ sich auf den Boden nieder, roch den pelzigen Duft von Moos und versuchte, ruhig zu werden.

Sie waren weg. Sie hörte ihre Schritte nicht mehr, ihren Atem, ihr Keuchen. Alles blieb still. Sie hatte keinen blassen Schimmer, wo sie sich befand. Irgendwo in irgendeinem Wald zwischen Kiel und wo auch immer. Es wurde kalt, und sie wusste, sie musste wieder aufstehen und weitergehen, bis sie auf eine menschliche Behausung treffen würde. Der Gedanke, die Nacht in diesem Wald verbringen zu müssen, war mehr als unheimlich, auch wenn dieser Wald ihr wahrscheinlich gerade das Leben gerettet hatte.

Vor einer Stunde war sie noch in Kiel gewesen und hatte eingekauft. Auf dem Weg nach Hause war plötzlich ein Auto aufgetaucht und hatte neben ihr gehalten. Ein junger Mann war ausgestiegen und hatte sie nach einer bestimmten Straße gefragt, doch kaum hatte sie ihm Auskunft gegeben, hatte er sie gepackt und in den Wagen gestoßen, der mit rasender Schnelligkeit losgefahren war. Dann hatte er ihr die Augen verbunden, und sie hatte nur noch das Geräusch des Motors gehört, eine halbe Stunde, eine Stunde, sie hätte es später nicht mehr sagen können. Irgendwann hatte der Wagen gehalten, jemand hatte sie wieder gepackt und aus dem Wagen gezogen. Sie hatte einen Moment gezögert, vorsichtig die Augenbinde gelöst und sich auf einem Weg neben einem Wald wiedergefunden. Und dann hatte sie gesehen, dass der Wagen noch dastand. Da war sie panisch in den Wald gerannt.

Sie stand auf und suchte nach einem Weg oder Pfad, aber da war nichts. Also stapfte sie weiter zwischen den Bäumen hindurch, bis plötzlich ein fernes Licht auftauchte. Ein Haus oder ein Hof. Sie strebte diesem Licht entgegen, lief mittlerweile auf bloßen Füßen, die Seidenstrümpfe waren zerrissen, und sie hatte das merkwürdige Gefühl, dieses Licht könnte gar nicht echt sein und würde vor ihren Augen einer Fata Morgana gleich wieder verschwinden. Aber es verschwand nicht. Es wurde immer heller und entpuppte sich als das Licht im Fenster einer kleinen Bauernkate.

»Gott im Himmel sei Dank«, flüsterte Eva und näherte sich vorsichtig dem heimeligen Licht.

Kiel

Kommissar Sand hatte Anna zu einem Gespräch ins Präsidium gebeten, doch als sie dort ankam, war sein kleines Büro voller Menschen. Sie blieb auf dem Flur stehen und wartete. Drei junge Männer wuselten im Büro herum; zwei ältere Beamte in Uniformen standen vor Sands Schreibtisch und diskutierten mit ihm. Der Gegenstand der Diskussion war ein neues Büro, das Sand bekommen sollte, das ihm aber überhaupt nicht zu gefallen schien. Er wollte nicht umziehen. Der Kollege Flickwort stand mit dem Rücken zu Anna am Fenster und sagte gar nichts.

»Wo soll das neue Büro denn sein?«, fragte Sand mit gereizter Stimme, woraufhin einer der jungen Männer nach unten deutete. »Zwei Stockwerke tiefer.«

»Zwei Stockwerke tiefer ist der Keller«, versetzte Sand launig.

»Wir haben dort ausnehmend schöne Büros, die letztes Jahr erst renoviert wurden. Neue Fenster, neue Türen, neue Schreibtische, was wollen Sie mehr?«

»Ich will hierbleiben.«

»Das geht leider nicht. Anordnung von Dr. Fichte.«

Jetzt fingen die beiden uniformierten Beamten an, Sands Akten aus dem Schrank zu holen und auf einen rollenden Tisch zu packen, während der junge Mann Sand bat, seinen Schreibtisch auszuräumen. Es folgte eine weitere Auseinandersetzung, bis Flickwort sich plötzlich umdrehte, wortlos den Raum durchquerte und Anna auf dem Flur stehen sah.

»Wollen Sie zu uns?«, fragte er.

»Kommissar Sand hatte mich zu einem Gespräch geladen, aber es passt wohl gerade nicht …«

»Doch, das passt schon. Wir ziehen nur gerade um. Ich gehe vor, wenn Sie nichts dagegen haben.«

Er stieg die Treppe herunter, und sie folgte ihm. Im Foyer gab es eine Treppe, die noch weiter hinunterführte, und Anna fing an, sich wirklich zu wundern. Hier unten war tatsächlich der Keller, sie tauchte ein in ein Halbdunkel, neben sich unverputzte Wände, ihre Schritte hallten auf dem Boden wider. Flickwort öffnete eine Tür, und das neue Büro kam zum Vorschein. Es war etwas größer als das alte, aber unverkennbar ein Kellerraum. Das gegenüberliegende Fenster lag so tief, dass nur Gras zu sehen war. Der Ofen war kalt, und der Boden bestand aus purem Stein, über den man achtlos einen dünnen Teppich geworfen hatte.

Auch wenn Anna sich in der Hierarchie der Kriminalpolizei nicht auskannte, begriff sie sofort, was das alles zu bedeuten hatte: Es symbolisierte den beruflichen Abstieg des Kommissars Sand mitsamt seinem Kollegen Flickwort. Wer hier arbeiten musste, war ein Paria. Er gehörte eigentlich nicht mehr dazu. Und Anna kannte auch den Grund für diesen gesellschaftlichen Abstieg. Es konnte nur mit Fischer zu tun haben.

»Müssen Sie auch mit umziehen?«, fragte sie vorsichtig.

»Natürlich. Mitgehangen, mitgefangen. Ich habe mich nicht genug von seinen Ermittlungen distanziert. Es war vorherzusehen. Man hat Sand übrigens auch die Wohnung gekündigt. Gestern.«

»Was hat seine Wohnung mit seiner Arbeit zu tun?«

»Sie stellen die falsche Frage. Stellen Sie die richtige: Was hat *nichts* mit seiner Arbeit zu tun?«

»Und Sie? Halten Sie zu ihm?«

Flickwort schloss die Türe leise hinter ihnen. »Was würden Sie an meiner Stelle machen? Ich könnte mich versetzen lassen, ich habe lange darüber nachgedacht. Schließlich wollte er sich auch versetzen lassen, ohne mich vorher darüber zu informieren, und ich hätte Grund genug, ihm böse zu sein. Auf der anderen Seite sehe ich, wie sie versuchen, ihn fertigzumachen, und das weckt meinen Beschützerinstinkt. Ich hasse Ungerechtigkeit, darum bin ich ja zur Polizei gegangen, und was ihm und auch mir widerfährt, ist eine bodenlose Ungerechtigkeit. Ja, ich glaube, ich werde zu ihm halten.«

In diesem Moment flog die Tür auf, und der Tisch mit den Akten wurde ins Büro gerollt. Dann stand Sand im Raum und inspizierte sein neues Domizil.

»Gar nicht so schlecht«, kommentierte er und warf Anna lächelnd einen Blick zu. »Sie wollten zu mir?«

»Wir könnten den Termin verschieben.«

»Das tun wir. Und jetzt gehen wir alle drei einen Hering mit Gurke essen.«

Es war kalt, es war windig, und nun fing es auch noch an zu regnen. Sie standen am Fischmarkt und aßen Hering mit Gurke. Sand hatte sich einen Kümmelschnaps gegönnt, ohne sich darum zu scheren, dass Alkohol im Dienst verboten war. Anna fror, und Flickwort legte ihr seine Jacke um die Schultern.

»Und jetzt?«, fragte er.

Sand biss genüsslich in seine Gurke. »Sie fangen an, ihre Daumenschrauben anzuziehen. Mal sehen, wie weit sie gehen.«

»Sie gehen so weit, dass sie sogar Ihre Vermieterin beeinflusst haben, Ihnen die Wohnung zu kündigen.«

»Ja, man gießt Jauche über mich aus, nur weil ich versuche, demokratisches Recht anzuwenden. Meiner Vermieterin wurde gesagt, ich würde meine Miete bald nicht mehr bezahlen können, weil eine fristlose Entlassung unmittelbar bevorsteht.«

»Die können sie gar nicht fristlos entlassen«, rief Flickwort empört.

»Gemach, gemach«, versetzte Sand, der plötzlich die Ruhe selbst war.

»Haben Sie keine Angst?«, fragte Anna.

»Doch. Aber ich habe aus dem Fall Hagen Wesel gelernt. Sie wollen die Wahrheit unterdrücken, und dafür müssen sie lügen, und je dreister sie lügen, desto eher kann ich ihre Lügen entlarven. Wir müssen nur warten, irgendwann begehen sie einen Fehler, und dann schlagen wir zu.«

»Sie sind ja größenwahnsinnig, Chef«, knurrte Flickwort. »Gegen unsere Gegner haben wir keine Chance. Für uns sind sie ohne Namen, sitzen womöglich im Reichstag, und wo sitzen wir? In einem dunklen, feuchten Keller ohne Telefon. Abgeschnitten von der Welt.«

»Genau das wollen sie.«

Sand wandte sich Anna zu und senkte die Stimme. »Was ich jetzt sage, ist nicht für Ihre Ohren bestimmt. Doch falls Sie es ganz zufällig aufschnappen sollten, bitte ich Sie, darüber Stillschweigen zu bewahren. Also …« Er senkte seine Stimme noch ein wenig mehr. »Ich habe mich mal über diesen Max Bauer kundig gemacht. Ein

Freund der Familie Krupp und von dieser möglicherweise ins Waffengeschäft gebracht, aber das ist lediglich eine Vermutung. Er wird vor dem Putsch zitiert mit den Worten, die einzig wahre Bestimmung Deutschlands sei eine autoritäre Diktatur. Er gilt als Russenhasser, ist sich aber nicht zu schade, den Russen sein Giftgas zu verkaufen, wenn sie es denn kaufen wollen, und er soll bereits vor 1920 Kontakt zu britischen Militärs gehabt haben. Noch Fragen?«

Anna hüllte sich in Schweigen und beobachtete das Treiben am Hafen, während Sands Worte Flickwort ein bedächtiges Nicken entlockten. »Ein netter Verein. Lauter Terroristen, Kriegsgewinnler, Kriegstreiber und Antidemokraten. Und Sie glauben wirklich, diese Leute haben einen so großen Einfluss auf die Behörden, dass er bis in unser Büro reicht?«

»Ihre Strategie ist es, einflussreiche Leute in die entscheidenden Posten zu setzen. Damit unterhöhlen sie demokratische Strukturen, und was dabei herauskommt, sehen Sie ja. Wir sind das beste Beispiel. Dr. Fichte ist eine Art trojanisches Pferd. Nachdem sie Maibach nach Hamburg weggelobt haben, hält Fichte jetzt die Zügel in der Hand. Sie unterwandern ganz gezielt die Administration, die Gerichte, die Presse, bis sie alle entscheidenden Institutionen mit ihren Leuten besetzt haben. Dann wird es für die Demokraten ganz schwer, die wichtigsten Posten zurückzuerobern, vorausgesetzt, sie merken überhaupt, was hier vor sich geht. Ich fürchte, vielen von ihnen ist diese Strategie noch gar nicht aufgefallen. Die werden eines Morgens wach und stellen fest, dass das Heft des Handelns gar nicht mehr in ihrer Hand liegt, und dann: Leb wohl, geliebte Verfassung.«

Irgendwo zwischen Kiel und Lübeck

Eva stand vor der Türe der Bauernkate und zögerte. Sie meinte, von Osten das Meer gehört zu haben, ein dumpfes Grollen. Das Meer würde ihr nicht helfen, das Haus vor ihren Augen schon. Sie traute sich nicht, anzuklopfen, denn erstens war ihre Erscheinung nicht besonders vertrauenerweckend, und zweitens wusste sie nicht, wem sie überhaupt noch vertrauen durfte. Das Haus sah nicht so aus, als hätten die Leute, die dort wohnten, ein Telefon, trotzdem war es ihre einzige Rettung. Eva nahm sich ein Herz und zog an der Glocke, die ein lautes, schepperndes Geräusch von sich gab. Die Tür öffnete sich langsam, ein alter Mann kam zum Vorschein und musterte sie unfreundlich.

»Was gibt's?«

»Ich bin überfallen worden. Wissen Sie, wo hier die nächste Polizeistation ist?«

»Wer sind Sie? Ich kenne Sie nicht.«

»Natürlich nicht. Ich lebe in Kiel.«

Sie versuchte ihm zu erklären, was passiert war, aber es klang selbst in ihren eigenen Ohren so abenteuerlich, dass es kein Wunder war, wenn er ihr nicht glaubte. Ihr kam eine Idee. Sie kramte in ihrer Jackentasche und förderte ein paar Münzen zum Vorschein.

»Es wäre wirklich schrecklich nett, wenn Sie mir helfen würden.«

Sie ließ die Münzen in seine Handfläche gleiten. Das überzeugte ihn, und er ließ sie ins Haus hinein. In der Küche brannte ein Kaminfeuer, auf dem Ofen stand ein großer Topf. An der Wand hing das Geweih eines Elches, und Evas Augen suchten nach einem Telefon, obwohl sie eigentlich wusste, dass sie hier eher ein Einhorn als ein Telefon finden würde.

»Sie haben doch bestimmt ein Fuhrwerk, mit dem Sie mich zur Polizei fahren könnten.«

Er ließ die Münzen klimpernd in einem Becher verschwinden.

»Das Pferd ist schon abgehalftert.«

»Man könnte ihm das Halfter wieder anlegen. Ich habe noch mehr Geld, das liegt allerdings bei mir zuhause. Wenn Sie mir helfen, soll es Ihr Schaden nicht sein.«

Der Mann musterte sie wieder prüfend von oben bis unten. Dann drehte er sich um, ging zu einer Kommode und zog ein paar Holzpantinen darunter hervor. »Probieren Sie mal.«

Die Schuhe passten nicht, waren viel zu groß, aber sie wollte ihn nicht verstimmen und bedankte sich lächelnd.

»Dann mache ich das Pferd mal fertig.«

Eva setzte sich an den Tisch, während er in den Stall ging. Ihre Hände und Füße waren eiskalt. Sie stand wieder auf und stellte sich vor den Kamin. Allmählich wurde ihr wärmer, und mit der Wärme kehrten die quälenden Gedanken zurück. Moritz hatte sie gewarnt, aber sie hatte die Warnungen nicht ernst genommen. Sie hatte ihr Leben geführt wie immer, nicht mal einen Blick riskiert, ob irgendwo etwas nicht stimmen könnte. Sie hatte ihn sogar ausgelacht und für verrückt erklärt. Jetzt war sie schmerzhaft eines Besseren belehrt worden. Ihre teuren Strümpfe waren zerrissen, ihre teuren Handschuhe lagen irgendwo im Dreck, ihr Kostüm war nie wieder zu gebrauchen, und ihre Nerven waren zum Zerreißen gespannt. Aber eins war klar: Sie würde nicht in der ehelichen Wohnung bleiben. Sie würde erst mal zu ihrer Mutter ziehen, die in einem Kuhdorf in der Nähe Kiels lebte. Niemand würde wissen, wo sie zu finden wäre. Sie würde einfach untertauchen, bis Gras über die Sache gewachsen war.

Der Bauer hatte sie mit seinem Fuhrwerk zur nächsten Polizeidienststelle und die Beamten sie zurück nach Kiel ins Präsidium gebracht. Ein Anruf genügte, und ihr Mann war gekommen. Es war zwei Uhr morgens und stockdunkle Nacht. In seinem neuen Büro, das sich als ein Kellerraum entpuppte, musste Eva einer übernächtigten Sekretärin gegenüber ihre Aussage machen, auch wenn sie sich anfangs geweigert hatte. Dann wurde ihr die Kartei der überwiegend männlich und einschlägig Vorbestraften vorgelegt, und während sie die Gesichter studierte, überlegte sie fieberhaft, ob sie nicht generell keinen von ihnen erkennen wollte, einfach, weil sie Angst hatte.

»Du musst keine Angst haben«, sagte Sand, der hinter ihr stand und ihr die Hand sanft auf die Schulter legte. »Falls du einen erkennst, werden wir ihn festnehmen. Es kann gar nichts passieren.«

Eva war nicht überzeugt. Sie hatte eher das Gefühl, ihr Leben löse sich gerade in seine Bestandteile auf. Nichts war mehr sicher, die Angst würde sie überallhin begleiten, wohin sie auch gehen würde. Und warum? Nur weil ihr Mann nicht aufhören konnte, irgendwelchen Leuten hinterherzuschnüffeln. Sie schlug die Kartei zu.

»Nein, Moritz, jetzt ist Schluss. Ich will nichts mit deinen Ermittlungen zu tun haben. Lass mich gehen! Ich fahre erst einmal zu meiner Mutter, da bin ich einigermaßen sicher.«

Du bist nirgendwo sicher, lag es Sand auf der Zunge, aber er wagte es nicht auszusprechen. Ihm wurde immer klarer, dass er sich entscheiden musste, und angesichts dieser neuen Entwicklung blieb ihm gar nichts anderes übrig, als seine Niederlage zuzugeben.

Sie hatten gewonnen. Er würde ganz offiziell erklären, dass er den Fall Franz Rose abgeben würde. Wer auch immer diesen Fall weiterführen musste, er würde vermutlich alles dafür tun, ihn in seinem Aktenschrank verstauben zu lassen. Dieser Fall bedeutete das Ende einer jeden Karriere, es sei denn, man ließ Fischer einfach aus dem Spiel.

»Sie können nach Hause gehen, Fräulein Lilienthal«, wandte er sich an die Sekretärin. »Ich werde morgen die Akte Rose ganz offiziell abgeben. Und jetzt ...« Er wandte sich wieder seiner Frau zu und deutete auf die Kartei. »Versuch es weiter, Eva. Es ist wichtig.«

Immer dasselbe dunkle Gefühl, das nicht zu packen war. Anna lag allein im Bett, denn Brandis hatte eine kurze Tour nach Göteborg übernommen. Sands Worte spukten ihr im Kopf herum und verbanden sich mit dem, was sie immer wieder von Flack gehört hatte. Zwei Schwarzseher, zwei Rufer in der Wüste.

Sie stand auf, schlüpfte in ihren Bademantel und stellte sich ans Fenster.

Was kommt da auf mich zu?, fragte sie sich und starrte in den schwarzen Tannenwald. Durch die Stämme schimmerte hier und da das Licht der Straßenbeleuchtung, vage und flackernd.

Sie hatte sich nie besonders für Politik interessiert, war wie die meisten anderen wählen gegangen und war wie die meisten anderen der Meinung gewesen, dass dies ihr Beitrag zur Demokratie gewesen sein sollte. Angesichts dieser düsteren Worte von zwei Männern, die es besser wissen mussten als sie, kamen ihr allerdings Zweifel. Hinter ihrem Rücken fanden offensichtlich Dinge statt, von denen sie keine Ahnung hatte, und sie erinnerte sich an Franz' amerikanischen Freunde. Es passte zu dem, was sie über den Putsch wusste, und es passte zu Flacks Besorgnis, was die Welt der Finanzen und Banken betraf. Hier waren viele Spieler am Werk, deren Namen sie nicht kannte, deren Spiel jedoch immer klarer wurde. Die einen glaubten an einen demokratischen Staat, die anderen wollten ein Finanzsystem zu Fall bringen, um Gewinne zu generieren, und Dritte hätten diesem demokratischen Deutschland lieber heute als morgen den Garaus gemacht. Was würde am Ende dabei herauskommen, wenn die Zweiten und die Dritten ihre Pläne wahrmachen würden? Und was, wenn es gar nicht die Zweiten und die Dritten gab, sondern alle gemeinsam unter einer Decke steckten?

Es läutete, und Anna schrak zusammen. Sie sah auf die Uhr, die an der Wand hing. Drei Uhr nachts. Wer konnte das sein? Sie hatte Angst, die Tür zu öffnen. Sie ging vorsichtig in den Flur und blieb mittendrin stehen. Die Tür war aus Holz, das nächste Fenster war im Bad, aber von dort aus hätte sie niemanden sehen können, der vor der Tür stand.

Es läutete ein zweites Mal, und sie schrak wieder zusammen. Dann hörte sie eine Stimme, die ihren Namen rief, und erleichtert drehte sie den Schlüssel im Schloss herum und zog die Tür auf.

Sie saßen im Wohnzimmer und tranken Rum. Etwas anderes war nicht im Haus, aber für Lilly war es genau das Richtige. Lilly in einem rubinroten, engen Kleid mit hohen, ebenso rubinroten Schuhen balancierte ihren breitkrempigen, schwarzen Hut auf den übereinandergeschlagenen Knien und erzählte mit blitzenden Augen, dass sie zu Fuß auf dem Weg nach Hause sei. Sie sei mit Venn tanzen gegangen und habe ihn nach einer Auseinandersetzung einfach sitzen gelassen.

»Er will nicht«, rief sie aufgebracht. »Er will seinen verrückten Plan mit diesem Haus einfach nicht aufgeben. Nicht einmal mir zuliebe. Er liebt mich nicht, Anna.«

Sie warf den Hut wütend aufs Sofa, streifte sich die Schuhe von den Füßen, stand auf und fing an, im Raum hin und her zu laufen, wobei die Glitzersteine ihres Kleids im Rampenlicht schillerten wie kleine Glühwürmchen.

»Du musst ihm mehr Zeit geben«, sagte Anna vorsichtig, die Lilly plötzlich von einer ganz anderen Seite kennenlernte. So hatte sie die Freundin noch nie erlebt, zornig, außer sich, leidenschaftlich. Für sie war Lilly immer die Tochter aus gutem Hause gewesen, ein kleiner, funkelnder Stern am Menschenhimmel, fröhlich, liebenswert, ehrlich, authentisch. Aber jetzt kam eine ganz andere Lilly zum Vorschein. Lilly, die Venn nicht wirklich liebte und nun feststellen musste, dass er ihre eigene Gefühlswelt spiegelte. Die verkehrte Welt zweier Egoisten, die was auch immer miteinander verband.

»Was erwartest du von ihm, wenn du selbst nicht bereit bist, mit ihm in die Schweiz zu gehen?«, fragte Anna, als Brandis plötzlich in der Tür stand. Er stellte seinen Seesack ab, seine Augen wanderten von der einen zur anderen, und dann fragte er, ob etwas passiert sei. Eben noch wütend und außer sich, ging in Lilly eine seltsame Verwandlung vor. Sie wurde ganz ruhig, gefasst, lächelte zuckersüß, ging zum Sofa, setzte sich und schlug die Beine übereinander.

»Alles gut, Chris. Wie war die Fahrt?«

Drei Uhr in der Nacht. Eva hatte sich durch die Kartei gearbeitet und tatsächlich einen der Männer, die sie entführt hatten, erkannt. Ein rundes Vollmondgesicht, zwei dunkle Augen, volle, aufgeworfene Lippen, dünnes, braunes Haar, das bis auf die Schultern fiel. Sie hatte gezögert und schließlich auf das Foto gedeutet.

»Das ist einer von den beiden. Den anderen habe ich nicht gefunden.«

Sand beugte sich über das Karteiblatt eines gewissen Hajo Kellner. Hajo Kellner war ein kleiner Hehler. Schnaps, Tabak, ab und zu eine größere Sache. Er war seit drei Jahren aktenkundig und auch schon mal für ein paar Wochen im Gefängnis verschwunden. Eigentlich ein kleines Licht unter den Ganoven und mit Kapitalverbrechen bisher nicht in Verbindung gewesen. Wer aber stand hinter ihm? Engagierten Parlamentarier kleine Ganoven, um ihnen missliebige Personen aus dem Verkehr zu ziehen?

Es gab eine Kieler Adresse, wo Kellner wohnte. Keine gute Wohngegend. Und sollte Sand vorhaben, morgen dort aufzukreuzen, um Kellner zu befragen, hätte er direkt das nächste Problem. Würde man ihm überhaupt Ermittlungen um die Entführung seiner eigenen Frau gestatten? Er schüttelte unwillkürlich den Kopf. Niemals. Fichte würde ihn wegen Befangenheit ablehnen und die Aufklärung einem anderen überlassen. Und das war eigentlich auch gut so, denn persönliche Verstrickungen trübten den klaren, kriminalistischen Blick. Die Crux dabei war nur, dass auch die Entführung zumindest indirekt mit dem Fall Rose zu tun hatte, also würde der Kollege Horst die Ermittlungen übernehmen.

Der Kollege Horst! Sand hielt nicht viel von ihm. Er machte Dienst nach Vorschrift, galt als träge, phlegmatisch, wenig flexibel und hatte mehr Fälle auf dem Tisch liegen als andere. Vor zwei Jahren hatte er den Fall einer ermordeten, steinreichen Witwe übernommen und bis heute nicht aufgeklärt, weil er die Kladde mit seinen Zeugenaussagen irgendwo verloren hatte und wieder ganz von vorn hatte beginnen müssen.

»Wir gehen jetzt nach Hause«, sagte Sand zu Eva, die ihn mit schreckensweiten Augen musterte.

»Nach Hause? Da bin ich nicht sicher.«

»Für eine Nacht bist du dort sicher. Ich habe eine Waffe, und falls jemand etwas Böses im Schilde führt, werde ich ihn erschießen.«

»Mach keine Witze, Moritz. Was soll jetzt werden? Die wissen doch, wo wir wohnen. Die müssen mich tagelang beobachtet haben, um herauszufinden, wann ich wo einkaufen gehe.«

Sand nickte nachdenklich. Eva hatte recht. Sie musste verschwinden. Aber wohin?

Er hätte ihr nicht immer aus dem Weg gehen können. Man traf sich im Hafenbüro oder in der Villa, in der Stadt oder am Hafen. Die Kieler Welt war klein, und er wusste nicht, was er tun sollte. Anna einweihen in Lillys kleines Geheimnis und das gute Verhältnis zwischen den beiden damit zerstören? Brandis hatte sich schließlich entschieden, so zu tun, als habe er dieses Geständnis nie gehört. Er tat es ab als das kokette Spiel einer jungen Frau, die jeden Mann hätte haben können und darum den haben wollte, der nicht zu haben war. Er kannte Lilly, seit sie ein kleines Mädchen gewesen und noch zur Schule gegangen war. Schon damals war sie ein bestrickend hübsches, liebenswürdiges Geschöpf gewesen, das alle liebten. Ein Nachzügler und der ganze Stolz der Eltern.

Brandis hatte sich auf die *Sybille* geflüchtet. Er stand an der Reling und rauchte. Um ihn herum die typischen Geräusche des Hafens, der Wind fuhr ihm durch die Haare, Möwen kreisten schreiend über seinem Kopf. Morgen würde die *Sybille* nach Dänemark ablegen, und er wäre zumindest für eine Woche seinem Problem entronnen.

Plötzlich sah er Kommissar Sand übers Laufbrett auf ihn zukommen. Sein langer Bart flatterte im Wind ebenso wie der rote Schal, den er sich um den Hals gebunden hatte. Die Hände tief in den Manteltaschen vergraben, kam er näher und blieb dann mit einem etwas verlegenen Lächeln stehen.

»Laufen Sie aus, Käpt'n?«

Brandis nickte. »Morgen früh.«

»Ich hörte, Sie segeln nach Dänemark.«

»Stimmt.«

»Nehmen Sie mich und meine Frau mit? Es wäre gut, wenn wir uns für ein Weilchen aus der Schusslinie bringen, Sie wissen ja, was los ist …«

Brandis nickte wieder. Er wusste von Anna, dass Sands Frau entführt worden war und Sand ein Büro im Keller bekommen hatte.

»Wo wollen Sie hin?«

»Ich habe eine Cousine in der Nähe von Kopenhagen. Sie weiß Bescheid, dass wir kommen. Eigentlich geht es mehr um meine Frau als um mich, aber ich will sie nicht alleine fahren lassen.«

»Gut. Dann kommen Sie mal mit, Herr Kommissar.«

Sand folgte Brandis unter Deck, wo die Kajüte für mitfahrende Gäste lag. Klein, wenig komfortabel, dunkel, nur ein Gaslicht auf dem Tisch. Ein Bett und eine Truhe, dazu der winzige Tisch mit zwei Stühlen. Sand hatte sich wohl etwas mehr Komfort vorgestellt, und ihm schienen Zweifel an seinem Plan zu kommen.

»Na, es wird schon gehen«, murmelte er dann und verließ die Kajüte wieder.

Auf dem Weg vom Büro nach Hause war Anna zufällig Venn Flack begegnet. Er hatte gerade seine tägliche Zeitung gekauft und lud sie spontan zum Essen ein. Sie steuerten das nächstgelegene Lokal an, wo er den besten und teuersten Wein bestellte und sich als äußerst spendabel entpuppte. Anna ahnte den Grund seiner Großzügigkeit, aber er traute sich wohl nicht so recht, mit der Tür ins Haus zu fallen, und plauderte über dies und das. Doch kaum hatte der Kellner die Gläser gefüllt, als er in tiefes Schweigen verfiel. Es hatte keinen Sinn, wie die Katze um den heißen Brei herumzuschleichen, und Anna beschloss, das heikle Thema einfach anzusprechen.

»Wie geht es Lilly?«, fragte sie, und sofort tauchte Flack wieder aus seinem Schweigen auf.

»Ich habe Lilly nicht verstanden, Anna. Ich wusste nicht, warum sie plötzlich so … anders war, so reizbar, fordernd und kompromisslos. Ich habe ihr den Vorschlag gemacht, dass wir, wenn schon nicht in die Schweiz, dann doch nach Berlin ziehen. Selbst das lehnte sie ab. Sie lehnte überhaupt alles ab.«

Sein erwartungsvoller Blick setzte sie unter Druck. Er glaubte, sie als Lillys Freundin müsse doch wissen, was in Lilly vor sich ging, doch was wusste sie wirklich?

Flack lehnte sich zurück und starrte in sein Weinglas. »Ich glaube, ich habe mich in einen wunderschönen Traum verliebt, der nun leider ausgeträumt zu sein scheint. Das ist die grausame Wahrheit.«

»Geben Sie ihr etwas Zeit.«

»Zeit ist nicht das Problem. Wäre es das, hätte ich noch Hoffnung, aber sie eröffnete mir gestern, dass es noch einen anderen Mann in ihrem Leben gibt.«

Anna war überrascht. Was für einen anderen Mann sollte es in Lillys Leben geben? Anna hatte bis auf eine einzige Ausnahme nie einen Mann an Lillys Seite gesehen, Lilly hatte auch nie über einen solchen Mann gesprochen.

»Hat Sie Ihnen gesagt, um wen es sich handelt?«, fragte sie nach einer Weile.

Flack schüttelte den Kopf. »Nein. Mir ist es auch egal, es würde nichts ändern. Sie deutete nur an, dass sie ihn wohl schon sehr lange kennt, und er soll älter als sie sein.«

Anna erinnerte sich an einen Mann im Ferienhaus der Reederei in Strande. Ein Klassenkamerad, wie Lilly ihr einmal gestanden hatte. Vielleicht Fred. Der kam aber nicht in Frage, der war im selben Alter wie sie selbst.

»Das tut mir leid, Venn«, sagte sie leise. »Davon wusste ich nichts.«

»Ich leider auch nicht«, gab er mit einem gequälten Lächeln zurück.

Das restliche Zusammensein verlief wieder schweigend. Venn stocherte lustlos auf seinem Teller herum und ließ, statt den vorzüglichen Heilbutt zu essen, eine zweite Flasche Wein auffahren. Anna aber hatte endlich die Antwort auf die Frage, warum Lilly sich so seltsam verhielt. Doch warum hatte sie nie mit ihr darüber gesprochen? Es musste ein sehr geheimnisvoller Mann sein, wenn sie selbst ihr gegenüber nie ein Wort gesagt hatte.

Sie ließ sich das gute Essen nicht vermiesen. Sie genoss ihren Fisch, auch weil von Flack nicht mehr viel kam. Er trank.

»Warum wollen Sie unbedingt in die Schweiz?«, fragte Anna, um ihn ein wenig auf andere Gedanken zu bringen.

»Eine reine Vorsichtsmaßnahme.«

»Was befürchten Sie denn?«

Er stellte sein leeres Glas ab. »Die Lage in den Staaten macht mir Sorgen. Seit der Zinssenkung im August ist der Dow nun um zwanzig Prozent gestiegen, er wird bald die Marke von zweihundert Punkten überwunden haben. Hier ist etwas im Gange, das uns noch schwer zu schaffen machen könnte, zumal der Präsident nichts tut, um dieser Entwicklung Einhalt zu gebieten. Meiner Meinung nach hat er viel zu viel Vertrauen in die FED.«

»Haben Sie kein Vertrauen in die FED?«

Flack lachte, während er zur Flasche griff und sein Glas füllte. »Nein. Banken sollte man nie trauen.«

»Das sagen ausgerechnet Sie?«

»Nicht nur ich. Auch Schacht sieht die Entwicklung mit Sorge. Er mag eitel und unberechenbar sein, aber er ist eine Art Genie, das ich tatsächlich bewundern muss. Er würde sich nie aus dem Staub machen, er würde bis zur letzten Sekunde versuchen, ein unrettbares System am Leben zu erhalten. Im Gegensatz zu ihm bin ich aber nicht der Präsident der Reichsbank, ich kann das Schiff verlassen, bevor es untergeht.«

»Geht es unter?«

»Ich bin kein Hellseher, Anna, ich kann nur die Vorzeichen deuten, und die stehen auf Sturm.«

»Vielleicht halten Sie meine Frage für naiv, aber ich stelle sie trotzdem. Wenn es so wäre, wie Sie befürchten, und ich vermute, Sie sind nicht der Einzige, der so denkt, warum gibt es niemanden mit Einfluss, der dieser Entwicklung Einhalt gebietet? Warum lässt man es zu, sehenden Auges auf etwas zuzusteuern, das ganz offensichtlich schweren Schaden anrichten kann?«

Flack grinste etwas verlegen. »Ihre Frage ist ganz und gar nicht naiv, Anna, und ich will Ihnen eine Antwort geben. Es gibt nicht wenige, die sehr viel Geld an diesem Spiel verdienen und die ein Interesse daran haben, dass das Spiel nicht beendet wird. Etliche von ihnen sitzen sogar an den einflussreichsten Stellen. Warum also sollten sie ein Interesse daran haben, ihren Geldfluss zu beenden? Sie werden so lange dafür sorgen, dass das Spiel weitergeht, bis alle anderen es verloren haben. Ist das Antwort genug?«

Am nächsten Morgen stand Anna am Hafen und verabschiedete sich von Brandis. Er hielt sie fest an sich gedrückt, flüsterte ihr ein paar liebevolle Worte ins Ohr und ließ sie erst los, als Kommissar Sand mit seiner Frau auftauchte. Brandis begleitete sie übers Laufbrett an Bord, und Anna blieb allein zurück. Sie stand noch eine Weile da, beobachtete, wie die Vor- und Achterleinen gelöst wurden, und hörte Finnens laute Stimme, dessen Befehle übers Deck schallten. Dann drehte sie sich um und wollte zum Hafenbüro gehen, als sie jemanden im gegenüberliegenden Hausflur stehen sah. Etwas Giftgrünes blitzte ihr in die Augen – die Frau, die dort stand, hatte einen giftgrünen Schal um den Kopf gebunden, auf dem Gesicht trug sie eine große, dunkle Sonnenbrille, und auch wenn die Gesichtszüge durch die Brille nicht ganz deutlich zu erkennen waren, gab es keinen Zweifel. Die Frau war Lilly.

Anna zögerte. Normalerweise wäre sie hinübergegangen, aber Lilly stand starr und bewegungslos, so als wolle sie nicht erkannt und angesprochen werden. Anna näherte sich vorsichtig und erschrak über das versteinerte Gesicht und die leeren Augen, die an ihr vorbeizusehen schienen.

»Hallo, Lilly«, sagte Anna. »Warum stehst du hier? Ist es nicht viel zu kalt?«

Lilly nickte. »Ja, es ist kalt. Lass uns im Büro aufwärmen.«

Sie gingen ins Hafenbüro, wo Berger ihnen einen heißen Tee servierte. Lilly hatte ihren Mantel und den Schal anbehalten und wirkte wieder geistesabwesend. Sie starrte aus dem Fenster, und Anna wurde nicht schlau aus ihr. Also versuchte sie sich vorsichtig an das brisante Thema heranzuschleichen, so wie sie es bei Flack auch getan hatte. Ein paar harmlose Fragen, die Licht ins Dunkel bringen konnten.

»Was ist mit Venn?«, fragte sie. »Ist es aus?«

Lillys Reaktion bestand aus einem kurzen Schulterzucken. Keine besonders hilfreiche Antwort. Kein Lichtschimmer, der ins Dunkel fiel. Anna versuchte es andersherum. Direkt und unverblümt.

»Du hast einen anderen.«

Das war schon besser. Lilly nahm den Schal vom Kopf, unter dem ihr blondes, kurzes Haar zum Vorschein kam, und knüllte ihn zusammen. »Woher weißt du das?«, fragte sie stirnrunzelnd zurück.

»Von Venn selbst. Wir waren essen, und er hat mir sein Herz ausgeschüttet. Du hast ihn nie geliebt, Lilly, oder?«

»Doch«, kam die leise Antwort. »Am Anfang war ich wirklich in ihn verliebt. Aber mit der Zeit wurden die Gefühle immer blasser, immer schwächer. Ich habe das selbst nicht verstanden und wusste nicht, warum das so ist. Es ist wie mit einem Kleidungsstück, das man im Schaufenster sieht und um jeden Preis haben will. Du kaufst es, aber irgendwann merkst du, dass du es nie angezogen hast. Es hing immer nur im Schrank, und du fragst dich: Warum musste ich das unbedingt haben? Was hat mich daran so fasziniert und im wahrsten Sinne des Wortes angezogen? Jetzt ist es nur ein Stück von vielen, die du nie wählen würdest, egal welcher Anlass gerade bevorsteht, und morgen bist du bereit, es einem Obdachlosen zu schenken. Das wirft jetzt kein gutes Licht auf mich, Anna, aber es ist die Wahrheit.«

»Und was ist mit dem anderen Mann?«

Über Lillys Gesicht huschte ein weiches, träumendes Lächeln. »Ja, den gibt es, aber leider ist er verheiratet.«

13 November

Sand war wieder zurück aus Dänemark. Er hatte seine Frau sicher hinübergebracht und versuchte, sich zu entspannen. Er lief durch die Stadt und hatte eigentlich vor, ins Präsidium zu gehen, wo Flickwort auf ihn wartete, aber irgendwie fand er die richtige Straße nicht. Immer wenn er sie gefunden hatte, lief er vorbei, bis ihm klar wurde, dass er eigentlich gar keine Lust hatte, zur Arbeit zu gehen. Er hatte noch einen Tag Urlaub, er hätte gar nicht ins Präsidium gehen müssen. In seine widerstreitenden Gedanken mischte sich ein dritter, noch unangenehmerer.

Seine Karriere war beendet. Da gab es nichts mehr, das ihm diese Erkenntnis versüßt hätte, nicht einmal der Gedanke daran, nur noch Dienst nach Vorschrift machen zu müssen. Er konnte eine laue Kugel schieben in seinem kalten, ungemütlichen Keller, denn darum saß er ja genau dort. Er hatte auch keine Angst, dass sie ihm ans Leben wollen würden – die Entführung von Eva war nur ein Warnschuss gewesen, den er durchaus verstanden hatte. Auf der anderen Seite war Eva jetzt für seinen Gegner unerreichbar, es hätte schon mit dem Teufel zugehen müssen, wenn sie ihren Aufenthaltsort herausfinden würden. Außer ihm wusste niemand, wo sie sich aufhielt.

In seine Überlegungen versunken, kam er an einer Kreuzung vorbei und blieb abrupt stehen. Links von ihm lag die Straße, in der Hajo Kellner wohnte. Ob Horst schon bei ihm gewesen war?

Sand kam näher und sah sich die Namen auf den Klingelschildern an. Kellners Name stand auch darauf. Sand klingelte bei »Schneider« und wartete. Er hörte Schritte, eine ältere Frau öffnete die Tür.

»Ja, bitte?«

»Frau Samthorn?«

»Die wohnt über mir.«

»Entschuldigen Sie, das war wohl die falsche Klingel …«

Sand trat in den Flur und stieg die Treppe hoch. Im ersten Stock zwei Türen, eine davon führte in Kellners Wohnung. Sand lehnte sich an die gegenüberliegende Wand, steckte die Hände in die Hosentaschen und lauschte seinen Gedanken. Wenn ich jetzt läute, verliere ich wahrscheinlich auch noch das Büro im Keller; wenn ich nicht läute, wird das der endgültige Sieg des Gegners sein. Ich habe nie vorgehabt, ihm den Sieg zu überlassen, und es geht schon lange nicht mehr um den Fall Franz Rose. Es geht um etwas ganz anderes.

Er hätte Stunden hier stehen können, zwischen zwei Gedanken gefangen, zwischen den Stockwerken, zwischen Sieg und Niederlage, und konnte sich nicht entscheiden, also blieb er einfach stehen. Plötzlich aber wurde vor ihm die Tür aufgerissen, jemand kam herausgestürmt, packte ihn, der er zu überrascht war, um sich zu wehren und zerrte ihn gewaltsam in die Wohnung hinein. Er stieß ihn auf eine Couch, wo er der Länge nach hinfiel, einen ziehenden Schmerz in der Schulter spürte, sich langsam wieder aufrappelte, und völlig entgeistert den Mann anstarrte, der vor ihm stand. Helmut Gassner mit verbissenem Gesicht, in dem mehr als eine Warnung stand.

»Helmut«, rief Sand verblüfft und rieb sich die schmerzende Schulter. »Was machst du hier? Die Wohnung gehört Hajo Kellner …«

»Was machst *du* hier?«, schnauzte Helmut ihn an.

»Kellner ist einer von denen, die Eva entführt haben.«

»Das ist nicht dein Fall. Weder der noch der Fall Rose. Du bist raus, Moritz!«

»Ich weiß. Es würde mich aber trotzdem interessieren, warum du erst plötzlich spurlos verschwindest und ausgerechnet hier wieder auftauchst. In der Zwischenzeit bist du übrigens in Berlin gewesen, Eva hat dich gesehen.«

»Wenn schon.«

Sand stand auf und sah sich um. Kellners Wohnung war äußerst übersichtlich und billig möbliert. Der Mann schien entweder keinen besonders guten Geschmack zu haben, oder ihm hatte einfach das Geld gefehlt, es sich ein wenig gemütlich zu machen. Außerdem war es beißend kalt im Raum, was darauf hindeutete, dass er sich entweder kaum hier aufhielt oder aber er hatte sich keine Kohlen leisten können.

»Du bist mir eine Erklärung schuldig«, wandte sich Sand an Gassner.

»Nein. Wir arbeiten nicht zusammen, wir haben nie zusammengearbeitet. Ich habe dir ein, zwei Mal geholfen, mehr war nicht. Ich wusste, dass da jemand vor der Tür stand, aber ich wusste nicht, wer. Auf dich wäre ich im Leben nicht gekommen. Ich dachte, der Warnungen hätte es genug gegeben, dich mit diesem Fall nicht mehr zu beschäftigen.«

»Um den Fall geht es doch schon lange nicht mehr«, versetzte Sand. »Es geht nur noch um Fischer und die, die hinter ihm stehen. Du hast dein Dossier in meinem Haus vergessen, bevor du dich aus dem Staub gemacht hast, erinnerst du dich? Ohne das Dossier wäre ich nie darauf gekommen …«

Helmut stand eine Weile wortlos da, dann setzte er sich auf die

Couch, zog ein Päckchen Zigarillos und Streichhölzer aus der Manteltasche und fing an zu rauchen. Sand merkte ihm die Nervosität an, er wippte mit dem Fuß auf und ab, und sein fahriger Blick fuhr immer an ihm vorbei, so als könne er ihm nicht in die Augen schauen.

»Für wen arbeitest du?«, fragte Sand herausfordernd. »Für einen demokratischen Staat oder für die, die diesen demokratischen Staat abschaffen wollen?«

»Niemand will die Demokratie abschaffen«, murmelte Hartmut, aber es klang in Sands Ohren wenig überzeugt, und er fragte sich nicht zum ersten Mal, wer war dieser Helmut Gassner, den er so gut zu kennen geglaubt hatte. Gassner war ein tiefes Wasser, dessen Grund nicht zu sehen war. Ein Grund, so dunkel und undurchdringlich wie das ganze politische System, dem Sand seit der Begegnung mit Hagen Wesel vor zwei Jahren schon lange nicht mehr traute. Hier tobte ein Krieg im Hintergrund, von dem die meisten Bürger nichts ahnten.

»Du bist zwischen die Fronten geraten«, erklärte Sand provozierend. »Ihr bekämpft die Extremisten, doch wenn genau die eure Behörde unterwandern, habt ihr ein Problem, ist es nicht so?«

Hartmuts Antwort bestand in einem kurzen Achselzucken. Kein Ja, kein Nein, was Sand in seiner Vermutung trotzdem bestärkte.

»Deinen Job möchte ich nicht haben«, sagte er grinsend.

»Ich deinen auch nicht.«

»Na, dann sind wir ja quitt.«

»Geh nach Hause, Moritz, und mach Urlaub. Das ist der einzige und beste Rat, den ich dir geben kann.«

Auf dem Weg zum Büro kam Anna wie immer am Zeitungskiosk vorbei. Hier kaufte sie jeden Tag die »Kieler Nachrichten« und radelte weiter. Heute blieb sie länger. Zwischen den vielen Zeitungen entdeckte sie eine, die durch eine fett gedruckte Schlagzeile ihr Interesse weckte.

NEUER KURS IN DER POLITIK VONNÖTEN

Anna investierte ein paar Münzen und nahm das Blatt mit, denn sein Herausgeber war niemand anderer als Silvester Fischer, wie unten auf der ersten Seite zu lesen war. Fischer hatte seine Ankündigung also wahrgemacht und war nun unter die Verleger gegangen. Im Büro traf Anna auf Maxim, der ihr einen Kaffee anbot, und schob ihm die Zeitung über den Tisch.

»Fischer verkauft keine Waffen mehr, er verkauft jetzt diese Zeitung. Wie findest du das?«

»Er scheint mir ein Mann schneller Entschlüsse zu sein. Was schreibt er denn so?«

»Keine Ahnung. Lies mal vor.«

Maxim drehte das Blatt herum.

»Die Blauäugigkeit unserer Parlamentarier muss ein Ende haben. Weitsicht ist gefragt in Zeiten wie diesen, aber den Blick über den deutschen Tellerrand scheuen sie wie der Teufel das Weihwasser. Meinungsbildung sollte man nicht einer kleinen Gruppe von Intellektuellen überlassen, sondern man muss das große Ganze im Auge haben. Die wirtschaftliche Destabilisierung Russlands durch vorausschauende Köpfe wie Rechberg und Hoffmann ist nur eine der Optionen, die dringend anstehen würde, doch solange deutsches Geld in die Sowjetunion fließt, wird hier ein System unterstützt, dem wir schon aus ideologischen Gründen ganz offen den Krieg erklären müssten …«

Maxim faltete kopfschüttelnd die Zeitung zusammen. »Ein Blatt mehr, das gegen Russland hetzt«, sagte er mit sorgenvoller Miene.

»Dabei hat Fischer mit den Russen immer gute Geschäfte gemacht. Und jetzt will er sie wirtschaftlich destabilisieren. Wie passt das zusammen?«

»Für Leute wie Fischer passt immer alles zusammen. Die hier erwähnten Hoffmann und Rechberg sind fanatische Russenhasser, die sich nicht scheuten, mit dem französischen Regierungschef Poincaré ihre faschistoiden Pläne zu diskutieren. Zum Glück scheinen sie nur wenig Gehör gefunden zu haben, trotzdem bewahre uns Gott vor solchen Gestalten. Kauf dieses Blatt nie wieder, Anna, dafür Geld auszugeben ist wirklich unverzeihlich.«

Lilly saß im Rauchsalon und starrte aus dem Fenster in die fast winterliche Landschaft. Die Bäume waren so gut wie entlaubt, der Himmel darüber war grau. Das Wetter schlug ihr auf die Stimmung, die seit einer Woche immer finsterer wurde. Ihre Tage waren eine Aneinanderreihung von düsteren Gedanken, ihre Nächte eine Abfolge schlaflosen Hin- und Herwälzens. Sie, die sie immer aus dem Vollen geschöpft hatte, sah sich plötzlich einer Katastrophe gegenüber, die sie nicht aufhalten konnte. Sie suchte nach einem Ausweg, doch wohin sich ihre Gedanken auch wandten, nirgends schien sich eine Tür zu öffnen. Sie traute sich auch nicht, mit jemandem darüber zu reden, bevor sie wusste, was sie überhaupt unternehmen konnte, um das Schicksal, das ihr bevorstand, noch abwenden zu können. Ein letztes Gespräch mit Flack hatte ihr wenig Hoffnung gegeben. Er wollte nach Berlin zurück, und auch Lillys Versicherung, dieser andere Mann würde keine Rolle mehr spielen, hatte an seinem Entschluss nichts geändert. Die Erwähnung dieses anderen Mannes erwies sich jetzt als ganz besonders fatal, denn es war wenig glaubwürdig, ihn erst zu erwähnen und dann zu behaupten, er würde ihr eigentlich gar nichts bedeuten. Flack war gekränkt und fühlte sich hintergangen.

Eben war er zur Tür hineingeschneit, seine Stimme schallte durch den Flur. Er hatte so eine Art, ein Haus zu betreten mit vielen Worten, vielen Gesten und viel Tamtam, aber dann herrschte plötzlich Stille, so als sei er, kaum zur Tür herein, tot umgefallen. Das wäre überhaupt das Beste, dachte Lilly und erschrak über ihren eigenen Gedanken.

Sie stand auf, um nachzusehen, wo Flack abgeblieben war, und traf ihn im Salon, wo er seelenruhig vor dem offenen, brennenden Kamin saß und die Flammen zu zählen schien.

»Ich dachte, du bist schon auf dem Weg zum Bahnhof«, sagte sie, woraufhin er sich aus dem Sessel schwang, auf sie zukam und sie anlächelte.

»Ich fahre morgen. Wir sollten uns noch einmal aussprechen, finde ich. Also anders ausgedrückt …«

Er nahm ihre Hände, drückte sie, und sein Lächeln erstarb. »Ich glaube, wir sollten uns beide nichts vormachen, Lilly. Unsere Gefühle füreinander reichen nicht für ein gemeinsames Leben. Wenn es schon an der Frage scheitert, wo wir leben wollen, dann sollte jeder für sich alleine dort leben, wo er will. Also bleibst du hier, und ich gehe nach Zürich. Ich werde morgen den Vertrag unterschreiben.«

Ihre Hände fühlten sich eiskalt an, und sie zog sie zurück. Sie hatte trotz aller Probleme gehofft, er würde doch noch einsehen, zu ihr zu gehören und die verrückten Zürcher Pläne aufgeben zu müssen, aber sie hatte sich getäuscht. Er hatte stattdessen vor, sie zu verlassen. Ihr schwindelte, und sie hielt sich an der Sessellehne fest. Flack schien es gar nicht zu bemerken, er schien schon ganz weit weg zu sein. Wahrscheinlich weilte er gedanklich schon in diesem verdammten Schweizer Bergbauerndorf.

»Ich muss dir etwas sagen.«

Er nickte nur und bückte sich, um ein Holzscheit nachzulegen. Dabei verbrannte er sich die Fingerspitzen, und seine Hand zuckte zurück. Er drehte sich um. »Lass uns Freunde bleiben, Lilly …«

»Das wird nicht reichen.«

»Wie bitte?«

»Ich bin schwanger.«

Er starrte sie an, wie damals in diesem Varieté, wo sie ihn vor vollendete Tatsachen gestellt hatte, ein Blick, der so konfus war, dass sie fast lachen musste. Klar, für ihn bestand das Leben aus Zahlen, da konnte man die Biologie schon mal außer Acht lassen.

»Ich war letzte Woche beim Arzt. Du kannst also nicht nach Zürich. Wir müssen heiraten, Venn, du kannst mich nicht mit einem unehelichen Kind sitzenlassen. Ich wäre entehrt, und den Eltern würde es das Herz brechen.«

»Das kann nicht sein«, versetzte er mit Grabesstimme und sank in den Sessel zurück.

»Es ist so. Erinnerst du dich an das Wochenende im Strandhaus?«

O ja, er erinnerte sich. Er erinnerte sich sogar sehr gut. An diese halbgare, halbherzige Begegnung des Fleisches, eine Sünde gegen die Kirche und die öffentliche Meinung, ein ewiges Hin und Her, ein Widerstreben und dann doch wieder diese Leidenschaft, bis sie sich endlich versichert hatten, für immer und ewig zusammenzubleiben.

Er saß da, als trüge er die Welt auf den Schultern. Er freute sich nicht über das Kind, natürlich nicht. Vor einer Woche hatte er sich noch so gut wie entschlossen, ihre Verbindung aufzulösen, und jetzt sah er sich in der Pflicht, diese Verbindung nicht nur weiterzuführen, sondern auch noch staatlich zu legitimieren.

»Und jetzt?«, kam seine Grabesstimme aus dem Sessel.

»Sag du mir, was jetzt.«

»Gib mir Zeit, darüber nachzudenken.«

»Ich habe keine Zeit. Irgendwann wird jeder es sehen können.«

»Mein Zug geht gleich«, sagte er mit dünner Stimme, stand auf und hauchte ihr einen Kuss auf die Lippen. »Wir werden eine Lösung finden. Ich rufe dich heute Abend an.«

Er ging an ihr vorbei, und dann hörte sie die Haustür ins Schloss fallen. Lilly blieb zurück, fassungslos, allein und verzweifelt. Seine Stimme hallte in ihren Ohren wider. Was, wenn er nicht anrufen würde? Was, wenn sie keine Lösung finden würden? Was war für ihn überhaupt eine Lösung? Ihre Gedanken überschlugen sich, und dann war plötzlich keiner mehr da. Ihr Kopf war leer.

Belfast war verregnet gewesen, grün, kalt und nass. In Kiel schien die Sonne.

Anna hatte Brandis abgeholt und wollte ihn zum Essen einladen. Doch kaum waren sie in der Innenstadt angekommen, tauchten vor ihren Augen wie verabredet plötzlich zwei Gruppen junger Männer auf, die eine kam von links, die andere von rechts. Nationalsozialisten, erkennbar an ihrem braunen Habit, und Kommunisten, von denen einige rote Schals um den Hals trugen. Für Spaziergänger, die noch auf der Straße unterwegs waren und dieses Prozedere schon kannten, war dies ein Zeichen, sich aus dem Staub zu machen, und auch Brandis nahm Annas Hand, als ihr Blick auf einen der Männer fiel. Es war Jessop. Was hatte Jessop mit diesen Leuten zu schaffen? Die Gruppe, in der er mitlief, waren die Kommunisten, etwa zwanzig und etwas jünger als die anderen. Es war immer das Gleiche, man traf sich irgendwo in der Stadt und demonstrierte omnipräsent und oft lautstark seine politische Zugehörigkeit.

»Sieh mal, da ist Jesse«, sagte Anna zu Brandis.

Es geschah nichts. Die einen standen hier, die anderen da. Jessop lehnte lässig gegen einen Laternenpfahl, seine Mitstreiter unterhielten sich miteinander. Die anderen standen wortlos da, keiner hatte vor, das Feld zu räumen. Die einen träumten von der totalen Revolution, die anderen von der totalen Diktatur. Der Anblick Jessops ließ Anna zögern. Brandis zog an ihrer Hand, sie blieb stehen. Ein Ladenbesitzer hinter ihnen schlug die Tür zu und drehte den Schlüssel im Schloss herum. Atemlose Stille auf der Straße. Mittlerweile hatten sich die Spaziergänger verzogen, eine Straßenbahn fuhr vorbei und verschwand hinter der nächsten Kurve. Eine Minute später krachte ein Stein in ein Schaufenster, das Glas splitterte entzwei, winzige Splitter flogen herum, und dann gellte ein menschlicher Schrei durch die Luft. Einer der Rotbeschalten streckte den Arm nach oben, an dem das Blut herunterlief, wohl getroffen von einem Glassplitter.

Die Lage wurde langsam brenzlig, als hinter ihnen die Ladentür wieder aufging und eine Frau den Kopf herausstreckte. »Kommen Sie, schnell!«

Sie schlüpften durch die Tür in den Laden hinein. Es war dunkel, die schweren Vorhänge waren zugezogen. Jemand knipste das Licht an, und Anna sah sich um. Es war ein kleiner Tabakladen; der Duft des Tabaks lag in der Luft.

Die Ladenbesitzerin bot ihnen einen Platz am Tisch an und setzte sich zu ihnen. Sie lauschten. Von draußen kam Gebrüll, und Anna spürte das Klopfen ihres Herzens.

»Das ist jetzt schon das zweite Mal«, sagte die Frau mit leiser, ängstlicher Stimme. »Es wird immer schlimmer. Aber in Berlin soll es noch schlimmer sein.«

»Ich komme gerade aus Berlin«, widersprach Anna. »Es war alles ruhig. Der Senat soll den Rechten verboten haben, ihre Aufmärsche abzuhalten.«

Sie lauschten wieder. Plötzlich Ruhe vor dem Fenster. Brandis stand auf und schlug den Vorhang zur Seite. Die Straße war leer, bis auf einen jungen Mann, der reglos auf dem Pflaster lag. Brandis schob die Tür vorsichtig auf und trat hinaus.

Kommissar Sand stand am Tatort. Direkt vor der Leiche des Mannes, neben dem der Arzt kniete und seine Kopfwunde untersuchte. Schädelbasisbruch würde er auf den Totenschein schreiben, erklärte er und warf dem Kommissar einen kurzen Seitenblick zu.

»Tatwaffe?«, fragte Sand.

»In der Wunde befinden sich Holzsplitter. Vielleicht ein Knüppel oder Ähnliches. Muss der Täter aber mitgenommen haben.«

Flickwort, mit Notizblock und Bleistift bewaffnet, stellte sich zu ihnen. »Ich habe eine Liste mit Namen derjenigen, die an der Prügelei beteiligt waren. Das sind sicher nicht alle, aber eine ganze Menge. Jessop steht auch drauf, Sie kennen ihn …«

»Jessop?«, gab Sand erstaunt zurück. »Ich dachte, das ist ein Seemann.«

»Stimmt. Darf ein Seemann keine politische Überzeugung haben?«

»Es geht hier nicht um politische Überzeugungen«, knurrte Sand verstimmt. »Es geht hier um Mord.«

»Auch wieder wahr«, murmelte Flickwort und klappte sein Notizbuch zu.

Sie begaben sich in den Tabakladen, wo immer noch die wichtigsten Zeugen saßen. Kapitän Brandis, seine Frau Anna und die Ladenbesitzerin. Sand warf einen Blick auf die Straße. Eine gute Sicht auf das Geschehen, dachte er und war umso enttäuschter, als er hörte, dass keiner der Zeugen die gewaltsame Auseinandersetzung gesehen hatte. Brandis hatte nur den Mann auf der Straße liegen sehen, war zu ihm gegangen und hatte dann die Polizei gerufen. Die Ladenbesitzerin hatte immerhin drei der Männer erkannt, einige Passanten hatten ebenfalls ein paar Namen zum Besten geben können, und Anna Brandis hatte nach einigem Zögern auch Jessops Namen erwähnt.

»Was wird jetzt passieren?«, fragte sie.

»Wir werden die Beteiligten festnehmen und befragen. Wissen Sie, wo dieser Jessop wohnt?«

Anna zögerte wieder. »Jesse ist kein Mörder.«

»Das wird sich herausstellen. Wo wohnt er?«

»Bei Tom Hamsen.«

Sand erinnerte sich an den Hof und seine Begegnung mit dem alten Seebär.

»Wird sich alles finden«, murmelte der Kommissar geistesabwesend und beendete das Gespräch.

Ihre Gegner hatten ganze Arbeit geleistet. Tiefer konnte man eigentlich nicht in seine Schranken gewiesen werden. Eva Sand saß abgeschieden von der Welt irgendwo an der dänischen Küste in einem Fischerhaus, der Kollege Sand kämpfte mit Gefühlen von Aussichtslosigkeit und Ohnmacht, nur Flickwort hatte, außer im Keller hausieren zu müssen, keinerlei Repressalien erlebt. Das hatte sich geändert. Seit gestern waren Gerüchte in der Stadt über ihn im Umlauf. In den Kneipen, den Geschäften, auf dem Markt.

Sogar in der Kirche wurde über ihn getuschelt. Er sei häufiger Besucher des »Venus«, wo er sich die schicksten Damen aussuche. Zum ersten Mal hörte er davon bei seinem Friseur, zu dem er einmal im Monat ging und sich die Haare schneiden ließ. Und wie er so dasaß und sein ahnungsloses Gesicht im Spiegel anschaute, hörte er hinter sich die Unterhaltung zweier Herren, die gerade zur Tür hereingekommen waren. Erst schnappte er nur Wortfetzen auf, dann wurden die Stimmen lauter. Einer sprach über »gewisse Polizeibeamte«, die sich ungeniert in den Bordellen dieser Stadt herumtrieben und sich mit den Damen vergnügten.

»Einer mit dem verrückten Namen Anselm Flickwort muss es ganz dreist treiben, selbst am helllichten Tag spazierte er schamlos ins ›Venus‹, das habe ich selbst gesehen. Dort hält er die Hand auf und deckt die ganze Bagage, die blutjunge Mädchen aus dem Osten kauft, um sie hier zu verheizen. Es ist einfach nur widerlich.«

Flickwort sah in sein eigenes versteinertes Gesicht.

»Die Polizei ist korrupt, das wissen wir, aber manche kennen keine Grenze mehr. Erst vergnügen sie sich auf Steuergeld im ›Venus‹, dann kassieren sie für ihr Stillschweigen.«

Das Lachen des anderen schallte durch den Raum. »Und dann lassen sie sich beim Friseur die Haare schneiden. Ob das auch auf Steuergeld geht?«

Dem Friseur fiel fast die Schere aus der Hand. Er starrte entgeistert in Flickworts Gesicht, legte dann die Schere auf ein Tischchen und verschwand in seinem Büro. Flickwort blieb sitzen, unfähig zu reagieren. Er mied es, in den Spiegel zu schauen, und wischte ein paar Haare von seinem Arm. Dann stand er auf, nahm all seinen Mut zusammen, trat den beiden Männern entgegen und sagte scharf: »Verleumdung ist eine Straftat, meine Herren, und wird mit einem hübschen Sümmchen bestraft. Guten Tag!«

Auf der Straße lief er ein paar Schritte und stellte fest, dass seine rechte Seite geschnitten war, die linke aber nicht. Er musste unmöglich aussehen und warf einen Blick ins nächste Schaufenster. Egal, er lief weiter, im Bauch eine ungeheure Wut. Ja, er war mal im »Venus« gewesen, um Fischer zu befragen. Er und Sand waren auch einmal dort gewesen, aber sie hatten nie die Hand aufgehalten, und die Damen interessierten sie nicht. Dass im »Venus« kriminelle Machenschaften vor sich gingen, war bekannt, aber sie waren nicht bei der Sitte. Wer setzte solche Gerüchte in die Welt?

Die Antwort war nicht schwer zu erraten. Er segelte geradewegs in Sands Windschatten. Sands Gegner hatten jetzt auch ihn im Visier. Erst Sand, dann Eva, jetzt war er an der Reihe. Er merkte, dass er schief angesehen wurde. Er war bekannt in der Stadt, er war hier geboren und aufgewachsen. Ihn kannte fast jeder. Anselm Flickwort, ein Kriminalbeamter und Bordellgänger. Ein Skandal. In Berlin hätte diese Kombination vielleicht nur ein müdes Lächeln hervorgerufen – in Kiel konnte es seine Karriere kosten. Aber welche Karriere? Er logierte im Keller und arbeitete einem Mann zu, der ohnehin schon vernichtet war.

Am Abend ging er ins Gasthaus, wo er einmal in der Woche mit drei Freunden zum Skat verabredet war. Diese Skatrunde gab es seit zwei Jahren, und er hatte sie nicht einmal ausfallen lassen. Als er an diesem Abend den Raum betrat, war der Tisch, an dem sie spielten, leer. Flickwort setzte sich trotzdem, bestellte ein Bier und wartete, aber niemand kam. Nach einer halben Stunde saß er immer noch allein am Tisch. Da stand er auf, ging zum Tresen und fragte die Wirtin, ob einer seiner Freunde schon da gewesen sei. Die Wirtin schüttelte den Kopf und meinte lakonisch: »Die kommen nicht mehr.«

»Warum kommen sie nicht mehr?«, fragte er verwirrt.

»Sie wollen mit einem, der sich den Nationalsozialisten andient, nichts zu tun haben«, war die schnippische Antwort.

»Wen meinen Sie damit?«, fragte er verstört zurück.

»Na Sie, Herr Flickwort! Sie sind doch in die Partei eingetreten, aber mit denen wollen Ihre Freunde nichts zu tun haben. Ich übrigens auch nicht. Es wäre nett, wenn Sie sich ein anderes Gasthaus suchen würden, um Ihr Bier zu trinken.«

»Ich bin nicht in die Partei eingetreten«, hielt er empört dagegen, doch die Wirtin lachte nur höhnisch und wies mit der Hand Richtung Tür.

Er zahlte und verließ wie betäubt den Raum. Er kam zuhause an und setzte sich mit dem Rest einer sündhaft teuren Whiskeyflasche auf die Couch. Er nahm sich nicht mal ein Glas, er trank aus der Flasche und erkannte schmerzlich, was da wie eine bedrohliche Lawine auf ihn zurollte. Es ging darum, ihn zu verleumden, zu verunglimpfen, sozial zu ächten und ihn kaltzustellen, so wie sie es mit Sand gemacht hatten. Er spürte, wie die Angst davor in ihm immer höher stieg, aber er war bereit, sich dagegen zu wehren. Nur wie? Er erwischte sich bei dem Gedanken, alles falsch gemacht zu haben. Er hatte die Chance, die ihm geboten worden war, nicht genutzt. Nur ein klein wenig Mitarbeit mit der netten, jungen Dame von der »Politischen«, und diese Lawine hätte es nie gegeben. Er war immer davon überzeugt gewesen, solidarisch mit Sand sein und das unmoralische Angebot ablehnen zu müssen. Er hatte gar nicht anders gekonnt. Er war so erzogen worden und kannte sich in den schäbigen, schmutzigen Geschäften der Geheimdienste nicht aus.

Neben ihm stand eine Kommode. Dort lag der Zettel mit der Telefonnummer von Marlene Schneider. Er hätte sie anrufen können. Aber um ihr *was* zu sagen? Um nach der Stelle im gehobenen

Dienst zu fragen? Vielleicht sollte ich genau das tun, dachte er. Nur erst mal raus aus diesem Keller, weg von diesem obsessiven Kollegen, der kein Maß mehr kennt. Für den Recht und Gesetz über allem stehen. Auch über dem Leben und dem Wohlergehen derjenigen, die mit ihm zusammenarbeiten müssen, allen voran ich selbst. Aber ich will kein Opfer mehr sein. Ich will nicht mehr solidarisch und moralisch sein, und ich will, dass das aufhört …

Er stand auf und zog die Schublade der Kommode auf. Da lag der Zettel, so wie er ihn hineingelegt hatte. Vier Zahlen, die sein Leben retten konnten. Vier Zahlen, die ihn die Seite wechseln lassen würden. Wollte er das wirklich?

Es muss sein, dachte er fest entschlossen und zog den Zettel mit spitzen Fingern aus der Schublade heraus.

Zwei Stunden später betrat Marlene Schneider, seiner Überzeugung nach ein falscher Name, seine Wohnung. Gekleidet in ein weiß-rot gestreiftes Kostüm mit schneeweißen Pumps an den zierlichen Füßen, sah sie mehr als adrett aus, sie sah umwerfend aus. Die »Politische« wusste genau, was Eindruck machte, vor allem auf Männer, die man für eigene Zwecke einsetzen wollte. Flickwort war dieser Umstand durchaus klar, aber er hatte sich nun einmal entschlossen und würde die Nummer auch durchziehen. Er servierte Kaffee und letztes Gebäck, das seit Monaten im Schrank verstaubte, und setzte ein etwas gequältes Lächeln auf.

»Sie sind also an einer neuen Stelle interessiert?«, fragte Marlene Schneider, ohne Kaffee oder Gebäck anzurühren. »Wie wäre es mit der Stelle eines Bereichsstellenleiters beim ›Raub‹? Sie kommen doch vom ›Raub‹, oder?«

»Genau. Ich habe mich dort sehr wohlgefühlt. Wissen Sie, diese ewige Leichenschau bei ›Mord und Totschlag‹ lag mir immer im

Magen. Ich bin nicht zur Polizei gegangen, um mir ständig Leichen ansehen zu müssen. Ich bin eher der Analyst, wenn Sie verstehen, was ich meine …«

»Ich verstehe durchaus. Doch erst einmal wollen wir alles wissen, was Kommissar Sand betrifft. Das ist unsere Bedingung, wie Sie wissen. Dazu bitte ich Sie zu einem Termin, Ort und Zeit lesen Sie hier …«

Sie zog einen kleinen Zettel aus der Tasche ihrer Jacke und legte ihn auf den Tisch.

»Wie geht es übrigens dem Kollegen Sand?«

Das war eine rein rhetorische Frage, die Flickwort nur mit einem Achselzucken beantwortete. Die Erwähnung des Betroffenen behagte ihm nicht, denn sie führte ihm seine eigene Unzulänglichkeit vor Augen, sein schlechtes Gewissen, das er nur mit größter Entschlossenheit bekämpfen konnte. Nur jetzt nicht schwach werden, dachte er und griff nach einem Plätzchen, schob es sich in den Mund und beobachtete Marlene Schneider, die sich elegant aus dem Sessel erhob.

»Dann ist es abgemacht.«

Sie reichte ihm die Hand, die kühl war. Eine angenehme Kühle, die zu ihr passte. Diese Frau war durch und durch strukturiert, organisiert und klar. Sich ihr anzuvertrauen kam Flickwort vor wie der Gang auf einem schnurgeraden Weg, der nie in die Irre führen würde und dessen Ziel ebenso konkret wie angenehm war. Er brachte sie zur Tür und kehrte dann ins Wohnzimmer zurück, und er spürte, wie ruhig er war. Vielleicht war er in den ganzen zurückliegenden Monaten nie so ruhig gewesen, so entspannt und sicher wie in diesem Moment. Er würde nicht schwach werden, denn er wusste, er tat genau das Richtige.

Die Zeit der Herbststürme begann. Die Zeit der frühen Dunkelheit und die Zeit der Nebel. Ein Sommer war vorbei, der viel zu kurz gewesen war. Selbst die Mutigen gingen nicht mehr ins Wasser, und die Strandcafés waren verödet. Für die Armen begann die Zeit der Kälte und des Hungers, und fast unbemerkt war die Schlange vor den Armenküchen immer länger geworden. Weil die Arbeitslosenversicherung im Juli in Kraft getreten war, schien die Armut weniger sichtbar, und keiner zählte die Menschen in der Schlange. Es war eine schleichende Entwicklung, die kaum einer wahrhaben wollte, weil es keinen Grund gegeben hätte, warum die Wirtschaft schwächelte. Warum weniger Geld ins Land floss. Es floss immer noch genug Geld, aber es war wie immer Geld, das auf Kredit floss. »Heißes Geld«, wie die Banker es nannten, weil es jederzeit vom Kreditgeber zurückgefordert werden konnte.

Maxim saß mit Anna im Hafenbüro über den letzten Rechnungen. Seine Schulden machten ihm Sorgen. Obwohl er den millionenschweren Kredit abgelehnt hatte, besaß die Reederei Schulden. Es war die *Kristina Sund*, die den größten Anteil daran hatte, obwohl sie gutes Geld einfuhr. Aber es reichte nicht. Manchmal lag sie drei, vier Wochen im Hafen, bevor sie wieder nach Chile segelte, und Maxim versuchte, kleinere Aufträge an Land zu holen. Zum Beispiel eine Tour nach Göteborg, Aberdeen und Newcastle, die Anna vertragsfest gemacht hatte. Morgen würde es losgehen. Brandis hatte die Mannschaft schon zusammengestellt und wartete nur noch auf die Frachtpapiere.

»Ich werde mitfahren«, erklärte Anna und erntete einen erstaunten Blick.

»Chris will mir die Schlösser und das Hochland zeigen, du hast doch nichts dagegen? Berger wird meine Arbeit solange übernehmen.«

»Das könnte eine unruhige Überfahrt werden. Um diese Zeit wüten die Herbststürme in der Nordsee.«

»Ich weiß. Aber ich fahre mit einem der besten Kapitäne. Und jetzt muss ich los.«

Sie drückte Maxim einen Kuss auf die Wange, warf sich Mantel und Schal um und trat auf die Straße. Sie wollte mit dem Fahrrad zu Tom Hamsens Hof fahren. Sie wollte wissen, ob Jesse noch da war, und mit ihm sprechen. Der scharfe Wind trieb ihr die Tränen in die Augen, und als der Hof in Sicht kam, waren ihre Finger eiskalt. Sie stieg ab und schob das Rad langsam zwischen den Hühnern hindurch, die im Hof im Sand scharrten. Die Obstbäume waren fast kahl, der große Ahorn neben dem Haus flammend gelb. Es roch nach Rauch, der aus dem Schornstein stob, und auf der Holzbank vor der Tür lag eine pechschwarze Katze. Ein paar ältere Männer, die aussahen wie ehemalige Seeleute, hockten trotz der kühlen Temperatur an einem Tisch unter einer fast entlaubten Linde und spielten Karten.

Anna zog an der Klingel, und Hamsen machte die Tür auf. Sie wolle zu Jesse erklärte sie, was Hamsen kommentarlos zur Kenntnis nahm und ihr in der Küche einen Platz anbot. Sie wartete und hatte ein schlechtes Gewissen. Sie hatte Jesse belastet, und das machte ihr zu schaffen. War Sand schon hier gewesen? Würde er sagen, von wem er die Information bekommen hatte?

Nach einigen Minuten erschien Jesse in der Küche und grüßte freundlich. Er setzte sich zu ihr, sie plauderten ein Weilchen, und sie merkte, dass er von nichts eine Ahnung hatte. Sand konnte noch nicht hier gewesen sein. Vielleicht würde er nie kommen. Vielleicht hatte er seinen Mörder schon gefunden und verhaftet. Sie versuchte, sich an das brisante Thema heranzutasten, und bemerkte so nebenhin, dass es eine Prügelei in der Stadt gegeben habe. Jesse nickte nur.

»Ich weiß. Ich war dabei.«

Sie war überrascht. Er schien überhaupt nicht zu wissen, was passiert war.

»Es gab einen Toten.«

Er starrte sie verblüfft an. »Davon weiß ich nichts.«

»Wirklich nicht?«

Ihr gegenüber lag das Küchenfenster. Ein Wagen fuhr über den schmalen Weg aufs Haus zu. Groß und schwarz und sicher kein Besuch, der erwartet wurde. Der Wagen blieb stehen, die Türen öffneten sich, und heraus stiegen Kommissar Sand und drei Kollegen.

Anna hielt es nicht mehr auf ihrem Stuhl. Ihr war, als hätte sie gerade eben vom Teufel gesprochen. Sie wollte weg, aber es war zu spät. Ein Läuten, und Hamsen öffnete die Tür. Jessop war neugierig ans Fenster getreten, und schon stand der Teufel in der Küche, stellte sich knapp vor, wedelte mit einem Papier in der Hand herum und erklärte, dass dies eine polizeiliche Durchsuchung sei. Dann nötigte er Jessop an den Tisch und fragte ihn nach seiner Beteiligung an der Schlägerei in der Stadt. Jessop gab zu, dort gewesen zu sein, von einem Toten wisse er aber nichts.

»Ich habe an der Schlägerei gar nicht teilgenommen, ich bin gegangen, als ich merkte, dass die Stimmung immer aggressiver wird. Woher wissen Sie überhaupt, dass ich da war?«

»Es gibt genug Zeugen«, erklärte Kommissar Sand.

»Und was wollen Sie von mir?«

»Wir suchen nach der Tatwaffe.«

»Ich kann sie nicht haben, ich war ja schon längst weg, als es passierte.«

Anna stahl sich vorsichtig aus der Küche und blieb draußen auf dem Hof stehen. Sie sah Sands Kollegen hierhin und dorthin laufen, sie hatten angefangen, den ganzen Hof zu durchsuchen.

Haupthaus, Nebenhaus, Ställe und Schuppen. Die Hühner von eben waren verschwunden, die schwarze Katze hockte jetzt auf dem Kühler des Wagens und beobachtete interessiert das hektische Treiben. Anna setzte sich auf die Bank und starrte das Fahrrad an. Eigentlich wäre es sinnvoll gewesen, zu fahren, aber irgendein Impuls ließ sie sitzen bleiben. Wenn Jessop die Wahrheit sagte, würde Sand hier keine Tatwaffe finden. Er würde hier überhaupt nichts finden außer unschuldigen Menschen, die hier lebten und versuchten, zu überleben.

Ein Schatten warf sich neben sie. Es war Sand, der aus dem Haus getreten war.

»Sie haben ihn nicht zufällig gewarnt? So dass er die Tatwaffe verschwinden lassen konnte?«

Anna biss sich auf die Lippen. Da war er wieder, der Mann mit den zwei Gesichtern. Der Sand, der nett und liebenswürdig sein konnte, und der Sand, den sie verabscheute.

»Sie haben schon einmal einen Menschen wochenlang eingesperrt, der unschuldig war. Machen Sie den Fehler nicht ein zweites Mal.«

»Keine Angst«, bemerkte er mit einem Lächeln und setzte sich neben sie.

»Was wollen Sie wirklich hier?«

»Wissen, was Jessop mit diesen Leuten zu tun hat.«

»Mit den Kommunisten? Es ist nicht verboten, für den Kommunismus zu schwärmen.«

»Ach ja?«, fragte er etwas säuerlich.

Einer der Beamten kam aus dem Geräteschuppen und hielt einen seltsamen Lappen in der rechten Hand, aus dem etwas herausragte, das aussah wie der Lauf einer Pistole. In der linken Hand hielt er einen künstlichen Vollbart, der völlig verstaubt war.

»Was ist das?«, fragte Sand neugierig.

»Eine Waffe, wie unschwer zu erkennen ist. Fand ich unter einem uralten Ballen Stroh, eingewickelt in Packpapier. Die Waffe ist übrigens eine Luger P08. Könnte eine Tatwaffe sein ...«

»Der Mann wurde erschlagen, nicht erschossen«, hielt Sand etwas schroff entgegen, aber der Beamte grinste nur. »Stimmt, Herr Kommissar. Mit dieser Waffe könnte allerdings jemand anderer erschossen worden sein. Uns fehlt immer noch die Tatwaffe im Fall Franz Rose. Und den Vollbart hätten wir gleich dazu ...«

Sand war plötzlich hellwach. Natürlich, der Mann mit dem Vollbart, der unmittelbar nach Roses Tod in der Nähe seiner Villa gesehen worden war. Sands Gedanken überschlugen sich förmlich. Hatte er die Tatwaffe gefunden? Hatte er den immer zu einer seiner Theorien zugehörigen Vollbart gefunden? Er erinnerte sich auch wieder daran, dass die Hülse, die am Tatort gefunden worden war, einer Parabellum zugeordnet worden war.

Es hielt ihn nicht mehr auf der Bank, raunte dem Beamten zu, Jessop im Haus zu bewachen, und ging dann zu den kartenspielenden Männern hinüber, die immer noch am Tisch saßen, aber nicht mehr Karten spielten, sondern interessiert zugeschaut hatten. Auf die Frage des Kommissars erklärten sie, alte Freunde von Hamsen zu sein und auch Jessop gut zu kennen.

»Versuchen Sie sich zu erinnern. Hat Jessop zu der Zeit, als Rose erschossen wurde, einen Vollbart getragen?«, fragte Sand in die Runde, erntete aber nur Kopfschütteln.

»Jessop hat noch nie einen Bart getragen, zumindest keinen solchen«, bestätigte einer der Männer.

»Er könnte sich aber einen künstlichen Vollbart umgehängt haben«, spekulierte Sand.

»Warum sollte er das tun?«

»Um Franz Rose zu erschießen und dabei unerkannt zu bleiben.«

Er sah in sechs ihn ungläubig anstarrende Gesichter und ein siebtes, dass ihn stumm angrinste. Hier schien seine Theorie nur wenig Anklang zu finden.

»Warum fragen Sie Jessop nicht selbst?«, wollte einer der Männer wissen. »Außerdem wohnte er damals, als Rose erschossen wurde, noch gar nicht bei Hamsen. Warum soll er ausgerechnet bei dem seine Tatwaffe deponiert haben? Ihre Theorie scheint mir wenig schlüssig zu sein, Herr Kommissar.«

»Jeder hätte diesen Bart tragen können, um sein Gesicht mehr oder weniger unkenntlich zu machen, wenn er in der Nähe von Roses Villa gesehen wird«, rief ein Zweiter. »Selbst eine Frau. Sie muss sich nur den Bart ankleben und schon ist sie ein Mann.«

Die Männer lachten, und plötzlich stand Hamsen da, der aus dem Haus gekommen sein musste. Er hatte die Waffe und den Vollbart gesehen und fragte, was hier eigentlich los sei.

»Ist das Ihre Waffe? Und gehört der künstliche Bart Ihnen?«, fragte Sand mit schneidend scharfer Stimme.

Hamsen schüttelte den Kopf. »Nein, nie gesehen.«

»Mein Kollege fand aber beides in Ihrem Schuppen, versteckt unter einem alten Strohballen. Wie kommt beides in Ihren Schuppen, Herr Hamsen? Haben Sie eine Erklärung dafür?«

Hamsen zuckte etwas hilflos mit den Schultern. Er schien völlig überrumpelt von den Ereignissen und sah sich plötzlich in einer äußerst unangenehmen Situation.

»Hier gehen die Leute ein und aus, Herr Kommissar«, erklärte er endlich. »Ehemalige Seeleute, Familien, denen wir mit Lebensmitteln unter die Arme greifen, Freunde, Bekannte, Verwandte, jeder hätte hier etwas verstecken können, ohne dass ich es merke, und ich versichere Ihnen, ich habe weder diese Waffe noch diesen lächerlichen Bart jemals gesehen. Sie könnten die Waffe doch auf Fingerspuren untersuchen, dann würde sich herausstellen, wer geschossen hat, wenn damit überhaupt geschossen wurde.«

»Genau das werde ich veranlassen. Aber da ist noch etwas …«

Sand zögerte. Er wusste, er hätte es nicht fragen sollen, aber die Worte lagen ihm auf der Zunge, mehr noch, sie schienen ihm bereits über die Zunge gesprungen zu sein, sie sprachen sich gewissermaßen von selbst, ohne dass er etwas dagegen hätte tun können. »Sagen Sie, Hamsen, kennen Sie Silvester Fischer?«

»Er war ein paar Mal hier auf dem Hof. Wir kennen uns von einigen gemeinsamen Überfahrten, haben ein paar Glas Jamaika getrunken und von alten Zeiten geschwärmt. Warum fragen Sie, Herr Kommissar?«

»Hätte er die Möglichkeit gehabt, Waffe und Bart hier zu verstecken?«

»Wie ich schon sagte, er war immer mal wieder hier. Aber warum sollte er so einen Kram mitbringen und bei mir verstecken?«

Hamsen brach abrupt ab, weil ihm wohl plötzlich klar wurde, was Sands Hintergedanke war. »Sie glauben, er hat Rose erschossen? Und dann kam er zu mir, um den ganzen Kram loszuwerden?«

»Schon möglich. Ich frage mich allerdings, warum wirft er ihn nicht einfach in die Ostsee? Er kann nicht ahnen, dass die Polizei irgendeines Tages herkommt, um Ihren Schuppen zu durchsuchen. Trotzdem wäre es doch viel effektiver gewesen, Waffe und Bart ins Meer zu werfen.«

»Was weiß ich? Das ist Ihre Aufgabe, Herr Kommissar, herauszufinden, wer wann und warum etwas so und nicht anders tut.«

»Stimmt«, murmelte Sand und begab sich ins Haus, wo der Beamte mit Jessop auf ihn wartete.

Wieder auf See! Diesmal über Göteborg nach Schottland und dann nach Südengland. Schon wühlte der scharfe Wind in Annas Haaren und ließ ihr Halstuch fliegen. Sie sah sich um. Es war das erste Mal, dass sie mit der *Kristina Sund* segelte, dem schönsten Schiff, das je im Hafen gelegen hatte. Der Blick hinauf zu den Masten, an denen die Segel gesetzt waren, machte sie schwindlig, das Pumpen des Wassers unterm Kiel brodelte wie ein Feuer in der Hölle, die Flagge der Reederei schlug wild hin und her.

Dass diese Fahrt wirklich wie eine Fahrt zur Hölle werden würde, ahnte sie nicht. In ihrer Vorstellung würde es eine Fahrt wie jede andere werden, vielleicht ein bisschen unruhiger, vielleicht ein bisschen regnerischer, aber sie hatte keine Angst. Schon allein die Bequemlichkeit an Bord hielt jede Nervosität in Zaum. Es gab Strom, ein luxuriöses Ambiente in den besseren Kabinen, sogar das Mannschaftslogis war nicht feucht und düster, sondern trocken und hell. Wer hier lebte, machte auch einen guten Job.

Sie hatten einen Gast an Bord – Tom Hamsen. Der alte Seebär hatte gehört, dass die *Kristina Sund* nach Schottland segeln würde, und hatte Brandis gebeten, ihn mitzunehmen, weil er seinen Bruder besuchen wollte, der in Aberdeen lebte. Er erklärte, seine Fingerspuren bereits abgegeben zu haben, und dürfe ganz offiziell das Land verlassen, und nun stand er meist an Deck in Wind und Regen. Er hatte immer gute Laune, für jeden ein freundliches Wort und durfte manchmal mit dem Kapitän zu Abend essen. Er hätte wie jeder Seemann eine Menge Geschichten zu erzählen gehabt, aber er erzählte keine.

Am späten Nachmittag legte sich ein Dunstschleier über das Meer. Ein feiner Film von Wasserdampf, in dem die fernen Küsten aussahen wie Traumbilder. Eine märchenhafte Stimmung lag über dem Wasser, als könnten gleich verwunschene Gestalten aus dem tiefen Nass auftauchen. Was auftauchte, war ein Schiff, ein Schoner, der knarrend wie eine alte Treppe auf dem Meer schaukelte und den schönen Namen *Regina* trug. Die *Kristina Sund* holte Segel ein, um nachzusehen, warum der Schoner nur ein Vorsegel gesetzt hatte. Brandis ließ sich das Megaphon bringen und fragte hinüber, ob alles in Ordnung sei. Keine Antwort. Und dann bemerkten sie, dass überhaupt niemand auf dem Schoner zu sehen war, nicht einmal am Ruder. Er trieb langsam dahin, dem Wind, der ins Vorsegel fuhr, scheinbar willenlos ausgesetzt, und auch auf mehrmaliges Nachfragen rührte und regte sich nichts. Am Mast hing eine rotbraune Fahne in Fetzen, und Brandis ließ das Megaphon sinken.

»Da ist keiner«, sagte Finnen ins allgemeine Schweigen hinein. »Das ist ein Geisterkahn, Käpt'n.«

Allein das Wort reichte, um unter der Mannschaft Unruhe auszulösen. Anna erinnerte sich an Beers Erzählungen über jenes Geisterschiff, dem er begegnet war. Brandis entschied, das Beiboot zu Wasser zu lassen und hinüberzurudern. Er bestimmte Finnen und den Zweiten Maat, die ihn begleiten sollten, und Anna sah ihnen an, dass sie nicht gerade begeistert waren. Was würde sie erwarten?

»Im besten Fall ein menschenleeres Schiff«, erklärte Finnen auf ihre Frage. »Aber selbst das ist ein böses Omen. Schiffe, die ohne Mannschaft segeln, sind verflucht.«

An der Außenwand der *Regina* baumelte wie hindrapiert eine Strickleiter. Da der Schoner kaum Fahrt machte, gelang es ihnen, über die Leiter an Bord zu steigen. An Deck blieben sie stehen, sahen sich um und sondierten die Lage. Wirklich keine Menschenseele zu sehen. Einer der Männer ging zum Ruder und machte es fest, während Brandis zur Luke des Mannschaftslogis hinüberging. Er lauschte. Nichts zu hören außer dem immerwährenden Knarren des Rumpfes. Langsam wandelte auch ihn ein mulmiges Gefühl an, denn die Abwesenheit jeglicher menschlichen Seele hatte tatsächlich etwas Irreales. Der Dunst senkte sich immer tiefer, Brandis spürte die Feuchtigkeit wie einen feinen Film auf der Haut.

»Wollen Sie wirklich da runter, Käpt'n?«, fragte der Zweite Maat und warf einen sorgenvollen Blick auf die Luke.

»Ja. Und Sie kommen mit. Bleiben Sie hinter mir.«

Brandis stieg die Stufen hinunter. Unten angekommen, tauchte er in ein halbdunkles Zwischenlicht, das nur Konturen erkennbar machte. Ein Flur, zwei Türen. Er öffnete die erste. Es war der Schlafraum der Mannschaft, klamm und nach Schnaps stinkend. Direkt an der Tür stand ein Tisch mit einem Gaslicht, das Brandis aufdrehte, und sie sahen sechs Betten, alle leer. Ein weiterer Tisch mit vier Stühlen stand gegenüber den Betten, und unter dem Tisch ein Etwas. Eine Gestalt. Ein Mann. Er lag auf dem Rücken, reglos, starr. Wie tot. Brandis zögerte. Vermutlich war er tot. Die Lippen fast weiß mit seltsamen, getrockneten Einblutungen, die Hautfarbe von einem fahlen Gelb. Am linken Ohrläppchen hing ein silberner Anker, und Brandis war plötzlich klar, wen er vor sich hatte. Solche Anker trugen viele Seemänner am Ohr oder als Tätowierung auf der Haut, aber dieser hier hatte einen Namen. Materna.

»Was ist, Käpt'n?«, raunte der Zweite Maat. »Kennen Sie den Mann?«

Brandis nickte.

»Nicht anfassen, Käpt'n. Den könnte das Gelbfieber erwischt haben. Ich habe auf der *Helena* mal einen gesehen, der sah genauso aus. Hämorrhagisches Fieber, mausetot. Verdammt ansteckend …«

Brandis zögerte. Dass Materna nicht mehr am Leben war, hätte er nicht mal überprüfen müssen. Er kannte sich aus mit dem Tod. Und wenn sein Maat recht hatte, dann stand er ihm gerade gegenüber. Gelbfieber, eine tödliche Seuche. Das würde erklären, warum auf dem Kahn kein Mensch mehr war. Aber wo waren sie geblieben? Über Bord gesprungen, weil der Tod im kalten Nass ihnen lieber gewesen war, als diesem Fieber zum Opfer zu fallen? Oder hatte sie ein vorbeikommendes Schiff mitgenommen und gerettet?

Der hier war ihnen wohl entgangen. Brandis drehte sich um und gab dem Maat ein Zeichen. Sie stiegen an Deck und berieten, was zu tun sei.

»Wir steuern den nächsten Hafen an«, befahl Brandis.

»Was ist, wenn die uns in Quarantäne stecken, weil sie Angst haben, dass wir uns infiziert haben? Wäre es nicht besser, einfach weiterzusegeln? Es weiß doch niemand von dem Kahn und dass wir hier waren …«

Brandis zögerte. Sein Zweiter Maat hatte recht. Er sah sich um. Weit und breit kein Schiff. Kein Zeuge, der gesehen hatte, dass sie an Bord der *Regina* gewesen waren. Aber der Nächste, der vorbeikommen würde, würde genauso handeln wie sie. Er würde versuchen herauszufinden, warum die *Regina* ein Geisterschiff war. Oder nicht? Vielleicht würde er ganz anders reagieren und die *Regina* weiträumig umfahren. Dann würde der Totenkahn ewig hier liegen. Und was hatte Materna hier verloren? War er einfach nur als Seemann mitgesegelt? Wahrscheinlich. Jetzt hatte er auf diesem Kahn des Teufels sein verdientes Ende gefunden.

»Wir steuern den nächsten Hafen an«, wiederholte er und stieg über die Bordwand.

Sands schlimmste, grausamste Befürchtungen waren eingetroffen. Er schlief keine Nacht mehr als drei Stunden und lag den Rest der Nacht von quälenden Gedanken verfolgt da. Schlimmer hätte es nicht kommen können. Jetzt hatte er den Fisch so gut wie an der Angel und würde ihn wieder loslassen müssen. Kein Gedanke daran, mit Fichte über den neuesten Stand der Ermittlungen zu sprechen. Er hatte quasi Sprechverbot, was den Fall anging. Aber er hatte kein Denkverbot. Nur, was nützte ihm das? Er konnte soviel denken, wie er vermochte, jeder Gedanke war irrelevant, ohne irgendeine Konsequenz. Immerhin hatte er Jessop eingehend befragt und war zu dem Schluss gekommen, dass Jessop am Tod des erschlagenen Mannes auf der Straße unschuldig sein musste, da zwei Zeugen den Täter als klein, korpulent und schwarzhaarig beschrieben hatten. Diesen Täter zu finden, dürfte nicht schwer sein, und so konzentrierte Sand sich darauf, obwohl ihm immer wieder der Fall Rose und Silvester Fischer in den Sinn kamen. Wenn Fischer immer mal wieder bei Hamsen hereingeschneit war, hätte er Bart und Waffe heimlich bei Hamsen versteckt haben können und spazierte seitdem unerkannt durch die Welt. Manchmal erwischte Sand sich dabei, »ich hatte doch recht« vor sich hin zu murmeln, aber auch das half nicht. Es ließ ihn nicht besser schlafen, mehr essen, sich wohler fühlen. Er fühlte sich von Gefühlen der Ohnmacht überwältigt, so dass er an manchen Tagen zu nichts mehr fähig war. Er hockte mit Flickwort in seinem Kellerbüro, den aktuellen Fall vor sich, den er nicht bearbeiten konnte, stattdessen starrte er aus dem winzigen Fenster. Wenn Flickwort dann versuchte, ihn aufzumuntern, zauberte er ein Lächeln auf sein Gesicht, das so falsch wie hilflos aussah.

»Die Welt geht nicht unter, nur weil wir mal einen Schuldigen laufen lassen müssen«, bemerkte Flickwort eines Tages, ein Gedanke, dem er tatsächlich nichts entgegenhalten konnte. Natürlich ging die Welt darum nicht unter, aber es machte sie auch nicht besser.

»Es geht ja nicht nur um Rose, den Fischer auf dem Gewissen hat«, sagte er. »Es geht auch um all das, was sich im Hintergrund abspielt. Wenn er wirklich zu denen gehört, die unser Staatswesen zu Fall bringen wollen, sollte man ihn schon allein deshalb wegsperren.«

»Spekulationen und Gerüchte«, konterte Flickwort gereizt. »Unhaltbare Theorien. Selbst wenn er zu dieser Handvoll Spinner gehört, die sich mit der Demokratie nie anfreunden konnten und etwas ganz anderes wollen, was juckt es uns? Sie sind in der Minderheit, keiner hört ihnen zu, niemand wird sie wählen.«

Sand biss von einem belegten Brötchen ab. Zwischendurch nahm er einen Schluck kalten Kaffee, dann ging die Tür auf, und ein Kollege trat ins Zimmer. Es war der Kollege, der die erstaunliche Wissenschaft der Daktyloskopie, der Fingerspurensuche, beherrschte.

»Da hilft uns die schönste Wissenschaft nichts, wenn der Täter Handschuhe oder Ähnliches getragen hat«, erklärte er. »Also hoffen wir mal, dass er dies nicht tat und wir ein paar besonders hübsche Exemplare finden werden. Allerdings wurde aus der Waffe schon lange nicht mehr gefeuert, so viel kann ich schon sagen.«

»Zwei Jahre nicht?«

»Zwei Jahre oder länger nicht.«

»Das käme hin. Rose wurde vor zweieinhalb Jahren erschossen. Dann wanderte die Luger unter diesen Heuballen und staubte vor sich hin. Es könnte die Tatwaffe sein, die wir suchen, zumal der Kollege, der die Kugel damals aus dem Körper des Verstorbenen untersuchte, diese einer Parabellum zugeordnet hat.«

»Ich weiß. Allerdings bearbeitet der Kollege Horst diesen Fall ...«

»Warum kommen Sie dann zu mir und gehen mit Ihren Ergebnissen nicht zu ihm?«

»Ich gehe zu ihm«, versetzte der Kollege mit einem breiten Grinsen. »Unverzüglich.«

Er nickte noch einmal freundlich in die Runde und verließ den Raum.

»Will er uns helfen, oder hält er nichts von Horst?«, fragte Flickwort etwas befremdet.

»Vielleicht beides. Warten wir ab, ob er überhaupt etwas findet.«

Auf der *Kristina Sund*

Die *Kristina Sund* lag im Hafen von Kristinensund. Brandis hatte sich entschlossen, die Hafenbehörde von der *Regina* zu unterrichten, und war seit Stunden überfällig. Anna war allein auf dem Schiff. Im dicken Mantel mit Schal und einer Wollmütze stand sie an der Reling und wartete. Vom Zweiten Maat wusste sie, was sie auf der *Regina* vorgefunden hatten, und war voller Sorge. Sie war kein Arzt und wusste nicht, wie ansteckend Gelbfieber war, doch die Unterhaltungen der Seeleute waren nicht dazu geeignet, ihre Ängste zu verscheuchen. Es waren haarsträubende Erzählungen aus wärmeren Gefilden dieser Welt, wo der eine oder andere mit dieser heimtückischen Krankheit Bekanntschaft gemacht haben wollte. Sie hatte ganze Mannschaften erwischt und dahingerafft. Sie hatte dafür gesorgt, dass sich Überlebende in wochenlanger Quarantäne wiedergefunden hatten.

Das Leben auf der *Kristina Sund* ging seinen gewohnten Gang, und doch spürte Anna die Anspannung der Männer. Der Zweite Offizier, ein hagerer, hochaufgeschossener Mann mit dem Namen Torsten Hammer, war ein verschlossener Mensch, dem man kaum eine Aufregung ansah. Er sprach wenig, plauderte nie und schien Sprache nur für seine Anweisungen zu gebrauchen. Meist stand er stumm an Bord und beobachtete die Männer. Auf Annas Frage, was passieren würde, wenn der Kapitän in Quarantäne müsse, zuckte er nur mit den Schultern und wandte sich ab.

Anna starrte aufs Meer. Ein dunkler Himmel färbte das Wasser tiefgrau, der immer scharfe Wind ließ die Wellen hüpfen. Langsam wurde ihr kalt, aber sie konnte den Blick nicht vom Kai abwenden. Sie wartete weiter, bis plötzlich Tom Hamsen auftauchte und sich neben sie stellte. Auch er trug eine Wollmütze und einen Schal und einen dicken Mantel aus Schafwolle.

»Der Himmel ist so dunkel«, sagte Anna. »Wird es schweres Wetter geben?«

Hamsen grinste. »Schon möglich. Aber die *Kristina Sund* ist groß und schwer. Die wirft so leicht nichts um.«

»Sie werden den Käpt'n doch nicht festhalten, oder?«

»Ich glaube nicht. Wenn er den Toten nicht angefasst hat, wird er bald wieder hier sein. Machen Sie sich keine Sorgen, Anna.«

Sie warf Hamsen einen Blick zu. Sein Gesicht war das Gesicht eines Mannes, der sein Leben lang zur See gefahren war. Wind und Wetter hatten sich in seine Züge eingebrannt, tiefe Falten, der Mund ein schmaler Strich, die Augen klar und scharf. Die Narbe auf seiner linken Wange hatte die Haut aufgeworfen und Ähnlichkeit mit einem Blitz.

»Was ist da passiert?«, wollte sie wissen.

»Wir waren mit der *Kolosseum* auf einer neuguineischen Insel.

Dort wollten wir Wasser aufnehmen, als uns ein Eingeborenenstamm angriff. Sie verwenden Holzstöcke mit verdammt scharfen Eisenklingen auf der Spitze. Sie hatten wohl etwas dagegen, dass wir in ihr Revier eingedrungen waren, und trieben uns mit diesen Dingern zum Ufer zurück. Wir hatten keine Waffen, also blieb uns nur die Flucht. Keinen Tropfen Wasser haben wir aufgenommen, dafür hatte ich plötzlich diese Klinge im Gesicht. Ist aber schon lange her. War noch vor dem Krieg.«

Hamsen stand im Wind wie eine Statue, während Anna immer wieder auf dem schwankenden Boden die Balance suchen musste. Er schien mit diesem Schiff wie verwachsen, hielt sich nicht mal an der Reling fest. Sie sah ihn wieder an, und ein seltsames Gefühl beschlich sie. Unbestimmt, diffus, kaum wahrnehmbar und doch war es da. So wie ein Déjà-vu oder die Erinnerung an einen Traum, den man nicht mehr packen kann und dessen Bilder einem immer wieder entgleiten. Sie kannte Hamsen kaum, nur von zwei Begegnungen, und er war für sie nichts anderes als einer der vielen Seeleute, die ihr begegnet waren. Er erwiderte ihren Blick, und sie wandte die Augen ab. Sie murmelte ein »Bis später« und begab sich unter Deck.

Kiel

Flickwort hatte den Termin bei der Politischen Polizei eingehalten. In einer unscheinbaren Straße, in einem unscheinbaren Raum, in dem nur ein Tisch und vier Stühle standen, saß er neben einem verdunkelten Fenster, und eine blendend helle Lampe schien ihm unangenehm in die Augen. Auf der anderen Seite des Tisches saßen zwei Männer in grauen Anzügen. Vor ihnen lagen je zwei Kladden und zwei Füllfederhalter, mit denen sie wohl gedachten, Flickworts Aussagen aufzuschreiben. Auf dem vierten Stuhl stand ein Apparat, dessen Funktion Flickwort erst einmal nichts sagte, bis ihm schwante, dass er zur Tonaufzeichnung gedacht war.

Flickwort fühlte sich unwohl. War Marlene Schneider noch ansehnlich und freundlich gewesen, so hatten diese beiden etwas Roboterhaftes an sich. Ihr gelegentliches Lächeln war kalt und unpersönlich, ihre Stimmen waren seltsam gedämpft.

»Dann berichten Sie mal, Kommissar Flickwort. Was wissen Sie über Kommissar Sand? Und was weiß der über Silvester Fischer?«

Flickwort steckten mehrere Klöße im Hals. Er hatte gewusst, auf was er sich einlassen würde, aber dieser Termin machte ihm erst so richtig klar, dass er im Begriff war, einen Menschen, den er seinen Freund genannt hatte, zu verraten und sich damit auf eine Seite zu stellen, mit der er politisch überhaupt nicht einverstanden war. Er war Demokrat und hatte den Eindruck, sich mit Verrätern an der Demokratie gemeinzumachen. Und wozu? Nur um nicht als Bordellgänger verleumdet oder als Nationalsozialist diskreditiert zu werden? Ihm kamen plötzlich Zweifel an seiner Entscheidung, und daher schwieg er.

»Geht es Ihnen nicht gut?«, schnurrte der eine, während der andere seine Kladde aufschlug und zwei leere Blätter Papier betrachtete.

»Doch, doch …«, stammelte Flickwort und versuchte sich zu konzentrieren. »Kommissar Sand fand heraus, dass Fischer am Putsch von 1920 beteiligt war. Nicht aktiv, so aber doch im Hintergrund. Im Übrigen existiert ein Dossier des Kollegen Gassner von der Politischen Polizei, in dem zumindest Teile von Fischers Lebenslauf aufgezeichnet sind. Gassner ließ das Dossier in Sands

Gästezimmer liegen, nachdem er auf dem Darß spurlos verschwunden war ...«

Flickwort sprach über eine halbe Stunde. Er erzählte von dem Informanten auf dem Friedhof, von der Entführung Evas und auch von der Waffe, die bei Hamsen gefunden worden war und die ein wichtiges Indiz im Mordfall Rose sein könnte. Während er sprach, kritzelten die beiden Männer ihre Seiten voll, und das Geräusch der Füllfederhalter auf dem Papier war das einzige Geräusch im Raum, wenn er einmal eine Pause machte. Als Flickwort nichts mehr einfiel, legte der eine seinen Füller auf die Kladde und musterte ihn neugierig. »Der Fall Rose wurde einem Kollegen Horst übergeben, wie ich hörte.«

»Das ist richtig. Kommissar Sand hat mit dem Fall nichts mehr zu tun.«

»Wie kommt es dann, dass er derjenige war, der diese angebliche Tatwaffe gefunden haben soll?«

»Das war reiner Zufall. Er wollte einen Verdächtigen befragen, der an einer Prügelei beteiligt gewesen war. Die Kollegen, die bei ihm waren, durchsuchten das Grundstück, auf dem der Verdächtige wohnt, und fanden die Waffe.«

»Ein bisschen viel Zufall, finden Sie nicht?«

»Nein, finde ich nicht. Solche Zufälle gibt es.«

»Wir müssen Sie bitten, Kommissar Sand noch einige Monate Gesellschaft zu leisten, bevor Sie die neue Stelle antreten können. Sie sind uns dort nützlicher, und darum würden wir Sie bitten, Ihren Kollegen weiterhin im Auge zu behalten und uns über jedes Detail, das wichtig sein könnte, zu informieren.«

Flickwort nickte resigniert. Jetzt zauberte der eine ein Lächeln aufs Gesicht, stand auf und reichte ihm die Hand. »Sie haben uns sehr geholfen, Herr Kollege.«

Brandis war am späten Abend wieder an Bord zurückgekehrt. Die *Kristina Sund* durfte den Hafen verlassen, allerdings würde sie ihren Kurs ändern. Vor der schottischen Küste herrschte laut Hafenbehörde seit Tagen schweres Wetter; ein Segler war angeblich gesunken. Brandis beschloss, erst Southampton anzusteuern und dann Aberdeen, was für ihn eine logische Entscheidung war, um dem Unwetter aus dem Weg zu gehen. Sie hielten also Kurs auf die englische Südküste, doch auch hier hatte das Wetter seine Tücken.

Es goss in Strömen, und als es wieder trocken war, zog Nebel auf. Sie steuerten fast blind über das Meer, und das Nebelhorn verlor sich irgendwo in der Ferne. Dann beschloss Brandis, die Segel einzuholen, weil es zu gefährlich war, weiterzusegeln, da man kaum die Hand vor Augen sehen konnte. Es war wie auf der Fahrt nach Tallinn, wo sie auch in einem Nebelloch verschwunden waren, und daran hatte Anna keine gute Erinnerung. Einen Tag und eine Nacht hatten sie wie in einer dampfenden Waschküche vor Anker gelegen, um sich herum nichts als Wasser und keine Möglichkeit, irgendwo an Land zu gehen. Sie zog sich in die Kajüte zurück und versuchte, ein Buch zu lesen, als Brandis hereinkam, sich zu ihr aufs Bett setzte und ihr das Buch aus der Hand nahm.

»Der Tote, den wir gefunden haben, war Materna«, erklärte er.

Sie starrte ihn verblüfft an. »Bist du sicher?«

»Ja. In der Hafenbehörde erfuhr ich, dass die *Regina* von den Kapverden kam. Dort müssen die Männer irgendwo mit dem Gelbfieber in Berührung gekommen sein. Vom Rest der Mannschaft ist nichts bekannt.«

»Wenn Materna an Bord war, war Suermondt vielleicht auch dabei. Die beiden galten als unzertrennlich.«

»Schon möglich. Ich glaube, die anderen haben mit einem Beiboot versucht, Land zu erreichen, aber wenn du an dieser Stelle Land erreichen willst, brauchst du mehr als Glück und Gottes Beistand. Ich fürchte, sie sind im Meer ertrunken.«

»Dann werden wir nie mehr erfahren, was in Rio wirklich passiert ist.«

Brandis nickte. »Materna ist tot und Suermondt vermutlich auch. So etwas nenne ich göttliche Gerechtigkeit, aber wenn es so ist, wirst du nie wissen, ob sie nicht vielleicht doch recht hatten.«

»Und du hast Bolten erstochen. Meinst du das?«

Er gab ihr das Buch zurück und stand auf. »Genau das meine ich.«

Am Abend saßen sie mit Hamsen und den beiden Offizieren beim Abendessen. Es gab einen Fischauflauf und Weißwein und eine ungewöhnliche Stille. Selbst das Knarren der Planken hatte aufgehört, die See musste fast unbeweglich sein. Brandis war guter Laune. Hammer, der Zweite Offizier, war schweigsam wie immer und sagte nur etwas, wenn er direkt angesprochen wurde, und Hamsen schien ohnehin nichts aus der Ruhe zu bringen. Aber dann fing er an zu erzählen, wie schwer das Leben auf dem Hof sei und wie viele Leute er durchfüttern müsse. Nicht nur Jessops Familie. Er schimpfte auf die Regierung, die all das Geld, das die Menschen so hart erarbeiten mussten, für Panzerkreuzer zum Fenster hinauswerfen würde, obwohl der Beschluss noch gar nicht gefasst worden war.

»Sie werden es tun«, bekräftigte er auf Brandis' Frage mit einem grimmigen Gesicht. »Und all die, die heute noch dagegen sind, werden morgen dafür sein. Nur der Teufel weiß, was sie vorhaben.«

»Was sollten sie vorhaben?«, fragte Anna.

»Nun, da ich nicht der Teufel bin, kann ich es nicht wissen. Aber eins weiß ich sicher: Die Leute wollen nichts mehr als Frieden, wozu werden dann Millionen oder gar Milliarden Reichsmark in die Rüstung gesteckt? Wer keinen Krieg führen will, braucht auch keine Panzerkreuzer.«

»Sie trauen der Regierung nicht«, stellte Finnen knurrend fest, und Hamsen nickte. »Genau. Sie haben es erfasst. Trauen Sie der Regierung? Traut überhaupt noch jemand diesem zerrupften Haufen Parlamentarier, die sich aufgrund ideologischer Verblendung nicht mal über eine Bestuhlung im Reichstag einig werden können? Die einen wollen kein rotes Leder, die anderen kein braunes, Dritte wollen überhaupt keins, sondern lieber auf blankem Holz sitzen. Da ist eine ideologische Verblödung eingetreten, die vor nichts mehr haltmacht, nicht mal vor dem Stuhl an sich. Es ist, als würden Sie Wölfe und Schafe in einen Stall sperren, die Tür schließen und ein paar Stunden warten. Dann gehen Sie hin, machen die Tür wieder auf, und was sehen Sie?«

»Tote Wölfe«, antwortete der Zweite Offizier mit einem breiten Grinsen.

»Genau das würde ich auch erwarten«, erklärte Hamsen. »Die Schafe sind satt und zufrieden, von den Wölfen sind nur noch ein paar abgenagte Knochen übrig.«

»Die Frage ist nur, wer sind die Wölfe und wer die Schafe?«, fragte Anna.

»Eine ausgesucht kluge Frage, gnädige Frau, denn was ist, wenn die Wölfe im Schafspelz und die Schafe im Wolfspelz daherkamen? Wir sehen also, unsere hübsche Allegorie bietet eine durchaus philosophische Bandbreite. Meine Vernunft würde mir sagen, dass im Stall eine Art Kostümfest im Gange gewesen sein muss, und genau das sehen wir auch im Parlament, womit wir wieder in der Realität angekommen sind. Doch lassen wir uns den vorzüglichen Auflauf nicht versalzen, und auch der Wein ist ausgezeichnet …«

14 Kiel

In Kiel war erster Schnee gefallen. Ein erster Schauer, dann war alles wieder vorbei. Dünn bestäubt lagen Dächer und Straßen da, und aus den Schornsteinen stieg der Rauch der Kamine und Öfen. Auch im Keller des Präsidiums stand ein Ofen. Er war alt, aber er heizte gut. Immerhin, es war nicht kalt. Ansonsten aber war nichts gut, und es würde heute an diesem Freitag, dem 13. November, noch schlimmer werden, zumindest, was Flickwort betraf.

Flickwort, der an seinem Schreibtisch saß, hatte sich angewöhnt, so wenig wie möglich zu reden. Sand war sowieso wortkarg, und so saßen sie meist schweigend da, gingen ihrer Arbeit nach und hatten sich daran gewöhnt, nicht mehr wirklich ein Team zu sein. Zum einen, weil sie unterschiedliche Fälle bearbeiteten, und zum anderen, weil der Fall Rose tabu war. Es gab ihn einfach nicht mehr, so als wäre Franz Rose niemals erschossen worden. Flickwort war das sehr recht, denn dann gab es nichts, das er den beiden Herren hätte mitteilen können, doch plötzlich änderte sich die Situation schlagartig. Leise, fast lautlos wurde am späten Nachmittag die Tür geöffnet, und der Kollege, der die Fingerspuren auf der Waffe untersuchte, kam auf ebenso leisen Sohlen ins Zimmer hinein. Er schloss die Tür sofort wieder und fing an zu flüstern. Er dürfe gar nicht kommen und schon gar nichts sagen, flüsterte er. Er wisse ja, dass Kommissar Sand den Fall abgegeben habe, und wenn ihn jemand erwischen würde, sei er seinen Posten los.

Sand und Flickwort sahen ihn fragend an, bis er sich endlich mit leiser Stimme erklärte. »Wir fanden tatsächlich drei prächtige Fingerspuren auf der Waffe. Wir haben in der betreffenden Kartei nach dem treffenden Pendant gesucht, aber leider vergebens. Wir sind aber noch dabei, auf Hamsens Hof alles an Fingerspuren sicherzustellen und sie mit denen auf der Waffe zu vergleichen. Verraten Sie mich nicht, sagen Sie bloß nicht, dass ich hier war, ich muss nämlich jetzt ins Zimmer 14, wo der Kollege Horst sitzt …«

Sand stand auf, öffnete das Fenster und eisig-kalte Luft strömte ins Zimmer. Flickwort fing an zu frieren, aber er sagte kein Wort. Er war regelrecht erschüttert, denn er befürchtete das Schlimmste. Er kannte Sands Obsession, was den Fall Rose anging, und jetzt hatte Sand plötzlich einen Anhaltspunkt, mit dem er Fischers Schuld oder Unschuld beweisen könnte. Wie aber kam er an Fischers Fingerspuren heran? Er war nicht mehr Herr des Verfahrens, und Fischer war für ihn sowieso eine persona non grata. Aber Flickwort sah, wie es in ihm arbeitete. Sein Fuß wippte ständig auf und ab, seine Finger zuckten, und dann warf er Flickwort einen unbestimmten Blick zu. »Was halten Sie davon?«

»Nichts. Gar nichts. Es geht uns nichts an.«

»Jetzt könnten wir aber beweisen, ob Fischer ein Mörder ist oder nicht.«

»Ja, könnten wir, das macht aber nun der Kollege Horst, und er wird das schon richtig machen.«

»Sie glauben also, er fährt nach Berlin und nimmt bei Fischer die Fingerabdrücke? Machen Sie sich nicht lächerlich, Flickwort. Horst wird überhaupt nichts tun. Selbst wenn er wollte, wird Fichte ihm klarmachen, dass gewisse Ermittlungen nicht erwünscht sind. Damit hat die Fingerspurensuche zu überhaupt nichts geführt.«

»Warten wir ab, bis alle Fingerspuren auf dem Hof zugeordnet sind. Mehr können wir im Moment nicht tun.«

»Doch, das können wir. Wir brauchen nur Fischers Fingerabdrücke.«

Flickwort hatte es befürchtet. Sand würde nicht eher Ruhe geben, bis er Fischers Fingerabdrücke genommen hatte. Wie auch immer. Und natürlich illegal.

Flickwort schwieg resigniert und sparte sich jeden weiteren Kommentar. Und dann sah er eine äußerst unangenehme Situation auf sich zukommen. Falls Sand wirklich nach Berlin fahren würde, um seinen Plan umzusetzen, hätte er den beiden Herren Mitteilung machen müssen. Er würde Sand in den Rücken fallen, ihn verraten müssen. Noch konnte er zurück, noch könnte er ihm reinen Wein einschenken. Eine Warnung, eine Andeutung, aber er wusste, er konnte nicht. Er würde gar nicht erklären können, wie er überhaupt in diese Lage geraten war. Also erklärte er gar nichts. Stattdessen wurde ihm plötzlich speiübel, sein ganzer Magen schien zu rebellieren und zu krampfen. Er fuhr von seinem Stuhl hoch, rannte zur nächsten Toilette und erbrach sich.

Auf der *Kristina Sund*

Die *Kristina Sund* lag immer noch im Nebel. Diffuse Schatten huschten über Deck, das Licht einer Lampe zerfiel in tausend Spektren, Grabesstille herrschte. Das Schiff schien wie in einer überdimensionalen Seifenblase gefangen, in der eigene Gesetze galten. Kein Ton, kein Laut verließ diese Blase, und wo die nächste Küste lag, war nur zu ahnen. Irgendwo in Richtung Westen, unerreichbar.

Anna war am frühen Abend an Deck gestiegen, um frische Luft

zu schnappen, aber frische Luft gab es hier nicht. Die Luft war schwer und salzig, sie konnte das Salz auf den Lippen schmecken. Sie stand wieder da wie so oft, und als Hamsen sich zu ihr gesellte, war sie froh über Gesellschaft. Die meisten Seeleute waren unter Deck und spielten Karten, Brandis hatte sich für eine Stunde schlafen gelegt.

Hamsen stand unter der Lampe, die an einem Holzgestänge befestigt war. Anna sah winzige Wassertröpfchen im hellen Schein hin und her wirbeln, bevor sie sich in der Dunkelheit verloren.

»Was wollen Sie eigentlich in Schottland?«, fragte sie.

»Ich habe einen Bruder in der Nähe von Aberdeen, mit dem ich verabredet bin. Aber jetzt wird er vergebens auf mich warten, wenn wir erst nach Southampton segeln.«

»Sie könnten ihn in Aberdeen anrufen, wenn wir dort angekommen sind.«

»Er hat kein Telefon. Und wenn der Nebel abgezogen ist, segeln wir immer weiter von der schottischen Küste fort.«

»Glauben Sie nicht, dass er warten wird? Haben Sie seine Adresse?«

»Nein. Und ob er warten wird, weiß ich nicht. Wahrscheinlich wird er denken, ich komme nicht mehr. Aber vielleicht gibt es ja doch noch eine Möglichkeit, wie ich einigermaßen pünktlich sein kann …«

Seine Worte hätten sie warnen können, wenn sie auch nur den Hauch eines Verdachtes gehabt hätte. Sie hatte ihn nicht. Woher auch? Hamsen war für sie ein harmloser Zeitgenosse, der die Gelegenheit wahrgenommen hatte, eine Reise zu unternehmen. Ob nun hierhin oder dorthin, ging sie gar nichts an.

Am nächsten Morgen hatte sie das Gespräch fast vergessen, und als sie an Deck ging, war der Nebel verschwunden. Die *Kristina*

Sund hatte bereits Fahrt aufgenommen, und zufrieden stieg sie wieder nach unten, um ihr Frühstück einzunehmen. Auf dem Flur traf sie auf Hamsen, der vor seiner Kajüte stand und ein verlegenes Lächeln auf dem Gesicht trug.

»Es wäre nett, wenn Sie mir helfen würden, Anna, es dauert auch nicht lang …«

Er deutete ins Innere seiner Kajüte. Anna nickte. Hamsen war ein netter Kerl, und warum sollte sie ihm nicht behilflich sein? Sie folgte ihm in seine Kajüte, wo er die Tür hinter sich schloss. Immer noch dieses Lächeln auf dem Gesicht, stand er etwas unsicher im Raum herum.

»Was haben Sie auf dem Herzen?«, fragte sie verwundert. Sein ganzes Verhalten war linkisch, unentschlossen, was sie irritierte.

»Sagen Sie es ruhig, Tom, ich beiße nicht.«

Ihre neckischen Worte schienen ihn noch unsicherer zu machen. Er steckte die Hand in die Tasche seines Mantels und zog etwas heraus.

»Leider habe ich keine andere Wahl. Die Zeit rennt mir davon …«

Sie starrte entgeistert auf die Waffe, die er in der Hand hielt und die genau auf sie zielte. Sein Gesicht war plötzlich aschfahl, seine Augen blitzten, und sie war so fassungslos, dass sie nicht reagierte. Er kam näher, noch einen Schritt und noch einen und hielt ihr den Lauf der Pistole an die Stirn.

Noch ungefähr drei Stunden bis zur englischen Küste. Die Sonne schien, keine einzige Wolke am Himmel. Der Wind fuhr in die Segel, die prall gefüllt waren, der Kapitän stand selbst am Ruder. Er freute sich auf Schottland, er liebte dieses Land. Er liebte seine Menschen, seine herbe Sprache, seine raue Landschaft. Er hatte einmal eine Freundin aus Arbroath gehabt, das war ewig her, aber er konnte sich noch gut an das winzige Haus erinnern, in dem er für zwei Wochen gewohnt hatte.

Er spähte zum Horizont hinüber und meinte, dort etwas schimmern zu sehen. Er wunderte sich, warum Anna bei dem herrlichen Wetter unter Deck blieb, und übergab das Ruder. Er stieg nach unten und rief Annas Namen. Die Kajüte war leer. Auch stand keine Tasse, kein Teller auf dem Tisch. Er wollte sich schon wieder umdrehen, als sein Blick auf ein Blatt Papier auf dem Tisch fiel. Er bückte sich, um besser lesen zu können.

Ihre Frau ist in meiner Gewalt, Käpt'n Brandis. Also tun Sie nur das, was ich von Ihnen verlange. Es ist nicht viel, wird aber das Leben Ihrer Frau retten. Segeln Sie unverzüglich nach Schottland zurück, so wie es geplant war. Dort werden Anna und ich das Schiff verlassen. Ich werde Anna wieder freigeben, sobald ich in Sicherheit bin.

Ich bin übrigens bewaffnet.

Tom Hamsen

Brandig starrte ungläubig das Blatt an, bis die Worte allmählich in sein Bewusstsein drangen. Dann verließ er die Kajüte und blieb im Flur stehen. Wo war Hamsen mit Anna? Er drückte die Klinke zu Hamsens Kabine herunter. Verschlossen. Waren sie hinter dieser Tür? Er lauschte und hörte nichts, also klopfte er.

»Wer ist da?«, kam es von innen.

»Kapitän Brandis. Was wollen Sie?«

»Haben Sie den Zettel nicht gelesen?«

»Ich habe ihn gelesen.«

»Dann wissen Sie, was ich will. Ändern Sie Kurs auf Schottland, dann kommt Ihre Frau wieder frei.«

Brandis stieg an Deck und sammelte seine Leute um sich, um sie über die neue Lage zu unterrichten. Er sah in bestürzte Gesichter und den einen oder anderen, der am liebsten die Tür zu Hamsens Kabine zertrümmert hätte.

»Keine eigenmächtigen Unternehmungen«, sagte er scharf. »Hamsen ist bewaffnet, wir tun, was er verlangt. Wir ändern den Kurs und segeln zurück. Sind wir in Schottland angekommen, muss er seine Kabine verlassen, und dann sehen wir weiter.«

Die Leute zerstreuten sich wieder, jeder ging an seine Arbeit, auch er selbst. Er übernahm das Ruder wieder, während er versuchte, eine Erklärung für Hamsens merkwürdiges Verhalten zu finden. Die Wahrheit aber war, er kannte Hamsen kaum. Vor dessen Rente war er ein paarmal mit ihm gefahren. Ein Seemann wie viele. Ein raubeiniger, aber gutmütiger Kerl, einer von denen, mit denen ein Kapitän gerne fuhr. Kein Säufer, kein Spieler, kein Bordellgänger. Ein guter Vater, der zwei Söhne verloren hatte. Den einen im Krieg, den zweiten auf der *Luna*, die untergegangen war. Mehr wusste er von Hamsen nicht. Was zum Teufel hatte ihn geritten, Anna mit einer Waffe zu bedrohen und in seiner Kabine einzusperren?

»Was hat er vor?«, fragte Finnen besorgt und stellte sich neben ihn.

»Keine Ahnung. Ich weiß zu wenig über ihn. Bin ein paarmal mit ihm gefahren, eigentlich war er immer ein netter Kerl.«

»Er ist alleine, wir sind viele. Warum versuchen wir nicht, die Kabine zu stürmen? Wir haben auch Waffen.«

»Wir warten ab. Spätestens morgen früh sind wir an der schottischen Küste, da muss er von Bord. Selbst wenn er Anna mitnehmen will, ist die Chance viel größer, ihn zu überwältigen.«

»Wir werden in den Sturm geraten. Haben Sie das bedacht?«

Brandis war sich der Absurdität der Situation bewusst. Erst hatten sie diesen Sturm umfahren, jetzt segelten sie wieder darauf zu, und er würde die ganze Mannschaft dem Risiko aussetzen, das ein Unwetter immer mit sich brachte. Wenn er sie willentlich und wider besseres Wissen in Gefahr brachte, könnte ihm ein Verfahren vor der Hafengerichtsbarkeit bevorstehen, egal, wen Hamsen in seiner Gewalt hatte.

»Sie können nicht unser aller Leben riskieren«, gab Finnen zu bedenken.

»Ich weiß. Und ich hoffe, dass der Sturm abgezogen ist, wenn wir die schottische Küste erreichen«, murmelte Brandis.

Anna stand buchstäblich mit dem Rücken an der Wand. Vor ihr stand Hamsen mit blitzenden Augen und einer Waffe in der Hand. Sie erkannte ihn nicht wieder. Aus dem immer umgänglichen war ein unberechenbarer Mann geworden. Er sprach nicht, fixierte sie nur mit diesem funkelnden Blick, was ihr noch mehr Angst machte, als hätte er versucht, sein Vorgehen zu erklären. Nach einer endlos scheinenden Weile löste er sich endlich und setzte sich an den Tisch, hielt die Waffe aber weiter auf sie gerichtet. Sie wagte nicht, sich zu bewegen, und sie fragte sich auch nicht, was es ihm bringen würde, sie zu erschießen, denn dann käme er ganz sicher nicht zu seinem Ziel, aber sie merkte, dass sie dieser Logik nur wenig abgewinnen konnte. Sie starrte in den Lauf dieser Waffe, während er sie aus zusammengekniffenen Augen musterte, als ob er sich frage, wie viel er ihr gegenüber preisgeben könne. Sie sah ihre Chance gekommen, ihn aus der Reserve zu locken, und suchte nach den richtigen Worten.

»Was haben Sie vor? Warum richten Sie diese Waffe auf mich?«

»Wir werden nach Schottland segeln«, erklärte er tonlos. »Der

Käpt'n weiß Bescheid. Aber ohne dass Sie mir hier Gesellschaft leisten, würde er es natürlich nicht tun. Ich habe nur etwas nachgeholfen.«

»Wegen Ihres Bruders?«, fragte sie verblüfft. »Ist es so wichtig?«

»O ja, es ist sogar sehr wichtig. Er ist der einzige Mensch, der mir jetzt noch helfen kann.«

Sie war völlig verwirrt. Was war los mit diesem Mann, und warum brauchte er Hilfe?

»Sind Sie krank?«, wollte sie wissen, aber er schüttelte den Kopf. Nein, er war nicht krank. Was dann? Was war so ungeheuer wichtig, dass er sie hier mit der Waffe bedrohte und ein ganzes Schiff zwang, den Kurs zu ändern?

»Sie werden nach Schottland kommen«, sagte sie vorsichtig. »Aber erklären Sie mir, was los ist? Vielleicht kann ich Ihnen helfen.«

»Sie helfen mir am besten, indem Sie hier sind und so lange hier bleiben, bis wir in Schottland angekommen sind. Alles andere ist sinnlos.«

»Sinnlos? Ich würde schon gerne wissen, warum Sie mich hier einsperren.«

Er schien einen kurzen Moment verlegen. »Ich fand es angebracht, für eine Weile aus Deutschland zu verschwinden, bis Gras über die Sache gewachsen ist.«

»Über welche Sache?«

»Sie können sich setzen, wenn Sie wollen.«

Er war nicht bereit, mehr zu sagen, setzte sich selbst auf einen Stuhl und schwang die Beine auf den Tisch. Sie ging zögerlich zum Bett hinüber. Da war sie am weitesten von ihm und dem Lauf der Waffe entfernt. Sie setzte sich auf die Decke und rutschte so weit wie möglich an die Wand und in den Schatten des Lichts. Sie sagte nichts mehr und versuchte sich so klein wie möglich zu machen, während in ihrem Kopf tausend Fragen ratterten. Vielleicht schläft er ein, dachte sie und spähte aus den Augenwinkeln zu ihm hinüber. Er schien hellwach, aber er hatte aufgehört, sie zu fixieren. Er fixierte jetzt stattdessen die Tür, und seine bizarre Narbe funkelte im hellen Deckenlicht.

Berlin

In der Hauptstadt herrschte scheußliches Wetter. Graupelschauer, dazu ein scharfer Wind, sogar ab und zu eine Böe, die die Hüte der Spaziergänger davonwehte.

Sand fuhr mit der Straßenbahn. Er war mit Venn Flack verabredet gewesen, ein Termin, den er über Maxim Rose festgemacht hatte, denn Flack war immerhin Maxims Schwager in spe. Sand hatte eine leichte Nervosität ergriffen, die aber nicht aus der Angst kam, sondern aus seiner Erwartungshaltung.

Seit er wieder in der Hauptstadt war, fühlte er sich plötzlich frei. So als wären die Ketten der Knechtschaft von ihm abgefallen. Monatelang hatten sie ihn erpresst, genötigt, ihm gedroht, versucht, ihn fertigzumachen. Es kümmerte ihn nicht mehr, notfalls würde er kündigen und Deutschland verlassen. Er würde zu seiner Frau nach Dänemark ziehen und sich dort ein neues Leben aufbauen. Er hatte wieder Zuversicht, er hatte wieder Mut. Er fühlte sich stark, weil sie keine Macht mehr über ihn besaßen. All diese Fichtes, Gassners und Männer inkognito auf irgendwelchen Friedhöfen – sie interessierten ihn nicht mehr. Er hatte über Venn Flack Fischers Adresse bekommen, der in Berlin wohnte, und würde versuchen, sein Ziel zu erreichen. Sollte er scheitern – auch gut.

Es war das letzte Kapitel seiner beruflichen Laufbahn als Kriminalkommissar.

Die Bahn hielt an, und er stieg aus. Berlin-Charlottenburg. Eine breite Straße mit stattlichen Häusern und kleinen Vorgärten, in denen winterliches Grau Einzug gehalten hatte. Nummer 3 besaß einen Erker zur Straße hin, in dem ein Licht brannte und ein Schatten zu sehen war, der sich hin und her bewegte. Sand ging über den schmalen Weg zur Haustür und las den Namen auf dem Klingelschild. Sands Finger zuckte zur Klingel, zögerte kurz und drückte dann. Jetzt nur nicht übers Ziel hinausschießen, dachte er und rieb die eisigen Hände aneinander. Es war verdammt kalt, schon zog hinter ihm die nächste Graupelfront heran.

Die Tür ging auf. Fischer stand vor ihm, mit Bürstenhaarschnitt, dicker Brille, leger gekleidet in Hausanzug und Hausschuhen an den Füßen. Sein Gesichtsausdruck sprach allerdings Bände. Er wirkte konsterniert, denn mit Sand, seinem Spezialfreund, hatte er ganz sicher nicht gerechnet.

»Kommissar Sand!«, kam es etwas gepresst und überrascht aus seinem Mund. »Wie komme ich zu der Ehre?«

Sand lächelte und zog den Hut. »Guten Tag, Herr Fischer. Ja, wie kommen Sie zu der Ehre? Ganz einfach, ich wollte mich bei Ihnen entschuldigen und Fürbitte leisten. Nein, im Ernst, nehmen Sie meine Entschuldigung für all die Unannehmlichkeiten, die ich Ihnen bereitet habe, an? Das läge mir wirklich sehr am Herzen, denn ich glaube nicht mehr, dass Sie ein Mörder sind. Möglich, dass ich etwas übers Ziel hinausgeschossen bin …«

Fischers Irritation wich einem vagen Lächeln, und Sand fragte sich, wie weit lässt er sich einwickeln? Der Mann ist mit allen Wassern gewaschen, verkehrt vermutlich mit allen möglichen Geheimdiensten und ist mir taktisch haushoch überlegen.

»Ich würde Sie gerne zum Essen einladen. Sie können das Lokal auch gerne vorschlagen …«

Fischer zögerte, als wittere er bereits eine Falle. Dann zuckte er schließlich mit den Schultern, ließ sich aber nicht herab, Sand ins Haus hineinzubitten.

»Gut, wenn es Ihnen so wichtig ist, dann treffen wir uns heute Abend im ›Schuster‹, das ist ein Lokal, wo man gut essen kann. Können Sie gar nicht verfehlen, liegt direkt am Anfang der Straße. Acht Uhr?«

»Sehr schön. Sehr freundlich von Ihnen, mein Angebot anzunehmen. Ich werde da sein.«

Sand nickte Fischer zu, zog ein zweites Mal den Hut, drehte sich um und ging den Weg zur Straße zurück, dann drehte er noch einmal den Kopf herum. Die Haustür war geschlossen, das Licht im Erker erloschen.

Aus den Wolken fiel das Graupelwerk, eine Mischung aus Schnee und Regen. Die Tropfen waren kalt und nass und stoben Sand ins Gesicht. Er kämpfte sich vorwärts, sah bald gar nichts mehr, weil der Schauer ihm wie eine Mauer die Sicht verstellte. Auf der Straße kam ein Auto gefahren, und seine Räder spritzten eine Salve Schnee auf seine nagelneuen Schuhe. Er war nass bis auf die Knochen, doch dann sah er einige Meter neben sich eine helle Leuchtreklame. »Restaurant Schuster« war da zu lesen, und Sand blieb stehen. Das war nicht nur das Lokal, wo er sich mit Fischer treffen würde, es schien sogar geöffnet zu haben.

Ein Kellner mit grüner Schürze und grüner Krawatte kam heran. »Der Herr wünschen zu speisen?«, fragte er, und sein Blick glitt missbilligend an Sand herunter.

»Ich würde gerne einen Tisch für heute Abend bestellen und jetzt einen Kaffee, wenn Ihnen das nicht zu viel Umstände macht.«

Er hängte Hut und Mantel an die Garderobe, und sofort tropfte es auf die Fliesen. Der Kellner führte ihn zu einem Tisch, er setzte sich und sah sich um. Ein eher rustikales Ambiente, aber der Kaffee war vorzüglich und die Karte ebenso. Er studierte sie beiläufig und konnte sich nicht zwischen Sauerbraten und Dorade entscheiden. Dann spürte er seine Füße, die in purem Wasser zu stehen schienen. Er traute sich nicht, die Schuhe auszuziehen, und versuchte, wenigstens etwas warm zu werden, bis er zahlte und wieder hinaustrat.

Auf der *Kristina Sund*

Vor dem Bullauge hatte sich die Dunkelheit niedergelassen, und Hamsen hatte das Deckenlicht eingeschaltet. Anna saß immer noch auf dem Bett, Hamsen immer noch am Tisch mit der Waffe in der Hand. Anna lauschte auf jedes Geräusch von draußen, Schritte auf dem Flur, das Schließen einer Tür, Stimmen, die bis in die Kabine drangen. Ihre Anspannung wurde immer größer, nicht nur wegen der Waffe, die auf sie gerichtet war, sondern auch, weil sie nicht wusste, was an Deck vor sich ging. Würde Brandis den Kurs ändern? Sie konnte von hier nicht ausmachen, ob die *Kristina Sund* den Kurs geändert hatte, denn seit zwei Stunden hatte sich die eher ruhige Fahrt in ein ziemliches Schlingern verwandelt. Das Schiff war unruhig, es schien immer wieder von heftigen Böen erfasst zu werden, und Anna dachte an das Unwetter, das sie umsegelt hatten. Segelten sie jetzt direkt darauf zu?

»Sie wissen, dass vor der schottischen Küste schweres Wetter herrscht?«, fragte sie Hamsen, der mit finsterem Blick aus dem Bullauge starrte.

»Wird schon nicht so schlimm werden«, knurrte er.

»Und wenn wir sinken?«

Er hüllte sich in Schweigen. War es ihm egal? War es ihm vielleicht sogar ganz recht, wenn die *Kristina Sund* von diesem Unwetter regelrecht aufgewickelt werden würde?

»Wenn Sie sich umbringen wollen, warum erschießen Sie sich nicht einfach?«, fragte sie gereizt.

»Ich will mich nicht umbringen. Ich will nur nach Aberdeen zu meinem Bruder.«

»Da werden Sie aber nie hinkommen, wenn wir vorher untergehen.«

»Schluss jetzt!«, fuhr er sie an, zog die Beine vom Tisch und stand auf. Er ging unruhig auf und ab, und sie hatte den Eindruck, ihre Worte hätten etwas in ihm bewirkt. Vielleicht dachte er jetzt doch darüber nach, dass diese Fahrt seine und für alle anderen die letzte Fahrt sein könnte.

»Brandis ist einer der besten Kapitäne, die ich kenne, und ich kenne eine ganze Menge. Warum also sollte er es nicht schaffen, das Schiff durch den Sturm zu manövrieren? Der hat ganz andere Stürme überlebt. Der ist mehr als einmal um Kap Hoorn gesegelt, ohne dass ihm ein Haar gekrümmt wurde. Also hören Sie auf, so einen Unsinn zu reden.«

Anna gab es auf. Sie war zermürbt von der Angst und wusste nicht mehr, was sie noch tun konnte. Vielleicht half eine andere Taktik.

»Ich habe Hunger«, sagte sie, und er fing an, in einer Kommode zu kramen. Er fand eine Packung Kekse und warf sie aufs Bett. Während sie aß, kam ihr immer wieder dieser Bruder in den Sinn. Was war so wichtig an diesem Bruder? Sie änderte wieder die Taktik.

»Glauben Sie, dass Ihr Bruder noch auf Sie wartet, wenn wir in Aberdeen ankommen?«, fragte sie.

»Ich hoffe es. Ich will nur erst in Schottland sein, dann muss ich notfalls zu Fuß nach Aberdeen.«

»Und was machen Sie dann?«

Er setzte sich und schwang wieder die Beine auf den Tisch.

»Mal sehen. Mein Bruder hat eine kleine Farm, ein paar Schafe, Ziegen, Kühe, der braucht immer Hilfe.«

›Und dafür dieser Aufwand?‹, fragte sie sich irritiert. Nur um sich um ein paar Schafe zu kümmern, sperrte er sie in seiner Kabine ein und zwang Brandis, den Kurs zu ändern? Das ergab keinen Sinn.

»Um was geht es wirklich, Tom? Das ist doch nicht der Grund. Sagen Sie mir die Wahrheit.«

»Die Wahrheit wird Ihnen nicht gefallen.«

»Ich will sie trotzdem wissen.«

»Warum versuchen Sie nicht, etwas zu schlafen?«

Sie lehnte sich gegen die Kissen und schloss die Augen. Sofort spürte sie das Schlingern im Magen. Natürlich würde sie nicht schlafen, kein Gedanke daran. Ihre Gedanken rasten, sie wollte wissen, was Hamsen umtrieb, aber er wich ihr immer wieder aus. Dann wurde ihr klar, dass es nicht wichtig war, warum er sie hier festhielt, wichtig war nur, dass sie einigermaßen heil aus dieser Lage wieder herauskam. Sie versuchte, sich so ruhig wie möglich zu verhalten. Vielleicht war es am besten, wenn er dachte, sie schlafe wirklich.

Berlin

Sand stand vor dem Spiegel seines Hotelzimmers und betrachtete seine Erscheinung. Den gut sitzenden braunen Anzug, den heute gekauften Fedorahut, den schneeweißen Kragen seines Hemds, die akkurat sitzende Krawatte und den frisch gestutzten Bart. Dann legte er das silberne Zigarettenetui in ein schmales hölzernes Kästchen, das er wiederum in seine Jacketttasche gleiten ließ. Er war zufrieden, ausgehbereit und gutgelaunt.

Er verließ das Hotelzimmer über eine Treppe, grüßte den Portier beim Vorbeigehen und trat auf die Straße. Das bestellte Taxi kam wie gerufen und brachte ihn nach Charlottenburg. Es lud ihn direkt vor dem »Schuster« aus und immer noch gutgelaunt betrat er das Lokal. Er wurde wieder an den Tisch geführt und bemerkte, dass nur wenig Gäste da waren, zwei Pärchen und ein älterer Herr, der gerade seine Suppe löffelte. Der Kellner kam und brachte die Karte, die Sand schon kannte. Er studierte sie trotzdem und entschied sich für den Fisch, als die Tür aufsprang und Fischer den Raum betrat. Zielstrebig steuerte er auf Sand zu, setzte sich und grüßte. Seine Augen hinter den dicken Brillengläsern musterten Sand aufmerksam, der ihm die Karte reichte.

»Ich esse immer das Gleiche«, bemerkte Fischer knapp.

»Und das wäre?«

»Die Dorade. Sie ist wirklich vorzüglich. An Ihrer Stelle würde ich sie auch wählen.«

»Genau das hatte ich vor.«

»Dann sind wir ja mal ausnahmsweise einer Meinung.«

»Oh, nicht ausnahmsweise. Ich sagte ja schon, es tut mir leid, dass ich Ihnen so viel Ärger bereitet habe …«

Das Gespräch plätscherte vor sich hin. Der Kellner servierte einen Rotwein und eine Gemüsebrühe. Fischer erzählte, dass er einen Zeitungsverlag gegründet hatte und nun vorhabe, unter die Verleger zu gehen.

»Ich hörte davon. Ein mutiger Schritt«, bemerkte Sand konziliant.

»Ach, was. Ich kann es mir leisten. Ich bin überhaupt der Meinung, dass das Verlagswesen das wichtigste Fundament in einer Gesellschaft ist. Eine gute Zeitung bildet Meinung, und Meinungsbildung ist das A und O des Staates. Sie ebnet ihm gewissermaßen das Feld. Egal, was er vorhat, er muss sich vergewissern, dass die Bevölkerung ihm folgt, und das funktioniert am besten, wenn sie vorher richtig informiert ist.«

»Diese Informationen sind natürlich immer objektiv, sachlich und unabhängig von jedweden Interessen.«

Fischer grinste. »Natürlich nicht, Kommissar Sand, das wissen Sie genauso gut wie ich. Jeder Verleger verfolgt eigene Interessen, ich bin da keine Ausnahme. Dass die Presse objektiv und sachlich berichtet, ist ein Ammenmärchen, das die Leute gerne glauben wollen, sonst würden sie unsere Zeitungen gar nicht lesen. Sie glauben es wirklich. Wissen Sie, warum die USA in den Krieg gezogen sind, obwohl sie dem Volk eigentlich versprochen hatten, sich nicht einzumischen?«

»Weil sie befürchten mussten, Frankreich und England könnten ihre Schulden bei den amerikanischen Banken nicht zurückzahlen.«

»Genau so ist es. Also musste man den Leuten den Krieg irgendwie aufschwatzen. Also erfand man die Mär vom bösen Feind, der bereits auf dem Weg nach New York war, obwohl die deutschen Soldaten nicht mal ein fahrtüchtiges Ruderboot gefunden hätten, um sich hineinzusetzen, ohne sofort abzusaufen. Die amerikanische Bevölkerung hat es geglaubt. Das ist Meinungsbildung vom Feinsten.«

»Das ist unerträgliche Angstmacherei«, gab Sand unterkühlt zurück, aber Fischer lachte nur.

»Möglich. Aber nur so funktioniert es. Sie müssen den Leuten Angst machen, Angst vor dem Feind, Angst vor einer Katastrophe, egal. Angst lähmt die Fähigkeit zu denken, zu hinterfragen, rational zu bleiben, sie rutscht den Menschen direkt ins Stammhirn, wo nur noch reflexartig und rein intuitiv reagiert wird. Haben Sie sich erst einmal bei Ihren Lesern oder Zuhörern ins Stammhirn geschrieben, ist die Masse lenkbar wie Wasser.«

Fischers Worte hatten Sand den Appetit verdorben. Trotzdem aß er seinen Fisch, der zugegebenermaßen vorzüglich war, saftig, gleichzeitig kross und gut gewürzt. Er machte gute Miene zum bösen Spiel, weil er seinen Coup nicht gefährden wollte. Und als der Kellner die Teller abräumte, zog er das Kästchen mit dem Zigarettenetui aus der Tasche, holte das Etui hervor und legte es demonstrativ auf den Tisch.

»Zigarette?«

»Ich rauche nicht.«

Ich auch nicht, dachte Sand und sah, wie Fischer das Etui betrachtete. »Ein außergewöhnlich schönes Stück.«

Sand nickte. »In der Tat. Und gewissermaßen historisch. Auf der Rückseite befindet sich eine eingravierte Widmung. Sie dürfen sie gerne lesen.«

Fischer griff nach dem Etui und drehte es um. »Da ist keine Widmung.«

»Ach, dann ist das das falsche. Ich habe zwei von der Sorte.«

Mit spitzen Fingern langte er nach dem Etui und bugsierte es in das Kästchen zurück.

Fischer ahnte nichts. Der Mann, der mit den Geheimdiensten verkehrte, war dem Kommissar auf den Leim gekrochen, und Sand konnte sich ein Lächeln nicht verkneifen.

»Was hätte denn draufgestanden?«, wollte Fischer wissen.

»Eine Widmung von unserem alten verehrten General Hindenburg.«

»Oh! Sie sind mit ihm persönlich bekannt?«

»Mein Vater. Er vererbte mir das Etui.«

Eigentlich war alles gesagt und alles getan. Das Werk war vollbracht. Nun würde sich herausstellen, wer Fischer wirklich war. Ein Mörder oder kein Mörder. Es war so einfach. Über ein Jahr lang ergebnislose Recherche und dann alles Wesentliche in einer einzigen Minute erledigt. Unfassbar, wie die Daktyloskopie die Kriminaltechnik revolutioniert hatte. Ein Prosit auf die Wissenschaft, dachte Sand und erhob sein Glas.

»Auf dass Sie mir verzeihen, Herr Fischer.«

»Aber natürlich, Herr Kommissar.«

Der Abend neigte sich seinem Ende zu, und Sand gab vor, die letzte Straßenbahn erwischen zu müssen. Er zahlte die Rechnung und verabschiedete sich.

Auf der *Kristina Sund*

Vor dem Bullauge herrschte immer noch tiefe Schwärze. Anna hatte jedes Gefühl für die Zeit verloren und drückte sich immer weiter an die Wand, vor der das Bett stand, so dass sie im Schatten saß. Hamsen dagegen hockte direkt unter der Deckenlampe im Licht, so dass sie ihn beobachten konnte. Er war schweigsam, hielt die Waffe immer noch auf sie gerichtet, und sie hatte den Eindruck, dass er langsam müde wurde. Seine Lider schlossen sich von Zeit zu Zeit, dann riss er sie wieder auf und suchte eine bequemere Position auf seinem Stuhl. Das Schiff schlingerte immer wieder, und sie hörte das Heulen des Sturms, das aber weit entfernt zu sein schien.

»Wann werden Sie nach Kiel zurückkehren?«, fragte sie. »Sie

wollen doch nicht für immer in Schottland bleiben? Was sagt Ihre Frau dazu?«

Er reagierte nicht und starrte aus dem Bullauge, vor dem es nichts zu sehen gab.

»Sie weiß Bescheid«, murmelte er schließlich.

»Worüber?«

»Vielleicht wird sie nachkommen, wenn alles in trockenen Tüchern ist. Mein Bruder wird mir einen schottischen Pass besorgen, das entspricht nicht ganz Recht und Gesetz, ist aber in meiner Lage die einzige Option.«

Er schwang die Beine vom Tisch, ging zu der Kommode, auf der eine Flasche Jamaika stand, setzte sie an den Mund und trank. Dann blieb er stehen und lächelte sie an, so dass sich die Narbe auf seiner Wange in tausend kleine Falten zog.

»Sie wissen gar nichts, nicht wahr?«

»Klären Sie mich auf.«

Er wurde plötzlich redselig. Er nahm immer wieder einen Schluck aus der Flasche, und der Alkohol schien seine Zunge zu lösen.

»Ich hätte Jessop nie aufnehmen dürfen. Wäre er nicht gewesen, würde ich jetzt in meinem Schaukelstuhl sitzen und das Leben genießen. Stattdessen prügelt sich dieser Idiot mit irgendwelchen Rechten herum und legt eine Spur zu meinem Hof so dick wie ein Tau.«

Anna war plötzlich hellwach. Hamsen fing an zu plaudern, genau das hatte sie die ganze Zeit gehofft. Aber was hatte Jessop damit zu tun, dass Hamsen unbedingt nach Schottland wollte? Anna kam ein ungeheurer Verdacht. Die Waffe! Die Waffe, die in Hamsens Schuppen gefunden worden war. Eine Luga 08, vielleicht die Tatwaffe, mit der Franz erschossen worden war. Anna versuchte immer weiter in den Schatten zu rutschen. Die Frage lag ihr auf der Zunge, aber sie konnte Hamsen nicht einschätzen, der die Flasche wieder anhob und fluchte, denn sie war leer.

»Es ist Ihre Waffe, Tom, die Sands Kollegen gefunden haben«, sagte sie mit leiser Stimme.

Im nächsten Moment ging das Licht aus, es war stockfinster in der Kabine. Stromausfall. Anna hörte Hamsen herumgehen, Schubladen aufziehen, weitergehen. Dann flammte ein Kerzenlicht auf, und Hamsen stellte eine kleine, dicke Kerze auf Tisch. Anna atmete auf. Licht war ihre einzige Orientierung und ihr einziger Schutz vor dem Mann mit der Waffe, der sich wieder auf dem Stuhl niedergelassen hatte.

»Sie wissen, dass mein Sohn mit der *Luna* untergegangen ist. Ertrunken. Ertrunken wie ein Vieh, weil einer den Hals nicht vollbekommen konnte.«

Sie spürte, wie ihre Knie zu zittern begannen. Ihr war kalt, die Finger wie aus Eis. Hamsens Gesicht war ins Flackern der Kerzenflamme getaucht.

»Was hat die *Luna* damit zu tun, dass Sie mich einsperren und den Käpt'n zwingen, den Kurs zu ändern?«

Er sprach plötzlich wie in Trance, die Stimme schwer und bleiern, die Augen leer. »Rose hat für Fischer Artilleriemunition transportiert, allerdings dreißig statt zehn Kisten und dann noch Eisen geladen. Die *Luna* ging unter, weil der Kompass verfälscht war. Rose hat das gewusst, aber aus Profitgier in Kauf genommen, und Wesseling, der Narr, hat es nicht gemerkt. Also ist er wie ein Blinder in seinen eigenen Untergang gesegelt. Er hatte Glück, auch andere hatten Glück, nur mein Sohn, der hatte kein Glück.«

Anna war es, als fiele es ihr wie Schuppen von den Augen. Sie konnte zwar das Bild, das er ihr vorhielt, noch nicht ganz erkennen, aber sie begriff plötzlich, worum es überhaupt ging. Sand hatte die ganze Zeit recht gehabt. Der Mord an Franz hatte etwas mit dem Untergang der *Luna* zu tun.

»Franz hat nicht gewusst, dass dreißig Kisten geladen wurden. Er wusste es wirklich nicht.«

»Unsinn!«, fuhr Hamsen auf. »Fischer hat es mir bestätigt. Als die Arbeiter am Hafen plötzlich dreißig Kisten aufs Schiff laden wollten, hat Rose gekabelt, dreißig mitzunehmen. Dafür bekam er natürlich mehr Geld als nur für zehn.«

»Franz wusste es nicht, glauben Sie mir. Er hat nie gekabelt. Fischer hat Sie angelogen. Er hat die dreißig Kisten aufs Schiff bringen lassen. Vermutlich wusste er nicht, dass zu viel Eisen den Kompass verfälscht. Und Wesseling dachte, in den Kisten sind Bücher.«

Hamsen schüttelte heftig den Kopf. »Fischer kam extra vorbei, um mir zum Tod meines Sohnes sein Beileid auszusprechen. Rose ist nie gekommen, es war ihm egal. Ein Mann mehr oder weniger tot, es kümmerte ihn nicht.«

»Überlegen Sie doch mal, Tom, Franz hätte genau gewusst, dass die *Luna* Schwierigkeiten bekommen würde, wenn dreißig Kisten an Bord waren. Was hätte er davon gehabt, ein so großes Risiko einzugehen? Fischer hat Sie belogen, und Sie haben ihm jedes Wort geglaubt. Sie haben einen unschuldigen Menschen erschossen.«

Hamsen fuhr vom Stuhl hoch, seine Augen funkelten sie an. »Rose wollte sich aus dem Staub machen, als ich in der Villa ankam. Springt aus dem Fenster und will mit dem Motorrad fliehen. Ich habe ihn am Fenster stehen sehen, und ich bin mir sicher, er hat mich beobachtet. Er wusste genau, warum ich plötzlich auf seinem Grundstück auftauche. Ich habe mich dann hinter den Tannen versteckt, vielleicht dachte er, ich wäre wieder gegangen. Und dann springt der Idiot aus dem Fenster und rennt zur Garage. Aber ich war noch da. Ich rufe seinen Namen, er dreht sich um und erkennt, dass ich noch da bin …«

»Und dann haben Sie geschossen.«

»Er hat es verdient. Ihm wurde wegen des Untergangs der *Luna* nie der Prozess gemacht. Mein Sohn musste sterben, und es gab noch nicht einmal eine gerichtliche Untersuchung. Da wäre herausgekommen, dass er das Leben der ganzen Mannschaft riskiert hat.«

»Er hat es nicht riskiert, Tom. Er wusste nichts von den Kisten. Das war alles Fischers Werk, und um von sich abzulenken, hat er die Schuld auf Franz abgewälzt. Franz war schuldig, ja, aber nicht am Tod Ihres Sohnes, sondern weil er seinen Bruder umbringen lassen wollte. Er sprang aus dem Fenster, weil sein Plan aufgeflogen ist. Das hatte mit Ihnen gar nichts zu tun. Das stand alles in der Zeitung. Haben Sie das nie gelesen?«

Hamsen sagte nichts, und Anna wusste, dass er es natürlich gelesen hatte. Er hatte sich aber wohl nicht beirren lassen und weiterhin Fischers Worten geglaubt. Er war einem üblen Einflüsterer auf den Leim gegangen. Wahrscheinlich hatte Fischer nicht mal damit gerechnet, dass Hamsen hinging und Rose das Lebenslicht ausblasen würde, aber was hatte er sich dann versprochen?

In Hamsens Gesicht spiegelte sich namenloses Entsetzen. Auch wenn er Annas Worten noch nicht so recht glauben wollte, hatte er immerhin eine Ahnung davon, dass er wirklich einen unschuldigen Menschen erschossen haben könnte. Was dann? Aber es war sowieso alles bereits zu spät.

»Als sie diese Waffe fanden, war mir sonnenklar, dass ich wegmusste«, versetzte er mit brüchiger Stimme. »Meine Finger waren auf der Waffe.«

»Ihre Fingerabdrücke.«

»Ich habe mal gelesen, dass sie jeden Täter finden, wenn er die Waffe angefasst hat. Wie sie das machen, weiß ich nicht. Ich hätte sie im Meer versenken müssen. Aber wie konnte ich ahnen, dass Jessop, dieser Idiot, sich an einer Schlägerei beteiligt und plötzlich die Polizei in meinem Haus steht und alles durchsucht?«

»Was ist mit dem Bart?«

»Der lag da nur zufällig. Ich bin natürlich nicht mit dem Bart zur Villa. Ich wusste ja gar nicht, was werden würde. Eigentlich wollte ich mit Rose erst einmal nur sprechen, ihn mit den Tatsachen konfrontieren, doch dann springt er aus dem Fenster und will abhauen. Da sind bei mir die Sicherungen durchgebrannt.«

Unvermittelt sprang das Licht wieder an. Die Deckenlampe brannte. Plötzlich war auch das Dunkel um Franz' Tod dem Licht und der Klarheit gewichen. Anna kannte nun die Wahrheit und musste feststellen, dass sie sich alle völlig verrannt hatten. Vor allem Kommissar Sand. Der glaubte wahrscheinlich immer noch an Fischer und eine politische Intrige …

Brandis' Stimmung glich dem, was er vor sich sah. Es war Neumond, tiefdunkel und stürmisch. Er stand am Ruder und umfuhr die Sturmfront. Die ersten Ausläufer hatten das Schiff längst erreicht, aber er wagte es nicht, in die Front hineinzusegeln. Viel zu gefährlich. Er wusste nicht, ob Hamsen davon etwas merkte, aber der war Seemann und nicht dumm. Auf der anderen Seite hätte er nichts davon gehabt, mit diesem Schiff im Meer zu versinken, aber alle Versuche, mit ihm zu reden, waren gescheitert. Hamsen antwortete einfach nicht. Dazu kam, dass Brandis nicht genau wusste, wo sie sich befanden, da er die Mittagsposition nicht hatte nehmen können.

Der Sturm trieb sie immer weiter nördlich, die Männer waren angespannt. Wegen einer Frau ihr Leben zu riskieren war für sie geradezu absurd. Egal, welche Frau es war. Sie kannten ihren Kapitän, der nicht dazu neigte, leichtsinnige Entscheidungen zu treffen, aber dass er diese Frau liebte, war unverkennbar. Sie hatten Angst, dass er sich dazu hinreißen lassen könnte, seinen Verstand auszuschalten. Bis jetzt schien er ihn noch zu benutzen, segelte immer haarscharf am Unheil vorbei, das in der Ferne mit heftigen Blitzen und gut zu vernehmenden Donnerschlägen zu hören und zu sehen war. Er sprach nicht viel, stand im strömenden Regen, der an seinem Mantel abperlte, und hatte seit Stunden keine Minute das Ruder aus der Hand gegeben.

Finnen, der Brandis seit über zehn Jahren kannte, fing langsam an, sich Sorgen zu machen.

»Machen Sie mal eine Pause, Käpt'n. Miller wird übernehmen.«

Brandis ließ sich unwillig vom Ruder wegschieben. Dann nickte er und ging mit Finnen unter Deck. Sie hängten die Mäntel an die Haken und setzten sich an den Tisch, auf dem eine Waffe lag.

»Haben Sie vor, ihn zu erschießen, wenn wir in Schottland angekommen sind?«, fragte Finnen stirnrunzelnd.

Brandis fing an, sich die Pfeife zu stopfen. »Was würden Sie an meiner Stelle tun?«

»Die Waffe ist ein überzeugendes Argument, ich fürchte nur, Hamsen sitzt am längeren Hebel.«

»Warten wir ab.«

Sie schwiegen eine Weile, und Finnen griff zum Tabakbeutel. Dann hob er plötzlich den Kopf. »Hören Sie, Käpt'n.«

Brandis lauschte. Er hörte nichts. Kein Heulen, keinen Regen, der aufs Deck prasselte, und das Schlingern des Bugs hatte aufgehört.

»Hat der Steuermann den Kurs geändert?«, fragte Finnen erstaunt.

»Vielleicht hat der Sturm das Festland erreicht, dann schwächt er sich ab, und wir befinden uns unmittelbar vor der schottischen Küste. Kommen Sie!«

Sie gingen wieder an Deck. Die *Kristina Sund* lag ruhig auf dem Wasser, und in weiter Ferne waren winzige Lichter zu sehen. Das konnte tatsächlich nur die Küste Schottlands sein. Aber welche Stadt würde das sein, deren Lichter zu sehen waren? Sie wussten es nicht. Sie würden hinfahren müssen, um es zu erfahren.

Kiel

Sand war nach Kiel zurückgekehrt. Da ihn hier niemand wirklich vermisste, war es kaum aufgefallen, dass er sich für drei Tage krankgemeldet hatte. Es gab sicher nicht wenige, die es überhaupt begrüßt hätten, wenn er etwas länger krank gewesen wäre, und so mischte er sich unspektakulär unter die hin und her eilenden Beamten im Präsidium. Er betrat einen etwas abseitigen Trakt, wo sich die Labore befanden, darunter auch das Labor für die daktyloskopischen Untersuchungen. Hier traf er auf den Kollegen, den er bereits kannte und der ihn mit einem misstrauischen Stirnrunzeln begrüßte.

»Sie sollten nicht herkommen«, raunte er und schob Sand in eine Fensterecke. »Sie wissen doch …«

»Sie müssen mir einen Gefallen tun. Ich habe hier ein paar Fingerspuren, und ich würde gerne wissen, ob die zu der Mordwaffe gehören, die auf dem Hof gefunden wurde.«

»Da müssen Sie sich gedulden«, versetzte der Kollege barsch. »Wirklich verdammt viele Leute auf diesem Hof. Wir sind noch nicht durch, und bis auf Tom Hamsen, der auf einer Reise nach Schottland ist, waren bisher alle negativ.«

»Warum durfte er das Land verlassen, bevor die Untersuchungen abgeschlossen sind?«

»Fragen Sie Ihren Kollegen Flickwort.«

»Das werde ich tun. Aber es gibt noch einen Kandidaten, dessen Fingerspuren wichtig sein könnten.«

»Wer soll das sein?«

»Es ist ein Neffe von Jessop, der sehr oft auf dem Hof gewesen sein soll.«

»Sie waren drei Tage krank. Woher haben Sie jetzt diese Fingerspuren?«

»Heute Morgen frisch erhalten. Auf einem Zigarettenetui.«

Sand zog das Kästchen aus der Tasche und ließ es aufklappen. »Lassen Sie sich ruhig Zeit. Es eilt nicht.«

Auf der *Kristina Sund*

Anna waren die Augen zugefallen. Ein kurzer Moment des Schlafes, dann tauchte sie wieder in die von einer flackernden Kerze erleuchtete Wirklichkeit auf. Hamsens Haltung hatte sich nicht verändert, auch die Waffe war noch da. Aber eines war anders. Das Schiff schien dahinzugleiten wie auf einer Ölspur. Kein Klappern, kein Rappeln, und der Sturm schien sich aus dem Staub gemacht zu haben. Plötzlich drang Brandis' Stimme durch die Tür. »Kommen Sie raus, Hamsen. Wir sind da.«

Hamsen schrak hoch und ging zur Tür. »Wo sind wir? In Aberdeen?«

»Keine zehn Meilen davon entfernt.«

»Warum laufen Sie den Hafen nicht an?«

»Dort tobt noch das Unwetter. Sie können hier von Bord. Wir geben Ihnen ein Ruderboot.«

Hamsen zögerte wieder. Dann forderte er Anna auf, zu ihm zu kommen, und stellte sich hinter sie. Sie spürte den Lauf der Waffe in ihrem Rücken, drückte langsam die Klinke nach unten und schob die Tür auf. Brandis stand auf der anderen Seite des Flures.

»Alles in Ordnung?«, fragte er, und sie nickte.

»Wir gehen jetzt an Deck!«, befahl Hamsen. »Erst Sie, Käpt'n, dann Anna, dann ich.«

Sie stieg hinter Brandis die Treppe nach oben und sah sofort die Lichter der nahen Küste.

»Ich mache Ihnen einen Vorschlag, Tom«, sagte Brandis. »Ich gebe Ihnen mein Wort, Sie unbehelligt zur Küste rudern zu lassen, wenn Sie meine Frau jetzt freigeben.«

»Ich kann sie zwingen, mich zu begleiten. Dann wäre ich sicher.«

»Sie wären nie mehr sicher, Hamsen. Ich würde Sie so lange verfolgen, bis ich Sie gefunden habe.«

Hamsen schien zu überlegen. »Gut. Sie geben mir Ihr Wort und das Boot. Und keine faulen Tricks.«

Die Männer ließen das Boot zu Wasser und warfen die Strickleiter über die Bordwand. Hamsen stand jetzt mit dem Rücken zur Reling und drückte Anna immer noch die Waffe in den Rücken.

»Ich steige jetzt allein da runter. Vergessen Sie Ihr Wort nicht, Käpt'n.«

Der Druck in Annas Rücken verschwand. Sie drehte sich langsam und vorsichtig um und sah, wie Hamsen sich über Bord schwang und verschwunden war. Er kletterte die Leiter hinunter. Die Männer standen fast unbeweglich da, keiner sprach ein Wort, auch Brandis nicht. Erste Ruderschläge waren zu hören, Hamsen musste unten angekommen sein.

»Noch können wir ihn aufhalten«, sagte Finnen in das Schweigen hinein.

»Ja, holen wir den Schurken zurück an Bord«, rief der Bootsmann, aber Brandis schüttelte den Kopf. »Ich breche mein Wort nicht. In Aberdeen werden wir die Polizei informieren. Und jetzt geht wieder an die Arbeit.«

Eine halbe Stunde später saß Anna bei einer Gemüsebrühe und einem Glas Wein in der Kapitänskabine und wärmte sich auf.

»Du hättest ihn noch zurückholen können«, sagte sie zu Brandis. »Im Ruderboot war er völlig hilflos.«

»Hätte ich ihm nicht mein Wort gegeben, säßest du jetzt mit ihm in diesem Ruderboot. Ein Glück für uns, dass er auf meinen Vorschlag eingegangen ist.«

»Ja und ein Unglück für Sand. Jetzt haben wir den Mann, den er seit fast zwei Jahren sucht, laufenlassen.«

»Was meinst du damit?«

»Hamsen hat Franz erschossen. Er hat es mir erzählt.«

»Hamsen?«

Sie schilderte in kurzen Worten, was Hamsen gestanden hatte. Brandis war genauso bestürzt, wie sie es gewesen war. Zwei Jahre Suche nach einem Mörder, den niemand in Hamsen vermutet hatte, und es wäre der perfekte Mord gewesen, wäre Jessop nicht dazwischengekommen.

»Ein Zufall, sonst nichts«, murmelte Brandis. »Zwei Geschehen, die nichts miteinander zu tun haben, treffen plötzlich aufeinander und ergeben ebenso plötzlich einen Sinn.«

»Hol ihn zurück.«

»Zu spät. Hamsen ist schon längst an Land.«

Kiel

Ein Mann an seinem Schreibtisch, dessen Träume zerplatzt waren. Der sich bewusst wurde, so viele Monate einer Schimäre hinterhergelaufen zu sein, die mit der Wahrheit nur wenig zu tun gehabt hatte. Der Kollege aus dem Labor hatte die Fingerspuren auf dem Zigarettenetui denen auf der Waffe nicht zuordnen können. Fischer war unschuldig, und Sand fühlte sich schuldig. Seine Gegner hatten recht behalten.

Es war kalt. Bitterkalt. Vielleicht empfand Sand es auch nur so, weil ihm ums Herz so kalt war. Trotzdem bildeten sich feine Eiskristalle auf dem Fensterglas. Schon am frühen Nachmittag war es dunkel, irgendwo dahinten in der Zeit lauerte Weihnachten. An Weihnachten durfte er gar nicht denken. Was würde er machen? Was konnte er machen? Seine Frau war immer noch in Dänemark und der Gedanke, Weihnachten ganz allein zu Hause verbringen zu müssen, gruselte ihn regelrecht. Er überlegte, nach Dänemark zu fahren, aber die Ostsee begann langsam zuzufrieren.

Die Tür ging auf, und Frau Lange, seine ehemalige Sekretärin, betrat zögerlich den Raum.

»Störe ich?«

»Natürlich nicht.«

Sie kam näher, und er bot ihr einen Platz an, doch sie blieb stehen und fragte: »Haben Sie schon mit Kommissar Flickwort gesprochen?«

»Nein. Er ist heute noch nicht zum Dienst erschienen.«

»Ich weiß gar nicht, wie ich Ihnen das sagen soll, und eigentlich darf ich es auch nicht, aber ich finde, Sie sollten es wissen …«

»Was soll ich wissen?«

Sie senkte die Stimme. »Fischer wusste die ganze Zeit Bescheid. Er wusste, dass Sie ihn aufsuchen würden, um seine Fingerabdrücke zu nehmen. Er hat Ihnen die ganze Zeit etwas vorgespielt.«

Sand schüttelte verdutzt den Kopf. Warum sollte Fischer ihm etwas vorgespielt haben? Er war ihm doch stattdessen perfekt in die Falle getappt.

»Ich wollte nur eine Akte holen«, fuhr Frau Lange mit leiser Stimme fort. »Kommissar Flickwort telefonierte gerade und hörte mich nicht. Er hat mit Dr. Fichte telefoniert und ihm gesagt, dass Sie vorhätten, nach Berlin zu fahren, um Fischers Fingerspuren zu nehmen. Das war, als Sie bereits im Zug nach Berlin saßen. Fichte wird Fischer sofort informiert haben, und Fischer hat vermutlich so getan, als habe er keine Ahnung, oder?«

Sand wunderte sich über sich selbst. Er war ganz ruhig, ganz gefasst. Die Intrige war noch schlimmer, als er sich in seinen kühnsten Träumen hätte vorstellen können. Und Flickwort, den er für seinen Freund gehalten hatte, gehörte auch dazu.

»Dann hat er hinter meinem Rücken …«

Er konnte den Satz nicht zu Ende bringen. Frau Lange nickte. »Ja. Ich fand es unfair von ihm, und ich verstehe ihn auch nicht.«

Sand hatte plötzlich das Bedürfnis, mit Flickwort reden zu müssen. Ohne Zorn, ohne Wut, ruhig und um Aufklärung bedacht. Er bedankte sich bei Frau Lange und verließ das Präsidium. Er ging zu Fuß und legte sich im Kopf die Fragen zurecht, die er Flickwort stellen wollte. Er registrierte, dass er immer noch erstaunlich ruhig war, so ruhig wie das Auge eines Sturms, um das es gewaltig braust und tobt. Er erreichte das Haus, in dem Flickwort wohnte, und läutete. Nach ein paar Minuten vergeblichen Wartens drückte er auf eine andere Klingel, und ein kleines Mädchen schob die Tür auf. Er zeigte seinen Ausweis und bat die Kleine, ihn hineinzulassen. Dann stieg er die Treppe hoch und sah, das Flickworts Wohnungstür einen winzigen Spalt aufstand. Sand rief Flickworts Namen und stieß die Tür auf. Er betrat den Flur und rief ein zweites Mal. Keine Antwort. Gegenüber lag das Wohnzimmer, die Tür war geschlossen. Als er sie öffnete und einen ersten Blick hineinwarf, blieb er voller Entsetzen stehen. Er sah nichts außer zwei Paar Schuhe, die quasi in der Luft hingen. Er war zu Tode erschrocken, lief los, zog den umgeworfenen Stuhl auf die Füße, stieg hinauf, hob die baumelnden Beine an und hielt sie krampfhaft fest. Die Last des leblosen Körpers wurde immer schwerer, dass er anfing zu keuchen. Fieberhaft überlegte er, wie er den Strick um Flickworts Hals durchschneiden konnte, ohne die Beine loszulassen. Irgendwo in seiner Manteltasche befand sich ein Taschenmesser, aber wie herankommen, ohne die Beine loszulassen? Er löste eine Hand, der Körper sank wieder tiefer. Er kramte verzweifelt suchend nach dem Messer, bis er es gefunden hatte, ließ es aufschnappen, der Körper sank noch ein Stück tiefer, lastete immer schwerer auf seinen Schultern. Dann versuchte er, sich so weit wie möglich nach oben zu strecken, erwischte das Seil und trennte es mit einem Schnitt durch. Der Körper sackte mit ihm zusammen nach unten, der Stuhl fiel um, beide landeten auf dem Boden. Sand rappelte sich auf und holte keuchend Luft, während er in Flickworts blutunterlaufene Augen sah. Kein Rest Leben mehr in diesem Körper, die Male um den Hals sprachen eine deutliche

Sprache. Der Mann musste schon Stunden an diesem Balken, der unter der Decke entlanglief, gehangen haben.

Sand fiel, immer noch atemlos, auf die Couch. Alles in ihm schien zu zittern, und die zitternde Hand konnte kaum das Telefon heranziehen, das auf dem Couchtisch stand. Er hob den Hörer ab und ließ sich mit dem Präsidium verbinden.

15 Dezember

In ein Schneegestöber getaucht kam die *Kristina Sund* im Kieler Hafen an. Durch den Zeitverlust war es nicht mehr möglich gewesen, ein paar Tage in Schottland zu verbringen, und so war die *Kristina Sund* von Southampton direkt zurückgesegelt.

Kommissar Sand war allein im Büro und schien sich zu freuen, Anna zu sehen. Er bot ihr einen Kaffee an und fragte neugierig, was es so Wichtiges gebe, dass sie ihn aufsuche. Sie hatte sich die Worte genau überlegt, doch jetzt fiel es ihr schwer, ihm quasi den Täter zu präsentieren, den er so lange erfolglos gesucht hatte. Es könnte ihn kränken.

»Sie wissen, dass Hamsen mit uns gesegelt ist?«, fragte sie, und er nickte. »Wer auch immer die Ermittlungen in Bezug auf diese Waffe übernommen hat, ich will da keine Namen nennen, er hat zu spät gemerkt, dass Hamsen plötzlich nicht mehr da war.«

»War es vielleicht Kollege Flickwort?«

»Kollege Flickwort ist tot.«

Er sagte das so emotionslos, dass ihr im ersten Moment gar nicht aufging, was er eigentlich gesagt hatte. Erst im zweiten Moment registrierte sie die Wahrheit, die hinter diesen Worten steckte, und starrte ihn erschrocken an. »Er ist tot? Was ist passiert?«

»Er hat sich erhängt.«

Ihr beider Schweigen erfüllte den Raum. Anna saß reglos da, Sand schaute geflissentlich aus dem Fenster. Das Schweigen wollte nicht aufhören, bis Anna sich wieder gefangen hatte und Sand fragend musterte.

»Wir wissen nicht, was passiert ist. Er hat leider keinen Abschiedsbrief hinterlassen. Er ist von uns gegangen, und wir werden seine Motive wahrscheinlich nie erfahren. Ich habe da jedenfalls wenig Hoffnung.«

»Er war so ein feiner Kerl«, murmelte sie.

»Ja, das war er. Aber warum sind Sie gekommen, Anna?«

»Ich muss Ihnen sagen, dass Hamsen ein Geständnis abgelegt hat …«

Sie erzählte, was auf der *Kristina Sund* passiert war, und er hörte ihr geduldig zu. Er kam ihr überhaupt sehr verändert vor, sehr abgeklärt, fast stoisch. So als habe er sich auf alles im Leben vorbereitet, das unversehens und nicht immer zu seiner Freude geschehen könne. Als seien nicht einmal die vier Apokalyptischen Reiter etwas, das ihn schrecken könne. Sie war mehr als befremdet. Selbst Hamsens Geständnis nahm er kommentarlos hin, obwohl es doch seine eigene Theorie völlig ad absurdum führte. Schlimmer noch, er gab es auch noch unumwunden zu.

»Das daktyloskopische Labor hat alle Fingerspuren, die auf Hamsens Hof gefunden worden waren, analysiert und zugeordnet«, erklärte er. »Bis auf die, für die bisher keine Person in Frage gekommen war. Von ihr waren überall Fingerspuren gefunden worden, und so blieb am Ende nur noch einer übrig. Tom Hamsen. Die Kollegen haben schon mit den schottischen Behörden Kontakt aufgenommen, die bereits nach Hamsen fahnden. Sie sehen, Anna, ich habe mich geirrt, ich habe tatsächlich immer an ein politisches Komplott geglaubt.«

»Das politische Komplott muss deshalb nicht weniger existieren. Es war nur eben nicht Fischer, der Franz erschossen hat.«

»Sie haben recht. Machen wir uns keine Gedanken über Dinge, die uns verborgen bleiben werden. Vielleicht kommen sie eines Tages ans Licht.«

»Dann könnte es zu spät sein.«

Sand lächelte. »Ist es nicht immer zu spät? Ich habe mir angewöhnt, die Menschen auf der Straße zu beobachten, und bin zu der Überzeugung gelangt, dass sie nicht dazu taugen, sich unnötig Gedanken zu machen. Sie wurden so erzogen. Sie lesen Zeitung, hören Radio und denken, sie seien gebildet und gut informiert, aber ich fürchte, das ist ein böser Trugschluss. Ich lese jeden Tag Fischers neue Zeitung, und das tun mir viele gleich. Aber ich lese sie kritisch, und glauben tue ich davon so gut wie nichts. Das meiste ist Propaganda. Er will uns eine neue Welt verkaufen, die Welt der schlichten, aber ultimativen Wahrheiten, und jeder, der eine andere Meinung dazu hat, ist in seinen Augen ein Verräter oder ein Dummkopf. Beten wir also, dass die Demokratie und die durch sie garantierte Meinungsfreiheit uns noch lange erhalten bleibt.«

Kalte, verschneite Tage. Anna saß oft am Fenster und genoss das Bild und die Stille des fallenden Schnees. Sie kam langsam zur Ruhe, auch wenn die Nachricht von Flickworts Tod ihr immer wieder in den Sinn kam. Warum brachte ein Mensch wie Anselm Flickwort sich um? War er unheilbar krank gewesen? Wenn nicht, dann musste er unheilbar unglücklich gewesen sein, um einen solchen Schritt zu wählen. Im Hafenbüro stieß sie zufällig auf eine alte Zeitung mit seiner Todesanzeige, die die Kollegen aus dem Präsidium aufgegeben hatten.

WIR TRAUERN UM UNSEREN KOLLEGEN
ANSELM FLICKWORT
UNERWARTET IST AM 23. NOVEMBER UNSER GESCHÄTZTER
KOLLEGE ANSELM FLICKWORT VON UNS GEGANGEN …

Kein Wort über die wirkliche Todesursache. Stattdessen ein paar nette Worte über den Kollegen, und sie waren sicher alle zu seiner Beerdigung erschienen. Doch dann würde sich der Schleier des Vergessens über den Verblichenen gelegt haben. Da er nicht verheiratet gewesen war und keine Kinder gehabt hatte, würde er vermutlich noch schneller als viele andere vergessen werden. Ein Leben, das sich selbst ausgelöscht hatte, und niemand wusste warum.

Um Sand war es still geworden. Er hatte sich damit abgefunden, das Weihnachtsfest allein verbringen zu müssen, doch dann war alles anders gekommen. Er war in die Christmette gegangen, und als er wieder zuhause ankam, hatte ein kleiner, magerer, zerzauster, schwarz-weißer Hund vor dem Haus gesessen, genauso allein wie er und vor allem mit einem Bärenhunger. Er hatte kein Halsband und auch sonst nichts, das auf einen Besitzer hindeutete, und so hatte Sand ihn mitgenommen. Er hatte ihm die Reste seines Weihnachtsbratens angeboten und damit ein kleines Hundeherz glücklich gemacht. Dann hatte er ihm eine Decke auf dem Sofa hergerichtet, und zusammen hatten sie den Abend bei einem guten Konzert im Radio verbracht. Es hatte »Fidelio« gegeben, was Sand auch gleich den Namen lieferte, den er gesucht hatte, obwohl ihm klar war, dass er die Vermisstenanzeigen in der Zeitung würde lesen müssen.

Diese Begegnung versöhnte ihn mit einem ganzen Jahr Demütigung und sogar mit dem Tod seines Kollegen, denn jetzt gab es viel zu tun. Der Hund musste gefüttert werden und Gassi gehen, was Gelegenheit bot, mit völlig fremden Menschen, nämlich anderen Hundebesitzern, ins Gespräch zu kommen, mit denen er ohne Fidelio niemals ein Wort gewechselt hätte. Und so endete das Jahr für ihn versöhnlich und ohne Zorn trotz aller Widrigkeiten. Er dachte sogar darüber nach, in Rente zu gehen, denn welche berufliche Zukunft hatte er noch? Die da im Hintergrund ihre Fäden zogen, würden ihn jetzt vielleicht sogar in Ruhe lassen, aber er hatte den Glauben an diesen Staat verloren. Die Demokraten waren zu schwach, während ihre Gegner ständig an Boden zu gewinnen schienen. Und er war nur ein kleines Licht, das sich jetzt ins Private zurückziehen würde. Er telefonierte mit Eva, bat sie, wieder zurückzukommen, und rannte offene Türen ein. Sie hatte nur auf ein Wort von ihm gewartet und würde das nächste Schiff nehmen, sobald das Wetter es zuließ.

Der letzte Tag dieses Jahres. Lilly hatte in die Villa geladen, und wenn Lilly ein Fest ausrichtete, kam die beste Kieler Gesellschaft. Auch Anna und Brandis waren da, und Anna staunte nicht schlecht, denn Flack war wieder in Kiel. Während ihrer Abwesenheit hatten Lilly und Flack sich sogar wieder zusammengerauft und verkündeten, sie würden heiraten. Flack würde sein Haus in der Schweiz verkaufen und nach Kiel ziehen. Eine wundersame Fügung, dachte Anna erstaunt, während sie durch das Haus ging.

Sie war lange nicht mehr hier gewesen und genoss die Atmosphäre, die dieses Haus ausstrahlte. Seine bourgeoise Großzügigkeit, seinen Luxus, sein kosmopolitisches Flair. Im Rauchsalon stand sie eine Weile am Fenster, während vom Salon die Musik herüberdrang – eine von Lillys neuen Platten. Sie hörte Schritte und sah Lilly ins Zimmer stürmen, überdreht, betrunken, eine Zigarette in der Hand. Ihr bodenlanges, goldenes Kleid war ein Geschenk von Flack, der es extra aus den Staaten hatte kommen lassen. Es verlieh ihr das Aussehen eines Rauschgoldengels, und als sie Anna um den Hals fiel, flüsterte sie: »Jetzt wird doch noch alles gut.«

Sie gingen in den Salon zurück und versicherten sich, heute nicht an morgen zu denken, und doch taten sie ununterbrochen nichts anderes. Jeder hier dachte an das nächste Jahr, denn in einer Stunde würde das alte zu Ende gehen, und der Zeiger der großen Standuhr wanderte unerbittlich in nur eine Richtung. Die eleganten Damen und ihre nicht weniger eleganten Herren standen in Grüppchen zusammen, tranken Champagner und sprachen über Geschäfte. Hier wurde selten über etwas anderes als Geschäfte gesprochen, doch dann lösten sich ein paar der Damen, gingen in den Wintergarten und diskutierten über die neueste Mode. Auch Kellermann war wieder da, der leicht kränklich aussah und zugab, unter einer seltsamen Anämie zu leiden. Venn Flack wirbelte im Salon herum, plauderte fast gleichzeitig mit allen und machte einen atemlosen Eindruck, so als ob er nicht eine Sekunde zur Ruhe kommen dürfe, während Brandis am Kamin stand und ihn amüsiert beobachtete.

»Wie hat sie ihn dazu gebracht, jetzt doch zu heiraten und seine Pläne in der Schweiz aufzugeben?«, fragte Anna.

»Frag ihn selbst. Mir scheint aber, dass Lilly zugenommen hat.«

Anna fiel es plötzlich wie Schuppen von den Augen. Es war ihr aufgefallen, doch daran hätte sie im Leben nicht gedacht.

»Es kann tausend Gründe geben«, versetzte sie wegwerfend.

»Sicher. Such dir einen aus.«

In diesem Moment kam das Mädchen mit einem Tablett, auf dem die vollen Gläser zum Anstoßen funkelten. Brandis reichte Anna ein Glas und führte sie in den Rauchsalon zurück.

»Erinnerst du dich an die *Regina*?«, fragte er.

»Natürlich.«

»Finnen ist noch mal zurück in das Logis, wo Materna lag, um die Lampe auszumachen. Dort fand er einen Beutel, der völlig unscheinbar in einer Ecke lag – es war halt nur ein einfacher Tabakbeutel. Hätten die anderen gewusst, was drin war, hätten sie ihn nie im Leben dort einfach liegenlassen.«

Er machte eine kunstvolle Pause.

»Was war denn drin?«

Er steckte die Hand in die Hosentasche und zog einen braunen Lederbeutel hervor. Er löste die Schnur, und plötzlich regnete es schneeweiße Perlen in Annas geöffnete Hände.

Anna hielt den Atem an. »Die Perlen von der Piratenküste?«

»Es waren vierundzwanzig Stück. Finnen hat mir die Hälfte davon gegeben. Du kannst dir etwas wünschen, Anna. Du könntest dir auch eine Kette aus den Perlen machen lassen.«

»Sind sie sehr wertvoll?«

»Ich werde sie schätzen lassen, dann wissen wir mehr.«

Die große Standuhr schlug Mitternacht. Im Salon wurden die Flügeltüren geöffnet, und alle strömten nach draußen. Die Glocken in der Stadt fingen an zu läuten, und vor dem Fenster stieg eine leuchtend rote Rakete in den Himmel. 1928. Ein verheißungsvoller Anfang.

Die Chancen stehen gut. Man muss sie nur ergreifen.